中國古典文學基本叢書

江文通集彙註

〔明〕胡之驥註

圖書在版編目(CIP)數據

江文通集彙註/(南朝)江淹著;(明)胡之驥註;李長路,趙威點校.—北京:中華書局,1984.4(2025.4 重印)
(中國古典文學基本叢書)
ISBN 978-7-101-02445-6

Ⅰ.江… Ⅱ.①江…②胡…③李…④趙… Ⅲ.①江文通集-註釋②古體詩-作品集-南朝時代③賦-作品集-南朝時代 Ⅳ.I222

中國版本圖書館 CIP 數據核字(1999)第 75930 號

責任印製:陳麗娜

中國古典文學基本叢書

江文通集彙註

〔南朝〕江 淹 著

〔明〕胡之驥 註

李長路 趙 威 點校

*

中 華 書 局 出 版 發 行

(北京市豐臺區太平橋西里 38 號 100073)

http://www.zhbc.com.cn

E-mail:zhbc@zhbc.com.cn

大廠回族自治縣彩虹印刷有限公司印刷

*

850×1168 毫米 1/32 · 12⅞ 印張 · 2 插頁 · 227 千字

1984 年 4 月第 1 版 2025 年 4 月第 7 次印刷

印數:22301-23300 册 定價:58.00 元

ISBN 978-7-101-02445-6

出版説明

《江文通集彙註》是南朝文學家江淹著作現有的唯一的註本。

江淹（公元四四四——五〇五年），字文通，濟陽考城（今河南考城）人。史稱江淹少而孤貧，不事章句之學，而留情於文章。他年輕時曾爲宋皇族始安王劉子貞講授五經，因而得入仕途，先後在始安王、新安王（始平王）、建平王等幕府中任職，其間又曾作過主簿、郡丞一類的小官，後因得罪建平王劉景素，被貶爲建安吴興（在今福建）令。蕭道成（卽後來的齊高帝）在宋末輔政時，聞知其才，召爲僚屬，因善寫文誥受到重用。蕭道成謀篡帝位時的許多文件都出自江淹之手。齊代宋後，江淹逐步進升，歷任中書侍郎、尚書左丞、御史中丞等職，曾因敢於彈劾權貴而受到齊明帝的褒揚。齊末，蕭衍（梁武帝）起兵，江淹微服前往，又依附新朝。入梁後，他一直地位顯赫，卒時官至金紫光禄大夫，封醴陵伯。江淹集傳本題名《江光禄集》或《江醴陵集》，就是根據其生前的最高爵位而來。

江淹因爲長期在幕府中草擬文書，所以現存作品中大量的是屬於爲人起草的章、表、詔、誥之類。但是他的文學成就却主要在詩、賦兩個方面。這個集子裏收的詩歌大都是江淹在宋及齊初時所作，反映的是他在坎坷不平的仕途上的生活和情緒，顯得氣勢渾厚、感情深沉，没有後來出現的「齊梁體」詩歌那種綺麗浮豔之風。特別是著名的《雜體詩》三十首，分別摹擬了自漢至宋三十家詩人的代表作，從主題到意境，都準確地再現了各家不同的風格特徵。這表現出江淹對前人作品有非常深入的體會，在詩歌藝術上有很高的造詣。江淹的賦，在南朝流行的以華麗纖巧爲尚的文風中也是別樹一格的，尤其是他的代表作《恨賦》、《别賦》，悲涼凄惋地描述了歷史上的各類人物的思想感情，寫出了或飲恨吞聲，或依依惜别時的各種感人至深的場面，把這兩種最能激動人心的感傷情緒摹寫得非常形象化。從現存的江淹詩賦來看，怨恨和愁思是他經常着力刻劃的兩個主題，這應當是他早年不甚得志時的思想情緒的寫照。因此，當他仕履得意，想到「人生當適性爲樂，安能精意苦力，求身後之名」㊀之時，也就難以再寫出好作品來了，後世遂有「江郎才盡」之説。

江淹的文集是在他生前編定的。《梁書·江淹傳》説他「凡所著述百餘篇，自撰爲前後集」。直到新、舊《唐志》還都著録前後集各十卷㊁。但自宋代起，大都只著録十卷。現存江集中有《自序傳》一文，説：「自少及長，未嘗著書，惟集十卷，謂如此足矣。」但《自序傳》寫在江淹三十五歲任正員散騎侍郎、中書郎中時，江集中可考訂寫作年代的詩文基本上也都作於此前。而江淹六十二歲才去世，後期不大可能没有詩文之作㊂。所以，現存的這個集子大概是所謂的「前集」，而「後集」則可能早已亡佚。

江淹集現存的版本有十多種。依照編排方式的不同，大致可以分爲兩個系統：一是按照賦、詩、文的大類編次，作品大體按寫作年代排列的，《四部叢刊》影印的烏程蔣氏密韻樓藏明翻宋刻本、明萬曆間新安汪士賢輯刻的《漢魏六朝名家集》本以及屢經轉録異文的元鈔本均屬此類；另一系統的本子不僅分了大類，詩賦又作了重新排列，並且，文的部分又按照章、表、啓、詔等文體分了小類，明天啓崇禎間張燮刻的《七十二家集》本是這類本子中最早的刻本，稍後，張溥的《漢魏六朝百三名家集》本也從此出。後一系統的本子可能是由後人重編的，較前一類本子增加了幾篇詩文。兩種本子從文字上看，各有優劣。清乾隆年間，梁賓以張溥本爲底本，用汪士賢本和一個稱作「湯家斌鈔本」的本子加以校訂刻印，《四庫全書》所收的卽是此本。

《江文通集彙註》是萬曆二十六年（公元一五九八）胡之驥（字伯良，生平不詳。《書目答問》誤作胡人驥。）以梅鼎祚刻本爲基礎，校以汪士賢刻本，而加註釋的。這個註本收集了《文選》等書中江淹作品的註解，還爲未經前人註過的篇章加了註；對成語典故等作訓釋時，往往還能夠追本溯源、舉出旁証；並引証史書，對一些作品的寫作背景及有關人事也作了解釋。對於研究江淹作品，不無參考價值。不過，在肯定彙註者開創之功時，也應說明他的註釋工作還比較粗疏。主要存在着兩方面的問題：一是註釋不合正文原意，個別地方甚至穿鑿附會㈣；一是引書有誤或不完整，引文或書名、人名、事件、年代常有錯到不合情理的情況。如引《九歌》《招魂》而註作《離騷》，引《續漢書》而作《漢書》，又如卷一第九頁將《後漢書》文「衍自上書報歸田裏」誤接《漢書》文「乃抵堯罪」之後。卷四第一五五頁註五引嵇康《答向子期難養生論》文誤作向秀《難嵇康養生論》，卷七第二八七頁註九將《卿雲歌》與《八伯歌》的文字糅合一起而只標《卿雲歌》等等。我們在整理中不可能逐條核對原文，實在無法讀通時，則盡可能查證原書，作了必要的改正。至於註釋不當的問題，則不便改動，故一仍其舊，只有期待今後有更好的註本取代它了。

江淹集在流傳中時有舛訛，異文很多。胡之驥曾作過一些校改，在正文上加圈爲識（現已取消），並在每卷末的「音釋」中註明了底本的原字，但没有説明改字的依據，而書中又有新的刻誤。這次重加校勘，主要用《四部叢刊》影印明翻宋本《梁江文通集》和梁賓刻本《江文通集》作了通校。胡註本的主要依據是梅鼎祚本和汪士賢本，而梁本則是參校了汪本和張溥本，它在異文上多據張溥本。因此，用梁本作校本，基本上就把兩個系統的異同都彙集在一起了。此外，葉石君過録馮已蒼所校録的元鈔本（北京圖書館藏王國維過録本，較《四部叢刊》本的附録稍詳）異文中，佳字頗多，我們也把它録入校記，直稱作「元鈔本」。又據《文選》（胡克家刻本）、《玉臺新詠》（文學古籍刊行社影印明趙氏刻本）、《初學記》（中華書局排印本）、《文館詞林》（《適園叢書》本）、《藝文類聚》（中華書局影宋本）、《文苑英華》（中華書局影印本）、《太平御覽》（中華書局影宋本）等總集和類書作了參校。凡原書明顯的訛、脱、衍、倒，卽據別本改正，可供參考的異文都録入校記，以備讀者研究抉擇。但別本顯誤的異文則不出校。胡註本每卷之末所附的底本原字（原稱「音釋」、「補遺」），也擇要採入各篇的校記，稱爲「原書底本」。

在整理過程中，還從別本輯入了胡註本所無的《傷愛子賦》、《井賦》、《牲出入歌》、《薦豆毛血歌辭》、《奏宣列之樂歌》、《銅劍讚》六篇詩文，又據《廣弘明集》輯補了《無爲論》一文。作爲佚文輯補，附於最後。這樣，今天所能見到的江淹作品，大體上就齊全了。

此外，還有一點需要指出，收入本書卷四「補遺」中的《西洲曲》一首，作者歷來有疑問。文學史家一般視爲南朝民歌的代表作，也不像江淹作品的風格。但由於此詩《玉臺新詠》已署作江淹，張燮本亦收，所以不作更動。

本書的點校工作由李長路、趙威二同志承担，編輯部又作了覆校和整理的工作。疏失在所不免，敬希讀者批評指正。

中華書局編輯部

一九八二年二月

㈠見本書卷十《自序傳》。

㈡江集的卷數在各種版本、著録中常有不同，但大都作十卷。《隋志》作集九卷、後集十卷，「九」字或有誤。張燮本作十四卷，張溥本作兩卷，梁賓本作四卷，都是經過後人重編的。

㈢《南史》云「江郎才盡」始於其爲宣城太守罷歸時，此當齊明帝永明末年，距《自序傳》的寫作有十年以上。因此，這一段時間内也是應當有作品的。

㈣如卷一描寫「宣武湖新林苑」景致的《靈丘竹賦》中有「臨曲江之迴蕩，望南山之葱青」句。這裏的「曲江」如同枚乘《七發》所謂「廣陵之曲江」，指下游的長江；「南山」亦當是附近之山。而胡註却認作是長安的曲江池、終南山，從而加以闡釋。卷二《傷友人賦》「凋碧玉之神樹」句註引《晉書》謝玄語，實誤，當引《世説·傷逝》庾亮事。卷三《吴中禮石佛》註説是時江淹「謫於吴興而作此詩」。按江淹所謫吴興乃建安吴興，在今福建浦城，不在吴中。又如卷七《被百僚敦勸表》註㈠:「函關，咸陽也。」更令人莫名其妙。

目録

江文通集序（張文光）……一
彙註江文通集敍（胡之驥）……三
彙註凡例……五
卷一
賦
恨賦……七
去故鄉賦……一〇
倡婦自悲賦……一三
哀千里賦……一六
青苔賦……一八
石刼賦……二二
水上神女賦……二四
泣賦……二九
待罪江南思北歸賦……三一
別賦……三五
蓮華賦……四二
丹砂可學賦……四六
靈丘竹賦補遺……五一
卷二
賦
赤虹賦……五四
四時賦……五八
金燈草賦……六〇
橫吹賦……六一
扇上綵畫賦……六六
傷友人賦……六八

麗色賦……七三
翡翠賦……八一
江上之山賦……八三
燈賦……八五
知己賦……八九
空青賦……九一
學梁王兔園賦……九四

卷三

詩

侍始安王石頭……九九
從征虜始安王道中……一〇〇
貽袁常侍……一〇〇
就謝主簿宿……一〇一
銅雀妓……一〇二
學魏文帝……一〇二
從冠軍行建平王登廬山香爐峰……一〇三
望荆山……一〇四
步桐臺……一〇五
從建平王遊紀南城……一〇六
秋至懷歸……一〇七
古意報袁功曹……一〇七
渡西塞望江上諸山……一〇八
劉僕射東山集……一〇九
寄丘三公……一〇九
陸東海譙山集……一〇九
燈夜和殷長史……一一〇
贈煉丹法和殷長史……一一一
感春冰遥和謝中書二首……一一二
無錫縣歷山集……一一二
無錫舅相送銜啼别……一一三
吴中禮石佛……一一四
赤亭渚……一一五

渡泉嶠出諸山之頂……一一五
遷陽亭……一一六
採石上菖蒲……一一六
遊黃蘗山……一一七
還故國……一一八
傷内弟劉常侍……一一九
從蕭驃騎新亭壘……一二〇
效阮公詩十五首……一二一
清思詩五首……一二七
惜晚春應劉秘書……一二九
卧疾怨別劉長史……一三〇
應劉豫章別……一三一
秋夕納涼奉和刑獄舅……一三一
採菱……一三二
郊外望秋答殷博士……一三三
冬盡難離和丘長史……一三四
外兵舅夜集……一三四
當春四韻同□左丞……一三五
池上酬劉記室……一三五

卷四

詩

雜體三十首……一三六
悼室人十首……一六五

拾遺

征怨……一六九
詠美人春遊……一七〇
西洲曲……一七〇

古樂府

凰皇銜書伎歌辭……一七一
祀先農迎神升歌……一七二
饗神歌辭……一七二

卷五

騷
應謝主簿騷體……一七三
劉僕射東山集學騷……一七四
山中楚辭五首……一七四
雜篇
雜三言五首……一七七
拾遺
遂古篇……一八三
頌
草木頌十五首……一九〇
讚
雲山讚四首……一九六

卷六

符
尚書符……一九九
教
建平王散五刑教……二〇五
建平王聘隱逸教……二〇六
蕭驃騎發徐州三五教……二〇八
蕭驃騎築新亭壘埋枯骨教……二〇九
蕭太傅東耕教……二一〇
檄文
尉勞雍州文……二一二
章
始安王拜征虜將軍丹陽尹章……二一四
始安王拜征虜將軍南兗州刺史章……二一五
建平王拜右衞將軍荆州刺史章……二一六
建平王慶少帝登阼章……二一八
建平王慶王太后正位章……二一九
建平王慶江皇后正位章……二二〇
蕭領軍拜侍中刺史章……二二二

蕭拜相國齊公十郡九錫章……二二三
表
建平王讓右將軍荊州刺史表……二二五
建平王慶明帝疾和禮上表……二二八
建平王慶安城王拜封表……二三〇
建平王之南徐州刺史辭闕表……二三一
蕭驃騎讓封第二表……二三二
第三表……二三五
蕭驃騎録尚書事到省表……二三八
蕭驃騎謝甲仗入殿表……二三九
蕭驃騎讓豫司二州表……二四一
蕭驃騎上頓表……二四二
蕭驃騎謝被侍中慰勞表……二四三
蕭驃騎慶平賊表……二四五
蕭驃騎解嚴輸黃鉞表……二四六
蕭驃騎讓太尉增封第三表……二四七
蕭驃騎讓太尉增封表……二五〇
蕭驃騎讓油幢表……二五一

卷七

表

蕭太尉上便宜表……二五三
讓太傅揚州牧表……二五八
蕭重讓揚州表……二六〇
後讓太傅揚州牧表……二六四
蕭被侍中敦勸表……二六六
蕭被尚書敦勸重讓表……二六八
蕭讓劍履殊禮表……二七〇
蕭拜太尉揚州牧表……二七二
蕭太傅謝追贈父祖表……二七三
蕭太傅辭輿駕親幸表……二七四
蕭讓前部羽葆鼓吹表……二七五
謝開府辟召表……二七六

蕭上銅鍾芝草衆瑞表……二七七
蕭讓太傅相國齊公十郡九錫表……二八〇
第二表……二八二
被百僚敦勸受表……二八五
蕭相國讓進爵爲王第二表……二八七
蕭相國拜齊王表……二九〇
齊王謝冕旒諸法物表……二九一
齊王讓禪表……二九三
拜正員外郎表……二九六
拜中書郎表……二九七

卷八

啟

建平王謝賜石硯等啟……三〇一
建平王謝玉環刀等啟……三〇二
建平王慶改號啟……三〇二
建平王讓鎮南徐州刺史啟……三〇三
蕭領軍讓司空並敦勸啟……三〇五
蕭太尉子姪爲領軍江州兗州豫州淮南黃門謝啟……三〇七

詔

遣大使巡詔……三〇九
賜赦交州詔……三一〇
斷募士詔……三一二
封江冠軍等詔……三一二
大赦詔……三一三
北伐詔……三一四
王僕射爲左僕射詔……三一七
王撫軍爲安東吳興詔……三一八
曲赦丹陽等四郡詔……三一八
王僕射領太子詹事詔……三一九
何詹事爲吏部尚書詔……三二〇
王侍中爲南蠻校尉詔……三二一

王光禄爲征南湘州詔……三二一
柳僕射爲南兗州詔……三二二
王僕射加兵詔……三二二
立學詔……三二三
王鎮軍爲中書令右光禄詔……三二四
張令爲太常領國子祭酒詔……三二四
蕭冠軍進號征虜詔……三二五
褚侍中爲征北長史詔……三二五

卷九

上書

詣建平王上書……三二七

牋

被黜爲吴興令辭牋詣建平王……三三三
到功曹參軍牋詣驃騎竟陵王……三三五

奏記

奏記詣南徐州新安王……三三七
到主簿日事詣右軍建平王……三三九

書

敕爲朝賢答劉休範書……三四〇
報袁叔明書……三四六
與交友論隱書……三四九

卷十

誄

齊太祖高皇帝誄……三五二

行狀

建平王太妃周氏行狀……三六七

墓誌

宋故尚書左丞孫緬墓誌文……三七一
宋故安成王右常侍劉喬墓誌文……三七二
宋故銀青光禄大夫孫夐墓誌文……三七二
齊故御史中丞孫詵墓誌文……三七三
齊故司徒右長史檀超墓誌文……三七四

祭文

蕭驃騎祭石頭戰亡文……三七五

呪文

蕭太傅東耕呪文……三七五

傳

袁友人傳……三七七

序

自序……三七八

江文通集佚文

傷愛子賦……三八三
井賦……三八四
牲出入歌……三八四
薦豆呈毛血歌辭……三八五
奏宣列之樂歌辭……三八六
銅劍讚……三八六
無爲論……三九〇

附録

南史江淹傳……三九三

江文通集序

江文通筮仕劉宋，中以文藻受知齊高帝，甚見優寵；晚復入梁，考終名位。文章詩賦，珍膾於世。昭明統與同時，卽多取以入《選》。而鍾嶸品詩，謂其善於摹擬，筋力於王微，成就於謝朓。學士家往往稱之，每以鮑明遠相媲，羡其横逸不可當。如曰「善觀古作，曲盡心手之妙」，則陳繹曾之譜也；「清婉秀麗，才思有餘」，則竹林之評也；「擬古最優」，則滄浪之話也；「情遠詞麗」，則皎然之論也。蓋齊梁間習爲綺靡，而淹以掞天之才，逞吐鳳之伎，綜注該博，敍事暢通，布景淋漓，寫情透切。道慘愴則壯夫霣涕，美榮盛雖朗曜避鋩。信藝苑之宗工，文壇之驍將。宜其樹幟當代，流聲來玆，卓爾名家，永寶詞囿矣。文中子有言：「江淹，古之狷者也，其文急以怨。」是殆舉其一隅，而未論其大全與？《梁書》云：淹纂齊十志，傳於世。今獨有蕭子顯志，而淹史不見，余常惜之。至其集，則世多傳者，然魯魚帝虎，苦乏善本。胡山人伯良，稺齒酷好此書，手爲校讎，句櫛字比，更加箋釋，博採傍搜，積有歲年，遂成精本。緣付剞劂，庸廣同好。工竣，業自序之；復索余言爲嚆矢。昔歐陽子得韓集於廢簏中，沈思耽玩，至不寢食，卒與方軌並駕。而坡翁最喜白長慶集，世疑樂天再生。以伯良才，精心風雅，所著擬古諸作，浸淫魏晉，何論齊梁？其頡頏文通也無疑。意者，淹其前身，而自爲己集作功臣乎？剟索筆取錦，淹末年抱才盡之嘆；而伯良嗜古耽吟，年彌壯者而業彌精，又未易今昔論軒輊也者。伯良本吴人，不妄交遊。初友善余里中朱太守子得，繼與其弟康侯交，遂家焉。古誼有足佳者，不第引商流徵，工歌郢中已也。讀江集者，尚悉伯良之苦心，與其爲人之梗概哉！集計賦二卷，詩二卷，騷頌讚一卷，符教檄文章表二卷，啓詔一卷，書牋奏記一卷，誄狀誌祭呪文傳序一卷；《南史》本傳附録焉。總之得十卷。萬曆戊戌歲，殺青竟。賜進士第翰林院檢討沙羡張文光纂。

彙註江文通集敍

伯良胡之驥撰

敍曰：余少産東吴，壯遊西楚。青緗世業，白首無傳。技謝雕蟲，德慚歌鳳。全形神於薖軸，虚歲紀於窒衡。與故河内太守朱子得譚藝友善，固如膠漆，穆如金蘭。僑居浠上，遂爾成家。其介弟康侯，學兼昔賢，詞擅當代。繼脩舊好，益爲莫逆。以梁《江文通集》十卷，屬余訓詁。蓋其書記翩翩，超踰琳、瑀；詩篇奕奕，才駕曹、劉。騷賦盡屈、宋之奥，博綜極歆、向之宏。短兵長鎩，無戰不利；深壁堅壘，何罅可窺！感遊女之思，遺簪墮珥；邑豪士之懷，吐錦絶纓。珊瑚著石家之富，眉黛専西子之妍。秀攬江南，春華敷采；健驅鄴下，秋實含滋。夫岷峨衡岱之奇，必賞者共摇其魄；翠翟金碧之麗，目逆者咸奪其魂。緣景抒情，蘭蓀托言君子；哀時抽緒，蛇虺寄興宵人。建策朝端，文垂國史；索奇紘外，志續《山經》。若迺詔教符檄之流，章表牋啓之類，誄祭誌狀之作，頌贊傳序之品，昭明序《選》，云乎備矣。雖兩漢多才，尤當避舍；六朝富士，鮮與爲鄰。誠所謂並美兼長，諸體盡具者也。余因近世所傳，艱於善本。咀嚼再三，中多舛落。校讐别刻，競爽雷同。至若以頊襄爲須哀，悮貝胄爲具曹，其玭如斯，粲然可見。凡例略陳一二，正定俱載卷末。恐玄珠之易失，悵羚角之難尋。魯魚亥豕之訛，相沿既久；普替商啇之别，邈矣無分。於是康侯發羽陵汲郡之藏，蒐天禄石渠之秘；經春積夏，歷暑逾寒。楮墨盈乎藩溷，敢同先喆；菁華本自餖飣，貽誚時髦。後世誰知，過譚敬禮；九原可起，不愧文通。聊爲彙註成書，鋟以傳諸好事者。萬曆戊戌穀日，書於慈竹軒中。

凡例

驥家五世積書，小時酷愛《江文通集》。因倭亂兵火之後，家世凋零，緗帙散逸，流寓於楚蘄。嘗與蘄友人朱康侯譚及是集，則指動心悸。久之，康侯自燕市得宣城梅刻。居數月，康侯搆書吴中，復爲致余新安汪刻。然二家之訛相同。余恐以訛傳訛，去道愈遠。今以管見，妄爲定正彙註之。因書凡例於左云。

一、新舊刻訛舛頗多，今正過所改者，俱用圓圈圈之。其原字仍音釋於卷末。遺落者，亦用圓圈圈之，另書於卷末「音釋」「補遺」二字於下，以俟博雅君子。

二、字涉可疑者，不卽輒自更易。以原字用圓圈圈之，詳註辨疑於下，另書卷末「音釋」當作某字。文義句讀字當從省者，不卽省去，亦用圓圈圈之，詳註辨疑於下，另書卷末音釋某字當省。

三、新舊刻字義，無害於文理，今又改正，易以它字者，其詩賦，或從《文選》、《藝文集》、《初學記》諸類書所載；奏記，或從宋齊梁史本紀列傳所載，如《麗色賦》並《尚書符》是也。

四、新舊刻訛字俱同，其詩賦奏記，書史所未載，今另改正者，其字義文理，俱從書史引正明白，註釋於下，如《靈丘竹賦》並《慰勞雍州文》是也。

五、詩賦原已編類。奏記諸體，内多代草，大都混淆駁雜，以先後紀之。予因更訂，擬《文選》分類，亦依先後紀之。惟詔書俱代齊太祖所草者，太祖先臣劉宋，而後禪位，淹未事太祖，故奏記在前，而詔在後也。

六、拾遺詩三首，俱載見陳徐陵《玉臺新詠》。宣城刻止收二首，《西洲曲》復爲所遺，今並補入。

七、古樂府三首，載見蕭子顯《齊書》，今補入拾遺之後。

八、《南史》曰：淹嘗欲爲《赤縣經》，以補《山海》之闕，竟不成。余按，宣城刻拾遺《遂古篇》，亦彷彿《山經》之義，今收入詳註之。

九、目録所遺《靈丘竹賦》並《詣建平王上書》二目，今俱補入。

一〇、《慰勞雍州文》，似司馬相如檄蜀文。今另以檄列之，不入雜文。《詣建平王上書》，似鄒陽獄中上書，另以上書列之，不入交書之類。

一一、楊昇庵諸集中，多有發明是集者，予註中亦引用之。

一二、是集原有十卷，今仍分爲十卷。内七卷俱自製者。餘三卷俱代草者。今分列明白，不致混雜。

江文通集彙註卷一

賦

恨賦

試望平原，蔓草縈骨㊀，拱木斂魂㊁。人生到此，天道寧論！於是僕本恨人，心驚不已；直念古者，伏恨而死。

㊀《毛詩》曰：野有蔓草。

㊁《左傳》：秦伯謂蹇叔曰：「中壽，爾墓之木拱矣。」《蒿里歌》曰：蒿里誰家地，聚斂魂魄無賢愚。

假如秦帝按劍㊀〔一〕，諸侯西馳㊁；削平天下，同文共規。華山爲城，紫淵爲池㊂。雄圖既溢，武力未畢。方架黿鼉以爲梁㊃〔二〕，巡海右以送日㊄。一旦魂斷，宮車晚出㊅。

㊀《説苑》曰：秦始皇太后不謹，幸郎嫪毒，始皇按劍而坐。

㊁《戰國策》：蘇代曰：「伏軾而西馳。」

㊂《過秦論》曰：踐華爲城，因河爲池。

㈣周穆王伐楚，東至於九江，叱黿鼉以爲梁。

㈤《列子》曰：穆王駕八駿之乘，乃西觀日所入。

㈥《史記》：王稽謂范睢曰：「宮車一日晏駕，是事不可知也。」《秦本紀》：方士徐市等入海求神藥，乃詐曰：「爲大鮫魚所苦。」始皇自以連弩射之，至平津而病，崩於沙丘。

若乃趙王既虜，遷於房陵㈠。薄暮心動，昧旦神興。別豔姬與美女，喪金輿及玉乘。置酒欲飲，悲來填膺。千秋萬歲，爲怨難勝㈡〔三〕。

㈠《淮南子》曰：趙王遷流於房陵，思故鄉，則爲山木之謳，聞者莫不隕涕。

㈡《戰國策》：楚王謂安陵君：「寡人萬歲千秋之後，誰與爲樂也！」

至如李君降北㈠，名辱身冤。拔劍擊柱，弔影慚魂㈡。情往上郡，心留雁門〔四〕。裂帛繫書，誓還漢恩㈢。朝露溘至，握手何言㈣？

㈠《漢書》曰：李陵字少卿。天漢二年，陵率步五千人出塞，與單于戰，力屈，遂降。

㈡曹子建表曰：形影相弔。《晏子春秋》曰：君子獨寢，不慚於魂。

㈢李陵書曰：欲如前書之言，報恩於國主耳。

㈣《薤露歌》曰：薤上朝露何易晞。《漢書》：李陵謂蘇武曰：「人生如朝露，何久自苦如此。」《楚辭》曰：寧溘死以流亡。王逸註：溘，淹也。

若夫明妃去時，仰天太息㈠。紫臺稍遠㈡，關山無極。搖風忽起，白日西匿。隴雁少飛，代雲寡色〔五〕。望君王兮何期？終蕪絶兮異域。

㊀漢元帝時，王嬙字昭君。元帝每游後宮，昭君常怨不幸。後單于遣使朝賀，帝宴之，盡召後宮，昭君乃盛飾而至。帝問：「欲以一女賜單于，誰能行者？」昭君越席請往。時單于使在傍，帝驚不及。昭君至，單于大悅也。

㊁紫臺，漢宮名也。

至乃敬通見抵，罷歸田里㊀。閉關却掃，塞門不仕。左對孺人，右顧稚子〔六〕。脱略公卿，跌宕文史。齎志没地，長懷無已。

㊀《後漢書》：馮衍字敬通。衍自上書報歸田里。《漢書》：高后怨趙堯，乃抵堯罪。

及夫中散下獄，神氣激揚。濁醪夕引，素琴晨張㊀。秋日蕭索，浮雲無光。鬱青霞之奇意〔七〕，入修夜之不暘㊁〔八〕。

㊀晉嵇康爲中散大夫，與山巨源書曰：「濁醪一杯，素琴一曲。」爲吕安事收下獄，臨當就命，顧日影，素琴而彈之，爲《廣陵散》。曲成，太息曰：「《廣陵散》於今絶矣。」

㊁《漢書》：武帝《李夫人賦》曰：「釋輿馬於山椒兮，奄修夜之不陽。」

或有孤臣危涕，孽子墜心。遷客海上，流戍隴陰。此人但聞悲風汩起〔九〕，泣下霑衿〔一〇〕。亦復含酸茹歎，銷落湮沉。

若乃騎疊迹，車屯軌；黄塵匝地，歌吹四起㊀。無不煙斷火絶，閉骨泉裏。

已矣哉！春草暮兮秋風驚，秋風罷兮春草生。綺羅畢兮池館盡，琴瑟滅兮丘隴平。自古皆有死，莫不飲恨而吞聲。

㊀李陵書曰：邊聲四起。

校勘記

〔一〕「假」，《文選》卷十六作「至」。

〔二〕「架」，叢刊本作「駕」。

〔三〕「怨」，叢刊本、梁本作「恨」。

〔四〕「留」，叢刊本作「存」。

〔五〕「代」，原作「岱」，據《文選》改。

〔六〕「右顧」，《文選》、叢刊本、原書底本作「顧弄」。

〔七〕「意」，梁本註「一作念」。

〔八〕「暘」，叢刊本作「陽」。

〔九〕「汩」，叢刊本作「颶」。

〔一〇〕「泣」，《文選》作「血」。

去故鄉賦

日色暮兮隱吳山之丘墟〔一〕。北風枅兮絳花落㊀，流水散兮翠莖疏㊁〔二〕。愛桂枝而不見㊂，悵浮雲而離居㊃。乃凌大壑，越滄淵〔三〕。沄沄積崚㊄，水横斷山〔四〕。窮陰匝海，平蕪帶天。

㊀柝音析，義同。

㊁《藝林伐山》曰：茿當作芀，草名。一曰，蒖莢實也。

㊂《離騷》曰：結桂枝兮延竚。《毛詩》曰：不見子都，乃見狂且。

㊃《古詩》曰：浮雲蔽白日，游子不顧返。《楚辭》曰：折疏麻兮瑶華，將以遺兮離居。

㊄崚音陵，山高貌。

於是泣故關之已盡〔五〕，傷故國之無際㊀。出汀州而解冠㊁，入漵浦而捐袂協韵㊂。聽蒹葭之蕭瑟，知霜露之流滯㊃。對江皋而自憂，弔海濱而傷歲。撫尺書而無悦，倚樽酒而不持。去室宇而遠客，遵蘆葦以爲期。情嬋娟而未罷，愁爛漫而方滋。切趙瑟以横涕㊄，吟燕笳而坐悲㊅。

㊀潘安仁《西征賦》曰：丘去魯而顧歎，季過沛而涕零。伊故鄉之可懷，疢聖達之幽情。

㊁《楚辭》曰：搴汀洲兮杜若。

㊂《楚辭》曰：入漵浦余儃佪兮。《楚辭》曰：捐余袂兮江中。

㊃《毛詩》曰：蒹葭蒼蒼，白露爲霜。

㊄楊惲《報孫會宗書》曰：婦，趙女也，雅善鼓瑟。

㈥李陵《答蘇武書》曰：胡笳互動，牧馬悲鳴。晨坐聽之，不覺淚下。

少歌曰：芳洲之草行欲暮㈠，桂水之波不可渡㈡。絶世獨立兮，報君子之一顧㈢。是時霜翦蕙兮風摧芷，平原晚兮黄雲起㈣〔六〕。寧歸骨於松柏㈤，不買名於城市㈥。若濟河無梁兮，沉此心於千里㈦。

㈠《楚辭》曰：采芳洲兮杜若。王逸註：杜若，芳洲香草，藂生水中。
㈡《一統志》曰：桂水屬桂陽始興郡。水自城西桂嶺山出。
㈢《漢書》曰：李延年善歌舞，嘗侍武帝，起舞而歌曰：「北方有佳人，絶世而獨立。一顧傾人城，再顧傾人國。」
㈣《春秋運斗樞》曰：黄雲四合，女訛驚邦。
㈤班婕妤《自傷賦》曰：願歸骨於山足，依松柏之餘光。
㈥《漢紀》曰：公孫弘飾詐以釣名。
㈦魏文帝《雜詩》曰：欲濟河無梁。

重曰：江南之杜蘅兮色以陳㈠，願使黄鵠兮報佳人㈡。横羽觴而淹望，撫玉琴兮何親。瞻層山而蔽日，流餘涕以沾巾。恐高臺之易晏，與螻蟻而爲塵㈢。

㈠《楚辭》曰：雜杜蘅與芳芷。
㈡蘇武詩曰：願爲雙黄鵠，送子俱遠飛。
㈢《莊子》曰：在上爲烏鳶食，在下爲螻蟻食。奪彼與此，何其偏也！

校勘記

〔一〕「色」，《藝文類聚》卷三十作「已」。

〔二〕「流水散兮翠茿疏」，《藝文類聚》作「流水嚴兮翠莖疏」。茿，叢刊本作「蚩」；原書底本作「茚」，梁本作「莖」。

〔三〕「淵」，《藝文類聚》作「川」。

〔四〕「沄沄積崚水橫斷山」，《藝文類聚》、梁本作「茫茫積水崚崚斷山」。

〔五〕「盡」，《藝文類聚》作「虛」。

〔六〕「雲」，《藝文類聚》作「霧」。

倡婦自悲賦并序

漢有其録，而亡其文。泣蕙草之飄落，憐佳人之埋暮，乃爲辭焉。

粤自趙東，來舞漢宫。瑶序金陳〔一〕，桂枝嬌風。素壁翠樓，明月徒秋〔二〕。歌聲忽散，傷人復愁。君王更衣㊀，露色未晞㊁。侍青鑾以雲聳〔三〕，夾丹輦以霞飛。顧南山之無隙㊂，指壽陵以同歸㊃。俄而緑衣坐奪㊄，白華卧進㊅。屑骨不憐，擅金誰吝〔四〕。九重已闕㊆〔五〕，高門自蕪㊇。青苔積兮銀閣澀㊈，網羅生兮玉梯虚㊉。度九冬而廓處⑪，遥十秋以分居〔六〕。傷營魂之已盡⑫〔七〕，畏松柏之無餘⑬。歸故鄉之末光⑭，實夫君之晚滋⑮。去柏梁以掩袂⑯，出桂苑而斂眉⑰。視朱殿以再暮，撫嬪華而一疑。

(一)《史記》曰：武帝過平陽公主，見所侍美人，上弗悦。既飲，謳者進，上望見，獨悦衛子夫。是日，武帝起更衣，子夫侍尚衣軒中，得幸。上還坐，歡甚，賜平陽主金千斤。主因奏子夫奉送入宫。子夫上車，平陽拊其背曰：「行矣。彊飯勉之。卽富貴，無相忘。」

(二)《毛詩》曰：蒹葭凄凄，白露未晞。張平子《南都賦》曰：主稱露未晞。

(三)《毛詩》曰：如南山之壽，不騫不崩。

(四)《毛詩》曰：穀則異室，死則同穴。謂予不信，有如皦日。

(五)《毛詩》曰：緑衣黄裳。　註：莊公惑於嬖妾，莊姜失位，作此詩也。

(六)《毛詩》曰：白華菅兮。　註：白華，野菅也。幽王娶申女爲后，又得褒姒，而黜申后，作此詩也。

(七)《楚辭》曰：君之門以九重。

(八)《魏都賦》曰：古公草創而高門有閌。

(九)謝莊《月賦》曰：緑苔生閣，芳塵凝榭。

(一〇)晉成公綏《蜘蛛賦》曰：遂設網於四隅。

(一一)《楚辭》曰：忽若去不信兮，至今九年而不復。

(一二)《楚辭》曰：載營魂而登霞兮。

(一三)古詩曰：出郭門直視，但見丘與墳。古墓犂爲田，松柏摧爲薪。

(一四)古樂府《烏孫公主歌》曰：願爲黄鵠兮還故鄉。

(一五)《楚辭》曰：望夫君兮未來。

〔六〕《史記》曰：漢元鼎二年，作柏梁臺，高數十丈，以柏爲之。

〔七〕謝希逸《月賦》曰：乃清蘭路，肅桂苑。

於是怨帝關之遂岨，悵平原之何極〔一〕！霜繞衣而葭冷，風飄輪而景昃。御思趙而不顧，馬懷燕而未息。泣遠山之異峰，望浮雲之雜色。若使明鏡前兮，辟孤雁之錦翼〔八〕。乃爲詩曰：

曲臺歌未徙〔二〕，黄壤哭已親〔三〕。玉玦歸無色，羅衣會生塵〔九〕。驕才雄力君何怨？徒念薄命之苦辛〔四〕！

〔一〕曹植詩：遠望周萬里，朝夕見平原。

〔二〕漢枚乘上書曰：游曲臺，臨上路，不如朝夕之池。

〔三〕《後漢書》：趙咨將終，告其故吏曰：「薄斂素棺，藉以黄壤，欲令速朽，且歸后土。」

〔四〕《漢書·許后傳》曰：柰何妾薄命。

校勘記

〔一〕「序」，《藝文類聚》卷三十二作「席」。

〔二〕「徒」，《藝文類聚》作「使」。

〔三〕「聳」，《藝文類聚》作「徙」。

〔四〕「擅」，《藝文類聚》、叢刊本、梁本作「抵」。

[五]「闕」,梁本作「閉」,下註「一作閲」。
[六]「遥」,《藝文類聚》作「經」。
[七]「魂」,《藝文類聚》、梁本作「魄」。
[八]「辟」,叢刊本、梁本作「碎」。
[九]「生」,叢刊本、梁本作「成」。

哀千里賦

蕭蕭江陰兮荆山之岑㊀[一]。北繞瑯琊碣石㊁,南馳九疑桂林㊂。山則異嶺奇峰,横嶼帶江;雜樹億尺,紅霞萬重[二]。水則遠天相逼,浮雲共色㊃,沄沄無底[三],溶溶不測。其中險如孟門㊄,豁若長河㊅。參差巨石,縱横龜鼍。

㊀王仲宣《登樓賦》曰:平原遠而極目兮,蔽荆山之高岑。《水經》曰:荆山,在南郡臨沮縣東北。
㊁《一統志》曰:瑯琊,古齊郡,有瑯琊臺。《尚書》曰:夾右碣石入於海。孔安國曰:海畔山也。酈道元曰:驪城枕海有石,如甬道,數十里,當山頂有大石,如柱形。
㊂《後漢·郡國志》曰:零陵郡,營道南九疑山,舜之所葬。九山相似,行者疑惑,故名九疑。《漢書》曰:鬱林郡,故秦桂林郡。《海南經》曰:桂林八桂樹,在番禺東。
㊃謝靈運詩曰:雲日相輝映,空水共澄鮮。

㊄孟門，山名。屬古汲郡，今之衞輝也。王元長《三月三日曲水詩序》曰：秉靈圖而非泰，涉孟門其何險。
㊅即黄河也。

若乃夏后未鑿㊀，秦皇未闢㊁。嶄岩生岸，迤邐成迹。馳湍走浪，漂沙擊石。伊孟冬之初立，出首夏以歸來。自出國而辭友，永懷慕而抱哀。魂終朝以三奪，心一夜而九摧㊂。徒望悲其何及，銘此恨於黄埃㊃！

㊀郭璞《江賦》曰：巴東之峽，夏后疏鑿。
㊁《蜀記》曰：秦欲伐蜀，不知道，遂作五石牛，以金置尾下，言能糞金，以遺蜀。蜀王負力，乃令五丁開道引之。秦使張儀司馬錯尋路滅蜀，謂之石牛道。
㊂《楚辭》曰：惟郢路之遼遠兮，魂一夕而九逝。
㊃《淮南子》曰：黄天之氣，上爲黄雲，下爲黄埃。

於時鴻雁既鳴㊀〔四〕，秋光亦窮。水黯黯兮蓮葉動，山蒼蒼兮樹色紅。思雲車兮沅北㊁，望蜺裳兮澧東㊂。惜重華之已没㊃，念芳草之坐空㊄。

㊀《禮記》曰：季秋之月，鴻雁來賓。
㊁曹植《洛神賦》曰：載雲車之容裔。《博物志》曰：漢武帝好道，西王母七月七日漏七刻，王母乘紫雲車而來。沅，即沅州路沅水，在城西南。
㊂《楚辭》曰：青雲衣兮白蜺裳。《一統志》曰：澧水屬澧陽郡。出慈利縣。

㈣重華，舜名也。《楚辭》曰：「吾與重華遊兮瑶之圃。

㈤《楚辭》曰：「王孫兮不歸，芳草兮萋萋。

既而悄愴成憂，憫默自憐。信規行之未曠，知距步之已難。雖河北之爽塏㈠，猶橘柚之不遷㈡。及年歲之未晏，願匡坐於霸山㈢。

㈠《左傳》曰：「齊景公欲更晏子之宅，曰：「請更諸爽塏。」杜預註：高燥也。

㈡《周官》曰：橘逾淮北而爲枳，此地氣所然也。

㈢《後漢書》曰：梁鴻與其妻孟光，隱於霸陵山中，以耕織爲業，詠詩彈琴以自娱。淹嘗慕鴻之爲人，故云。

校勘記

〔一〕「蕭蕭江陰兮荆山之岑」，原本作「蕭蕭江兮陰荆山之岑」，據叢刊本、梁本改。

〔二〕「重」，梁本作「里」。

〔三〕「沄沄」，梁本作「茫茫」。

〔四〕「時」，梁本註「一作是」。

青苔賦 并序

余鑿山楹爲室㈠，有青苔焉〔一〕，意之所之，故爲是作云。

嗟青苔之依依兮，無色類而可方㈡。必居閑而就寂，以幽意之深傷㈢〔二〕。故其處石㈣，則松栝交陰，泉雨長注。絶磵俯視[一三]，崩壁仰顧㈤。悲凹嶮兮[一四]，唯流水而馳騖㈥。遂能崎屈上生㈦，斑駁下布㈧。異人貴其貞精，道士悅其迴趣㈨[一五]。咀松屑以高想㈩，奉丹經而永慕(十一)[一六]。

㈠《楚辭》曰：鑿山楹以爲室兮，下披衣於水府。
㈡《淮南子》曰：窮谷之污，生青苔。
㈢晉潘安仁著《閑居賦》。
㈣《風土記》曰：水苔，青緑色，皆生於石。一名石髮。
㈤《名山志》曰：石簣山，緣崖而上，高百許丈，悉青苔，無別草木。
㈥凹音腰，嶮音掩。
㈦崎音欺，路不平也。
㈧《初學記》曰：苔名圓蘚，一名緑錢。或青或紫，故曰斑駁。
㈨《樓觀本記》曰：周穆王尚神仙，因尹貞人草制樓觀，遂召幽逸之士，置爲道士。
㈩劉向《神仙傳》曰：偓佺好食松實，能飛行，速如走馬。以松子遺堯，堯不能服。時受服者，皆至三百歲。
(十一)淮南王劉安，言神仙黃白之事，名爲《鴻寶》，論變化之道如是，八公乃詣王授丹經。

若其在水，則鏡帶湖沼，錦匝池林。春塘秀色㈠，陽鳥好音㈡[一七]。青郊未謝兮白日照，路貫千里兮緑草深㈢。乃生水而搖蕩，遂出波而沉淫㈣。假青條兮總翠，借黃花兮舒金。

遊梁之客，徒馬疲而不能去㊄；兔園之女，雖蠶饑而不自禁㊅。

㊀謝靈運詩曰：池塘生春草。
㊁《初學記》曰：春鳥曰陽鳥。《毛詩》曰：春日載陽，有鳴倉庚。
㊂宋玉《招魂》曰：路貫盧江左長薄。
㊃許慎《説文》曰：苔，水衣也。
㊄《漢書》曰：司馬相如以貲爲郎，事景帝，爲武騎常侍，非其好也。會景帝不好詞賦，是時梁孝王來朝，從游説之士，齊人鄒陽、淮陽枚乘、吴嚴忌夫子之徒，相如見而悦之。因病免，客游梁，得與諸侯遊士居。居數歲，乃著《子虛賦》。
㊅《西京雜記》曰：梁孝王好營宮室苑囿之樂，作曜華之宮，築兔園，園中有百靈山，山有膚寸石，落猿巖，棲龍岫；又有雁池，池間有鶴洲鳧渚。其諸宮觀相連，延亘數十里，奇果異樹，瑰禽怪獸畢備。王日與宮人賓客弋釣其中。又枚乘《兔園賦》曰：若夫採桑之婦，連袖方路。

至於脩臺廣廡，幽閤閑楹。流黃之織㊀〔八〕，琴瑟且鳴㊁。户牖秘兮不可見，履袂動兮覺人聲㊂。乃蕪階翠地㊃，繞壁點墻㊄。春禽悲兮蘭莖紫〔九〕，秋蟲吟兮蕙實黃。晝遥遥而不暮，夜永永以空長。零露下兮在梧楸，有美一人兮欷以傷㊅。

㊀古樂府曰：中婦織流黃。
㊁《毛詩》曰：琴瑟在御，莫不静好。
㊂《上廣志》曰：空室無人行，則生苔蘚。
㊃《宋紀》曰：王微字景玄，舉爲吏部郎。陳病篤不受，足不踰閾，十有餘載。棲遲於環堵之室，苔草没堦。

㈤張協《雜詩》曰：青苔依空墻。
㈥《楚辭》曰：思美人兮，攬涕而竚眙。

若乃崩隍十仞，毁冢萬年。當其志力雄俊，才圖驕堅；錦衣被地，鞍馬耀天。淇上相送㈠，江南採蓮㈡。妖童出鄭㈢，美女生燕㈣。而頓死豔氣於一旦，埋玉玦於窮泉㈤。寂兮如何？苔積網羅。視青蘼之杳杳，痛百代兮恨多。故其所詣必感，所感必哀。哀以情起，感以怨來。魂慮斷絶，情念徘徊者也〔一〇〕。彼木蘭與豫章，既中繩而獲㈥；及薜荔與蘼蕪，又懷芬而見表㈦。至哉青苔之無用，吾孰知其多少？

㈠《毛詩》曰：送我乎淇之上矣。　淇水，出相州。
㈡古樂府《江南》詞曰：江南可採蓮。
㈢《毛詩》曰：乃見狡童；彼狡童兮；狂童之狂也且。　三詩皆鄭風。
㈣古詩曰：燕趙多佳人，美者顏如玉。
㈤潘岳《悼亡詩》曰：之子歸窮泉。
㈥司馬長卿《長門賦》曰：刻木蘭以爲榱兮，飾文杏以爲梁。《荆州記》曰：山陽縣豫章木可伐作鼓。
㈦《楚辭》曰：攬木根以結茝兮，貫薜荔之落蕊。王逸註曰：薜荔，香草也。《楚辭》曰：秋蘭兮蘼蕪，羅生兮堂下。緑葉兮素枝，芳菲菲兮襲予。《廣志》曰：蘼蕪，香草也。魏武帝嘗以藏衣中。

校勘記

〔一〕「青」，原本無，據《初學記》補。
〔二〕「以」，《藝文類聚》卷八十二作「似」。
〔三〕「絶」，《藝文類聚》、《初學記》作「横」。
〔四〕「嶮」，《初學記》作「險」。
〔五〕「迥」，《初學記》、叢刊本作「迴」。
〔六〕「奉」，叢刊本、梁本作「捧」。
〔七〕「音」，叢刊本、原書底本作「陰」。「鳥」，叢刊本作「烏」。
〔八〕「之」，叢刊本、梁本作「以」。
〔九〕「悲」，《初學記》、元鈔本作「思」。
〔一〇〕「情」，《初學記》、叢刊本、梁本作「精」。「者也」，《初學記》作「睹」，屬下句。

石劫賦并序

海人有食石劫，一名紫囂〔一〕，蚌蛤類也。春而發華，有足異者。戲書爲短賦。

我海若之小臣㊀〔二〕，具品色於滄溟㊁。既鑪天而銅物㊂〔三〕，亦翕化而染靈〔四〕。比文豹而無恤㊃，方珠蛤而自寧㊄。冀湖濤之蔽迹，願洲渚以淪形。故其所巡，左委羽㊅，右窮髮㈦。日照水而東昇，山出波而隱沒。光避伏而不耀，智埋冥而難發。何弱命之不禁，遂永至於夭閼㈧？

㈠海若，海神也。莊周曰：我東海之波臣也，豈有升斗之水活我哉！

㈡《十洲記》曰：東海之東，别又有滄溟。

㈢賈誼《鵩鳥賦》曰：且夫天地爲鑪兮，造化爲工；陰陽爲炭兮，萬物爲銅。

㈣《列女傳》陶答子妻曰：「妾聞南山有玄豹，霧雨七日而不下食者，何也？欲以澤其衣毛，而成其文章，故藏以遠害也。」

㈤《淮南子》曰：明月之珠，螺蚌之病，而我之利也。

㈥《淮南子》曰：八澤之外，乃有八紘。北方之紘，曰委羽。又曰：北方曰積冰，曰委羽。

㈦《莊子》曰：窮髮之北，有溟海者，天池也。有魚，名曰鯤，化而爲鳥，名曰鵬。

㈧閼音遏。《莊子》曰：背負青天，莫之夭閼。註：夭，折也。

已矣哉！請去海人之仄陋㈠，充公子之嘉客㈡。儻委身於玉盤〔五〕，從風雨而可惜。

㈠張平子《思玄賦》曰：幽獨守此仄陋兮，敢怠遑而舍勤。

㈡曹子建《公讌詩》曰：公子愛敬客。

校勘記

〔一〕「蘁」，《藝文類聚》卷九十七作「蕚」。

〔二〕「我」，《藝文類聚》作「夫」。

〔三〕「銅物」,《藝文類聚》作「論形」,梁本作「鑄物」。
〔四〕「翕」,叢刊本、梁本作「噏」。
〔五〕「玉」,《藝文類聚》作「土」。

水上神女賦

江上丈人,遊宦荊吳。首衛國,望燕途;歷秦關,出宋都。遍覽下蔡之女㊀,具悦淇上之姝㊁。未有粉白黛黑,鬼神之所無也㊂。

㊀宋玉《登徒子好色賦》曰:「嫣然一笑,惑陽城,迷下蔡。」
㊁《毛詩》曰:「要我乎上宮,送我乎淇之上矣。」朱註:衛俗淫亂,自言與所思之人相期會送如此也。
㊂《戰國策》張儀曰:「鄭周之女,粉白黛黑,非知而見之者,以爲神。」

乃造南中,渡炎洲㊀;經玉澗,越金流。路逶迤而無軌,野忽漭而尠儵〔一〕。山反覆而參錯,水澆灌而縈薄。石五采而橫峯㊁,雲千色而承蕚㊂。日炯炯而舒光〔二〕,雨屑屑而稍落。紫莖繞逕始參差㊃,紅荷緣水纔灼爍㊄。忽而精飛視亂〔三〕,意徙心移〔四〕。綺靡菱蓋,悵望蕙枝〔五〕。一麗女兮,碧渚之崖。曖曖也㊅,非雲非霧,如烟如霞㊆;諸光諸色,雜卉雜華。的的也,象珪象璧㊇,若虛若實;綾錦共文,瑶貝合質。

㊀東方朔《十洲記》曰:炎洲在南海中二千里,去北岸九萬里。

(二)《列子》曰：天亦物也。物有不足，故昔者女媧氏鑄五色之石以補其闕也。

(三)《古今註》曰：黄帝與蚩尤戰於涿鹿之野，常五色雲氣，金枝玉葉，止於帝上，有花葩之象。

(四)《楚辭》曰：秋蘭兮青青，緑葉兮紫莖。《毛詩》曰：參差荇菜。

(五)曹植《洛神賦》曰：灼若芙蕖出緑波。

(六)曖曖，不明貌。

(七)《史記》曰：若烟非烟，若雲非雲，郁郁紛紛，蕭索輪囷，是謂卿雲。魏武《兵書摭要》曰：非雲非烟，非塵非霧，形似禽獸。客吉，主人之忌。

(八)《毛詩》曰：如珪如璧。

遂乃紅脣寫朱，真眉學月(一)。美目艷起(二)，秀色爛發(三)。窈窕暫見(四)，偃蹇還没(五)。冶異絶俗，奇麗不常。青琴羞艷(六)，素女慚光(七)。笑李后於漢主(八)，耻西施於越王(九)。神翻覆而愉悦，志離合而感傷。女遂俯整玉軑，仰肅金鑣。或採丹葉，或拾翠條(一〇)。守明璣而爲誓，解琅玕而相要(一一)。情乍合而還散，色半親而復嬌。聳輧車於水際(一二)，停雲霓於山椒(一三)〔六〕。奄人衹之仿像，共光氣而寂寥。

(一)宋玉《神女賦》曰：眉聯娟以蛾揚兮，朱脣的其若丹。

(二)《左傳》曰：宋孔父嘉之妻美，宋華父督見之於路，目逆而送之曰：「美而艷。」

(三)陸機《豔歌行》曰：秀色若可飡。

㊃《毛詩》曰："窈窕淑女。"

㊄《楚辭》曰："望瑶臺之偃蹇兮，見有娀之佚女。"偃蹇，高貌。

㊅司馬《上林賦》曰："若夫青琴宓妃之徒，絶殊離俗，妖冶嫺都，靚粧刻飾。"伏儼註曰："青琴，古神女也。"

㊆《吴都賦》曰："嫋嫋素女。"王子年《拾遺記》曰："黄帝使素女鼓庖犧之瑟，滿座悲不能已，後破爲二十五絃。"

㊇《漢書》曰："李延年善歌，侍武帝。歌曰：'北方有佳人，絶世而獨立，一顧傾人城，再顧傾人國。寧不知傾城與傾國，佳人難再得！'上嘆曰：'善！世豈有此人乎？'平陽主因言延年有女弟，上乃召見之，實妙麗善舞，以爲夫人。"

㊈《寰宇記》曰："勾踐索美人獻吴王，得諸暨賣薪女鄭旦、西施。先習禮於上城，以進吴。吴王許之。爲姑蘇之臺，三年乃成。周旋詰曲，横亘五里。别立春宵宫，爲長夜飲。造千石酒，作天池。池中作青龍舟，舟盛陳伎樂，日與西施爲水嬉。宫中作海靈館、館娃閣、銅溝、玉檻。宫之楹檻，皆珠玉飾。"

㊉《洛神賦》曰："或采明珠，或拾翠羽。"

(十一)曹子建《美女篇》曰："腰佩翠琅玕。"

(十二)輧車，婦人車。以其屏蔽也。《西京雜記》曰："趙飛燕自以無子，常託以祈禱，别開一室，自左右侍婢以外，莫得至者，上亦不得至焉。以輧車載輕薄少年爲女子服入後宫者，日以十數，與之淫通，無時休息，有疲怠者，輒差代之，而終無子。"

(十三)《楚辭》曰："青雲衣兮白霓裳。"　漢武《思李夫人賦》曰："釋輿馬兮山椒。"　椒，山頂也。

於時也，綵霞繞繞，卿雲縵縵。石瓊文而翕絶㊀，山龍鱗而熠爛。苔緑根而攢集，草紅葩而舒散。日炫晃以朧光，樹葳蕤而葱粲㊁。無西海之浩蕩〔七〕，見若木之千尋㊂。非丹山之赫曦，聞琴瑟之空音㊃。理洞徹於俗聽，物驚怪於世心。恨精影之不滯，悼光晷之難惜〔八〕。悦有無於俄傾〔九〕，驗變化於咫尺。視空同而失貌，察倏忽而亡迹。野田田而虚翠，水湛湛而空碧。乃唱桂櫂㊄，凌衝波㊅；背橘浦㊆，向椒阿㊇。硉矹木石㊈，洪滐蛟鼉(一〇)。顧御僕而情饒，巡左右而怨多。弔石渚而一歎，悵沙洲而少歌。苟懸天兮有命，永離決兮若何？退以爲妙聲無形〔一〇〕，奇色非質。麗於嬪嬙，精於琴瑟。尋漢女而空佩(一一)，觀清角而無疋(一二)。嬪楊不足聞知(一三)，夔牙焉能委悉(一四)！何如明月之忌玄雲，秋露之慚白日；愁知形有之留滯，非英靈之所要術也！

㊀絶，許力切，大赤色也。
㊁葳蕤，茂盛貌。《瑞應圖》曰：葳蕤，瑞草名。
㊂《離騷》曰：折若木以拂日兮。註：若木，在西海崑崙西極。
㊃《山海經》曰：丹冗之山，東至日所出爲太平山。有鳥，名曰鳳皇。是鳥自歌自舞，見則天下太平。
㊄《楚辭》曰：桂櫂兮蘭枻，斲冰兮積雪。
㊅《楚辭》曰：衝風起兮水横波。
㊆湘江中有四洲，橘州爲一。夏水泛，惟此洲不没。多美橘，故名。
㊇《楚辭》曰：步余馬於蘭皐兮，馳椒丘且焉止息。
㊈硉矹，音律兀。

(一〇)漭，音莽，水廣大貌。

(一一)《韓詩外傳》曰：鄭交甫，遵彼漢皋臺下，遇二女。與言曰：「願請子之珮。」二女與交甫。交甫受而懷之，超然而去，十步，循探之，即亡矣。迴顧二女，亦即亡矣。

(一二)《韓子》師曠曰：清徵之聲，不如清角。　許慎《淮南子註》曰：清角，弦急也，其聲清。

(一三)未詳。

(一四)揚雄《甘泉賦》曰：陰陽清濁，穆羽相和兮，若夔牙之調琴。註：夔，舜樂官。牙，伯牙也。

校勘記

〔一〕「漭」，《藝文類聚》卷九十一作「漠」。

〔二〕「舒光」，元鈔本作「光舒」。

〔三〕「忽」，《藝文類聚》作「既」。

〔四〕「徙」，《藝文類聚》作「去」，叢刊本、原書底本作「走」。

〔五〕「蕙」，叢刊本、原書底本作「黄」

〔六〕「停」，叢刊本、梁本作「亭」。

〔七〕「西」，元鈔本作「四」。

〔八〕「惜」，《藝文類聚》作「借」。

〔九〕「悦」，叢刊本、梁本作「閲」。

〔一〇〕「退以息」，梁本註「西銘本無此三字」。

泣賦

秋日之光，流兮以傷。霧離披而殺草，風清泠而繞堂㊀。視左右而不臑㊁，具衣冠而自涼。默而登高谷，坐景山㊂；倚桐柏，對石泉。直視百里，處處秋烟。闃寂以思，情緒留連。江之永矣蓮欲紅㊃，南有喬木葉以窮㊄。心蒙蒙兮恍惚，魄漫漫兮西東。詠河、兗之故俗㊅，眷徐、楊之遺風㊆。眷徐楊兮阻關梁，詠河兗兮路未央。道尺折而寸斷〔一〕，魂十逝而九傷〔二〕。欷潺湲兮沫袖。泣嗚唈兮染裳〔三〕。

㊀魏阮瑀詩曰：臨川多悲風，秋日苦清涼。客子易爲戚，感此用哀傷。

㊁臑音而，熟也。

㊂景，大也。

㊃《毛詩》曰：江之永矣，不可方思。

㊄《毛詩》曰：南有喬木，不可休息。

㊅《禹貢》曰：濟河惟兗州。

㊆《一統志》曰：徐州，其屬爲宋、爲楚。古彭城郡。《禹貢》曰：「淮海維楊。」古廣陵郡也。

若夫景公齊山㊀，荆卿燕市㊁；孟嘗聞琴㊂，馬遷廢史㊃；少卿悼躬㊄，夷甫傷子㊅。皆泣緒如絲，詎能仰視。鏡終古而若斯〔四〕，況余輩情之所使哉！

㈠《列子》曰：齊景公游於牛山，北臨其國城，而流涕曰：「美哉國乎，鬱鬱芊芊，若何滂滂去此國而死乎？使古無死者，寡人將去斯而之何？」艾孔、梁丘據皆從而泣曰：「臣賴君之賜，疏食惡肉，可得而食。駑馬稜車，可得而乘也。且猶不欲死，而況吾君乎？」

㈡《史記》曰：荆軻，衛人也，而之燕，燕人謂之荆卿。愛燕之狗屠及善擊筑者高漸離，日飲於燕市。漸離擊筑，荆軻和而歌於市中，相樂也，已而相泣，傍若無人。

㈢《説苑》曰：雍門周以琴見孟嘗君。君曰：「先生鼓琴，亦能令人悲乎？」周曰：「夫千秋萬歲之後，高臺既已壞，曲池既已塹，墳墓既已下，嬰兒竪子，樵採躑躅，而歌其上，曰：『夫以孟嘗君尊貴，若乃是乎？』」於是孟嘗君泫然泣曰：「令文立若破國亡邑之人乎？」

㈣司馬遷，字子長。武帝將誅李陵母妻，遷盛言陵才器不可誅，遂下獄腐刑。後爲中書令，修《史記》。又太史公曰：「始齊之蒯通，讀樂毅報燕書，未嘗不廢書而泣也。」

㈤漢李陵，字少卿。太史公《報任少卿書》曰：然李陵一呼，勞軍士無不起。躬自流涕，沫血飲泣。《文選註》曰：躬，謂李陵身。涕，淚也。血沾面曰沫，淚入口曰飲。

㈥晉王衍字夷甫，喪幼子，山簡弔之，衍悲不自勝。簡曰：「孩抱中物，何至如此？」衍曰：「聖人忘情，最下不及情，然則情之所鍾，正在我輩。」簡服其言，更爲之慟。

校勘記

〔一〕「道」，《太平御覽》卷四八八作「慮」。

〔二〕「十」，《太平御覽》作「一」。

〔三〕「唈」，《太平御覽》作「咽」。
〔四〕「若」，梁本註「一作如」。

待罪江南思北歸賦〔一〕

伊小人之薄伎，奉君子而輸力。接河漢之雄才，攬日月之英色。絶雲氣而厲響，負青天而撫翼㊀。德被命而不渝，恩潤身而無極。何規矩之守任㊁，信愚陋而不肖。愧金碧之琳瑯，慚丹雘之照曜㊂。樊天網而自羅〔二〕，徒夜分而誰弔㊃！遭大道之隆盛，雖草木而勿履。誤銜造於遠國，出顛沛之願始。去三輔之台殿㊄，辭五都之城市㊅。

㊀《莊子》曰：窮髮之北，有溟海焉。有鳥，其名爲鵬。背若泰山，翼若垂天之雲，摶扶搖羊角而上者九萬里。絶雲氣，負青天，然後圖南，且適南溟也。
㊁《楚辭》曰：偭規矩而改錯。
㊂《子虛賦》曰：其土則丹青赭堊，錫碧金銀，衆色炫耀，照爛龍鱗。註：丹，丹砂也。青，青雘也。金，赤錏也。碧，青石也。一說：雘，善丹也。有青色，有朱色。
㊃曹植《上責躬應詔詩表》曰：追思罪戾，晝分而食，夜分而寢。誠以天網不可重羅，聖恩難可再恃。離與罹義同。
㊄漢京兆尹、左馮翊、右扶風，共治長安，爲之三輔。
㊅《登徒子好色賦》曰：臣少曾遠遊，周覽九土，足歷五都。註曰：九土，九州之土。五都，五方之都。

惟江南兮丘墟，遥萬里兮長蕪〔三〕。帶封狐兮上景㈠〔四〕，連雄虺兮蒼梧㈡。當青春而離散，方仲冬而遂徂〔五〕。寒蒹葭於余馬㈢〔六〕，傷霧露於農夫㈣。跨金峰與翠巒，涉桂水於碧湍〔七〕。雲清泠而多緒，風蕭條而無端。猿之吟兮日光迥，狖之啼兮月色寒。究煙霞之繚繞，具林石之巑岏。

㈠《楚辭》曰：蝮蛇蓁蓁，封狐千里些。封狐，大狐也。《漢書音義》如淳曰：比景，日中於頭上，景在己下，故名之。亦作北景。漢武帝時，日南郡置北景縣，言在日之南，向北看日。上景，當作比景。
㈡《離騷》曰：雄虺九首，儵忽焉在。虺，毒蛇也。古蒼梧郡，今之梧州。卽舜所葬處。
㈢《毛詩》曰：蒹葭蒼蒼，白露爲霜。
㈣《後漢書》范曄紀論曰：身犯霧露雲臺之上。又謝弼上封事曰：如有霧露之疾。

於是臨虹蜺以築室㈠，鑿山楹以爲柱㈡。上畾畾以臨月，下淫淫而愁雨。奔水潦於遠谷，汩木石於深嶼。鷹隼戰而櫓巢㈢〔八〕，黿鼉怖而穴處。若季冬之嚴月，風摇木而騷屑。玄雲合而爲凍，黄烟起而成雪。虎踡跼而斂步㈣，蛟躨跜而失穴㈤〔九〕。至江蘺兮始秀㈥，或杜衡兮初滋㈦。桂含香兮作葉，藕生蓮兮吐絲。俯金波兮百丈，見碧沙兮來往。霧葢蒀兮半出，雲雜錯兮飛上。石炤爛兮各色，峯近遠兮異象。及迴風之摇蕙，天潭潭而下露。木蕭稍而可哀，草林離而欲暮。夜燈光之寥迥，歷隱憂而不去。心湯湯而誰告，魄寂寂而何語！情枯槁而不及，神翻覆而亡據。

㈠《吳都賦》曰：寒暑隔閡於邃宇，虹蜺迴帶於雲館。

㈡《楚辭》曰：鑿山楹以爲室。

㈢《家語》曰：夏則居橧巢。註：有柴曰橧。在樹曰巢。

㈣踡跼，音拳局。《楚辭》曰：僕夫悲余馬懷兮，踡跼顧而不行。註：踡跼，詰屈不行貌。

㈤躨跜，音躨尼。《靈光殿賦》曰：虬龍騰驤以蜿蟺，頷若動而躨跜。註：躨跜，動貌。

㈥《楚辭》曰：播江蘺與滋菊，願春日以爲糗芳。

㈦《楚辭》曰：芷葺兮荷屋，繚之兮杜衡。

夫以雄才不世之主，猶儲精於沛鄉㈠〔一〇〕；奇略獨出之君，尚婉戀於樊陽㈡〔一一〕。潘去洛而掩涕㈢，陸出吳而增傷㈣。況北州之賤士，爲炎土之流人！共魍魎而相偶㈤，與蠨蛸而爲鄰㈥。秋露下兮點劍舄，青苔生兮綴衣巾〔一二〕。步庭廡兮多蒿棘，顧左右兮絶親賓。憂而填骨〔一三〕，思兮亂神。願歸靈於上國，雖坎軻而不惜身㈦。

㈠《漢書》曰：高祖過沛，置酒沛宮，乃起舞，慷慨傷懷，泣下數行。謂父老曰：「遊子悲故鄉。」

㈡《東觀漢記》曰：漢光武，高祖九世孫，出自長沙定王。定王生春陵節侯。春陵本零陵郡，以地卑濕，元帝時，求封南陽白水鄉，因故國名曰春陵。及光武即位，六年正月，以春陵爲章陵，復其徭役，比豐沛。十七年，帝幸章陵，修園廟，祠舊宅，觀田廬。置酒作樂賞賜。時宗室諸母，因酣悦，相與語曰：「文叔少時謹信，與人不款曲，唯直柔耳。今乃能如此。」帝聞大笑曰：「吾治天下，亦欲以柔道行之。」又高誘《呂覽註》曰：「南陽之地，在河之北，晉之山南，今河内陽樊温之屬是也。」「樊」當作「南」，此與光武「南陽」不同。今並列之。

㊂晉潘岳，字安仁。家於鞏洛，爲長安令。因行役之感，作《西征賦》曰：「眷鞏洛而掩涕，思纏綿於墳塋。

㊃《晉書》曰：陸機，字士衡，吴人。入洛，後被收。歎曰：「華亭鶴唳，可得聞乎？」

㊄張平子《西京賦》曰：「魑魅魍魎，莫能逢旃。《說文》曰：魍魎，水神。一曰木石之怪。夔，魍魎。

㊅《毛詩》曰：蠨蛸在户。《爾雅》曰：蠨蛸，長踦也。

㊆《古詩》曰：「轗軻長苦辛。」註：車行不利也。亦作坎坷，不平貌。

校勘記

〔一〕梁本註：「西銘本無『待罪江南』四字。」

〔二〕「罹」，叢刊本、梁本作「離」，胡氏原校云：「義同。」

〔三〕「遥」，《藝文類聚》卷二十七作「經」。

〔四〕「上」，原書底本、梁本作「比」。

〔五〕「冬」，《藝文類聚》作「秋」。

〔六〕「蒹」，元鈔本作「蕪」。

〔七〕「於」，叢刊本、梁本作「與」。「碧」，元鈔本作「急」。

〔八〕「櫓」，元鈔本作「檣」。

〔九〕「躞跜」，元鈔本、叢刊本作「夔尼」。「失」，元鈔本作「共」。

〔一〇〕「鄉」，原作「卿」，據叢刊本、梁本改。
〔一一〕「樊陽」，原書底本作「南陽」。
〔一二〕「青」，《藝文類聚》作「春」。
〔一三〕「骨」，元鈔本作「谷」。

別賦

黯然銷魂者，唯別而已矣。況秦吳兮絶國，復燕宋兮千里。或春苔兮始生，乍秋風兮暫起〔一〕。是以行子腸斷，百感悽惻。風蕭蕭而異響㈠，雲漫漫而奇色㈡。舟凝滯於水濱，車逶迤於山側。棹容與而詎前，馬寒鳴而不息。掩金觴而誰御㈢，橫玉柱而霑軾㈣〔二〕。居人愁臥，怳若有亡㈤〔三〕。日下壁而沉彩〔四〕，月上軒而飛光。見紅蘭之受露，望青楸之罹霜。巡層楹而空掩〔五〕，撫錦幕以虛涼〔六〕。知離夢之躑躅㈥，意別魂之飛揚〔七〕。

㈠荆軻歌曰：風蕭蕭兮易水寒。
㈡《卿雲歌》曰：卿雲爛兮，糺漫漫兮。
㈢韋誕詩曰：旨酒盈金觴。
㈣袁淑《正情賦》曰：解蘊麝之芳衾，陳玉柱之鳴箏。
㈤《莊子》曰：君惝然若有亡。

㈥《説文》曰：躑躅，住足也。

故别雖一緒〔八〕，事乃萬族。至若龍馬銀鞍，朱軒繡軸。帳飲東都㈠〔九〕，送客金谷㈡。琴羽張兮簫鼓陳，燕趙歌兮傷美人。珠與玉兮豔暮秋，羅與綺兮嬌上春。驚駟馬之仰秣〔一〇〕，聳淵魚之赤鱗㈢。造分手而銜涕〔一一〕，咸寂寞而傷神〔一二〕。

㈠《漢書》曰：疏廣，字仲翁，東海蘭陵人也。廣兄子受，字公子。廣爲太傅，公子爲少傅。廣謂受曰：「吾聞知足不辱，知止不殆。」上疏乞骸骨。上以其年老，皆許之，加賜黄金二十斤。皇太子賜五十斤。公卿大夫故人邑子，爲設祖道，供帳東都門外。

㈡石崇《金谷詩序》曰：余元康六年，從太僕卿，出爲使持節青徐諸軍事、征虜將軍。有别廬在河内縣金谷澗中。時征西將軍祭酒王詡，當還長安。余與衆賢共送澗中。

㈢《淮南子》曰：瓠巴鼓瑟，而淫魚出聽。伯牙鼓琴，駟馬仰秣。

乃有劍客慚恩㈠，少年報士㈡。韓國趙厠㈢，吴宫燕市㈣。割慈忍愛，離邦去里。瀝泣共訣，抆血相視〔一三〕。驅征馬而不顧〔一四〕，見行塵之時起。方銜感於一劍，非買價於泉裏。金石震而色變，骨肉悲而心死。

㈠《漢書》曰：李陵曰：「臣所將屯邊者，奇材劍客也。」

㈡《漢書》曰：郭解以軀藉友報讎。少年慕其行，亦輒爲報讎。

㈢《史記》曰：聶政者，軹深井里人也。濮陽嚴仲子事韓哀侯，與韓相俠累有隙。嚴仲子告聶政而言：「臣有讎，聞足下高義，故進百金，以交足下之歡。」聶政拔劍，至韓，直入上堦，刺殺俠累。又曰：豫讓者，晉人也，事智伯，智伯甚尊寵之。趙襄子滅智伯，讓乃變姓名爲刑人，入宮塗厠，欲刺襄子。
㈣《史記》曰：專諸者，棠邑人也。吴公子光具酒請王僚，酒既酣，使專諸置匕首魚炙之腹中而進。既至王前，專諸以匕首刺王僚，王僚立死。又曰：荆軻者，衛人也。至燕，與高漸離飲於燕市。後荆軻爲燕太子丹獻燕地圖，圖窮匕首見，因以匕首揕秦王。

或乃邊郡未和㈠，負羽從軍㈡。遼水無極㈢，雁山參雲㈣，閨中風暖，陌上草薰㈤。日出天而曜景，露下地而騰文。鏡朱塵之照爛㈥，襲青氣之烟煴㈦。攀桃李兮不忍别，送愛子兮霑羅裙。

㈠司馬相如《檄蜀文》曰：邊郡之士，聞烽舉燧燔。
㈡《羽獵賦》曰：蒙楯負羽，杖鏌邪而羅者以萬計。
㈢《水經》曰：遼山，在玄菟高句麗縣，遼水所出。
㈣《海内西經》曰：大澤方百里，鳥所生。在雁山，雁出其間。
㈤《藝林伐山》曰：佛經云：「奇草芳花，能逆風聞薰。」《别賦》「陌上草薰」，正用此意。
㈥《楚辭》曰：經堂入奥，朱塵筵些。王逸曰：朱畫承塵也。
㈦《楚辭》曰：芳菲菲兮襲人。《易通卦驗》曰：震，東方也，主春分。日出青氣出震，此正氣也。

至如一赴絶國〔一五〕，詎相見期㈠。視喬木兮故里㈡，決北梁兮永辭㈢。左右兮魂動〔一六〕，親賓兮淚滋㊃〔一七〕。可斑荆兮增恨㊄〔一八〕，惟樽酒兮叙悲㊅。值秋雁兮飛日，當白露兮下時。怨復怨兮遠山曲，去復去兮長河湄㊆。

㊀雍門周曰："遠赴絶國，無相見期。臣爲一揮琴而太息，未有不悽愴而流涕者。

㊁王充《論衡》曰："睹喬木，知舊都。

㊂《楚辭》曰："濟江海兮蟬蛻，決北梁兮永辭。

㊃蘇武詩曰："淚爲生别滋。"滋，多也。

㊄《左傳》曰："「楚伍舉將奔晉，聲子將如晉，遇之於鄭郊，斑荆相與食。」《文選註》："斑，布也。

㊅蘇武詩曰："我有一樽酒，欲以贈遠人。願子留斟酌，叙此平生親。

㊆《毛詩》曰："居河之湄。《爾雅》曰："水草交曰湄。

又若君居淄右㊀，妾家河陽㊁。同瓊珮之晨照㊂，共金爐之夕香㊃。君結綬兮千里㊄，惜瑶草之徒芳㊅。暫幽閨之琴瑟〔一九〕，晦高臺之流黄㊆〔二〇〕。春宫閟此青苔色〔二一〕，秋帳含兹明月光；夏簟青兮晝不暮㊇，冬釭凝兮夜何長㊈〔二二〕？織錦曲兮泣已盡，迴文詩兮影獨傷㊉。

㊀《漢書》有淄川國。

㊁又河内郡有河陽縣。

㊂《毛詩》曰："有女同車，顔如舜華。將翺將翔，佩玉瓊琚。

㊃司馬相如《美人賦》曰："金爐香薰，黼帳周垂。

㈤《漢書》曰：蕭育與朱博爲友，長安語曰：「蕭朱結綬。」

㈥《山海經》曰：姑媱之山，帝女死焉。名曰女尸，化爲瑶草。其葉胥成，其花黄，其實如兔絲。服者媚於人。

㈦張載《擬四愁詩》曰：佳人贈我筒中布，何以報之流黄素。

㈧張儼《席賦》曰：席爲冬設，簟爲夏施。

㈨夏侯湛《燈釭賦》曰：秋日既逝，冬夜悠長。

㈩《織錦迴文詩序》曰：竇韜秦州，被徙沙漠。其妻蘇氏。秦州臨去別蘇，誓不更娶。至沙漠，便娶婦。蘇氏織錦，端中作此迴文詩以贈之。

儻有華陰上士，服食還仙。術既妙而猶學〔三三〕，道已寂而未傳。守丹竈而不顧，鍊金鼎而方堅。駕鶴上漢，驂鸞騰天㈠。暫游萬里㈡，少别千年㈢。惟世間兮重別，謝主人兮依然。

㈠張僧鑒《豫章記》曰：洪井有鸞岡。舊説云，洪崖先生乘鸞所憩處也。鸞岡西有鶴嶺，王子喬控鶴所經過處也。

㈡《神仙傳》曰：若士者，仙人也。燕人盧敖者，秦時遊北海而見若士。若士曰：「一舉而千里，吾猶未之能。今子始至於此，乃語窮，豈不陋哉？」

㈢馬明先生，隨神女還岱。見安期生語神女曰：「昔與女郎遊於安息西海之際。憶此未久，已二千年矣。」

下有芍藥之詩㈠，佳人之歌㈡；桑中衛女，上宫陳娥㈢。春草碧色，春水淥波。送君南浦，傷如之何㈣！至乃秋露如珠〔三四〕，秋月如珪。明月白露，光陰往來〔三五〕。與子之别，思心徘徊。

○《毛詩》曰：維士與女，伊其相謔，贈之以芍藥。

㈡《漢書》：李延年歌曰：「北方有佳人。」

㈢衛、陳，二國名。《毛詩》曰：期我乎桑中，要我乎上宮。

㈣《楚辭》曰：子交手兮東行，送美人兮南浦。

是以別方不定，別理千名。有別必怨，有怨必盈。使人意奪神駭，心折骨驚〔二六〕。雖淵、雲之墨妙㈠，嚴、樂之筆精㈡；金閨之諸彥㈢，蘭臺之羣英㈣；賦有淩雲之稱㈤，辯有雕龍之聲㈥，詎能摹暫離之狀〔二七〕，寫永訣之情者乎？

㈠班孟堅《西都賦》曰：秦漢之所極觀，淵雲之所頌歎。《文選註》：後漢王褒，字子淵。揚雄，字子雲。

㈡《漢書》曰：嚴安，臨淄人也。徐樂，燕無終人也。上疏言時務，上召見，乃拜樂、安皆爲郎中。

㈢東方朔云「公孫弘等待詔金馬門」是也。

㈣蘭臺，臺名。傅毅、班固等爲蘭臺令。

㈤《漢書》曰：司馬相如既奏《大人賦》，天子大悅，飄飄有淩雲之氣。

㈥《七略》曰：鄒赫子，齊人也。齊人爲諺曰「雕龍赫」。言操修鄒衍之術，文飾之若雕鏤龍文。

校勘記

〔二〕「乍」，《初學記》卷十八作「或」。

〔二〕「柱」，叢刊本作「筋」。

〔三〕「恍」，叢刊本作「脱」。

〔四〕「彩」，《文選》卷十六、梁本作「影」。

〔五〕「層」，《初學記》作「丹」。

〔六〕「撫錦幕以虛涼」，《初學記》作「撫錦幃而虛涼」。

〔七〕「别」，《藝文類聚》卷三十作「離」。

〔八〕「故」，《藝文類聚》作「爾乃」。　「雖」，原作「離」，據《文選》、《藝文類聚》、叢刊本及梁本改。

〔九〕「帳」，叢刊本、梁本、原書底本作「悵」。

〔一〇〕「仰秣」，叢刊本、梁本作「素沫」。

〔一一〕「分」，叢刊本作「携」。

〔一二〕「咸」，《藝文類聚》、《文選》作「感」。　叢刊本作「各」。

〔一三〕「抆」，叢刊本、梁本、原書底本作「刎」。

〔一四〕「顧」，叢刊本作「覿」。

〔一五〕「赴」，原作「去」，據《文選》、叢刊本、梁本改。

〔一六〕叢刊本「左」上有「顧」字。

〔一七〕叢刊本「親」上有「視」字。

〔一八〕「增」，《文選》作「贈」。

〔一九〕「暫幽閨」，《文選》作「慚幽閨」，《藝文類聚》作「慚幽宮」，叢刊本作「漸幽宮」，梁本作「漸幽閨」，原書底本作「暫幽宮」。
〔二〇〕「晦高臺」，《藝文類聚》作「悔臺上」。
〔二一〕「宮」，叢刊本作「閨」。
〔二二〕「冬釭」，叢刊本作「缸」。
〔二三〕「既」，叢刊本、原書底本作「將」。
〔二四〕「至乃」，叢刊本作「乃至」。
〔二五〕「光陰」，叢刊本、原書底本作「陰景」。
〔二六〕「折」，《藝文類聚》作「摧」。
〔二七〕「詎」，《文選》作「誰」。

蓮華賦 并序

余有蓮華一池，愛之如金。宇宙之麗，難息絶氣。聊書竹素，儻不滅焉。

檢水陸之具品㈠，閲山海之異名㈡。珍爾秀之不定，乃天地之精英。植東國之流詠㈢〔一〕，出西極而擅名㈣。方翠羽而結葉，比碧石而爲莖。蕊金光而絶色〔二〕，藕冰拆而玉清。載紅蓮以吐秀，披絳華以舒英。故香氛感俗，淑氣參靈。躑躅人世㈤，茵蒀祇冥㈥。青桂羞烈㈦，沉水慚馨㈧。

㈠左太冲《三都賦》曰：水陸所湊，兼六合而交會焉。

㈡《吴越春秋》曰：禹登衡山，有赤繡衣男子，自稱玄衣蒼水使者。謂禹曰：「欲得我簡書，知導水方，齋於黄帝之嶽。」禹乃齋，登石簣山，果得其文，周行天下。伯益記之，爲《山海經》。

㈢江東呼荷花爲芙蓉。

㈣西極，西域也。《法華經》曰：須曼那花香，闍提華香，末利華香，薝蔔花香，赤蓮華香，青蓮華香，白蓮華香。

㈤躑躅，足不進也。佛經曰：人天世界。

㈥茵葟，淑氣也。祇，地也。冥，天也。

㈦《長門賦》曰：桂樹交而相紛兮，芳酷烈之誾誾。

㈧内典曰：勝怨菩薩，在虚空中，立與流離雲覆世界，雨金色之花，沉水之香。

於是生乎澤陂㈠〔三〕，出乎江陰㈡，見綵霞之夕照，覿雕雲之晝臨〔四〕。既翕絶于洲漲，亦映曖於川潯。奪夜月及熒光，掩朝日與絶火㈢。出金沙而延曜㈣，被淥波而覃拖㈤。冠百草而絶群，出異類之衆夥。故先聖傳圖，英隱流記。一爲道珍㈥，二爲世瑞㈦。發青蓮於王宫㈧，驗奇花於陸地㈨。

㈠《毛詩》曰：彼澤之陂，有蒲菡萏。

㈡古詩曰：涉江採芙蓉。

㊂後漢閔鴻《芙蓉賦》曰：灼若夜光之在玄岫，赤若太陽之映朝雲。

㊃滄州金蓮花，州人研之如泥，以間綵繪，光彩煥爛，與真金無異。

㊄《洛神賦》曰：灼若芙蓉出淥波。

㊅《華山記》曰：華山頂上池，池生千葉蓮花，服之者羽化。

㊆《宋起居註》曰：明帝泰始二年，瑞蓮一雙，駢花並實，合柎同莖，生豫州鱧湖。

㊇觀音大士生於王宮，坐青蓮花上。

㊈一種曰木芙蓉，一曰旱蓮花，生於陸地。

若其江淡澤芬，則照電爍日；池光沼緑，則明壁洞室。曜長洲而瓊文，映青崖而火質。或憑天淵之清峭㊀〔一五〕，或植疏圃之蒙密㊁〔一六〕。故河北棹歌之姝㊂〔一七〕，江南採菱之女㊃；春水厲兮楫潺湲〔一八〕，秋風駛兮舟容與〔一九〕。著縹芰兮出波〔二〇〕，攬湘蓮兮映渚。迎佳人兮北燕㊄，送上客兮南楚㊅。知荷華之將晏，惜玉手之空佇。

㊀《宋書》曰：元嘉二十三年六月壬寅，華林天淵池，芙蓉二花一蔕，園丞陳襲祖以聞。按《金陵志》：天淵池，開自元嘉中。

㊁《淮南子》曰：疏圃之池，浸之黃水。又齊梁時，天安寺有疏圃。梁武帝《疏圃堂詩》曰：連山去無限，長洲望不極。參差照光彩，左右皆春色。

㊂漢武帝《秋風詞》曰：簫鼓鳴兮發棹歌。

㊃古樂府《採菱曲》曰：江南稚女珠腕繩，金翠搖首紅顏興，桂棹容與歌採菱。

㈤古詩曰：燕趙多佳人。

㈥司馬相如《美人賦》曰：上客何國之公子。

乃爲謡曰：「秋雁度兮芳草殘，琴柱急兮江上寒。願一見兮道我意，千里遠兮長路難。」

若其華實各名，根葉異辭。既號芙蕖㈠，亦曰澤芝㈡。麗詠楚賦，豔歌陳詩㈢。非獨瑞草，爰兼上藥㈣。味靈丹砂㈤，氣驗青雘㈥。乃可棄劍海岫㈦，龍舉雲蕚㈧。畫臺殿兮霞蔚，圖縑縞兮炳爍。永含靈於洲渚，長不絶兮川壑。

㈠《爾雅》曰：荷，芙蕖。

㈡《古今註》曰：蓮花一名水且，一名水芝，一名澤芝，一名水花。

㈢宋鮑照《芙蓉賦》曰：感衣裳於楚賦，詠夏思於陳詩。註：《楚辭》曰：製芰荷以爲衣。又曰：集芙蓉以爲裳。《毛詩》曰：彼澤之陂，有蒲與荷。有美一人，傷如之何。陳靈公淫於夏徵舒之母，懷思而作也。

㈣《草木方》曰：七月七日採蓮花七分，八月八日採蓮根八分，九月九日採蓮實九分，陰乾下篵服之，令人不老。

㈤晉葛洪好神仙，聞交趾出丹砂，求爲勾漏令，服丹砂仙去。

㈥《山海經》曰：「青丘之山，有青雘。」註：今之空青也。《本草經》曰：久服輕身延年。

㈦《拾遺記》曰：黄帝厭世于崑崙，留其冠劍珮舄焉。

㈧蕚，音鄂，山也。

校勘記

〔一〕「植」，叢刊本、梁本作「殖」。
〔二〕「絶」，《藝文類聚》卷八十二作「池」。
〔三〕「陂」，梁本註「一作波」。
〔四〕「雲」，梁本註「一作龍」。
〔五〕「淵」，元鈔本作「海」。
〔六〕「植」，叢刊本、梁本作「殖」。
〔七〕「棹」，原作「擢」，當爲「櫂（棹）」之譌，據叢刊本、梁本改。
〔八〕「厲」，《藝文類聚》作「廣」。
〔九〕「駛」，叢刊本作「駃」。
〔一〇〕「著」，《藝文類聚》作「看」。「芰」，梁本註「一作菱」。

丹砂可學賦并序

咸曰金不可鑄〔一〕，僕不信也。試爲此辭，精思云爾。

惟雲場之少折，乃人逕之多憂㊀。雖瑶笙及金瑟，雜翠帳與丹幬。吞悲欣于得失，銜哀樂於春秋。焕如星絶，黯如火滅。星絶難光，火滅可傷。故從師而問道，冀幽路之或暘。

測神宗之無緩，踐雲極之不賒〔二〕。信名山及石室㈡〔三〕，驗青湏與丹砂㈢。撝五難之重滯㈣，攬九仙之輕華㈤。故抱魄寂處，凝神空居㈥；泯邈深晝，窈鬱重虛。覘炫燿而可見㈦，聽泬寥而有餘㈧。

㈠沈約《游沈道士館詩》曰：都令人逕絕，唯使雲路通。

㈡《神仙傳》曰：廣成子者，古之仙人也，居崆峒之山石室中。

㈢湏，音汞，義同，卽水銀也。丹砂所化爲水銀。《淮南子》曰：白礜生白湏，白湏九百歲生白金。

㈣撝，音揮。向秀《難嵇康養生論》曰：養生有五難：名利不成，此一難；喜怒不除，此二難；聲色不去，此三難；滋味不絕，此四難；神慮消散，此五難。

㈤《列仙傳》曰：涓子者，齊人也。好餌術，至三百年，乃見於齊，後授伯陽九仙法。

㈥《廣成子》曰：無視無聽，抱神以靜，形將自正。

㈦覘，音沾，窺也。炫燿，惑亂也。

㈧泬寥，闃寂也。

於是乘河漢之光氣，騎列星之綵色〔四〕。輟陰陽于形有，傳變化於心識。浮恍惚而無涯，泛靈怪而未極。架日月之精照，騫蛟龍之毛翼㈠。

㈠《莊子》曰：藐姑射之山，有神人焉。肌膚若冰雪，綽約若處子。不食五穀，吸風飲露。乘雲氣，馭飛龍，遊於四海之外。

遂乃氣穆肅而神奔，骨窈窈而鬼怪〔五〕。綴葳蕤而成冠，點雜錯而爲珮。出湎泣而遐騖㈠，貫蒙鴻而上厲㈡〔六〕。鳳之來兮蔽日，鸞之集兮爲群㈢。左昆吾之炎景㈣，右崦嵫之卿雲㈤。爛七采之炤燿，漫五色之絪縕〔七〕。非世俗之質見〔八〕，焉鬼神之嘗聞〔九〕？

㈠湎泣，沈溺也。

㈡蒙鴻，元氣也。張平子《思玄賦》曰：踰蒙鴻於宕冥兮，貫倒景而高厲。

㈢《山海經》曰：軒轅之丘，鸞自歌，鳳自舞。

㈣《淮南子》曰：對於昆吾，是謂正中。註曰：昆吾丘，在南方。炎景，日方中，火炎於上也。

㈤《淮南子》曰：日入崦嵫。古樂府曰：卿雲爛兮。

既而曖碧臺之錯落，燿金宮之玲瓏。幻蓮花於繡闥〔一〇〕，化蒲桃於錦屏㈠。絶丹光而電烻㈡，颯翠氛而杳冥㈢。軒惝惘於宛虹㈣〔一一〕，階侘傺於奔鯨㈤。惑龍宮之殿稱，迷忉利之宮名㈥。故靈偃蹇兮姣服㈦，女嬋娟兮可觀㈧。秀青色之泯靡㈨，熳美目之波瀾㈩。襞日月之纂組，襲星宿之羅紈。百味酒兮靈之集，河供鯉兮靈之安⑪。却交甫之玉質⑫，笑陳王之妙顔⑬。所以樂精玄於太一⑭，妙宮徵於清都⑮。簫含聲而遠近，琴吐音而有無。奏神鼓於玉袂，舞靈衣於金裾。韻躑躅而易變，律參差而難圖。非《南風》之能擬⑯，詎濮水之可摹⑰〔一二〕！

㊀皆喻言神仙幻化之術也。
㊁雷烻，閃爍也。《靈光殿賦》曰：丹柱歙絶而雷烻。
㊂杳冥，幽邃也。《莊子》曰：入於杳冥。
㊃惝惘，不平貌。《楚辭》曰：悵惝惘兮永思。
㊄侘傺，失志貌。《楚辭》曰：忳鬱邑余侘傺兮，吾獨困窮乎此時也。
㊅龍宫忉利，皆金仙神人棲止之所。佛經有龍樹菩薩，居於龍宫。又《金剛經註》云：佛在忉利天宫。
㊆靈，神也。偃蹇，衆盛貌。姣，美也。
㊇嬋娟，美好貌。
㊈泯靡，美姿態也。《淮南子》曰：「齊靡曼之色。」
㊉熳，燦也。傅武仲《舞賦》曰：目流涕而横波。
⑪《古豔歌》曰：天公出美酒，河伯出鯉魚。南斗工鼓瑟，北斗吹笙竽。
⑫鄭交甫江行逢漢女，悦其珮。遂解與之，交甫受而懷之。
⑬陳思王因感宓妃，賦《洛神賦》。言交甫陳思之遇美色，致於惑亂，皆欲却而笑之也。
⑭《史記》曰：宜立太一而上親郊之。註：太一，天神也。
⑮《列子》曰：周穆王至化人之宫，王以爲諸清都紫微，推見至隱。
⑯《樂録》曰：舜彈五絃之琴，歌《南風》之詩。
⑰鄭玄曰：濮水之上，地有桑間，先亡國之音於此水上。又師曠之所奏。

於是流漾不一，遨曹無邊。蛾眉既散，鍾鼓都捐。乘綵霞於西海，駟行雨於丹淵㊀。山差池而鏡壑，水清明而抱天。山含玉以永歲，水藏珪以窮年。擬若木以寫意㊁，拾瑶草而悠然㊂。

㊀丹淵，卽丹水也，出崑崙山。

㊁《山海經》曰：灰野之山，有赤樹，青葉，名曰若木。

㊂《山海經》曰：帝女死而化爲瑶草。

遂乃凝虛歛一，守仙閉方；智寂術盡，魄兀心亡。白生不能闢其説，惠子無以挫其芒㊀。原其耻市朝之失道[一]，疾讒嬖之不祥。却文綵之淫冶，去利劍之鏗鏘㊁。據生死于半氣，惜百年于一光。故以鑄金爲器，丹砂爲漿㊂。慚吝既盡，妖怨當忘。吾師以爲可學，而公子謂之不良歟！

㊀白生、惠子，卽白珪、惠施也。《吕氏春秋》曰：不學而能聽説者，古今無有也。解在白圭之非惠子也。

㊁《老子》曰：服文綵，帶利劍，厭飲食，而貲貨有餘，是謂盜誇。非道哉。

㊂《史記》曰：李少君言於上曰：「祠竈則致物，致物而丹砂可化爲黄金。黄金成，以鑄飲食器，則益壽。益壽而海中蓬萊仙者可見。」

校勘記

[一]「咸」，《藝文類聚》卷七十八、梁本作「或」。「不」，《藝文類聚》無此字。

〔二〕「極」，叢刊本、梁本作「根」。

〔三〕「信」，《四庫全書考證》校作「訊」，當是。

〔四〕「列」，元鈔本、叢刊本作「烈」。

〔五〕「窈窈」，元鈔本作「窈窕」。

〔六〕「蒙」，叢刊本作「濛」。

〔七〕「絪緼」，叢刊本作「煴烟」，梁本作「氤氲」。

〔八〕「質」，梁本作「習」。

〔九〕「焉」，元鈔本作「是」。

〔一〇〕「幻蓮花於綉闥」，《藝文類聚》作「沼蓮花於綉閣」。

〔一一〕「寃虹」，梁本作「長虹」，下註「句從西銘本」。

〔一二〕「可摹」，《藝文類聚》作「敢摸」。

〔一三〕「原」，叢刊本、梁本作「源」。

靈丘竹賦

徐孝嗣從武帝幸方山。帝曰：「朕經始此山之南，復爲離宮，故應有邁靈丘。」靈丘，玄武湖新林苑也。又王儉亦有《靈丘竹賦》。

登崎嶇之碧巘〔一〕，入朱宮之玲瓏。臨曲江之迴盪〔二〕，望南山之葱青〔三〕。鬱春華於石岸，絶夏彩於沙汀。遠亘紫林祕野，近匝玉苑禁坰。

㈠崎嶇，險阻貌。

㈡《一統志》曰：曲江，在西安府城東南。

㈢終南山，在豫州上洛郡。南山、曲江，俱在長安，因帝都借以用事也。

於是緑筠繞岫，翠篁綿嶺。參差黛色㈠，陸離紺影㈡。上謐謐而留閒，下微微而停靖。蒙朱霞之丹氣，曖白日之素景。

㈠參差，長短不齊貌。《毛詩》曰：參差荇菜。

㈡陸離，散亂貌。《離騷》曰：斑陸離其上下。

故非英非藥〔一〕，非香非馥。而珍跨仙草，寶踰靈木㈠。夾池水而檀欒㈡，繞園塘而櫹矗㈢。既閒霜而無凋，亦中暑而增肅。每冠名於華戎，將擅奇於水陸。

㈠張平子《西京賦》曰：神木靈草，朱實離離。薛綜註曰：神木，松柏之屬。靈草，草之英也。

㈡枚乘《兔園賦》曰：修竹檀欒夾池水。

㈢《吴都賦》曰：其竹則篔簹林菸，桂箭射筒。柚梧有篁，篻簩有叢。櫹矗森萃，蓊茸蕭瑟。檀欒嬋娟，玉潤碧鮮。《文選註》曰：櫹矗、檀欒，皆茂盛貌。

況有朝雲之館，行雨之宮㈠；窗峥嶸而緑色㈡，户踟躕而臨空㈢。綺疏蔽而停日㈣〔二〕，朱簾開而留風。被箘簵之窈蔚，結篠簜之溟濛㈤。或産鳷鵲之右〔三〕，或居露寒之東㈥〔四〕。

此皆金輿之所出入，瑶輦之所周通。

㈠《蜀志》曰：楚襄王遊高唐，夢一婦云：「我帝之女，名瑶姬，未行，封於巫山之臺。」及辭去，曰：「妾巫山之陽，高丘之岨；朝爲行雲，暮爲行雨。」

㈡崢嶸，高貌。

㈢踟躕，徙倚貌。

㈣綺疏，鏤綺以飾窗也。《靈光殿賦》曰：縣棟結阿，天窗綺疏。

㈤《尚書》曰：揚州厥貢篠簜，荆州厥貢惟箘簵。孔安國註曰：篠，竹箭也。簜，大竹也。箘簵，美竹也。出雲夢之澤。

㈥《上林賦》曰：過鳷鵲，望露寒。《西京賦》曰：增露寒於儲胥。《文選註》曰：皆宮觀名。武帝建元中作，在甘泉宮外。

校勘記

〔一〕「藥」，《初學記》卷二十八作「藥」。

〔二〕「蔽」，《初學記》作「敝」。

〔三〕「右」，《初學記》作「左」。

〔四〕「居」，《初學記》作「植」。「露寒」，叢刊本、原書底本作「寒露」。

江文通集彙註卷二

賦

赤虹賦并序

東南嶠外，爰有九石之山。乃紅塵十里〔一〕，青粵百仞；苔滑臨水，石險帶溪。自非巫咸采藥㊀，羣帝上下者，皆斂意焉㊁。于時夏蓮始舒，春蓀未歇㊂；肅舲波渚，緩拽汀潭。正逢巖崖相炤，雨雲爛色。俄而雄虹赫然㊃，暈光耀水；偃蹇山頂，舄奕江湄。僕追而察之〔二〕，實雨日陰陽之氣〔三〕。信可觀也㊄。又憶昔登鑪峯上㊅，手接白雲；今行九石下，親弄絳蜺。二奇難再〔四〕，感而作賦曰：

㊀郭璞《巫山賦》曰：巫咸以鴻術爲帝堯醫師，生爲上公，死爲貴神，封於斯山，因以名之。

㊁《淮南子》曰：建木在都廣，衆帝所自上下，蓋天地之中也。

㊂《説文》曰：蓀，香草也。生溪側，似石菖蒲而葉無脊。

㊃《爾雅》曰：凡虹雙出，色鮮盛者爲雄，雄曰虹；闇者爲雌，雌曰蜺。

㊄《釋名》曰：虹，攻也，純陽攻陰氣也。

㊅鑪峯，香鑪也。峯在南康軍匡廬山。

迤邐碕礒兮，太極之連山㊀〔五〕。鰅鱅虎豹兮，玉虺騰軒㊁；孟夏菡萏兮，荷葉承蓮。悵何意之容與兮，冀暫緩此憂年。失世上之異人〔六〕，遲山中之虛迹；掇仙草於危峯㊂，鑴神丹於崩石㊃；視鱣岫之吐翕㊄，看黿梁之交積㊅。

㊀碕礒，音奇以，曲石岸也。

㊁虺，音灰。鰅鱅，音容庸。郭璞《上林賦註》曰：鰅魚有文采，鱅似鰱而黑。《蜀都賦》曰：虎豹長嘯而永吟。虺，毒蛇也。騰軒，飛躍也。

㊂《山海經》曰：姑射之山，帝女死焉，化爲瑶草。

㊃《抱朴子》曰：服神丹，令人壽無已，乘雲駕龍，上下太清。

㊄《毛詩義疏》曰：鱣鮪出江海，三月，從河下頭來。今鞏縣東洛度北崖上，山腹穴與江湖通。鱣鮪從此穴而來，入於河。《韻集》曰：山有穴曰岫。《東京賦》曰：王鮪岫居。

㊅《紀年》曰：周穆王三十七年征伐，大起九師，東至九江，叱黿鼉以爲梁。

於是紫油上河〔七〕，絳氣下漢〔八〕；白日無餘〔九〕，碧雲卷半；殘雨蕭索〔一〇〕，光烟豔爛。水學金波，石似瓊岸。錯龜鱗之崚崚，繞蛟色之漫漫。

俄而赤蜺電出，蚴虯神驤㊀。曖昧以變，依俙不常〔一一〕。非虛非實，乍陰乍光〔一二〕。絶赫山頂，炤燎水陽。雖圖緯之有載，曠世識而未逢〔一三〕。既咨嗟而躑躅，聊周流而從容。想番禺之廣野㊁〔一四〕，意丹山之喬峰㊂〔一五〕。稟傅説之一星㊃〔一六〕，乘夏后之兩龍㊄。彼靈物之詎幾，象火滅而出紅〔一七〕。餘形可覽，殘色未去。耀萎蕤而在草〔一八〕，映青葱而結樹。昏青苔於丹渚，曖朱草於石路。霞晃朗而下飛，日通籠而上度〔一九〕。俯形命之窘局〔二〇〕，哀時俗之不固。定赤舄之易遺㊅，乃鼎湖之可慕㊆。既以爲朱鬌白毳之駕㊇〔二一〕，方瞳一角之人㊈；帝臺北荒之際⑩，弇山西海之濱⑪。流沙之野⑫，析木之津⑬；雲或怪綵，煙或異鱗；必雜虹蜺之氣〔二二〕，陰陽之神焉⑭。

㊀蚴，伊糾切。虬，一作蟉。郭璞註曰：龍行貌。

㊁番禺，古南海郡。

㊂《呂氏春秋》曰：丹山之南。《文選註》曰：丹穴山有鳳鳥，在東海日出處。《毛詩》曰：蝃蝀在東。

㊃《莊子》曰：傅説得之以相武丁，奄有天下。乘東維，騎箕尾，而比于列星。

㊄《山海經》曰：大樂之野，夏后啓於此舞九代馬，乘兩龍。王融《曲水詩序》曰：至于夏后兩龍。

㊅《列仙傳》曰：安期生，瑯琊阜鄉人。賣藥海邊，時人皆言千歲公。秦始皇請見，與語三日夜，賜金璧數萬。出於阜鄉亭，皆置去，留書以赤玉舄一緉爲報，曰：「復千歲來，求我於蓬萊山下。」

㊆黃帝鑄鼎於荆山之下，鼎成，有龍垂胡髯下迎。黃帝上騎，羣臣後宫從上者七十餘人。因名其處曰鼎湖。

㊇《山海經》曰：犬戎之國，有文馬，縞身朱鬣，目若黃金，名曰吉彊。乘之，壽千歲。

⑨方瞳、一角，皆仙人也。壽至千歲者，方瞳。

⑩《山海經》曰：鼓鍾之山，帝臺之所以觴百神也。郭璞註曰：帝臺，神人名。

⑪弇，音奄。　《山海經》曰：弇州之山，有五色鳥，其音有曲度。　西海，西王母與羣仙所居之地。

⑫《呂氏春秋》曰：流沙之西。又《淮南子》曰：西王母在流沙之瀕。

⑬堪輿家云：析木之津，燕之分。《爾雅》曰：析木謂之天津。

⑭《釋名》曰：陰陽不和，婚姻錯亂。男美于女，女美于男，則此氣盛。

校勘記

〔一〕「紅塵十里」，《初學記》卷二作「紅壁千里」。梁本「塵」作「壁」。

〔二〕「僕追」，《初學記》、梁本作「追」。

〔三〕「雨日」，《初學記》作「曰」。

〔四〕「二奇難再」，原脱「奇」字，《初學記》、梁本作「二奇難并」，據補。

〔五〕「太」，《初學記》作「不」；叢刊本、梁本作「大」。

〔六〕「世」原作「代」，據《初學記》改。

〔七〕「油」，《初學記》、梁本作「霧」。

〔八〕「氣」，《初學記》、梁本作「氛」。

〔九〕「無餘」，《初學記》作「無際」；梁本作「照餘」。

〔一〇〕「殘」，《初學記》作「行」。

〔一一〕「俙」，《藝文類聚》卷二一、《初學記》作「稀」。

〔一二〕「陰」，《藝文類聚》作「滅」。

〔一三〕「世」原作「代」，據《藝文類聚》改。《初學記》「識」上有「彌」字，「而」作「之」。

〔一四〕「想」，《初學記》作「相」。

〔一五〕「意」，《初學記》、梁本作「憶」。

〔一六〕「禀」，《初學記》、元鈔本作「騎」。

〔一七〕「象火滅而出紅」，《初學記》作「寂火滅於山紅」。

〔一八〕「在」，梁本註「一作生」。

〔一九〕「籠」，梁本作「曨」。

〔二〇〕「局」，《初學記》作「獨」。

〔二一〕「朱鬢白毳」，《初學記》、梁本作「騂鬐四毳」。

〔二二〕「虹」字原無，據《初學記》、梁本補。

四時賦

北客長欷，深壁寂思。空牀連流〔一〕，圭窬淹滯㊀。網絲蔽户，青苔繞梁㊁。春華虛豔，秋月徒光。臨飛鳥而魂絶㊂，視浮雲而意長㊃。測代序而饒感，知四時之足傷。

㊀圭窬，猶圭竇也。上圓下方曰圭。窬，鑿板以爲户也。

(二)晉張協《雜詩》曰：青苔依空墻，蜘蛛網四屋。

(三)陶淵明《歸去來辭》曰：鳥倦飛而知還。

(四)李陵《與蘇武詩》曰：仰視浮雲馳，奄忽互相踰。風波一失所，各在天一涯。

若乃旭日始暖(一)〔二〕，蕙草可織(二)；園桃紅點，流水碧色。思應都兮心斷〔三〕，憐故人兮無極。

(一)《毛詩》曰：旭日始旦。

(二)《九歌》曰：薜荔拍兮蕙綢。

至若炎雲峰起，芳樹未移；澤蘭生坂〔四〕，朱荷出池。憶上國之綺樹，想金陵之蕙枝(一)。

(一)金陵，古揚州地，六朝建都之所。楚威王以其地有王氣，埋金以鎮之。《晉書》曰：秦時望氣者云，五百年後，金陵有天子氣。始皇東巡以壓之，改其地爲秣陵。

若夫秋風一至〔五〕，白露團團；明月生波(一)，螢火迎寒(二)。眷庭中之梧桐〔六〕，念機上之羅紈。

(一)《前漢書》，班固曰：月穆穆以金波。

(二)《禮記》曰：季夏之月，腐草爲螢。

至於冬陰北邊，永夜不曉；平蕪際海，千里飛鳥。何嘗不夢帝城之阡陌，憶故都之臺沼〔七〕！

是以軫琴情動，戛瑟涕落。逐長夜而心殞，隨白日而形削。故秦人秦聲㈠，楚音楚奏㈡。聞歌更泣，見悲已疢。實由魂氣愴斷，外物非救。參四時而皆難，況僕人之未陋也。

㈠楊惲《報孫會宗書》曰：「家本秦也，能爲秦聲。酒後耳熱，仰天撫缶而呼嗚嗚。」

㈡王仲宣《登樓賦》曰：「鍾儀幽而楚奏。」註：「《左傳》曰：晉侯觀於軍府，見鍾儀，問曰：『南冠而縶者，誰也？』有司對曰：『鄭人所獻楚囚也。』使稅之。問其族。對曰：『伶人也。』使與琴。操南音。公曰：『樂操南音，不忘舊也。』」

校勘記

〔一〕「連流」，梁本註「一作流連」。

〔二〕「暖」，梁本作「暧」。

〔三〕「應」，梁本作「舊」。

〔四〕「澤」，《藝文類聚》卷三作「臯」。

〔五〕「若夫」，《藝文類聚》作「乃」。

〔六〕「桐」，《藝文類聚》作「楸」。

〔七〕「都」，《藝文類聚》作「鄉」。

金燈草賦

山華綺錯，陸葉錦名。金燈麗草，鑄氣含英。若其碧莖凌露，玉根升霜。翠葉暮媚，紫榮晨光。非錦罽之可學㊀，詎瓊瑾之能方㊁？乃御秋風之獨秀，值秋露之餘芬。出萬枝而更明，冠衆葩而不羣[一]。既豔溢於時暮，方炤麗於霜分。是以移馥蘭畹㊂，徙色曲池㊃。軼長洲兮杜若，跨幽渚兮芳蘺。映霞光而爍爚㊄，懷風氣而參差。故植君玉臺，生君椒室。炎蕚耀天，朱英亂日。永緒恨於君前，不遺風霜之蕭瑟；藉綺帳與羅袿，信草木之願畢。

㊀罽音瑑，帛之雜色也。

㊁瓊，赤色玉。瓊、瑾，皆玉之美者。　方，比也。

㊂《楚辭》曰：余既滋蘭之九畹兮，又樹蕙之百畝。

㊃王粲《雜詩》曰：曲池揚素波。

㊄爍爚，音芍約，光明也。

校勘記

[一]「葩」，叢刊本、梁本作「蘤」。

横吹賦并序

驃騎公以劍卒十萬，禦荆人於外郊㊀。鐵馬傾而人聳色，綵旄耀而士銜威。軍容有横吹㈠，僕感而爲之賦云：

㈠《梁書》曰：齊帝輔政，聞淹之才，召爲尚書駕部郎，驃騎竟陵公參軍。俄而荆州刺史沈攸之作亂，齊高帝謂淹曰：「天下紛紛若是，君謂何如？」淹以「在德不在鼎」，「五勝五敗」對之。帝笑曰：「君談過矣。」是時軍書表記，皆使淹具草。

㈡崔豹《古今註》曰：横吹，古樂也。有《黄鵠》、《隴頭》、《出關》、《入關》、《出塞》、《入塞》、《折楊柳》、《覃子》、《赤之陽》、《望行人》十曲。

北陰之竹兮，百尺而不見日㈠。石硿礲而成象㈡，山沓合而爲一。雲逕逕而孤去，風時時而寒出。木歛柯而攢抏，草騫葉而蕭瑟。故左崎嶬㈢，右硱磳㈣。樹岩崿，水泓澄。鎮雄蛟及蜼虺，颶獨鴟與單鷹〔一〕。白山顥㈤，赤山艴㈥。匝流沙㈦，經西極㈧。原陸窈，灌莽深。人聲絶，馬迹沉。寂然四顧，增欷累吟，雖欲止而不能禁。此竹方可爲器，乃出天下之英音。

㈠《周官》曰：陰竹之管。鄭玄註：陰竹生山北者。

㈡硿礲，音空龍，青色也。

㈢崎嶬，音奇以，山也。

㈣硱磳，音悃曾，石也。

㈤顥與皓同，白也。《楚辭》曰：太白顥顥。

㊅絶，許力切，大赤色也。潘岳《射雉賦》曰：摛朱冠之絶赩。

㊆《楚辭》曰：忽吾行此流沙兮，遵赤水而容與。

㊇《楚辭》曰：朝發軔於天津兮，夕余至乎西極。

於是帶以珉色，扣以瓊文。潤如沉水，華若浮雲。赤綬紫駁，星含露分。其聲也，則鞅鬱有意，摧萃不羣。超遥衡山〔二〕，崎曲抱津。綿羃順序㊀，周流銜呂㊁。故西骨秦氣㊂，悲憾如懟㊃；北質燕聲，酸極無已。斷絶百意，繚繚萬情。吟黄烟及白草，泣虜軍與漢兵。

㊀王子淵《洞簫賦》曰：其妙聲，則清静厭瘱，順序卑迖。迖，他戾切。

㊁王子淵《洞簫賦》曰：其巨音，則周流泛濫。《白虎通》曰：簫者，中呂之氣也。

㊂曹子建《贈丁翼詩》曰：秦筝發西氣。

㊃懟，怨也。

於是海外之雲，處處而秋色；河中之雁，一一而學飛。素野黯以風暮㊀，金天絶以霜威㊁。衣袂動兮霧入冠，弓刀勁兮馬毛寒㊂。五方軍兮出不及㊃，雜色騎兮往來還。旃如雲兮幟如星〔三〕，山可動兮石可銘㊄。功一豎兮迹不奪〔四〕，魂既英兮鬼亦靈。奏此吹兮有曲，和歌盡而淚續〔五〕。重一命而若烟，知半氣之如燭。美人戀而嬋媛，壯夫去而躑躅。故感魂傷情，獲賞彌倍。妙器奇製，見貴歷代。所以韻起西國，響流東都。浮江繞泗，歷楚傳吴。故函夏以爲寶飾㊅，京闕以爲戎儲。

㈠梁元帝《纂要》曰：秋曰白藏，亦曰素秋。
㈡《禮記》曰：「孟秋，其帝少皞。」註云：少皞，金天氏。
㈢鮑明遠樂府曰：馬毛縮如猬，角弓不可張。
㈣漢李廣從大將軍衛青征匈奴，五軍不及，廣失道大敗。
㈤樂府《項羽垓下歌》曰：力拔山兮氣蓋世。《後漢書》曰：竇憲降單于兵二十萬，銘燕然之石，以紀漢功。
㈥揚雄《河東賦》曰：函夏之大。又《漢書》服虔曰：函夏，諸夏也。

至于貝胄象弭之威〔六〕，織文魚服之容㈠。堇山錫刃〔七〕，耶溪銅鋒㈡。皆陸斷犀象，水斬蛟龍㈢。載雲旗之逶迤，扈屯騎之溶溶。啾寥亮於前衡，嘒陸離於後陣。視眄眩而或近，聽嘹嘈而遠震。奏白登之二曲㈣，起關山之一引㈤。吐哀也，則瓊瑕失綵；銜樂也，則鉛堊生潤㈥。採菱謝而自罷㈦，綠水慚而不進㈧。代能識此聲者，長滅淫而何吝！

㈠《吳都賦》曰：貝胄象弭，織文鳥章。《毛詩》曰：四牡翼翼，象弭魚服。又曰：織文鳥章，白旆央央。《文選註》曰：「胄，兜鍪，以貝飾之。弭，弓末，以象飾之。」《毛詩註》曰：織文，猶言旗幟之文，上畫爲鳥也。《文選註》亦同。魚服，矢服也。《毛詩註》曰：東海有魚，其皮背上斑文，可爲弓鞬。
㈡《越絶書》曰：越王勾踐有寶劍五，聞於天下。客有能相劍者，名薛燭，王召而問之。對曰：「當造此劍之時，赤堇之山破而出錫，若耶之溪涸而出銅。」
㈢王子淵《聖主得賢臣頌》曰：及至巧冶鑄干將之璞，清水淬其鋒，越砥斂其鍔，水斷蛟龍，陸剸犀象。
㈣《括地志》云：朔州定襄縣，本漢平城，東北三十里有白登山，上有臺，名曰白登臺。《史記》曰：高祖自將擊韓王信，先至平城。步兵未盡到，冒頓四十萬騎圍高祖於白登，七日不得食。高帝用陳平奇計，使單于閼氏，圍以得開。

㊄古樂府橫吹曲有《關山月》。王褒詩云：無復漢地關山月。又魏武帝有《度關山》，梁戴暠所擬者，但敍征人行役之思耳。

㈥《吳都賦》曰：其奏樂也，則木石潤色；其吐哀也，則凄風暴興。　瓊，赤玉也。瑕，玉色小赤也。鉛，錫類。堊，善土也。

㈦《古今樂録》曰：《採菱曲》和云：「菱歌女，解珮向江陰。」

㈧《古樂府解題》曰：《綠水曲》，古琴操名。《淮南子》曰：手會綠水之趣。

校勘記

〔一〕「颸」，叢刊本、梁本作「飈」。

〔二〕「超遥衙山」，梁本「超」作「迢」，「衙」下註「一作行」。

〔三〕「旃」，叢刊本、原書底本作「瞻」。「幟」，叢刊本及原書底本作「志」。

〔四〕「堅」，梁本作「竪」。

〔五〕「和」，叢刊本作「可」，原書底本作「何」。

〔六〕「貝冑」，叢刊本及原書底本作「具曹」。

〔七〕「堇」，梁本、叢刊本及原書底本作「鄞」。

扇上綵畫賦

藟淄之稚女㊀〔一〕，宋鄭之妙工㊁，織素麗於日月〔二〕，傳畫則之綵虹〔三〕。洛陽之伎極，江南之巧窮㊂。故飾以赤野之玉㊃，文以紫山之金㊄。空青出峨嵋之阻㊅〔四〕，雌黄出嶓冢之陰㊆，丹石發王屋之岫㊇，碧髓挺青蛉之岑㊈〔五〕。粉則南陽鉛澤㊉〔六〕，墨則上黨松心⑪〔七〕；山乃嶄巖鬱崒⑫，路必巑岏崎嶔⑬。馭龍所不遠至，駕鳳未之前尋。乃雜族以爲此扇〔八〕，爲君翳素女與玉琴⑭。玉琴兮散聲，素女兮弄情；昊天兮舒縹⑮〔九〕，暮雲兮含頳⑯。窗中暖兮露始滴，池上凝兮月又明。玉琴兮珠徽，素女兮錦衣；促織兮始鳴，秋蛾兮載飛〔一〇〕。識桂莖之就罷，知蘭葉之行衰。願解珮而捐玦，指黄墟而先歸⑰〔一一〕。

㊀臨淄，古營丘，北海郡，今之青州也。《淮南子》曰：臨淄之女。

㊁宋，今屬歸德。鄭，即鄭州。

㊂《淮南子》曰：夫宋畫吴冶，刻形鏤法。蔡之幼女，衛之稚質。捆纂組，雜奇彩。

㊃《管子》曰：金起於汝漢，珠起於赤野。

㊄《一統志》曰：南陽有紫金山，其産銅、鐵、鉛、錫、沙金之類。

㊅空青，青礦也。峨嵋，蜀山，今屬眉州。

㊆雌黄，石黄也。嶓冢屬古秦州，今之鞏昌也。其産石青、石緑、石黄。陰，山背也。

㈧丹石，即紅石也。王屋山，屬古河内郡。
㈨碧髓，青白色石也。青蛉，越嶲之邑也。
㈩《集韻》曰：燒鉛爲粉。《一統志》曰：古南陽郡，其屬韓楚之交。
⑪上黨，即晉潞安也。墨，今之書墨也，以松烟爲之。
⑫嶄巖，空洞高險貌。鬱嵂，葱蒨貌。
⑬㠊嶙，蓊蔽也。崎嶔，奇嶇高峻也。
⑭《史記》曰：黄帝使素女鼓五十絃瑟。
⑮縹，音漂，青白色。
⑯赬，音嗔，赤色也。
⑰黄墟，亦作黄壚。《淮南子》曰：上際九天，下契黄壚。

重曰：碧臺寂兮無人，蔓丹草與朱塵。度俄然如一代〔三〕，經半景若九春。命幸得爲綵扇兮，出入玉帶與綺紳㈠。

㈠班婕妤《紈扇詩》曰：出入君懷袖，動摇微風發。

校勘記

〔一〕「穉」，叢刊本、梁本作「雅」。
〔二〕「日月」，《初學記》卷二十五作「白日」。
〔三〕「則之」，《藝文類聚》卷六十九、《初學記》作「明於」；「則」，叢刊本作「明」。

〔四〕「阻」，《藝文類聚》、《初學記》、梁本作「陽」。

〔五〕「蛉」，《初學記》作「峻」。

〔六〕《藝文類聚》「陽」下有「之」字。

〔七〕「藝文類聚》「黨」下有「之」字。

〔八〕《初學記》無「族」字。

〔九〕「昊」，叢刊本、梁本作「旻」。

〔一〇〕「載」，《藝文類聚》、《初學記》作「初」。

〔一一〕「墟」，原本註：「亦作壚」。

〔一二〕「如」，梁本註：「一作而」。

傷友人賦 并序

僕之神交者㈠，嘗有陳郡之袁炳焉㈡。有逸才，有妙賞，博學多聞，明敏而識奇異，僕以爲天下絶倫。黯與秋草同折㈢，今不復見才矣〔一〕。既而陳書有念，横瑟無從㈣。雖乏張、范通靈之感㈤，庶同嵇、向篤徒之哀㈥〔二〕，乃爲辭曰：

㈠嵇康本傳曰：所與神交者，阮籍、山濤也。

㈡按《自序》及《袁友人傳》云：所與神遊者，唯陳留袁叔明而已。

㈢《古詩》曰：傷彼蘭蕙花，將隨秋草萎。

㊃孔子曰：「吾惡夫涕之無從也。」

㊄范曄《後漢書》曰：「范式，字巨卿，少與張劭爲友。劭，字元伯。元伯卒，忽夢見元伯呼曰：『巨卿，吾以某日死，當以某時葬，永歸黄泉，子未我忘，豈能相及？』式怳然覺悟，便服朋友之服，數其葬日，馳往赴之。既至壙，將窆，而柩不進。其母撫之曰：『元伯豈有望邪？』遂停柩。移時，乃見素車白馬，號哭而來。其母望之曰：『必范巨卿。』既至，叩喪言曰：『行矣元伯，死生各異，永從此辭。』式執紼引柩乃前，遂留冢次，修墳種樹乃去。」

㊅嵇康與向秀友善，後康以事見法，秀經山陽舊廬，鄰人有吹笛者，發聲寥亮，追思曩昔遊宴之好，乃作《懷舊賦》。

泫然沾衣兮〔三〕，悲哀友之英秀。系神緒而作氏㊀〔四〕，胤靈枝而啓胄㊁〔五〕。轢四代而式昌㊂，洎十葉而克茂㊃。友人之生，川岫降明㊄。峻調迥韻，惠志聰情〔六〕。倜儻遠度㊅，寂寥靈素㊆。文攀淵、卿，史類遷、固㊇。譬如冬雪既潔〔七〕，將似秋月至徹〔八〕。乃上代而少雙，故叔世而曠絶。弔蕙若之暫芳㊈，慨琬琰之永閟㊉〔九〕。

㊀系，繼也，緒也，與繫同。謂《帝繫》、諸侯卿大夫、《世本》之屬也。

㊁胤，嗣也。李陵《與蘇武書》曰：「胤子無恙。」《毛詩》曰：「文王孫子，本枝百世。」孔安國《尚書傳》曰：「胄，長子也。」

㊂轢，車所踐歷也。式，用也。昌，盛也。

㊃洎，與溉同，潤也。《西征賦》曰：「踰十葉以逮赧。」

㊄《毛詩》曰：「維嶽降神，生甫及申。」

㊅倜儻，卓異不羈也。《史記》曰：「魯仲連，好奇偉倜儻，晝策而不肯仕宦任職。」

㊆言其虚靈樸素也。

㊇潘岳《西征賦》曰：長卿、淵、雲之文，子長、政、駿之史。《文選註》曰：司馬相如字長卿，王褒字子淵，揚雄字子雲，皆工爲文。司馬遷字子長，劉向字子政，劉歆字子駿，皆有史才。司馬遷、班固，著《史記》、《漢書》。

㊈蕙，蘭屬，蘭先而蕙後。若，杜若，一名杜衡。皆香草也。

㊉《字書》曰：琬之言婉也，宛然象柔婉也。琰之言炎也，光炎起也。《楚辭》曰：懷琬琰之華英。

余既好於斯友〔一〇〕，及神交於一顧。邈疇年之繾綣，窈生平之遊遇。既遊遇兮可尋，乃協好兮契心。懷愛重於素璧，結分珍於黃金。識一代而笑淺〔一一〕，訪古人而求深。故高術而共遝〔一二〕，豈異袖而同襟？爾挂情於霜柏〔一三〕，我發意於冬桂〔一四〕。攬千品之消散，鏡百侯之衰替。帶荆玉而爭光㊀〔一五〕，握隨珠而比麗㊁。拾圖兮炤籍〔一六〕，抽經兮閱史。共檢兮洛書㊂，同枅兮河紀㊃。既思遊兮百說㊄，亦窮精兮萬里。愛詩文之綺發，賞賦艷兮錦起。磬古今之寶賚，殫竹素之琛奇㊅。信朝日之徒昃〔一七〕，屬夜星之空移。覽秋實於西苑，摘春華於東池㊆。蚤同歲於上京，未滿年於下國。爾湘水兮深沉，我前山兮眇默。惟音華與書酒，伊楚越兮南北。

㊀《琴操》曰：卞和，楚野民，得荆山之玉，獻於楚，兩刖其足。和乃抱其玉而哭三晝夜，涕盡，續之以血。荆王遣使問之，和隨使獻玉，封和爲陵陽侯，不受而去，作退怨之歌。

㊁《蜀志》曰：隨侯行見大蛇傷，救而治之，其後蛇銜珠以報。徑盈寸，純白而夜光，可以燭堂，故歷世稱焉。

㊂《尚書》曰：天乃錫禹洪範九疇。孔安國註曰：天與禹，洛出書。

㈣㭊音析，義同，乃破木也。《尚書傳》曰：伏羲王天下，龍馬出河，遂則其文，以畫八卦，謂之《河圖》。又《尚書雒書》曰：河圖命紀。

㈤百説，百家之説也。

㈥顏延年《應詔讌曲水詩》曰：「航琛越水，輦賮踰嶂。」言諸方貢獻琛賮。琛，珍寶也。《蒼頡篇》曰：賮，財貨也。

㈦《魏志》曰：邢顒爲平原侯植家丞，與植不合。庶子劉楨諫曰：「私懼觀者將謂君侯習近不肖，禮賢不足。采庶子之春華，忘家丞之秋實。」

余結誼兮梁門㈠，復從宦兮朱藩㈡。何人遥而困阻〔一八〕，而天道之匪存！凋碧玉之神樹㈢，銷紫石之靈根㈣。永遠書於江滏〔一九〕，結深痛於爾魂。魂緜昧其若絶〔二〇〕，泣縈盈其若結。吝妙賞之不留，悼知音之已逝㈤。金雖重而見鑄㈥，桂徒芳而被折㈦。百年一盡兮，貴楊蕤於後烈。

㈠結誼，交結之誼也。梁門，大梁夷門也。

㈡朱藩，朱方之藩國也。時淹從建平王移鎮朱方。

㈢《晉書》曰：謝玄與從兄朗，俱爲叔父安所器重。曰：「子弟亦何預人事，而正欲使其佳？」玄曰：「如芝蘭玉樹，欲使其生於庭階爾。」

㈣《南都賦》曰：固靈根於夏葉。

㈤《列子》曰：伯牙鼓琴，志在高山，鍾子期曰：「峩峩然若太山。」志在流水，曰：「洋洋然若江河。」子期死，伯牙絶絃，終身不復鼓琴，以無知音者。

㈥《莊子》曰：「大冶鑄金，金踴躍曰：『我且必爲莫邪。』大冶必以爲不祥之金。」

㈦漢武帝《思李夫人賦》曰：「桂枝落而銷亡。」

校勘記

〔一〕梁本無「才」字。

〔二〕「篤徒」，元鈔本作「駕從」。

〔三〕「泫」，《藝文類聚》卷三十四作「靜」。

〔四〕「氏」，叢刊本作「民」。

〔五〕「啓」，《藝文類聚》作「作」。

〔六〕「惠」，梁本作「慧」。

〔七〕「既潔」，《藝文類聚》作「既華既潔」。

〔八〕「至徹」，《藝文類聚》作「至麗至徹」。

〔九〕「慨」，《藝文類聚》、叢刊本、梁本作「慟」。「闕」，《藝文類聚》作「缺」。

〔一〇〕「余既好於斯友」，《藝文類聚》作「余幼好於斯人」。

〔一一〕「識一代」，《藝文類聚》作「拾一世」。「識」，叢刊本、原書底本、梁本作「拾」。

〔一二〕「故」，《藝文類聚》作「固」。

〔一三〕「挂」，《藝文類聚》作「凝」。

〔一四〕「意」，《藝文類聚》作「志」。「冬」，叢刊本及原書底本作「東」。

〔一五〕「荆」，《藝文類聚》、叢刊本、梁本作「瑶」。
〔一六〕「拾」，元鈔本作「卜」，叢刊本及原書底本作「十」，梁本作「拔」。
〔一七〕「昃」原作「昗」，叢刊本及原書底本作「昊」，據梁本改。
〔一八〕「何人遥而困阻」，《藝文類聚》作「何人徑之極阻」。
〔一九〕「永」，《藝文類聚》作「承」。
〔二〇〕「線」，梁本作「綿」。

麗色賦

楚臣既放㈠，魂往江南㈡。弟子曰：玉釋珮㈢，馬解驂〔一〕。濛濛綠水，褭褭青衫。乃召巫史：茲憂何止？

㈠楚臣，屈原也。《離騷·漁父篇》曰：屈原既放，遊於江潭。
㈡宋玉《招魂》曰：魂兮歸來哀江南。
㈢玉，即宋玉也。《九辨序》曰：屈原弟子宋玉，閔師之忠，作《九辨》以述其志。「玉」字疑從上文，當作「釋珮解驂」，「馬」字當省。且結文曰「宋大夫耀影汰形」，其義明矣。驂，駕三馬也。

史曰：臣野膠學蔽理㈠〔二〕，臣之所知，獨有麗色之説耳。夫絶代獨立者㈡〔三〕，信東隣之佳人㈢〔四〕。既翠眉而瑶質㈣，亦盧瞳而赬脣㈤。灑金花於珠履〔五〕，颯綺袂與錦紳。色練練而欲奪〔一六〕，光炎炎其若神〔一七〕。非氣象之可譬，奚影響而能陳〔一八〕？故仙藻靈葩〔一九〕，冰華玉儀〔二〇〕。其始見也，若紅蓮鏡池〔二一〕；其少進也，如綵雲出崖㈥〔二二〕。五光徘徊，十色陸離。寶過珊瑚同樹㈦〔二三〕，價直瓊草共枝㈧〔二四〕。雖玉堂春姬，石室素女㈨，張烟霧於海際，耀光景於河渚；乘天梁而皓蕩㈩，叫帝閽而延佇⑪，猶比之無色，方之非侶⑫。於是彫臺繡户〔二五〕，當衢横術⑬；椒庭承月〔二六〕，碧幌延日〔二七〕。架虬柱之嚴麗〔二八〕，亘虹梁之峻密⑭。錦幔垂而杳寂〔二九〕，桂煙起而清溢〔三〇〕。女乃耀邯鄲之躧步〔三一〕，媚趙北之鳴瑟⑮〔三二〕。

㈠膠，粘滯也。《魏都賦》曰：牽膠言而踰侈。

㈡漢《李延年歌》曰：絶世而獨立。

㈢司馬相如《美人賦》曰：臣之東隣，有一女子，玄髮豐豔，蛾眉皓齒，顏盛色茂，景曜光起。恒翹翹而相顧，欲留臣而共止。

㈣宋玉《登徒子好色賦》曰：眉如翠羽。《洛神賦》曰：皓質呈露。

㈤字書曰：盧，黑也。瞳，目精。頳，赤也。

㈥《神女賦》曰：其始來也，耀乎若白日初出照屋梁；其少進也，皎若明月舒其光。

㈦《西京雜記》曰：漢積翠池，有珊瑚樹，一本三柯，四百餘條，夜有光影。珊瑚似玉，紅潤，生水底。

㈧《楚辭》曰：折瓊枝以繼珮。

㈨左太沖《吳都賦》曰：玉堂對霤，石室相距。藹藹翠幄，嫋嫋素女。《文選註》曰：玉堂石室，仙人居也。《列仙傳》曰：

赤松子，常止西王母石室中。《神異經》曰：東羌中有大石室，東王公之宫，常與玉女共投壺。
⑳《西都賦》曰：洞枍詣以與天梁。《關中記》曰：枍詣、天梁，皆殿名也。又《西京賦》曰：天梁之宫。
㉑《楚辭》曰：吾令帝閽開關兮，倚閶闔而望予。閽，主門者。
㉒宋玉《神女賦》曰：毛嬙障袂，不足程式。西施掩面，比之無色。
㉓《蜀都賦》曰：亦有甲第，當衢向術。術，道也。
㉔張衡《西京賦》曰：亘雄虹之長梁。亘，徑度也。
㉕《魏都賦》曰：邯鄲躧步，趙之鳴瑟。六臣註曰：邯鄲，趙地，多美女，善行步，妙鼓瑟。

若夫紅華舒春，黄鳥飛時；紺蕙初嫩〔二三〕，蘋蘭始滋。不攬蘅帶㈠，無倚桂旗㈡。摘芳拾蘂〔二四〕，含詠吐辭〔二五〕。笑月出於陳歌㈢，感蔓草於衛詩㈣〔二六〕。故氣炎日永〔二七〕，離明火中㈤。槿榮任露㈥，蓮花勝風㈦。後簷丹柰〔二八〕，前軒碧桐。笙歌晼右，琴舞池東。嗟楚王之心悦㈧〔二九〕，怨漢女之情空㈨。

㈠蘅，杜蘅也。
㈡《楚辭》曰：辛夷車兮結桂旗。《洛神賦》曰：左倚采旄，右蔭桂旗。《文選註》曰：以桂爲旗也。
㈢《毛詩》曰：月出皎兮，佼人僚兮。朱註：男女相悦而相念之詞。《月出》，乃陳國之詩也。
㈣《毛詩》曰：野有蔓草，零露漙兮。有美一人，清揚婉兮。邂逅相遇，適我願兮。男女相遇之辭也。《蔓草》，鄭國之詩。衛，當作鄭。

㈤《月令》曰：孟夏之月，其帝炎帝，其神祝融。《尚書》曰：日永星火，以正仲夏。註：永，長也。火，蒼龍之中星也。《易通卦驗》曰：離，南方也，主夏。日中，赤氣出離，此正氣也。

㈥《月令》曰：仲夏之月，半夏生，木槿榮。晉夏侯湛《木槿賦》曰：滋逸采於禮露。

㈦晉傅玄詩曰：煌煌芙蕖，從風芬葩。註：芙蕖，蓮花也。

㈧《韓子》曰：魏王遺楚王美女，王甚悦之。宋玉《神女賦》：襄王曰：「私心獨悦，樂之無量。」

㈨《列仙傳》曰：鄭交甫江行，逢漢女，悦其佩。遂解與之。數十步，循探之，空懷無珮，女亦不見。

至乃西陸始秋㈠，白道月弦㈡；金波炤户㈢，玉露曖天㈣。網絲挂牆，綵螢繞梁。氣已濕兮曉未半〔三〇〕，星雖流兮夜何央？憶雜珮兮且一念㈤〔三一〕，憐錦衾兮以九傷㈥〔三二〕。及固陰凋時㈦〔三三〕，冰泉凝節㈧；軒疊厚霜，庭澄積雪㈨。鳥封魚斂，河凝海結。紫帷鈐匝〔三四〕，翠屏環合；廧密周彰〔三五〕，燈爐重沓。恥新臺之青樓，想上宮之邃閤。

㈠《續漢書》曰：日行西陸謂之秋。

㈡《禮記·月令》曰：孟秋之月，其日庚辛。註：日行秋，西從白道，成熟萬物。

㈢《漢書》：歌曰：月穆穆以金波。

㈣《易卦通驗》曰：立秋，涼風至，白露下。

㈤《毛詩》曰：知子之來之，雜珮以贈之。

㈥《毛詩》曰：角枕粲兮，錦衾爛兮。

㈦《左傳》曰：深山窮谷，固陰沍寒。

㈧《禮記》曰：孟冬之月，水始冰，地始凍。

㈨傅玄《大寒賦》曰：嚴霜夜結，悲風晝起。飛雪山積，蕭條萬里。

若乃水炤景而見底，煙尋風而無極；霞出吴而綺章〔三六〕，雲堆趙而碧色；霧辭楚而容裔〔三七〕，風去燕而悽惻。莫不輟鏡徙倚，攬瑟心息〔三八〕。

於是帳必藍田之寶㈠，席必蒲陶之文㈡〔三九〕。館圖明月〔四〇〕，室畫浮雲〔四一〕。春蠶度網〔四二〕，綺地應紡㈢。秋梭鳴機，織爲褧衣㈣。象奩瓊盤，神瀝仙丹㈤。雕柱綵瑟，九華六出㈥。翠蕤羽釵，緑秀金枝㈦。言必入媚，動必應規。有光有豔，如合如離㈧。氣柔色靡，神凝骨奇〔四三〕。經秦歷趙〔四四〕，既無其雙；尋楚訪蔡，不覿其容〔四五〕。亦可駐髮還質，驂星馭龍㈨。蠲憂忘死，保其家邦。蓋天下之至麗〔四六〕，孰能與於此哉〔四七〕！

㈠《京兆記》曰：藍田出美玉如藍，故曰藍田，屬關中。

㈡《西京雜記》曰：霍光妻遺淳于衍蒲陶錦二十四匹。

㈢《毛詩・豳風》曰：蠶月條桑。八月載績。

㈣《毛詩》曰：衣錦褧衣。

㈤奩，鏡匣也。瓊，赤玉也。神瀝、仙丹，皆神仙藥也。

㈥言雕柱彩瑟，飾以九彩六出之花也。

㈦《洛神賦》曰：戴金翠之首飾。

㈧《洛神賦》曰：神光離合，乍陰乍陽。

㈨駐髮，髮不白也。還質，反顔如童質，驂星馭龍，皆言神仙事也。

宋大夫耀影汰迹㈠，縈魂洒魄。賞以雙珠，賜以合璧。拂巫盪祝，永爲上客㈡。

㈠《史記》曰：宋玉，郢人也，爲楚大夫。

㈡全篇俱假宋玉以言也。

校勘記

〔一〕原本註云：「馬字當省。」梁本無「馬」字。

〔二〕「臣野膠學」，元鈔本作「巨野驂學」。梁本「野」下註「《賦楷》無野字」。

〔三〕「代」，《藝文類聚》卷十八、梁本作「世」。

〔四〕「隣」，叢刊本、原書底本、梁本作「方」。

〔五〕「灑」，叢刊本、原書底本，梁本作「鏁」。「於」，《藝文類聚》作「及」。

〔六〕「欲」，叢刊本、原書底本作「含」。

〔七〕「其」，《藝文類聚》作「而」。

〔八〕「陳」，叢刊本、原書底本、梁本作「親」。

〔九〕「葩」，叢刊本、原書底本、梁本作「豔」。

〔一〇〕「冰」，叢刊本、原書底本、梁本作「金」。

〔一一〕「鏡」，叢刊本、原書底本、梁本作「映」。

〔一二〕「崖」，叢刊本、原書底本作「衣」。

〔一三〕「寶」，叢刊本、原書底本作「實」。

〔一四〕「直」，梁本作「値」。

〔一五〕「户」，《藝文類聚》作「戺」。

〔一六〕「椒」，梁本作「樹」。

〔一七〕「幌」，《藝文類聚》作「户」。

〔一八〕「麗」，叢刊本、原書底本作「躧」。

〔一九〕「沓」，《藝文類聚》作「香」。

〔二〇〕「溢」，《藝文類聚》作「謚」。

〔二一〕「躧」，叢刊本、原書底本、梁本作「麗」。

〔二二〕「趙北」，《藝文類聚》作「北里」。

〔二三〕「蕙」，梁本註「一作穗」。「嫩」，《藝文類聚》作「軟」。

〔二四〕「蘂」，梁本註「一作藥」。

〔二五〕「含」，《藝文類聚》作「涵」。

〔二六〕「衛」，原本註：「當作鄭」。

〔二七〕「故」，《藝文類聚》無，梁本註「一作追夫」。

〔二八〕「簷」，《藝文類聚》作「欄」。「柰」，叢刊本、原書底本、梁本作「葵」。

〔二九〕「楚」，叢刊本、梁本作「靈」。

〔三〇〕「濕」，叢刊本、原書底本作「溫」。

〔三一〕「念」，叢刊本、原書底本、梁本作「欲」。

〔三二〕「憐」，叢刊本、原書底本、梁本作「念」。

〔三三〕「及固陰凋時」，叢刊本「固」作「沍」，原書底本作「泝」，梁本作「互」。梁本「陰」下註「一作及乎沍陰」。

〔三四〕「鈐」，梁本作「鉛」。

〔三五〕「膺」，叢刊本、原書底本、梁本作「廦」。

〔三六〕「霞」，叢刊本、梁本作「霧」。

〔三七〕「霧」，元鈔本、梁本作「露」。

〔三八〕「瑟」，叢刊本、梁本作「琴」。

〔三九〕「文」，叢刊本作「菅」。

〔四〇〕「館圖明月」，叢刊本無「館」、「月」二字，原書底本無「館」字。

〔四一〕「室」，原書底本無「室」字。

〔四二〕「網」，元鈔本作「菌」。

〔四三〕「凝」，《藝文類聚》作「疑」。

〔四四〕「秦」，梁本作「周」。

〔四五〕「覿」，叢刊本作「覿」。

〔四六〕「蓋」，《藝文類聚》、梁本作「非」。
〔四七〕「與」，叢刊本、梁本作「預」。

翡翠賦

《說文》曰：翡，赤雀；翠，青雀也。

彼二鳥之奇麗，生金洲與炎山㈠。映銅陵之素氣，濯碧磴之紅泉〔一〕。石錦質而入海，雲綺色而出天；峰炎巖而蔽日〔二〕，樹靜暝而臨泉。霞輕重而成彩，煙尺寸而作緒。熱風翕而起濤，丹氣赫而爲暑。對滲流之蛟龍，銜汶滲之霧雨。耀綠葉於冬岫，鏡朱華於寒渚。斂惠性及馴心㈡〔三〕，騫頳翼與青羽㈢。終絕命於虞人㈣，充南琛於祕府㈤。備寶帳之光儀㈥，登美女之麗飾㈦。雜白玉以成文，糅紫金而爲色〔四〕。專妙綵於五都㈧，擅精華於八極㈨。傳貴質於竹素〔五〕，晦深聲於百億。嗟乎！鷄鶩以稻粱致憂(一〇)，燕雀以堂構貽愁(一一)。既銜利之情近，又遁害之無由。今乃依𤏲火之絕垠(一二)，出赤縣之紘州(一三)。逭人迹而獨立〔六〕，攬天倪而爲儔。竟同獲於河雁(一四)，不俱恕於海鷗(一五)。必性命兮有當，孰能合兮可求？

㈠金洲，南中之洲。東方朔《十洲記》曰：炎洲在南海中二千里，去北岸九萬里，有火林山。《搜神記》曰：炎火之山，上有鳥獸草木。　《廣志》曰：翡色赤，翠色紺，皆出交州興古縣。

㊁禰正平《鸚鵡賦》曰：性辨惠而能言兮，才聰明以識機。

㊂潘岳《射雉賦》曰：鶩綺翼而頳撾，灼綉頸而衮背。

㊃《鸚鵡賦》曰：命虞人於隴坻。

㊄《吴録》：薛綜上疏曰：日南遠致翡翠，充備寶玩。　《文選註》曰：琛，珍寶也。

㊅《招魂》曰：翡帷翠帳。

㊆徐廣《車服註》曰：皇后首飾步摇，八雀九華，加翡翠。

㊇宋玉《登徒子好色賦》曰：臣少曾遠遊，周覽九土，足歷五都。　李善註曰：五都，五方之都也。

㊈《淮南子》曰：八紘之外，有八極。

㊉《楚辭》曰：與騏驥抗軛乎？將與鷄鶩争食乎？

㈡《吕氏春秋》曰：燕雀處一屋之下，子母相哺，呴呴然其相樂也，自以爲安矣。竈突決火上，棟宇將焚，燕雀顔色不變，不知禍將及也。

㈢郭景純《江賦》曰：流光潛映，景炎㲦火。　㲦，古霞字。　垠，岸界也。

㈢鄒衍以爲儒者所謂中國也，於天下八十一分居一耳。中國名赤縣。　紘州，八紘之州也。

㈣《史記》曰：楚人有好以弱弓微繳加歸雁之上者。

㈤《列子》曰：海上之人，好鷗者，每旦之海上，從鷗鳥遊。　鷗鳥之至者，百數而不止。

校勘記

〔一〕「灌」，《藝文類聚》卷九十二、叢刊本作「灌」。
〔二〕「炎」，梁本作「岑」。
〔三〕「惠」，《藝文類聚》、梁本作「慧」。
〔四〕「糅」，梁本作「揉」。
〔五〕「傳」，叢刊本作「傅」。
〔六〕「道」，梁本作「遠」。

江上之山賦

潺湲澒溶兮〔一〕，楚水而吴江㊀；刻劃嶄崒兮㊁〔二〕，雲山而碧峯。挂青蘿兮萬仞，豎丹石兮百重。嵯峨兮巖崿㊂〔三〕，如劉兮如削。嶢嶷兮尖出㊃，巖岍兮空鑿㊄〔四〕。波潮兮吐納，嵁崟兮積沓㊅〔五〕。鯛鱅兮赤尾㊆，黿鼉兮匼匝㊇〔六〕。見紅草之交生，眺碧樹之四合。草自然而千花，樹無情而百色。

㊀潺湲，水流貌。澒溶，水盛貌。
㊁嶄，音攢。崒，音卒。刻劃嶄崒，峻削危險貌。
㊂山高貌。
㊃嶢嶷，山高而相似也；又俊茂貌。

㈤岍，音姸。巖岍，山足石窟也。
㈥嶕峯積沓，言山之峯巒稠疊也。
㈦《毛詩註》曰：魚勞則尾赤。
㈧匼匝，周繞貌，如馬之匼匝也。

嗟世道之異茲〔七〕，牽憂恚而來逼。惟爐炭於片景㈠〔八〕，抱絲緒於一息㈡。每意遠而生短，恒輪平而路仄。信懸天兮窈昧，豈繫命於才力㈢？既羣龍之咸疑，焉衆狀之所極！俗逐事而變化，心應物而迴旋。既欻翕其未悟㈣〔九〕，亦緯繣而已遷〔一〇〕。伊人壽兮幾何㈤？譬流星之殞天。悵日暮兮吾有念，臨江上之斷山。雖不敏而無操，願從蘭芬與玉堅㈥。

㈠《鵩鳥賦》曰：且夫天地爲爐兮，造化爲工；陰陽爲炭兮，萬物爲銅。
㈡《淮南子》曰：墨翟見練絲而悲，爲其可以黄可以黑。　言如爐炭之陶鑄，絲緒之黑白，片景一息而變化也。
㈢王充《論衡》曰：命懸於天。　又劉峻《辨命論》曰：必以懸天有期。
㈣欻翕，倏忽也。
㈤《左傳》曰：俟河之清，人壽幾何？
㈥《淮南子》曰：石生而堅，蘭生而芳。　少自其質，長而愈明。

亂曰：折芙蓉兮蔽日㈠，冀以盪夫憂心㈡；不共愛此氣質，何獨嗟乎景沉！

㈠《楚辭》曰：搴芙蓉兮木末。

㈡《毛詩》曰：憂心悄悄。

校勘記

〔一〕「潺湲」，《初學記》卷五作「簫潾」。

〔二〕「嶃」，《初學記》作「崷」。

〔三〕「嵯峨」，《藝文類聚》卷七、《初學記》作「百重」。

〔四〕「岍」，《初學記》作「嶢」。「空」，《初學記》、元鈔本作「穴」。

〔五〕「嵲峯」，《藝文類聚》作「嵲岸」；《初學記》作「嵁崖」。

〔六〕「匼匝」，梁本作「匝匼」。

〔七〕「世」原作「代」，據《藝文類聚》、梁本改。《初學記》作「人」。

〔八〕「惟」，《初學記》作「懷」；梁本作「推」。

〔九〕「欻翕」，《初學記》作「歔歙」。

〔一〇〕「緯」原作「繾」，據《初學記》、元鈔本改。

燈賦

淮南王信自華淫㈠〔一〕，命綵女兮，餌丹砂而學鳳音㈡〔二〕。紫霞没，白日沉㈢。挂明燈，散玄陰。顧謂小山儒士㈣，斯可賦乎？於是泛瑟而言曰：

㈠淮南王劉安好神仙之術。　曹子建《七啓》曰：近者吾子所述華淫，欲以厲我，祇攪予心。又《初學記》作：淮南王信自華，命綵女，餌丹砂。

㈡《列仙傳》曰：葛洪好服丹砂，後得道，尸解而去。　又曰：蕭史善吹簫，秦穆公有女，字弄玉，好之，以妻焉。遂教弄玉吹簫，作鳳鳴，後皆隨鳳凰飛去。

㈢魏文帝《與吴質書》曰：白日既匿，繼以朗月。

㈣《漢書》曰：淮南王安，爲人好書，養客數千，而高才者八人，則小山、八公之徒，作招隱以閔屈原者。

若大王之燈者㈠〔三〕，銅華金檠㈡，錯質鏤形㈢。碧爲雲氣㈣，玉爲仙靈㈤。雙椀百枝㈥〔四〕，豔帳充庭㈦〔五〕。炤錦地之文席，映繡柱之鴻筝〔六〕。悆靈修之浩盪㈧，釋心疑而未平〔七〕。茲侯服之誇詡〔八〕，而處士所莫營也㈨。

㈠宋玉《風賦》曰：此獨大王之風耳。

㈡《漢書》曰：「金支秀華，庶旄翠旌。」註曰：金枝，銅燈，百二十枝；秀華，中主有光華也。《東宮舊事》曰：宫中有銅倚、金塗、銀塗之類。　夏侯湛《釭燈賦》曰：取光藏烟，致巧金銅。

㈢《西京雜記》曰：長安巧工丁緩，作恒滿燈，九龍五鳳，雜以芙蓉蓮藕之奇。

㈣王子年《拾遺記》曰：海人以雕囊盛龍膏數升，獻燕昭王，王坐通霞之臺，然龍膏爲燈，火色曜百里，煙氣如丹。

㈤《西京雜記》曰：高祖入咸陽，周行府庫，有青玉五枝燈，高七尺五寸，作蟠螭以口銜燈。燈燃，鱗甲皆動。　復鑄銅人十二枚，皆高三尺，列在一筵上，琴、筑、笙、竽，各有所執，皆綴花采，儼若生人。

㈥傅玄《朝會賦》曰：華燈若乎火樹，熾百枝之煌煌。

㈦夏侯湛《釭燈賦》曰：若豔蘭堂，騰明廣宇。

㈧《楚辭》曰：指九天以爲正兮，夫唯靈修之故也。王逸註曰：靈，謂神也；修，遠也，能神明遠見也。

㈨侯服，近服也。《長楊賦》曰：誇詡衆庶。詡，大也。

若庶人之燈者㈠，非珠非銀，無藻無縟。心不貴美〔九〕，器窮於樸。是以露冷幔帷，風結羅紈。螢光別桂〔一〇〕，蛾命辭蘭㈡〔一一〕。秋夜如歲，秋情如絲。怨此愁抱〔一二〕，傷此秋期㈢。必丹燈坐歎〔一三〕，停說忘辭〔一四〕。

㈠《風賦》曰：夫庶人之風。

㈡《符子》曰：不安其昧，而樂其明，是猶夕蛾去暗，赴燈而死也。

㈢晉夏侯湛《秋夕哀》曰：秋夕兮遥長，哀心兮永傷。

至夫霜封園橘㈠，冰裂池蓀。雲雪無際，河海方昏。冬膏既凝㈡，冬箭未度㈢。涓連冬心〔一五〕，寂歷冬暮。亦復朱燈空明，但爲傷故。乃知燈之爲寶，信可賦也。

㈠張景陽《七命》曰：霏霜封其條。

㈡《文子》曰：蘭膏以明自銷。

㈢晉陸機《漏刻賦》曰：籠八極於千分，度晝夜乎一箭。

王遂讚善，澄意斂神。屈原才華，宋玉英人㈠。恨不得與之同時㈡，結佩共紳㈢。今子凝章挺秀，近出嘉賓㈣。吐蘅吐蕙，含瓊含珉。璀驂雕輦〔一六〕，以愛國之有臣焉。

㈠屈原、宋玉，皆楚人，爲辭賦之宗。
㈡漢武帝嘗讀《子虛賦》而善之，曰：「朕獨不得與此人同時哉！」
㈢《漢書》曰：蕭育少與朱博爲友，著聞當世。長安語曰：「蕭朱結綬，王貢彈冠。」
㈣《毛詩》曰：我有嘉賓，鼓瑟吹笙。

校勘記

〔一〕「華淫」，《藝文類聚》卷八十作「葬」；《初學記》卷二十五無「淫」字。
〔二〕《藝文類聚》、《初學記》無「兮」「而」二字。
〔三〕「者」，《藝文類聚》作「也」。
〔四〕「椀」，《初學記》作「流」。
〔五〕「帳」，原本誤作「悵」，據各本改。
〔六〕「鴻」，《藝文類聚》、梁本作「鳴」。
〔七〕「釋心疑而未平」，《初學記》作「心何疑而永平」。「未」，梁本亦作「永」。
〔八〕「翮」，《初學記》作「誕」。
〔九〕「美」，《藝文類聚》、《初學記》作「麗」。
〔一〇〕「螢光別桂」，《初學記》作「螢已引桂」。
〔一一〕「命」，《初學記》作「欲」。
〔一二〕「愁」，《初學記》作「懷」。

〔一三〕「丹」，《初學記》作「燃」。
〔一四〕「停」，《初學記》、梁本作「欲」。
〔一五〕「涓」，《初學記》、梁本作「悁」。
〔一六〕「璀」，叢刊本作「摧」，梁本註「一作推」。

知己賦幷序〔一〕

陳國之華者，故吏部郎殷孚其人也。博而能通，學無不覽；雅賞文章，尤愛奇逸。雖志隱巖石，而名動京師矣。才多深見，氣有遠度。雖安期千里，不能尚焉。始於北府相值，傾蓋無已。僕乃得罪嶠外，遐路窈然。始還舊都，會君尋卒，故爲茲賦，以寄深哀。

順祇効寶，瀆靈會昌。時雨鍾祉〔二〕，山雲降祥㊀。承瑶葉之餘曖，系金枝之末光。聳孤韻以風邁，騫逸氣以烟翔。故學不常師，而心鏡羣籍；理不啓問，而情炤諸密㊁。採圖辨緯，遊機訪曆〔三〕。潛志百氏，沈神六經。冥枅義象，該洽性靈。儒不隱迹，墨無遁形。既含道潤，亦發才華。采耀秋月，文麗冬霞。有體有豔，光國光家。識包上仁，義兼高行。如彼清波，可挹可鏡；又象沖室，惟清惟淨㊂。氣擬北海㊃，情方中散㊄。風流未輟，盛名猶纂。英馳芬激，譽流聲滿。

㊀《禮記》曰：「天降時雨，山川出雲。」

〔二〕密，秘也。

〔三〕《廣成子》曰：心靜神清，無勞汝形，無搖汝精，乃可以長生。

〔四〕《後漢書》曰：孔融，字文舉，魯國人也。幼有異才，性好學，舉高第。後爲北海相，嘆曰：「坐上客常滿。」

〔五〕《晉書》曰：嵇康，字叔夜，譙國人也。少有奇才，博覽經籍。拜中散大夫，與阮籍、劉伶等爲竹林七賢。

我筠心而松性〔一〕，君金采而玉相〔二〕。伊邂逅之未遇〔三〕，爰契闊於朱方〔四〕。丹瓊璧而非寶，緑蘭比而無芳。每賞矜其如契，貴懷允而不忘。亟間席兮惆悵〔四〕，屢緩帶而從容。論十代兮興毀，訪五都兮異同。談天理之開基，辯人道之始終。磬龍圖及鳳書〔五〕，傾蒼册與篆字〔六〕。儲西國之闕文，採東京之逸記。閱歆向之舊旨〔七〕，闡鍾王之新意〔八〕。對楚漢之澮墨，覽魏晉之鴻策。授遠近之真假，削古今之名實。每齊韻而等逕，輒同懷而共術。吐情志而深賞，忘年齒而隆眷〔九〕。擬余才兮前華，比余文兮後彥。余結袂於山石，君憑神於寒霞。何遠期之未從，痛戢景其如電！堂酒兮一塵，暮燈兮萬春。黛草兮永祕，朱丹兮何晨？聞瑶質兮可變，知余采兮一奪。唯華名與芳暉兮，争日月而無沫〔一〇〕。

〔一〕《禮記》曰：其在人也，如竹箭之有筠，貫四時而不改柯易葉。《莊子》曰：天寒既至，霜雪既降，吾是知松柏之茂。

〔二〕《毛詩》曰：追琢其章，金玉其相。　相，質也。

〔三〕《毛詩》曰：邂逅相遇，適我願兮。

〔四〕《毛詩》曰：死生契闊。　朱方，即京口丹徒縣。《史記》曰：七月，楚靈王以諸侯伐吳，圍朱方，八月克之。

㊄張平子《東京賦》曰：龍圖授羲，龜書畀姒。

㊅《帝王世紀》曰：蒼頡造文字，然後書契始作。古文八體，有大篆、小篆。

㊆《漢書》曰：劉歆，爲中壘校尉，著《七畧》。劉向，元帝擢爲宗正，著《疾讒》、《摘要》、《救危》及《世頌》八篇；又著《五行傳》、《列女傳》、《新序》、《説苑》等書。

㊇魏鍾繇，字元常；晉王羲之，字逸少，皆善書。

㊈漢孔融與禰衡爲忘年之交。

㊉沫，已也。

校勘記

〔一〕「并序」二字據叢刊本補。梁本題下註「汪本缺」。

〔二〕「鍾」，叢刊本、原書底本、梁本作「種」。

〔三〕「機」，梁本作「璣」。

〔四〕「間」，叢刊本、梁本作「閒」。

空青賦

《山海經》曰：「青丘之山有青雘。」註：今之空青也。

夫赤瓊以炤烺爲光㈠〔一〕，碧石以葳蕤爲色㈡。咸見珍於東國，並被貴於西極。況空青之麗寶，亦挺山海之不測〔二〕。其所處：則峻巘層石，龜穴龍壁。素岸成雲，頳砂如積〔三〕。外隱青苔丹草，内伏玉枝瑪瑙。銅鉛合生，礐確堅英㊂〔四〕。自非索嶮覓危〔五〕，乘鱟履螭㊃，倦春厭秋，蠲異鐫奇，能得厠於軒宇，接君子之光儀。

㊀𤇆，音燁。炤𤇆，火豔也。

㊁葳蕤，光采茂盛貌。

㊂礐確，音勞崔，高貌。

㊃鱟，音候，海中介蟲，長五六尺，高尺餘，如帆乘風游行，善候風，故其音候。螭，若龍無角而黄色。

於是寫雲圖氣，學靈狀仙㊀。寶波麗水，華峯豔山。陽谷之樹㊁，崦嵫之泉㊂，西海之草㊃，炎州之烟㊄；銀臺之鳥㊅，穆王之馬㊆，都廣之國㊇，番禺之野㊈，皆咫尺八極㊉，鏡見四荒⑪。雲烟始出，日月既張。

㊀左太冲《吴都賦》曰：圖以雲氣，畫以仙靈。

㊁《淮南子》曰：日出於暘谷，登於扶桑之上。

㊂《淮南子》曰：日入崦嵫虞泉之池。

㊃西海崑崙山，多瓊蘂瑶草，食之不死。

㊄《搜神記》曰：炎火之山，烟豔上逼，雖雨不止，上生鳥獸草木。

㊅張平子《思玄賦》曰：聘王母於銀臺兮，羞玉芝以療飢。　銀臺，王母所居之處。鳥，乃王母青鳥使也。

㈦王子年《拾遺記》曰：周穆王巡行天下，乘八駿，西至崑崙，王母觴於瑤池之上。

㈧《山海經》曰：西南黑水之間，有都廣之野，后稷葬焉。註：其城方三百里。蓋天之中也。又《淮南子》曰：南方曰都廣。

㈨《一統志》曰：番禺，古海南郡。

㈢《淮南子》曰：八紘之外有八極。

㈡《楚辭》曰：將往觀乎四荒。王逸註曰：荒，遠也。

若夫邃古之世，汗漫窈微；惟此青墨，所以造之。至乃翠燦軒室，蔥鬱臺殿。雜蛟龍之文章，發鱗鹿之炳絢。騁神形於鍾簴㈠，舒怪物與雷電。亦有曲帳畫屏，素女綵扇。錦色窈鬱〔六〕，綺質蔓衍。點拂濃薄，如隱如見。山水萬象，丹青曲變〔七〕。成百鎰之可珍〔八〕，亦千金而不賤。雖楚之夏姬㈡，越之西施㈢；趙妃燕后〔九〕，秦娥吳娃㈣，溺愛靡意，魂飛心離。候青翳爲藻飾㈤，方絶紅華與素儀。冠衆寶而獨立，信求之而無虧。

㈠簴，鍾鼓之柎也，飾爲猛獸。

㈡《列女傳》曰：夏姬三爲王后，七爲夫人，公侯争之，莫不迷惑。失意後，歸於楚中公巫臣。《毛詩註》曰：夏姬，鄭穆公之女，徵舒母也。

㈢西施，越之賣薪女也。《莊子》曰：西施毛嫱，人之所美也。魚見之深入，鳥見之高飛。

㈣《方言》曰：秦晉之間，美貌謂之娥，美狀爲窕，美色爲豔，美心爲窈。《文選註》曰：吳俗謂好女爲娃。

㊄《山海經》曰：九嶷之山，有五采之鳥，名曰翳。音意。

校勘記

〔一〕「焼」，《藝文類聚》卷八十一、梁本作「燎」。
〔二〕《藝文類聚》、梁本無「亦」字。
〔三〕「積」，梁本作「磧」。
〔四〕「礭」，原作「璀」，據元鈔本改。
〔五〕「索嶮覓危」，元鈔本作「索劍覓魚」。
〔六〕「窈」，《藝文類聚》作「霿」，梁本註「一作穾」。
〔七〕「曲」，《藝文類聚》作「四」。
〔八〕「成」，《藝文類聚》、梁本作「咸」。
〔九〕「燕」，叢刊本、原書底本作「節」。

學梁王兔園賦并序

或重古輕今者。僕曰：何爲其然哉？無知音，則已矣。聊爲古賦〔一〕，以奮枚叔之製焉㊀。

㊀《漢書》云：枚乘，字叔，淮陰人，善屬辭賦。爲吴王濞郎中令。吴王反，乘諫不從，事梁孝王。孝王薨，歸於淮陰。武

帝聞其賢，以蒲輪徵之，死於中路。

碧山倚巇崎兮，象海水碣石㈠。朝日晨霞兮絶紅壁，仰望泬寥兮數千尺㈡。硈硬嵺磩，汩淈成岫㈢，谽呀而窟竇㈣。⿰石孛碻磚確，紫蕪丹駮，苔點綺縟，若斷若續。如此者百有十處㈤。奔水激集，瀴溟潔渠㈥，濇湟吐吸㈦。跳波走浪，濺沫而相及。滿漾長鷩[二]，澆灌遠注，無時息焉。青樹玉葉，彌望成林。亦有輪囷磥碗㈧，一枝百頃，萬葉共陰。縹草丹蘅，江離蔓荆㈨。酷郁交布㈩，原滿隰平。

㈠巇崎，傾欹貌。《上林賦》曰：巖陀巇崎。　喻園中之水如海，山如碣石也。
㈡泬寥，空虛也。
㈢沼中疊石成山，而巖窟空嵌也。
㈣谽呀，大貌。　窟竇，巖窟空洞也。　《上林賦》曰：谽呀豁閜。
㈤司馬相如《上林賦》曰：牢落陸離，爛熳遠遷，若此者數百千處。
㈥言水勢洶湧冲激之狀。
㈦濇湟，水涌貌。　郭璞《江賦》曰：濇湟淴泱。
㈧輪囷磥碗，鬱盤委曲貌。
㈨皆香草也。
㈩酷郁，茂盛也。

於是金塘洒演〔三〕，緑竹被坂〔四〕。繚繞青翠，近而復遠〔五〕。白砂如積雪者焉，碧石如圓玦者焉。水鳥駕鵝，鸝瑀鶬雁㊀〔六〕。上飛衡陽㊁，下宿沅漢㊂〔七〕。十十五五，忽合而復散㊃。乃有綺雲之館，頳霞之臺，其樂足以棄國釋位，遺死忘歸也。

㊀駕鵞，野鵞。鸝瑀，似鴨而大，長頸赤目，紫紺色者。《上林賦》曰：駕鵞屬玉。

㊁衡陽，屬古桂陽路。

㊂沅，水名，屬沅陵郡。《毛詩註》曰：漢水至漢陽大别山入江。

㊃木玄虚《海賦》曰：波如連山，乍合乍散。

若夫墨翟、商瞿之倫㊀，學兼師術，才參道真。方駕蓮軫，於沼之濱㊁。乃射宿餌魴㊂，前缴鶼鶼㊃，青黏黄粱㊄。臛鼈胾羹㊅，臑豘柘漿㊆。窮嬉極娱，雲翺兮烟翔。超然左覽蒼梧㊇，右晲鄧林㊈。崩石梧岸，峋屼藏陰⑩。逮至山頂，丹壁四平。靈木夾道，神草列生⑪。俯瞰太一⑫，下視流星。既投冠而棄劍⑬，亦抗魄而邀靈〔八〕。

㊀墨翟，宋人，見練絲而悲，爲其可以黄可以黑。《家語》曰：商瞿，魯人，字子木，受《易》於孔子。言二人皆古之賢者。

㊁《毛詩》曰：於以采蘋，南澗之濱。

㊂漢枚乘《兔園賦》曰：俛仰釣射，煎熬炮炙。

㊃高誘《淮南子註》曰：鶼鶼，長頸，緑色，其形似雁。

㈤《方藝志》曰：樊阿從華陀求方可服餌有益者。佗以漆葉爲青黏散與之，阿壽百餘歲。　黄粱，米之善者。
㈥臛，肉羹也。曹植《七啓》曰：臛江東之潛鼉。　胾，大肉也。
㈦臑，音而。　臑狁，蒸狁也。宋玉《招魂賦》曰：臑鼈炮羔，有柘漿些。
㈧《山海經》曰：蒼梧之丘，其中有疑山焉，舜之所葬，在零陵縣界。
㈨《山海經》曰：夸父逐日，渴飲河渭，不足，北飲大澤，未至，道渴而死。棄其杖，化爲鄧林。
㈩《靈光殿賦》曰：崱屴嵫鼇。《文選註》曰：崱屴，山高大貌。
⑪《西都賦》曰：靈草冬榮，神木叢生。《文選註》曰：不死藥也。
⑫太一，神也。
⑬枚乘《兔園賦》曰：高冠偏焉，長劍閑焉，左挾彈焉，右執鞭焉。

於是大夫之徒，稱詩而歸〔一九〕。春陽始映〔二〇〕，朱華未希〔二一〕。卒逢邯鄲之女㈠，蕙色玉質。命知其麗，攢連映日。綺裳下見，錦衣上出。雖復守禮㈡，令人意失。

㈠《兔園賦》曰：邯鄲襄國，易陽之容麗人，及其燕飾，子相與雜沓而往欵焉。
㈡宋玉《登徒子好色賦》曰：揚詩守禮，終不過差。

遂謡曰：「碧玉作椀銀爲盤，一刻一鏤化雙鸞。」乃報歌曰：「美人不見紫錦衾㈠，黄泉應至何所禁㈡！」妃因别曰：「見上客兮心歷亂㈢，送短詩兮懷長歎。中人望兮蠶既饑㈣，蹀躞暮兮思夜半。」

㈠《楚辭》曰：恐美人之遲暮。　《毛詩》曰：錦衾爛兮。

㈡《左傳》曰：不及黄泉，毋相見也。

㈢司馬相如《美人賦》曰：有女獨處，婉然在牀。奇葩逸麗，素質豔光。覩臣遷延，欲笑而言曰：「上客何國之公子？所從來無乃遠乎？」

㈣中人，内豎也。《漢書》曰：李延年弟季，與中人亂，出入驕恣。　枚乘《兔園賦》曰：若夫采桑之婦，連袖方路。

校勘記

〔一〕《藝文類聚》卷六十五、《初學記》卷二十四「賦」下有「體」字。

〔二〕「滿」，叢刊本、梁本作「[illegible]」。

〔三〕「湎」，《藝文類聚》作「緬」。

〔四〕「坂」，《藝文類聚》作「陂」。

〔五〕「近而復遠」，《藝文類聚》、《初學記》作「若近復遠」。

〔六〕「鶤瑦鶵雁」，《藝文類聚》作「鵜鴟鳬雁」，《初學記》作「鸀鴟鴻雁」，梁本作「鶤瑦鴻雁」。

〔七〕「沅」，《藝文類聚》、《初學記》作「沔」。

〔八〕「抗」，叢刊本作「抏」。

〔九〕「詩」，《初學記》作「時」。

〔一〇〕「映」，《藝文類聚》作「晚」，《初學記》、梁本作「曉」。

〔一一〕「希」，《初學記》作「晞」。

江文通集彙註卷三

詩

侍始安王石頭

沈約《宋書》曰：始安王子真，字孝貞，孝武帝第十一子，五歲封始安王。《金陵志》曰：石頭城在府城西二里，吴據石頭爲城，故云。

緒官忝盛世，逢恩侍英王。結劍從深景，撫袖逐曾光㊀。暮情鬱無已，流望在川陽。平原忽超遠，參差見南湘。何如塞北陰，雲鴻盡來翔。攬鏡照愁色，從坐引憂方〔一〕。山中如未夕，無使桂葉傷㊁。

㊀曾光，曾泉之光也。《淮南子》曰：臨於曾泉，是謂早食。喻始安王之年少也。

㊁《招隱士》歌曰：桂樹叢生兮山之幽。

校勘記

〔一〕「從坐引憂方」，梁本作「徒坐隱憂方」。

從征虜始安王道中

秉笏從帷幕，仄身豫休明。君子未獲晏，小人亦自營。結軒首涼野，驅馬傃寒城㊀。容裔還鄉櫂，逶迤去國旌。山氣直百里，山色與雲平。喬松日夜竦，紅霞旦夕生。徒慚恩厚概〔一〕，空抱春施名。仰願光威遠，歲晏返柴荆。

㊀傃，向也。

校勘記

〔一〕「厚」，梁本作「原」。

貽袁常侍

昔我別楚水，秋月麗秋天。今君客吴坂，春色縹春泉〔一〕。戞怨生碧草〔二〕，沅湘含翠烟。鑠鑠霧上景〔三〕，懵懵雲外山。涉江竟何望㊀？留滯空採蓮㊁。駐情光氣下，凝怨琴瑟前。珠貝性明潤，蘭玉好芳堅。不以宿昔岨，懷愧期暮年。

㊀古詩曰：涉江採芙蓉。

㊁古樂府曰：齊聲採蓮歌。

校勘記

〔一〕「春色縹春泉」，《文苑英華》卷二四七作「春日媚春泉」。

〔二〕「憂怨」，《文苑英華》、梁本作「幽冀」。

〔三〕「霧」，《文苑英華》、梁本作「霞」。

就謝主簿宿

季月寒氣重㈠，滋蘭錯無芳。北風漂夜色㈡〔一〕，河凝鬲如霜㈢。悵哉心神晚，燭滅此深堂。菱衣如可贈〔二〕，寧濕岨雲梁〔三〕。

㈠古詩曰：「孟冬寒氣重。」

㈡《毛詩》曰：「北風其涼。」

㈢「鬲」與「皓」同。

校勘記

〔一〕「風」，梁本註「一作方」。「漂」，元鈔本作「縹」。

〔二〕「菱」，梁本作「芰」。

〔三〕「岨」，元鈔本作「阻」。

銅爵妓

《魏志》曰：「建安十五年冬，作銅雀臺。」《武帝遺令》曰：使妓人置歌樂於臺上，施八尺牀，張繐帳。朝晡上脯糒之屬。月朝十五日，輒向帳作妓樂，汝等時時登銅雀臺，望吾西陵墓田。

武王去金閣㈠，英威長寂寞。雄劍頓無光，雜佩亦銷爍。秋至明月圓，風傷白露落。清夜何湛湛，孤燭映蘭幕。撫影愴無從，惟懷憂不薄。瑶色行應罷，紅芳幾爲樂。徒登歌舞臺，終成螻蟻郭㈡。

㈠武王，魏武帝曹操也。

㈡《戰國策》：安陵君曰：「大王萬歲千秋之後，臣願以身抵黄泉，驅螻蟻。」

學魏文帝

姓曹名丕，字子桓。下筆成文，博學强記。漢建安二十五年，自稱帝，都洛陽，尊父操爲武皇帝，改元黄初。

西北有浮雲，繚繞華陰山㈠。惜哉時不遇，入夜值霜寒。秋風聒地起，吹我至幽燕。幽燕非我國，窈窕爲誰賢！少年歌且止，歌聲斷客子㈡。

㈠《一統志》曰：漢始置華陰縣，以在華山之陰也。

㈡魏文帝《雜詩》曰：西北有浮雲，亭亭如車蓋。惜哉時不遇，適與飄風會。吹我東南行，行行至吴會。吴會非我鄉，安能久留滯。棄置勿復陳，客子常畏人。 學文帝詩，首尾詞意相同，故全録之。

從冠軍行建平王登廬山香爐峯

按沈約《宋書》曰：「建平王宏薨於大明二年，子景素襲封，尋遷荆州刺史，淹爲記室，從行，道經廬山，登香爐峯，作此詩也。」

廣成愛神鼎㊀，淮南好丹經㊁。此峯具鸞鶴〔一〕，往來盡仙靈㊂。瑶草正翕艴㊃，玉樹信葱青㊄。絳氣下縈薄，白雲上杳冥。中坐瞰蜿虹，俛伏視流星。不尋遐怪極，則知耳目驚。日落長沙渚㊅，曾陰萬里生。藉蘭素多意㊆，臨風默含情㊇。方學松柏隱〔二〕，羞逐市井名。幸承光誦末，伏恩託後旌。〔三〕。

㊀《神仙傳》曰：廣成子者，古之仙人也，居崆峒之山石室中。《抱朴子》曰：服九轉丹，内神鼎中，夏至之後暴之。

㊁《神仙傳》曰：淮南王劉安，好道術之士，於是八公乃往授以丹經。

㊂張僧鑒《豫州記》曰：洪井西有鸞岡，舊説洪崖先生乘鸞所憩處也。鸞崗西有鶴嶺，王子喬控鶴所經處也。

㊃《山海經》曰：姑射之山，帝女死焉，化爲瑶草。 翕艴，紅色也。

㊄崑崙在西北，其高一萬一千里，上有瓊玉之樹。 《爾雅》曰：青謂之葱。 葱青，林木茂盛貌。

㊅長沙，地名，古長沙郡也。

㊆《嘯賦》曰：藉皋蘭之倚靡。

㈧《楚辭》曰：臨風怳兮浩歌。

校勘記

〔一〕「峯」，梁本作「山」。

〔二〕「松柏」，叢刊本作「柏松」。

〔三〕「恩」，《文選》卷二十二、梁本作「思」。

望荊山

《漢書》曰：臨沮縣，荊山在東北也。

奉義至江漢㈠〔一〕，始知楚塞長。南關繞桐柏㈡〔二〕，西途出魯陽㈢〔三〕。寒郊無留影，秋日懸清光。悲風撓重林〔四〕，雲霞肅川漲。歲晏君如何，零淚染衣裳㈣〔五〕。玉柱空掩露，金樽坐含霜。一聞苦寒奏㈤，再使艷歌傷㈥〔六〕。

㈠奉義，猶慕義也。

㈡《一統志》曰：桐柏山，在南陽東南百八十里，淮水出焉。

㈢《一統志》曰：漢魯陽縣，屬南陽郡。

㈣《古詩》曰：淚下沾衣裳。

㈤《苦寒行》，魏文帝辭也。

㈥古樂府有《艷歌何嘗行》。

校勘記

〔一〕「義」，叢刊本作「謁」。

〔二〕「關」，叢刊本、原書底本作「闥」。

〔三〕「途」，《文選》卷二十七、梁本作「嶽」。

〔四〕「撓」，梁本註「一作繞」。

〔五〕「染」，《文選》、梁本作「沾」。

〔六〕「再」，《文選》作「更」。

步桐臺

客子畏霜雪㈠，憂至竟悠哉！綺帷生網羅㈡，寶刀積塵埃。思君出漢北，鞍馬登楚臺㈢。歲綵合雲光，平原秋色來。寂聽積空意，凝望信長懷。蕙芬自有美，光景詎徘徊。山中忽緩駕，暮雪將盈階。

㈠魏文帝《雜詩》曰：客子常畏人。

㈡《三輔舊事》曰：秦時後宮列女，萬有餘人，綈帳綺帷。

㈢漢北，漢水之北也。《左傳》曰：楚子成章華之臺，以與諸侯樂之。

從建平王遊紀南城

《楚志》曰：紀南城，在荆州府城北一十里。《荆州記》曰：昭王十年，吴通章水，灌紀南，入赤湖，進灌郢城，遂破楚。

恭承此嘉惠[一]，末官至南荆。斂衽依光采，端笏奉仁明。再逢緑草合，重見翠雲生。江甸知禮富，漢渚聞教清。君王澹以思，樹羽望楚城㊀。年積衣劍滅，地遠宫館平。錦帳終寂寞，綵瑟秘音英[二]。丹砂信難學，黄金不可成㊁。遷化每如兹，安用貴空名？流宕慘中懷㊂[三]，凝意方自驚。願借若木景，長照憂人情㊃。

㊀羽，旌旗也。《家語》曰：「赤羽若日，白羽若月。」

㊁《史記》：李少君曰：丹砂可化爲黄金，黄金成而海中仙者可見。

㊂曹子建詩曰：類此流宕子。

㊃《淮南子》曰：若木，在建木西，上有十日，其華下照地。《離騷》曰：折若木以拂日。

校勘記

[一]「惠」，叢刊本作「德」。

[二]「瑟」，梁本作「色」。

[三]「宕」，梁本作「巖」。

秋至懷歸

悵然集漢北，還望岨山田。沄沄百里壑，參差萬里山。楚闕帶秦隴，荆雲冠吴煙。草色斂窮水，木葉變吴川㈠。秋至帝子降㈡，客人傷嬋娟。試訪淮海使，歸路成數千。蓬驅未止極㈢，旌心徒自懸㈣。若華想無慰㈤，憂至定傷年㈥。

㈠《九歌》曰：洞庭波兮木葉下。
㈡《九歌》曰：帝子降兮北渚。
㈢曹子建詩曰：轉蓬離本根，飄飖隨長風。
㈣《蘇秦傳》曰：心摇摇然如懸旌。
㈤若華，若木之華也。
㈥孔文舉《論盛孝章書》曰：若使憂能傷人，此子不得復永年矣。

古意報袁功曹

從軍出隴北㈠，長望陰山雲。涇渭各流異㈡〔一〕，恩情於此分。故人贈寶劍，鏤以瑶華文。一言鳳獨立，再説鸞無羣。何得晨風起，悠哉凌翠氛㈢。黄鵠去千里，垂涕爲報君。

㈠王仲宣《從軍行》曰：從軍有苦樂。

㊁涇水出安定涇陽幵頭山，京兆入渭。渭水出鳥鼠山。涇濁渭清，合流三百里不混。

㊂晨風，鸇也。古詩曰：亮無晨風翼，焉能淩風飛？

校勘記

〔一〕「流異」，梁本作「異流」。

渡西塞望江上諸山

南國多異山，雜樹共冬榮〔一〕。潺湲夕澗急，嘈囋晨鵾鳴㊀〔二〕。石林上參錯㊁，流沫下縱横㊂。松氣鑑青藹，霞光鑠丹英。望古一凝思，留滯桂枝情㊃。結友愛遠岳，採藥好長生。常思佳人晚〔三〕，秋蘭傷紫莖㊄。海外果可學，歲暮誦仙經。

㊀鷄三尺爲鵾。《西京賦》曰：鴐鵝鴻鵾。

㊁石林，言石參錯之如林也。

㊂《莊子》曰：吕梁懸水三十仞，流沫四十里。

㊃《楚辭》曰：結桂枝兮延竚。

㊄《楚辭》曰：秋蘭兮青青，緑葉兮紫莖。

校勘記

〔一〕「冬榮」，原作「冬寒」，據梁本、叢刊本改。

〔二〕「嘈囋」，原作「嘈嗜」，據元鈔本改。

〔三〕「常思」，叢刊本、梁本作「常畏」。梁本「常」下註「一作當」。

劉僕射東山集

蕭蕭雲色滋，惟愛起長思。喬木嘯山曲，征鳥怨水湄。共惜玉樽暮，願使光陰遲。紳裳視絶雲，銜意方此時。誦飾江皋駕，終從海濱詩。

寄丘三公

昔我學冠劍㈠，逢君在三川㈡。何意風雨激，一訣異東西㈢。菊秀空應奪，蘭芳幾時堅。常恐握手畢，黯如光絶天。安得明月珠㈣，攬涕寄吴山。

㈠《山海經》曰：君子國，民衣冠帶劍，土方千里，好讓，故爲君子國。

㈡三川，河、洛、伊也。《戰國策》曰：三川周室，天下之朝市。

㈢音先。

㈣《漢書》曰：武帝時，使人入海，市明月大珠，圍二寸已下。

陸東海譙山集

杳杳長役思，思來使情濃〔一〕。恒忌光氛度，籍蕙望春紅。青莎被海月㈠，朱華冒水松㈡。輕氣曖長岳〔二〕，雄虹赫遠峯。日暮崦嵫谷㊂，參差綵雲重。永願白沙渚，遊衍遂相從。丹山有琴瑟㊃，不爲憂傷容。

㊀莎，草屬，即香附。

㊁曹植詩曰：朱華冒綠池。《臨海水土物志》曰：海月大如鏡，白色，正圓，常死海邊，其柱如搔頭大，中食。郭璞《江賦》曰：繁蔚芳蘺，隱藹水松。《文選註》曰：水松，藥草名也。

㊂《淮南子》曰：日入崦嵫。

㊃《山海經》曰：丹穴之山，有鳥，名曰鳳皇。是鳥自歌自舞。言鳳皇之音，能叶琴瑟也。

校勘記

〔一〕「情」，梁本作「懷」。

〔二〕「氣」，梁本註「一作風」。

燈夜和殷長史

冬盡綵葉暮，金石亦懷傷㊀。冰鱗不能起，水鳥望川梁。客子依永夜〔一〕，寂寞幽意長。卧歌丹丘采㊁〔二〕，坐失曾泉光㊂。結眉慘成慮，銷憂非羽觴㊃。此心冀可緩，清芷在沅湘㊄。

㊀古詩曰：人生非金石，焉能長壽考？

㊁《楚辭》曰：仍羽人於月丘兮，留不死之舊鄉。

㊂《淮南子》曰：臨於曾泉，是謂早食。

㊃魏武帝詩曰：何以解憂？惟有杜康。

㊄《楚辭》曰：沅有芷兮澧有蘭。

校勘記

〔一〕「依」，原作「仿」，據元鈔本改。

〔二〕「歌」，梁本、叢刊本作「歍」。

贈煉丹法和殷長史

琴高遊會稽㊀，靈變竟不還。不還有長意，長意希童顏。身識本爛熳，光曜不可攀。方驗《參同契》，金竈煉神丹㊁。頓捨心知愛，永却平生歡。玉牒裁可卷，藥珠不盈簞㊂。譬如明月色，流采映歲寒。一待黄治就㊃，清芬遲孤鸞㊄。

㊀《列仙傳》曰：琴高浮游冀州二百餘年，後入碭水中，乘赤鯉魚來，出泊一月，復入水去。

㊁後漢魏伯陽，吴人，著《參同契》。與弟子三人入山，作神丹，丹成，乃曰：「先宜與犬試之，若犬飛，然後人可服。」乃與犬食，犬卽死。伯陽服丹，入口卽死，弟子服之，亦死。餘二弟子遂不服，乃共出山去。後，伯陽卽起，將所服丹内弟子及犬口中，皆起，遂皆仙去，乃作手書寄謝，二弟子乃始懊恨。

㊂《玉牒》、《藥珠》，皆仙録也。

㊃《郊祀志》曰：黄治變化。註：黄治，仙藥也。

㈤孤鸞，王母使者青鸞也。

感春冰遥和謝中書二首

江皐桐始華，斂衣望邊亭。平原何寂寂，島暮蘭紫莖。芬披好草合，流爛新光生〔一〕。冰雪徒皦潔，此焉空守貞！

暮意歌《上春》㈠〔二〕，悵哉望佳人。攬洲之宿莽㈡，命爲瑶桂因。觀書術不變，學古道恒真。若作商山客，寄謝丹水濱㈢。

㈠《上春歌》，古樂府名。

㈡《離騷》曰：「朝搴阰之木蘭兮，夕攬洲之宿莽。」

㈢《一統志》曰：「商洛山，在商縣東南九十里，即秦四皓隱處。」又曰：「丹水，出商縣東，流入河。」又曰：「東園公、綺里季、夏黄公、甪里先生，避秦不仕，隱居商洛山中。」

校勘記

〔一〕「爛」，元鈔本作「瀾」。

〔二〕「春」，叢刊本作「眷」。

無錫縣歷山集

《一統志》曰：無錫屬毗陵郡。歷山，在錫縣西北三十里。

愁生白露日，怨起秋風年〔一〕。竊悲杜蘅暮㈠，攬涕弔空山。落葉下楚水，別鶴噪吴田㈡。況瘴氣陰不極〔二〕，日色半虧天。酒至情蕭瑟，憑樽還惆然。一聞清琴奏，歔泣方留連㈢。乃客子念，直視絲竹閒〔三〕？

㈠《楚辭》曰：雜杜蘅與芳藭。
㈡古樂府有《別鶴操》，商陵牧子所作也。
㈢《説苑》曰：雍門周以琴見孟嘗君，孟嘗君泫然涕泣。

校勘記

〔一〕「怨」，叢刊本、原書底本作「恐」，梁本作「思」。
〔二〕「瘴」，梁本作「嵐」。
〔三〕「視」，梁本作「置」。

無錫舅相送銜啼別〔一〕

心遠路已迴，意滿辭未陳。曾風漂別蓋，北雲竦征人。杯酒憐歲暮，志氣非上春。若無孤鳥還，瀝泣何所因。

校勘記

〔一〕「啼」，梁本作「涕」。

吴中禮石佛

幻生太浮詭〔一〕，長思多沉疑。疑思不慚炤，詭生寧盡時！敬承積刼下㈠，金光鑠海湄㈡。火宅斂焚炭㈢，藥草匝惠滋〔二〕。常願樂此道，誦經空山坻。禪心暮不雜，寂行好無私。軒騎久已訣，親愛不留遲。憂傷漫漫情，靈意終不緇。誓尋青蓮果㈣，永入梵庭期。

㈠《法華經》曰：如人以力摩三千大千土，復盡末爲塵，爲一刼，此諸微塵數其刼復過是。

㈡《後漢書》曰：明帝夢金人丈餘，頭有光明，以問羣臣。或曰：「西方有神，名曰佛，其形丈六尺，而黃金色。」帝於是遣天竺問佛道法，遂於國中圖形像焉。　海湄，嘉湖，近於海也。

㈢《法華經》曰：三界無安，猶如火宅，衆苦所燒，我皆拔濟之。

㈣《法華經》曰：有人聞是品，能隨喜讚善者，是人口中常出青蓮香。　又湖州法華山樵夫，得青蓮一枝，掘地有石匣，藏一童子，舌根不壞，花自舌出。是人誦《法華經》，致此勝果，因名其山。《一統志》曰：山在府城西北一十八里，一名石山。　是時淹謫於吴興而作此詩也。

校勘記

〔一〕「幻」，叢刊本、原書底本作「幼」。

〔二〕「惠」，梁本作「卉」。

赤亭渚

赤亭渚，在富春。謝靈運詩曰：赤亭無淹薄。

吴江泛丘墟，饒桂復多楓。水夕潮波黑，日暮精氣紅。路長寒光盡，鳥鳴秋草窮。瑶水雖未合，珠霜竊過中。坐識物序晏，卧視歲陰空。一傷千里極，獨望淮海風。遠心何所類，雲邊有征鴻。

渡泉嶠出諸山之頂

岑崟蔽日月，左右信艱哉！萬壑共馳騖，百谷争往來。鷹隼既厲翼，蛟魚亦曝鰓。崩壁迭枕卧，嶄石屢盤迴。伏波未能鑿，樓船不敢開。百年積流水，千里生青苔〔一〕。行行詎半景，余馬以長懷。南方天炎火，魂兮可歸來㊀。

㊀宋玉《招魂》曰：魂兮歸來，南方不可以止些。

校勘記

〔一〕「千里」，叢刊本、梁本作「千歲」。

遷陽亭

攬淚訪亭候〔一〕，茲地乃閩城。萬古通漢使，千載連吴兵。瑶碉敻嶄崪，銅山鬱縱横。方水堆金濩〔二〕，圓岸伏丹瓊㊀。下視雄虹照，俯看綵霞明。桂枝空命折，煙氣坐自驚。劍逕羞前檢㊁，岷山慚舊名㊂。依我從霜露〔三〕，僕御復孤征。楚客心命絶，一願聞越聲㊃。

㊀《淮南子》曰：水圓折者有珠，方折有玉。

㊁劍逕，劍閣之逕也。

㊂岷山，亦蜀中之岷山也。言昔稱二山之險，不及此地也。

㊃《史記》：陳軫對秦惠王曰：「越人莊舄，仕楚執珪，有頃而病。楚王曰：『舄故越之鄙細人也，今仕楚執珪，貴富矣，亦思越不？』中謝對曰：『凡人之思故，在其病也。彼思越則越聲，不思越則楚聲。』人從聽之，猶尚越之聲也。」

校勘記

〔一〕「候」，原作「侯」，形近而誤，據叢刊本改。

〔二〕「堆」，叢刊本、梁本作「埋」。

〔三〕「依」，叢刊本、梁本作「伊」。

採石上菖蒲

瓊琴久塵蕪〔一〕，金鏡廢不看。不見空閨裏，縱横愁思端。緩步遵汀渚〔二〕，揚柮泛波瀾〔三〕。竇至煙水流〔四〕，緑緩桂涵丹㈠〔五〕。憑酒意未悦〔六〕，半景方自歎。每爲憂見及，杜若詎能寬〔七〕。冀採石上草，得以駐餘顏〔八〕。赤鯉儻可乘，雲霧不復還。

㈠徐堅《初學記》作「緩步遵行波，揚枻泛春瀾。竇赤烟流綺，水渌涵輕丹。」

校勘記

〔一〕「塵蕪」，《文苑英華》卷三一七、梁本作「蕪没」。

〔二〕「汀渚」，《文苑英華》作「行波」，下註：「一作汙渚」。

〔三〕「波」，《文苑英華》、梁本作「春」。

〔四〕「竇至烟水流」，《文苑英華》作「竇至水流綺」。梁本作「電至烟流綺」。

〔五〕「緑緩桂涵丹」，《文苑英華》作「水緑滔輕丹」，梁本作「水緑桂涵丹」。

〔六〕「意」，梁本作「竟」。

〔七〕「詎」，梁本註「一作豈」。

〔八〕「餘」，《文苑英華》作「衰」。

遊黄蘗山

《一統志》曰：黄蘗山，在吴興府城西南三十五里。爲江淹賦詩之所。

長望竟何極？閩雲連越邊！南州饒奇怪㈠，赤縣多靈仙㈡。金峯各虧日，銅石共臨天。陽岫照鸞采，陰谿噴龍泉。殘屼千代木，廧崒萬古烟。禽鳴丹壁上，猨嘯青崖間。秦皇慕隱淪㈢，漢武願長年㈣。皆負雄豪威，棄劍爲名山。況我葵藿志，松木横眼前。所若同遠好，臨風載悠然。

㈠南州，南方之州也。嘉湖近海，故多奇怪。

㈡張衡《靈憲》云：崑崙東南有赤縣之州，風雨有時，寒暑有節。苟非此土，南則多暑，北則多寒，東則多陰，故聖人不處焉也。

㈢《始皇本紀》曰：始王使韓終、侯公、石生求仙人不死之藥。

㈣《封禪書》：漢武帝曰：「嗟乎！吾誠得如黄帝，吾視去妻子如脱躧耳！」

還故國

漢臣泣長沙㈠，楚客悲辰陽㈡。古今雖不舉，兹理亦宜傷。山中信寂寥，孤景吟空堂。北地三變露，南簷再逢霜。竊值寰海關，仄見圭緯昌。浮雲抱山川，遊子銜故鄉㈢。遽發桃花渚，適宿春風場。紅草涵電色，緑樹鑠烟光。高歌儴闟國〔一〕，微歎依笙簧。請學碧靈草〔二〕，終歲自芬芳㈣。

㈠賈誼，漢文帝時爲長沙王太傅。有鵬鳥飛入舍，誼以爲不祥，作賦以自廣。

㊁楚客，屈原也。《楚辭》曰：朝發枉渚兮，夕宿辰陽。註：辰陽，今辰州也。
㊂《古詩》曰：浮雲蔽白日。又漢高祖曰：游子悲故鄉。
㊃《西都賦》曰：靈草冬榮。註曰：靈草，不死藥也。

校勘記

〔一〕「闕」，原作「闕」，據叢刊本、梁本改。
〔二〕「靈草」，元鈔本作「山草」，叢刊本作「靈革」。

傷内弟劉常侍

金璧自慧質〔一〕，蘭杜信嘉名〔二〕。丹綵既騰迹，華蕚故揚聲。伊余方罷秀，難息向君榮〔三〕。誰疑春光昃，何遽秋露輕？遠心惜近路，促景怨長情。風至衣袖冷，況復蟪蛄鳴㊀。白露沿漢炤㊁〔四〕，明月空漢生㊂。長悲離短意，惻切吟空庭。注欷東郊外，流涕北山垌。

㊀蟪蛄，蟬屬也。《莊子》曰：蟪蛄不知春秋。
㊁《古詩》曰：白露霑野草。
㊂《古詩》曰：明月皎夜光。

校勘記

〔一〕「慧」，叢刊本、梁本作「蕙」。
〔二〕「杜」，梁本註「一作桂」。
〔三〕「難」，梁本作「歎」。
〔四〕「炤」，叢刊本、梁本作「沼」。

從蕭驃騎新亭壘〔一〕

《齊太祖本紀》曰：閏月辛丑，率大衆出屯新亭中興堂，治嚴築壘。　亭在應天府城南一十五里，俯近江渚。

鯢妖毁王度，虹氣咀王猷㊀。上宰軫靈略㊁，宏威肅廣謀。據嶮冒戈堞㊂〔二〕，乘嶠架烽樓㊃。燕兵歌越水，代馬思吴州。金笳夜一遠，明月信悠悠。雲色被江出，烟光帶海浮。開襟夾蒼宇，拓遠局溟洲。折日承丹谷㊄，總駕臨青丘㊅。反待飈霧晏，方從畎壑遊。

㊀是時攸之作亂，大敗於新亭，故云。
㊁棗道彦詩曰：天子命上宰。
㊂堞，女牆也。戈堞，以戈置女牆之上也。
㊃烽樓，置烽於城樓也。
㊄《山海經》曰：大荒之中，暘谷上有扶桑。十日所浴，九日居上枝，一日居下枝。　一曰丹穴，日出處，

㈥《山海經》曰：青丘之山，其陽多玉，其陰多青雘。有獸如狐，九尾，有鳥如鳩，佩之不惑。

校勘記

〔一〕「亭」，叢刊本、梁本、原本校勘作「帝」。

〔二〕「據」，叢刊本、梁本作「綿」。

效阮公詩十五首

阮籍《詠懷》八十首，身仕亂朝，常恐罹謗遇禍，因茲發詠，志在譏刺，而文多隱避。江淹之效阮公者，亦因建平王景素，與不逞之徒，日夜搆議，淹知禍機將發，賦詩十五首，明性命之理，因以爲諷。王遂不悟，乃黜爲吳興令。

一

歲暮懷感傷，中夕弄清琴㈠。戾戾曙風急，團團明月陰㈡。孤雲出北山，宿鳥驚東林㈢。誰謂人道廣，憂慨自相尋。寧知霜雪後，獨見松竹心！

㈠阮公《詠懷》詩曰：夜中不能寐，起坐彈鳴琴。

㈡《古詩》曰：明月何皎皎。

㈢阮公《詠懷》詩曰：孤鴻號外野，翔鳥鳴北林。

二

十年學讀書，顏華尚美好㊀。不逐世間人，鬬雞東郊道㊁。富貴如浮雲㊂，金玉不爲寶。一旦鶗鴂鳴，嚴霜被勁草㊃。志氣多感失，泣下沾懷抱〔一〕。

㊀阮公詩曰：誰能常美好。
㊁曹子建詩曰：鬬雞東郊道，走馬長楸間。
㊂阮公詩曰：富貴焉常保。
㊃《離騷》曰：恐鶗鴂之先鳴兮，使夫百草爲之不芳。

三

白露淹庭樹㊀，秋風吹羅衣㊁。忠信主不合，辭意將訴誰？獨坐東軒下〔二〕，雞鳴夜已晞㊂。總駕命賓僕，遵路起旋歸。天命誰能見㊃？人蹤信可疑。

㊀魏文帝詩曰：白露霑我裳。
㊁何敬祖詩曰：秋風乘夕起。
㊂《毛詩》曰：女曰雞鳴，士曰未旦。
㊃阮公《詠懷》詩曰：貴賤在天命，窮達自有時。

四

飄飄恍惚中，是非安所之。大道常不驗，金火每如斯㊀。忼慨少淑貌，便娟多令辭。宿昔秉心誓，靈明將見期。願從丹丘駕㈡，長弄華池滋。

㈠《淮南子》曰：兩木相摩而然，金火相守而流。

㈡《楚辭》曰：仍羽人於丹丘兮，留不死之舊鄉。

五

陰陽不可知，鬼神惟杳冥。暫試武帝貌，一見李后靈。同情淪異物，有體入無形。賢聖共草昧，仁智焉足明。變化未有極，恍惚誰能精㈠！

㈠《漢書》曰：李夫人少而早卒，武帝思念不已，方士齊人少翁，言能致其神。乃夜張燈燭，設帷帳，陳酒果，而令帝居帷帳，遥望見好女如李夫人之貌，還帷坐而步。人不得就視，帝愈相思悲感。此詩全篇，俱以武帝李夫人言之。

六

若木出海外㈠，本自丹水陰。羣帝共上下，鸞鳥相追尋㈡。千齡猶旦夕㈢，萬世更浮沉。豈與異鄉士，瑜瑕論淺深！

㈠《山海經》曰：洞野之山，有赤樹，青葉，名曰若木。註：生崑崙西極，其華光赤照下也。

㈡《山海經》曰：峚山上多丹木，黄花赤實，食之不飢不渴，丹水出焉。其中多白玉，是有玉膏，黄帝是食是饗。峚，音密。

㈢《神仙傳》曰：馬明生，隨神女還岱，見安期生語神女曰：「昔與女郎遊於安息西海之際，意此未久，已二千年矣。」

七

夏后乘兩龍㈠，高會在帝臺㈡。滎光河雒出㈢，白雲蒼梧來㈣。

侍御多賢聖，升降有羣才。四時有變化，盛明不徘徊。高陽邈已遠㈤，竚立誰語哉？

㈠《山海經》曰：大樂之野，夏后啟於此舞九代馬，乘兩龍。

㈡《山海經》曰：鼓鍾之山，帝臺之所以觴百神也。

㈢《尚書中候》曰：成王觀於洛河，沉璧，禮畢，王退。俟至於日昧，滎光並出幕河，青雲浮洛。

㈣《歸藏》曰：有白雲出自蒼梧，入於大梁。

㈤高陽氏有才子八人，以治天下。

八

昔余登大梁，西南望洪河㈠。時寒原野曠，風急霜露多。仲冬正慘切，日月少精華。落葉縱橫起，飛鳥時相過。搔首廣川陰，懷歸思如何？常願反初服，閑步潁水阿。

㈠《一統志》曰：黄河一名洪河。

九

宵明輝西極㈠〔三〕，女娃映東海㈡〔四〕。佳麗多異色，芬葩有奇采。綺縞非無情，光陰命誰待？不與風雨變，長共山川在。人道則不然，消散隨風改。

㈠宵明，舜女也。《山海經》曰：舜妻登比氏，生宵明、燭光，處河大澤。二女之靈能照此所方百里。

㈡《山海經》曰：赤帝之女女娃，遊於東海，溺而死，化爲精衛。

十

少年學擊劍㈠，從師至幽州。燕趙兵馬地，唯見古時丘。登城望山水，平原獨悠悠。寒暑有往來，功名安可留！

㈠阮公《詠懷》詩曰：少年學擊刺。

十一

擾擾當途子，毁譽多埃塵。朝生輿馬間，夕死衢路濱㈠。藜藿應見棄，勢位乃爲親。華屋爭結綬㈡，朱門競彈巾㈢。徒羨草木利，不愛金碧身。至德所以貴，河上有丈人㈣。

㈠阮公《詠懷》詩曰：朝生衢路傍，夕瘞横街隅。

㈡《漢書》曰：蕭育與朱博爲友，著聞當代。語曰：「蕭朱結綬。」

㈢《漢書》曰：王陽爲益州刺史，故人貢禹，彈其冠，待陽薦，果召爲大夫。

㈣阮公《詠懷》詩曰：河上有丈人，緯蕭棄明珠。《神仙傳》曰：河上公，莫知其姓名也。漢孝景時，結草爲庵於河湄，嘗讀《老子經》。景帝好老子之言，有所不知數事，莫能通者，聞人説河上公讀《老子》，乃遣詣所不解事以問之。河上公曰：「道尊德貴，非可遥問也。」帝駕而從之，公以素書二卷與帝，曰：「熟省此，則此經所疑皆了，不事多言也，勿以示非人。」言畢，失其所在。

十二

華樹曜北林㊀，芬芳空自宣。秋至白雲起，蟪蛄號庭前㊁。中心有所思，虚堂獨浩然。安坐詠琴瑟，逍遥可永年。

㊀曹子建《雜詩》曰：朝日照北林。
㊁阮公《詠懷》詩曰：蟪蛄鳴荆棘。

十三

假乘試行遊，北望高山岑。翩翩征鳥翼，蕭蕭松柏陰。感時多辛酸，覽物更傷心。性命有定理，禍福不可禁。唯見雲際鵠，江海自追尋。

十四

夕雲映西山，蟋蟀吟桑梓㊀。零露被百草㊁，秋風吹桃李。君子懷苦心，感慨不能止。駕言遠行遊，驅馬清河涘㊂。寒暑更進退，金石有終始㊃。光色俯仰間，英艷難久恃。

㊀阮公《詠懷》詩曰：蟋蟀吟户牖。
㊁《毛詩》曰：野有蔓草，零露漙兮。
㊂阮公《詠懷》詩曰：驅馬復來歸，反顧望三河。
㊃阮公《詠懷》詩曰：四時更代謝，日月遞差馳。

十五

至人貴無爲，裁魂守寂寥。唯有馳騖士，風塵在一朝㈠。輿馬相跨躍，賓從共矜驕。天道好盈缺，春華故秋凋㈡。不知北山民，商歌美場苗。

㈠阮公《詠懷》詩曰：馳騖紛垢塵。

㈡阮公《詠懷》詩曰：朱顏茂春華。

校勘記

〔一〕「泣」，梁本作「淚」。

〔二〕「東」，梁本註「一作高」。

〔三〕「明」，叢刊本、梁本、原書底本作「月」。

〔四〕「娃」，叢刊本、梁本、原書底本作「圭」。

清思詩五首

一

趙后未至麗㈠，陰妃非美極㈡。情理儻可論，形有焉足識？帝女在河洲㈢，晦映西海側。陰陽無定光，雜錯千萬色。終歲如瓊草，紅華長翕絶。

㈠《西京雜記》曰：趙后體輕腰弱，善行步進退。女弟昭儀，不能及也。但昭儀弱骨豐肌，尤工笑語。二人並色如紅玉，爲當時第一，皆擅寵後宮。

㈡《東觀漢記》曰：初，光武聞陰麗華美，心悅之，歎曰：「娶妻當得陰麗華。」後爲皇后也。

㈢《山海經》曰：丹山西即巫山，帝女居焉。

二

師曠操雅操㈠，延子聆奇音㈡。玄鶴徒翔舞，清角自浮沉㈢。明琯東南逝，精絲西北臨〔一〕。白雲瑤池曲，上使淚淫淫㈣〔二〕。

㈠《瑞應圖》曰：師曠鼓琴，通於神明。

㈡延子，延陵季子也，能知音律。

㈢《韓子》曰：師曠鼓琴，有玄鶴啣珠於中庭舞。又曰：師曠曰：清徵之聲，不如清角。

㈣《穆天子傳》曰：天子觴西王母於瑤池之上，作《白雲謠》曰：「白雲在天，山陵自出。道里悠遠，山川間之。將子無死，上復能來。」

三

秋夜紫蘭生，湛湛明月光。偃蹇靈之來〔三〕，容裔此華堂〔四〕。林木不拂蓋，淇水寧漸裳！倏忽南江陰，照曜北海陽。從此長往來，萬世無感傷。

四

白露滋金瑟，清風蕩玉琴。空閨饒遠念，虛堂生夜陰。茲夕一何哀，明月没西林！世人重時暮，道士情亦深。願乘青鳥翼㈠〔五〕，徑出玉山岑㈡。

㈠《山海經》曰：三危山，三青鳥所居，青鳥主西王母食者。

㈡《山海經》曰：玉山，王母所居。

五

至德不可傳，靈龜不可侶。草木還根蒂，精靈歸妙理。我學杳冥道，誰能測窮已。須待九轉成，終會長沙市㈠。

㈠《錢神論》曰：黃金爲父，白銀爲母，長沙越嶲，僕之所守。

校勘記

〔一〕「絲」，梁本註「一作思」。

〔二〕「上」，梁本作「止」。

〔三〕「偃蹇靈之來」，叢刊本、梁本「之」作「芝」，梁本「來」作「采」。

〔四〕「此」，叢刊本、梁本作「紫」。

〔五〕「願」，叢刊本作「賴」。

惜晚春應劉秘書

煙景抱空意，蘅杜綴幽心。心憂望碧葉，涵影顧青林。風光多樹色，露華翻蕙陰。水苔方下蔓，石蘿日上尋。霞衣已具帶，仙冠不持簪〔一〕。徒爲多委鬱，精魄還自臨。始獲瓊歌贈，一點重如金。山中有雜桂，玉瀝乃共斟㊀。

㊀《楚辭》曰：山中兮不可以久留。

校勘記

〔一〕「持」，梁本作「待」。

卧疾怨别劉長史

四時煎日夜，玉露摧紫榮〔一〕。始懷未迴歎，春意秋方驚。涼草散螢色，夏樹斂蟬聲〔二〕。憑景魂且謐，卧堂怨已生。承君客江潭㊀，先愁鴻雁鳴。吴山饒離袂，楚水多别情。金堅碧不滅，桂華蘭有英。無輟代上朝，豈惜鏡中明。但見一葉落，衰恨方始平㊁〔三〕。

㊀《文選》詩註曰：承，猶聞也。

㊁楊升菴《選詩拾遺》作「臨秋怨别」，與此稍異，並録於後：「四時煎日夜，玉露催紫榮。始懷未及歎，春意秋方驚。涼草散螢色，衰樹斂蟬聲。承君客江漢，先愁鴻雁鳴。吴山饒離袂，楚水多别情。金碧堅不滅，桂華芬有英。但見一葉落，衰恨方未平。」

校勘記

〔一〕「榮」原作「芬」，據元鈔本、梁本改。

〔二〕「夏」，梁本作「衰」。
〔三〕「始」，梁本作「未」。

應劉豫章別〔一〕

清塵播嶠岫，遠□被修□。□□□□代，高行乃厲天。俗態攬明懋，散□□才賢。裂□□□□，分□□堯甸㊀。於時秋永永，江漢起殘烟。獵獵風剪樹，颯颯露傷蓮。霞出海中雲，水發江上泉。浸淫泉懷浦，泛濫雲辭山。洲渚一揚袂，殞意元氣前。願效卷施草，春華冬復堅㊁。

㊀音田。
㊁《南越志》曰：寧鄉縣草多卷施草，拔心不死，江淮間謂之宿莽。

校勘記

〔一〕梁本無此篇。

秋夕納涼奉和刑獄舅

蕭條晚秋景，旻雲承景斜。虛堂起青藹，崦嵫生暮霞㊀。空居寂以歊，左右自幽歌。騎屋謝箕尾㈡，濯髮晞陽阿㈢。年歇玄圃璧㈣，歲減天津波㈤。金簫哀夜長，瑶琴怨暮多［一］。四時通信黯，春風日夜過。楚水徒有蘭，憂至竟如何？

㈠《淮南子》曰：日入崦嵫。
㈡《莊子》曰：傅説得之以相武丁，奄有天下。乘東維，騎箕尾，而比於列星。
㈢《淮南子》曰：日出於暘谷，浴於咸池。《楚辭》曰：與汝沐兮咸池，晞汝髮兮陽之阿。
㈣《楚辭》曰：朝發軔於蒼梧兮，夕余至於玄圃。註：崑崙山，一曰玄圃。
㈤《爾雅》曰：析木謂之天津。

校勘記

［一］「瑶」，梁本作「瑞」。

採菱［一］

秋日心容與，涉水望碧蓮。紫菱亦可採，試以緩愁年。參差萬葉下，泛漾百流前。高彩隘通壑，香氣麗廣川。歌出櫂女曲［二］，儛入江南絃㈠。乘黿非逐俗㈡［三］，駕鯉乃懷仙㈢。衆美信如此，無限出清泉［四］。

㈠古樂府《採菱曲》曰：江南稚女珠腕繩，金翠摇首紅顏興，桂櫂容與歌採菱。歌採菱，心未怡。翳羅袖，望所思。
㈡《竹書紀年》曰：周穆王三十七年，征伐，大起九師，東至九江，比黿鼉以爲梁。

㊂《列仙傳》曰：琴高浮游冀州，二百餘年。駕赤鯉，入碭水仙去。

校勘記

〔一〕梁本作「採菱曲」。按：梁本此篇編入騷體。

〔二〕「櫂」，梁本註「一作趙」。

〔三〕「乘」原作「梁」，據梁本改。

〔四〕「限」，叢刊本、梁本作「恨」。　梁本「出」作「在」。

郊外望秋答殷博士

白露掩江皋，青滿平地蕪〔一〕。長夜亦何際？銜思久踟躕。企余重蘭貝，清才富金瑜。獨艷始東山，擅麗終西都。雲精無永滯，水碧豈慚濡〔二〕？屬我嵫景半㊀，賞爾若光初㊁。折麻異離羣㊂，紉蕙非索居㊃。頻贈既雅歌，還懷諒短書。

㊀嵫景，崦嵫之景也。

㊁若光，若木之光華也。嵫景喻己之景將暮。若光，喻彼之光如日初出也。

㊂《楚辭》曰：折疏麻兮瑤華，將以遺兮離居。

㊃《楚辭》曰：紉秋蘭以爲佩。《禮記》：子夏曰：「吾離羣而索居者久矣。」

校勘記

〔一〕「滿」，梁本作「蒲」。

〔二〕「慚」，梁本作「暫」。

冬盡難離和丘長史

閑居深悵悵，颸寒拂中闈。賓禮自千里，縑書果君題。山川吐幽氣，雲景抱長懷。茲別亦爲遠，潮瀾鬱東西。汀皐日慘色，桂闇猿方啼。攬意誰侘傺㊀，屑涕在心乖。杜蘅念無沬㊁，石蘭終不睽㊂。冀揔歲暮駕，遊衍蒼山蹊。

㊀侘傺，失志貌。

㊁沬，已也。

㊂《楚辭》曰：被石蘭兮帶杜蘅。註：石蘭、杜蘅，皆香草也。

外兵舅夜集

丹林一葉舊，碧草從此空。煙光拂夜色，華舟盪秋風。斂意悵何已，極望情思中。瑶瀾寂以晏，若采能幾終！暮心亦誰寄？江皐桂有叢。

當春四韻同□左丞〔一〕

雷萌山中草，雲照江上花〔二〕。流烟漾璇景〔三〕，輕風泛凌霞。我有幽蘭念，銜意矚里斜㊀。友人殊未還，獨慰簷前華。

㊀里斜，里中之狹斜也。

校勘記

〔一〕元鈔本「左」上空三字。
〔二〕「照」，叢刊本、梁本作「煦」。
〔三〕「流」，元鈔本作「淡」。

池上酬劉記室

戚戚憂可結，結憂視春暮。紫荷漸曲池，皐蘭覆徑路。葱蒨亘華堂，葐蒀雜綺樹。爲此久佇立，容易光陰度。水館次夕羽〔一〕，山葉下暝露。懷賞入舊襟，悦物攬新賦。惜我無雕文，報章慚復素㊀。

㊀《毛詩》曰：終日七襄，不成報章。

校勘記

〔一〕「夕羽」，叢刊本作「久雨」，梁本作「文羽」。

江文通集彙註卷四

詩

雜體三十首 并序

夫楚謠漢風，既非一骨〔一〕；魏製晉造，固亦二體。譬猶藍朱成彩，雜錯之變無窮〔二〕；宮商爲音〔三〕，靡曼之態不極〔四〕。故蛾眉詎同貌，而俱動於魄〔五〕；芳草寧共氣，而皆悦於魂㊀，不其然歟？至於世之諸賢，各滯所迷，莫不論甘而忌辛〔六〕，好丹而非素〔七〕。豈所謂通方廣恕〔八〕，好遠兼愛者哉〔九〕？及公幹仲宣之論〔一〇〕，家有曲直；安仁士衡之評，人立矯抗。況復殊於此者乎？又貴遠賤近，人之常情；重耳輕目，俗之恒弊。是以邯鄲託曲於李奇㊁，士季假論於嗣宗㊂，此其效也。然五言之興，諒非夐古〔一一〕。但關西鄴下，既已罕同；河外江南，頗爲異法。故玄黃經緯之辨，金碧沉浮之殊〔一二〕，僕以爲亦合其美並善而已〔一三〕。今作三十首詩，斆其文體，雖不足品藻淵流，庶亦無乖商榷云爾。

㊀《淮南子》曰：佳人不同體，美人不同面，而皆悦於目；梨、橘、棗不同味，而皆調於口。

㈡《淮南子》曰：邯鄲師有出新曲者，託之李奇，諸人皆爭學之。後知其非也，而皆棄其曲。此未始知音者也。

㈢《魏志》曰：鍾會字士季，拜鎮西將軍。言於文帝曰：「嵇康，卧龍也，不可起。公無憂天下，顧以康爲慮耳。」帝遂害之。阮籍，字嗣宗，與康同時，聞步兵厨多美酒，遂求爲步兵校尉，嘗縱酒昏酣，遺落世事。

校勘記

〔一〕「骨」，叢刊本、原書底本作「國」。

〔二〕「窮」，《初學記》卷二十一作「端」。

〔三〕「商」，《初學記》、叢刊本、原書底本作「角」。

〔四〕「不」，《初學記》作「匪」。

〔五〕「魄」，《初學記》作「魂」，下句「魂」字《初學記》作「魄」。

〔六〕「而」，叢刊本、原書底本作「則」。

〔七〕「而」，同〔六〕。

〔八〕「恕」，《初學記》作「照」。

〔九〕「好」，《初學記》作「恕」。

〔一〇〕「及」，叢刊本作「乃至」，梁本作「乃及」。

〔一一〕「夐」，《初學記》作「變」。

〔一二〕「沉浮」，叢刊本、梁本作「浮沉」。

〔一三〕「合其美並善」，《初學記》、叢刊本、梁本作「各具美兼善」。

古離別

遠與君别者，乃至鴈門關㈠。黄雲蔽千里㈡，遊子何時還㈢？送君如昨日，簷前露已團。不惜蕙草晚，所悲道里寒。君在天一涯㈣〔一〕，妾身長别離。願一見顔色，不異瓊樹枝㈤。兔絲及水萍，所寄終不移㈥。

㈠《漢書》曰：鴈門郡有樓煩縣。　邊塞，故曰關。
㈡《春秋運斗樞》曰：黄雲四合，女訛驚邦。
㈢古詩曰：浮雲蔽白日，遊子不顧返。
㈣五臣作「君行在天涯」。
㈤李陵《贈蘇武詩》曰：思得瓊樹枝，以解長渴飢。
㈥《文選註》曰：兔絲，草名，感茯苓而生。　萍草依水而長，亦猶婦人之附於夫，言此心終不移易。

校勘記

〔一〕「君在天一涯」，《玉臺新咏》作「君子在天涯」，叢刊本作「君行在天涯」。

李都尉從軍　陵

樽酒送征人，踟蹰在親宴㈠。日暮浮雲滋，握手淚如霰。悠悠清川水〔一〕，嘉魴得所薦。而我在萬里㈡，結髮不相見㈢〔二〕。袖中有短書，願寄雙飛燕。

㈠蘇武詩曰：我有一樽酒，欲以贈遠人。

㈡《古詩》曰：相去萬餘里。

㈢蘇武詩曰：結髮爲夫妻。

校勘記

〔一〕「清川水」，叢刊本作「清水天」。

〔二〕「髮」，叢刊本作「友」。

班婕妤詠扇

紈扇如圓月〔一〕，出自機中素㈠。畫作秦王女，乘鸞向烟霧㈡。彩色世所重，雖新不代故〔二〕。竊愁涼風至，吹我玉階樹㈢。君子恩未畢，零落在中路㈣。

㈠班婕妤《怨詩》曰：新裂齊紈素，皎潔如霜雪。裁爲合歡扇，團圓似明月。

㈡《列仙傳》曰：蕭史者，秦繆公時人，善吹簫。繆公有女，字弄玉，好之，公遂以妻焉。一日，皆隨鳳皇飛去。

㈢班婕妤《怨詩》曰：常恐秋節至，涼風奪炎熱。

㈣班婕妤《怨詩》曰：棄捐篋笥中，恩情中道絶。

校勘記

〔一〕「園」，《玉臺新咏》、梁本作「團」。

〔二〕「代」，叢刊本作「似」。

魏文帝遊宴〔一〕　曹丕

置酒坐飛閣，逍遥臨華池㊀。神飆自遠至，左右芙蓉披㊁。緑竹夾清水，秋蘭被幽崖。月出照園中，冠珮相追隨㊂。客從南楚來，爲我吹參差㊃。淵魚猶伏浦，聽者未云疲㊄。高文一何綺？小儒安足爲！肅肅廣殿陰，雀聲愁北林。衆賓還城邑，何以慰吾心〔二〕！

㊀魏文帝《東門行》曰：夕宴華池陰。

㊁魏文帝詩曰：蘭芷生兮芙蓉披。

㊂曹植《公讌詩》曰：清夜遊西園，飛蓋相追隨。

㊃《楚辭》曰：望夫君兮未來，吹參差兮誰思。

㊄《韓詩外傳》曰：昔伯牙鼓琴，而淵魚出聽。

校勘記

〔一〕「宴」，原作「晏」，據叢刊本、梁本改。

〔二〕「何以」，叢刊本、梁本作「何用」。

陳思王贈友　曹植

君王禮英賢，不吝千金璧。雙闕指馳道，朱宮羅第宅。從容冰井臺㈠，清池映華薄㈡。涼風盪芳氣，碧樹先秋落。朝與佳人期，日夕望青閣。褰裳摘明珠，徙倚拾蕙若。眷我二三子，辭義麗金雘〔一〕。延陵輕寶劍㈢，季布重然諾㈣。處富不忘貧，有道在葵藿。

㈠《鄴中記》曰：銅雀臺北則冰井臺。

㈡陸機《君子有所思》曰：曲池何湛湛，清川帶華薄！

㈢延陵吴季札，聘上國，過徐君，心許徐君所佩劍。使還，徐君已死，乃挂劍於墓樹而去。

㈣《漢書》曰：季布，楚人也。楚諺曰：「得黄金百，不如得季布諾。」

校勘記

〔一〕「義」，叢刊本、原書底本作「我」。

劉文學感遇〔一〕　楨

蒼蒼山中桂，團團霜露色〔二〕。霜露一何緊，桂枝生自直。橘柚在南國，因君爲羽翼㈠。謬蒙聖主私，託身文墨職。丹彩既已過，敢不自雕飾。華月照芳池〔三〕，列坐金殿側。微臣固受賜，鴻恩良未測。

㊀《文選註》曰：橘柚在南雖珍，須君羽翼乃貴也。

校勘記

〔一〕「遇」，叢刊本作「懷」。案叢刊本目録亦作「遇」，「懷」字誤。

〔二〕「團團」，《文選》卷三一作「團圓」。

〔三〕「芳」，《文選》作「方」。

王侍中懷德　粲

伊昔值世亂，秣馬辭帝京㊀。既傷蔓草別㊁，方知杕杜情㊂。崤函復丘墟〔一〕，冀闕緬縱橫。倚棹泛涇渭，日暮山河清。蟋蟀依素野〔二〕，嚴風吹枯莖〔三〕。鸛鵠在幽草，客子淚已零。去鄉三十載，幸遭天下平。賢主降嘉賞，金貂服玄纓。侍宴出河曲，飛蓋遊鄴城。朝露竟幾何㊃，忽如水上萍㊄。君子篤惠義〔四〕，柯葉終不傾。福履既所綏，千載垂令名。

㊀王粲《七哀詩》曰：「西京亂無象。」

㊁《毛詩序》曰：「『野有蔓草』，思遇詩也。君之澤不下流，民窮於兵革，男女失時，不期而會焉。」

㊂《毛詩》曰：「有杕之杜，其葉萋萋。王事靡盬，我心傷悲。」

㊃《漢書》：李陵謂蘇武曰：「人生如朝露。」

㊄《楚辭》曰：竊哀兮浮萍，泛濫兮無根。

校勘記

[一]「復」，元鈔本、叢刊本、梁本、原書底本作「蕩」。
[二]「素」，《文選》卷三一作「桑」。
[三]「枯」，《文選》作「若」。
[四]「惠」，叢刊本、梁本作「恩」。

嵇中散言志　康

曰余不師訓㊀，潛志去世塵[一]。遠想出宏域，高步超常倫。靈鳳振羽儀，戢景西海濱。朝食琅玕實，夕飲玉池津㊁。處順故無累，養德乃入神。曠哉宇宙惠，雲羅更四陳㊂。哲人貴識義，大雅明庇身。莊生悟無爲㊃，老氏守其真㊄[二]。天下皆得一㊅，名實久相賓㊆。咸池饗爰居，鍾鼓或愁辛㊇。柳惠善直道㊈，孫登庶知人㊉。寫懷良未遠。感贈以書紳[三]。

㊀嵇康《幽憤詩》曰：恃愛肆姐，不訓不師。
㊁阮籍詩曰：朝食琅玕實，夕宿丹山際。
㊂《文選註》曰：言天地之惠，如雲之羅列，陳佈於四方。
㊃《莊子》曰：夫虛静恬淡，寂寞無爲者，天地之平，而道德之至也。
㊄《老子》曰：見素抱璞。

㈥《老子》曰：「天得一以清，地得一以寧，王侯得一以爲天下正。

㈦《莊子》曰：堯讓許由天下，許由曰：「而我猶代子，吾將爲名乎？名者，實之賓也，吾將爲賓乎？」

㈧咸池，黄帝樂也。《莊子》曰：昔者海鳥止於魯郊，魯侯御而觴之於廟，奏九韶以爲樂，具太牢以爲膳。鳥乃眩視憂悲，不敢食一臠，不敢飲一杯，三日而死。此以己養養鳥也。

㈨《西征賦》曰：無柳季之直道，佐士師而一黜。

㈩嵇康《憂憤詩》曰：昔慚柳下，今愧孫登。《魏氏春秋》曰：初，康採藥於中山北，見隱者孫登，康欲與之言，登默然不對。踰年，將去。康曰：「先生竟無言乎？」登乃曰：「子才多識寡，難乎免於今之世也！」

校勘記

〔一〕「世」，叢刊本作「俗」。

〔二〕「老」，叢刊本、原書底本作「左」。

〔三〕「感贈以書紳」，元鈔本作「感志以書請」。「以」，叢刊本、梁本、原書底本作「還」。

阮步兵詠懷　籍

青鳥海上遊㈠，鸒斯蒿下飛㈡。沉浮不相宜〔一〕，羽翼各有歸。飄飄可終年〔二〕，沆瀁安是非〔三〕。朝雲乘變化，光耀世所希㈢〔四〕。精衛銜木石，誰能測幽微㈣？

㈠《呂氏春秋》曰：海上有人好青者，朝至海上而從青遊。青至者前後數百，其父曰：「聞汝從青遊，盍取來？吾欲翫之。」其子明旦至海上，羣青翔而不下。

〔二〕《莊子》曰：北溟有魚，化爲鳥，其名曰鵬。《齊諧》曰：鵬之徙南溟，搏扶摇而上者九萬里。蜩與鷽鳩笑之：「我決起而飛，搶榆枋，時則不至，控地而已，奚以之九萬里而圖南爲？」

〔三〕朝雲，巫山神女也。

〔四〕《山海經》曰：發鳩之山，有鳥名精衛。赤帝之女女娃，遊於東海，溺而死，不反，化爲精衛，常取西山木石，以填東海也。

校勘記

〔一〕「沉浮」，叢刊本、梁本作「浮沉」。

〔二〕「飄颻」，叢刊本、梁本作「飄飄」。「年」，元鈔本、叢刊本、梁本作「極」。

〔三〕「沆」，叢刊本作「滉」。

〔四〕「世」，叢刊本作「代」。

張司空離情　華

秋月映簾櫳〔一〕，懸光入丹墀。佳人撫鳴琴，清夜守空帷。蘭徑少行迹，玉臺生網絲。庭樹發紅彩〔二〕，閨草含碧滋。延佇整綾綺〔三〕，萬里贈所思。願垂湛露惠，信我皎日期〔一〕。

〔一〕《毛詩》曰：「湛湛露斯，匪陽不晞」。又曰：「謂予不信，有如皎日。」

校勘記

〔一〕「映」，《文選》卷三一作「照」。

〔二〕「庭」，《玉臺新咏》卷五作「夜」。

〔三〕「延佇整綾綺」，《玉臺新咏》作「羅綺爲君整」。

潘黄門述哀　岳

青春速天機，素秋馳白日。美人歸重泉㈠，悽愴無終畢。殯宫已肅清㈡，松柏轉蕭瑟。俯仰未能弭〔一〕，尋念非但一。撫衿悼寂寞㈢〔二〕，怳然若有失㈣。明月入綺窗，髣髴想蕙質。銷憂非萱草㈤，永懷寄夢寐。夢寐復冥冥，何由覿爾形？我慚北海術㈥，爾無帝女靈㈦。駕言出遠山，徘徊泣松銘。雨絶無還雲，花落豈留英？日月方代序，寢興何時平！

㈠潘岳《悼亡》詩曰：之子歸窮泉。

㈡陸機《挽歌》曰：殯宫何嘈嘈。

㈢潘岳《悼亡詩》曰：撫襟長歎息。

㈣《後漢書》曰：戴良見黄憲，及歸，罔然若有失。

㈤毛萇曰：諼草令人忘憂。

㈥《列異傳》曰：北海營陵有道人，能使人與死人相見。同郡人婦死已數年，聞而往見之，曰：「願令我一見死人不恨。」遂教其見之。於是與婦人相見，言語悲喜，恩情如生。良久，乃聞鼓聲，悢悢不能出户，掩門乃走；其裾爲户所閉，掣絶而去。後歲餘，此人死。家葬之，開見婦棺蓋下有衣裾。

㈦宋玉曰：昔先王遊於高唐，怠而晝寢，夢見一婦人，自云：「我帝之季女，名曰瑶姬，未行而亡，封於巫山之臺。聞王來遊，願薦枕席。」王因幸之。去乃言：「妾在巫山之陽，高丘之阻，旦爲朝雲，暮爲行雨，朝朝暮暮，陽臺之下。」旦以視之，果如其言。爲之立舘，名曰朝雲。

校勘記

[一]「未」，叢刊本、原書底本作「不」。
[二]「悼」，元鈔本作「憚」。

陸平原羈宦　機

儲后降嘉命㈠[一]，恩紀被微身㈡。明發眷桑梓㈢，永歎懷密親㈣。流念辭南澨，銜怨別西津。驅馬遵淮泗[二]，旦夕見梁陳㈤。服義追上列，矯迹厠宮臣。朱黻咸髦士，長纓皆俊人[三]。契闊承華内㈥。綢繆踰歲年。日暮聊揔駕，逍遥觀洛川。殂没多拱木㈦，宿草陵寒煙㈧。遊子易感慨，躑躅還自憐。願言寄三鳥㈨，離思非徒然。

㈠《漢書》曰：「疏廣曰：『太子，國儲副君。』」
㈡《琴操》：史魚曰：「思竭愚志，以報塞恩紀。」
㈢陸機《贈顧彦先》曰：眷言懷桑梓。
㈣陸機《赴洛道中作》詩曰：嗚咽辭密親。
㈤陸機《從梁陳》詩曰：夙駕尋清軌，遠遊越梁陳。

㊅《赴洛詩》曰：「託身承華側。」註：承華，太子門名。
㊆《公羊傳》：秦伯謂蹇叔曰：爾之年，塚上之木拱矣。
㊇《禮記》：曾子曰：「朋友之墓有宿草而不哭焉。」
㊈《楚辭》曰：願寄言於三鳥兮，去飄疾而不得。

校勘記

〔一〕「儲」，叢刊本作「諸」。
〔二〕「馳」，叢刊本、梁本作「驅」。
〔三〕「人」，叢刊本、梁本作「民」，原書底本作「臣」。

左記室詠史 思

韓公淪賣藥㊀，梅生隱市門㊁。百年信荏苒，何用苦心魂〔一〕。當學衛霍將㊂，建功在河源㊃。珪組賢君眄，青紫明主恩。終軍才始達㊄，賈誼位方尊㊅。金張服貂冕㊆〔二〕，許史乘華軒㊇。王侯貴片議，公卿重一言。太平多歡娱，飛蓋東都門。顧念張仲蔚，蓬蒿滿中園㊈。

㊀《後漢書》曰：韓康字伯休，一名恬休，京兆人也。常採名藥，賣於長安市，口不二價，三十餘年。
㊁《漢書》曰：梅福一朝棄妻子去，其後，人見於會稽者，變名姓，爲吴市門卒。

㊂衛霍，衛青、霍去病也。

㊃陸賈《新語》曰：以義建功。　河源，匈奴之竟。

㊄《漢書》曰：終軍至長安上書，武帝異其文，拜爲謁者給事中。

㊅《漢書》曰：賈誼爲博士，文帝悦之，超遷，歲中至太中大夫。

㊆金日磾、張安世，並累代仕漢，故云貂冕。

㊇許皇后、史良娣之家，並盛爲奢侈，故云乘華軒也。

㊈《三輔決録註》曰：張仲蔚，扶風人也。　少與同郡魏景卿隱身不仕，明天官，博物，好爲詩賦，所居蓬蒿没人也。

校勘記

〔一〕「用」，叢刊本、原書底本作「爲」。

〔二〕「貂」，原作「駱」，據《文選》卷三一、叢刊本、梁本改。

張黄門苦雨　協

丹霞蔽陽景，緑泉涌陰渚。　水鸛巢層甍㊀，山雲潤柱礎㊁。　有弇興春節㊂，愁霖貫秋序。　燮燮涼葉奪，戾戾飈風舉。　高談玩四時，索居慕儔侶。　青苔日夜黄〔一〕，芳蕤成宿楚。　歲暮百慮交，無以慰延佇。

㊀《毛詩箋》曰：鸛，水鳥，將陰雨而鳴。

㊁《淮南子》曰：山雲蒸而柱礎潤。
㊂張景陽《雜詩》曰：有弇興南岑。《文選註》曰：有渰，雨師也。

校勘記

〔一〕「茗」，《文選》卷三一作「苔」。

劉太尉傷亂　琨

皇晉遘陽九㊀，天下横氛霧。秦趙值薄蝕，幽并逢虎據。伊余荷寵靈，感激徇馳騖。雖無六奇術，冀與張韓遇㊁。寧戚扣角歌，桓公遭乃舉㊂。荀息冒險難，實以忠貞故㊃。空令日月逝，愧無古人度。飲馬出城濠，北望沙漠路。千里何蕭條，白日隱寒樹？投袂既憤懣，撫枕懷百慮㊄。功名惜未立，玄髮已改素。時哉苟有會，治亂惟冥數〔一〕。

㊀劉琨《答盧諶詩》曰：厄運初遘，陽爻在六。哀我皇晉，痛心在目。皇，大也。九，陽數之極也。
㊁《漢書》曰：陳平自初從，至天下定後，常以護軍中尉從擊臧荼、陳豨，凡六出奇計，輒益邑封。奇計或頗秘，世莫得聞也。張韓，張良、韓信也。三賢同遇於漢高，故云。
㊂《淮南子》曰：寧戚擊牛角而歌，桓公舉以爲大田。高誘曰：大田，官也。
㊃《左傳》曰：初，獻公使荀息傅奚齊。公疾，召之曰：「其若之何？」稽首而對曰：「臣竭其股肱之力，加之以忠貞。其濟，君之靈也；不濟，則以死繼之。」公曰：「何謂忠貞？」對曰：「公家之利，知無不爲，忠也；送往事居，耦俱無猜，

貞也。」

㊄劉琨《重贈盧諶詩》曰：中夜撫枕歎，想與數子遊。

校勘記

〔一〕「惟」，梁本作「就」。

盧郎中感交〔一〕 諶

大厦須異材，廊廟非庸器。英俊著世功，多士濟斯位。眷顧成綢繆，乃與時髦匹。姻媾久不虛㊀〔二〕，契闊豈但一。逢厄既已同，處危非所恤。常慕先達概，觀古論得失。馬服爲趙將，疆埸得清謐㊁。信陵佩魏印，秦兵不敢出㊂。慨無幄中策〔三〕，徒慚素絲質。羈旅去舊鄉〔四〕，感遇喻琴瑟〔五〕。自顧非杞梓，勉力在無逸。更以畏友朋㊃，濫吹乖名實㊄。

㊀盧諶《贈劉琨詩》：申以婚姻。《文選註》曰：姻媾，謂諶妹嫁琨弟也。

㊁《史記》曰：趙奢大破秦軍，秦軍解而走，遂解閼與圍而歸。趙惠文王賜奢號爲馬服君。

㊂《史記》曰：魏公子無忌，號信陵君。秦昭王進兵圍邯鄲，公子進兵擊秦軍，秦軍解去，遂救邯鄲，存趙。公子留趙，十年不歸。秦聞公子在趙，日夜出軍東伐魏，魏王患之，使使請公子歸救魏。魏王以上將軍印授公子，公子遂將，破秦軍於河外，乘勝逐秦至函谷關，抑秦兵不敢出也。

㊃《左傳》：陳敬仲曰：「《詩》云：『翹翹車乘，招我以弓。豈不欲往？畏我友朋。』」

㊄《韓子》曰：齊宣王使人吹竽，南郭處士請爲王吹竽。粟食與三百人等。宣王死，文王即位，一一聽之，處士乃逃。或云：韓昭侯曰：吹竽者衆，吾無以知其善者。田嚴對曰：一一聽之，乃知濫也。

校勘記

〔一〕「郎中」，《文選》卷三一作「中郎」。元鈔本、叢刊本作「侍郎」。

〔二〕「虚」，叢刊本、梁本作「虧」。

〔三〕「幄」，叢刊本、原書底本作「握」。

〔四〕「鄉」，叢刊本、梁本作「京」。

〔五〕「喻」，叢刊本、梁本作「踰」。

郭弘農遊仙　璞

崦山多靈草，海濱饒奇石㈠。偃蹇尋青雲，隱淪駐精魄。道人讀丹經，方士鍊玉液。朱霞入窗牖㈡，曜靈照空隙㈢。傲睨摘木芝㈣，陵波采水碧㈤。眇然萬里遊，矯掌望煙客。永得安期術，豈愁濛汜迫㈥？

㈠郭璞《遊仙詩》曰：圓丘有奇草，鍾山出靈液。

㈡《十洲記》曰：朱霞九光。

㈢曜靈，日也。

㊃《本草經》曰：紫芝，一名木芝。

㊄《山海經》曰：耿山多水碧。　郭璞註曰：碧亦玉也。

㊅《列仙傳》曰：安期先生，自言千歲。

孫廷尉雜述　綽〔一〕

太素既已分㊀，吹萬著形兆㊁。寂動苟有源，因謂殤子夭㊂。道喪涉千載〔二〕，津梁誰能了。思乘扶搖翰，卓然陵風矯。靜觀尺棰義㊃，理足未嘗少。冏冏秋月明㊄，憑軒詠堯老㊅。浪迹無蚩妍，然後君子道。領略歸一致，南山有綺皓。交臂久變化㊆，傳火乃薪草㊇。亹亹玄思清，胸中去機巧。物我俱忘懷〔三〕，可以狎鷗鳥。

㊀《列子》曰：太素者，質之始也。

㊁《莊子》：南郭子綦曰：「夫吹萬不同，而使自已也。」

㊂《莊子》：南郭子綦曰：「莫壽乎殤子，而彭祖爲夭。」

㊃《莊子》曰：一尺之棰，日取其半，萬世不竭。

㊄《蒼頡篇》曰：冏，大明。

㊅《文選註》曰：歌唐堯、老子之道德。

㊆《莊子》：仲尼謂顔回曰：「吾終身與汝交一臂而失之，可不哀與！」

㈧《莊子》：秦失曰：指窮於爲薪，火傳也，不知其盡。

校勘記

[一]「孫」，原作「張」，下有雙行小註云：「五臣作孫。」「張」字蓋從今本《文選》改。叢刊本、梁本、原書底本作「孫」。案「孫」字是，今據改。叢刊本「孫廷尉」作「孫廷評」，題下註「綽」作「楚子荆」。

[二]「涉」，元鈔本作「失」。

[三]「懷」，叢刊本、梁本作「情」。

許徵君自序　詢

張子闇內機，單生蔽外像㈠。一時排冥筌，泠然空中賞。遣此弱喪情㈡，資神任獨往㈢。採藥白雲隈，聊以肆所養。丹葩曜芳蕤，緑竹陰閑敞[一]。苕苕寄意勝[二]，不覺陵虛上。曲櫺激鮮飈，石室有幽響。去矣從所欲，得失非外獎。至哉操斤客，重明固已朗㈣。五難既灑落㈤，超迹絶塵網。

㈠《莊子》曰：田開之謂周成公曰：「魯有單豹者，巖居而水飲，行年七十，而猶有嬰兒之色，不幸遇餓虎，餓虎殺而食之。有張毅者，高門懸薄，無不走也。行年四十，而有內熱之病以死。豹養其內，而虎食其外；毅養其外，而病攻其內。」

㈡《莊子》曰：予惡乎知悅生之非惑邪？予惡乎知惡死之非弱喪而不知歸者耶？

㊂《莊子略要》曰：「江海之士，山谷之人，輕天下，細萬物，而獨往者也。」

㊃《莊子》曰：「莊子送葬，過惠子之墓，顧謂從者曰：『郢人堊漫其鼻端，若蠅翼，使匠石斲之，匠石運斤成風，聽而斲之，盡堊而鼻不傷，郢人立不失容。』」

㊄向秀《難嵇康養生論》曰：「養生有五難：名利不滅，此一難也；喜怒不除，此二難也；聲色不去，此三難也；滋味不絕，此四難也；神慮轉發，此五難也。」

校勘記

〔一〕「竹」，叢刊本作「草」。

〔二〕「意勝」，叢刊本、原書底本作「勝景」。

殷東陽興矚〔一〕 仲文

晨遊任所萃，悠悠蘊真趣。雲天亦遼亮，時與賞心遇。青松挺秀萼，惠色出喬樹〔二〕。極眺清波深，緬映石壁素〔三〕。瑩情無餘滓，拂衣釋塵務。求仁既自我，玄風豈外慕。直置忘所宰，蕭散得遺慮。

校勘記

〔一〕「矚」，叢刊本、原書作「矚」，據《文選》改。

〔二〕「喬」，叢刊本作「芳」。

〔三〕「壁」，原作「璧」，據各本改。

謝僕射遊覽　混〔一〕

信矣勞物化，憂衿未能整。薄言遵郊衢，揔轡出臺省。凄凄節序高，寥寥心悟永。時菊曜巖阿，雲霞冠秋嶺。眷然惜良辰，徘徊踐落景。卷舒雖萬緒，動復歸有靜。曾是廹桑榆，歲暮從所秉。舟壑不可攀㊀〔二〕，忘懷寄匠郢〔三〕。

㊀司馬彪曰：舟，水物；山，陸居者也。藏之壑澤，非人意所求，謂之固，有力者或能取之。

校勘記

〔一〕「混」，原作「琨」，據《文選》、梁本改。

〔二〕「舟」，原書底本作「丹」。

〔三〕「懷」，叢刊本作「情」。

陶徵君田居　潛

種苗在東皐㊀，苗生滿阡陌。雖有荷鋤倦㊁〔一〕，濁酒聊自適。日暮巾柴車㊂，路闇光已夕。歸人望煙火，稚子候檐隙㊃。問君亦何爲，百年會有役。但願桑麻成㊄，蠶月得紡績。素心正如此，開逕望三益㈥。

㈠《歸去來詞》曰：登東皐以舒嘯。
㈡陶潛詩曰：晨興理荒穢，帶月荷鋤歸。
㈢鄭玄《禮記註》曰：巾，猶衣也。
㈣《歸去來辭》曰：稚子候門。
㈤陶潛詩曰：相見無雜言，但道桑麻長。
㈥蔣詡開三逕以延求仲、羊仲。

校勘記

〔一〕「荷」，叢刊本作「倚」。

謝臨川遊山　靈運

江海經邅迴，山嶠備盈缺。靈境信淹留，賞心非徒設。平明登雲峯㈠，杳與廬霍絶㈡。碧障長周流，金潭恆澄澈。桐林帶晨霞〔一〕，石壁映初晰。乳竇既滴瀝，丹井復寥泬㈢。巖崿轉奇秀，岑崟還相蔽〔二〕。赤玉隱瑤溪，雲錦被沙汭。夜聞猩猩啼，朝見鼯鼠逝。南中氣候暖，朱華凌白雪。幸遊建德鄉㈣，觀奇經禹穴㈤〔三〕。身名竟誰辨，圖史終磨滅。且泛桂水潮，映月游海澨。攝生貴處順，將爲智者說。

㈠謝靈運《酬惠連詩》曰：滅迹入雲峯。

㈡謝靈運《初發石首城詩》曰：息心廬霍期。

㈢謝靈運《山居賦》曰：訪銅乳於洞穴，訊丹砂於經泉。

㈣《莊子》：市南宜僚謂魯侯曰：「南越有邑焉，名爲建德之國。其民愚而朴，少私而寡欲。其生可樂，其死可葬。吾願君去國捐俗，與道相輔而行。」

㈤《漢書》曰：司馬遷南遊江淮，上會稽，探禹穴。

校勘記

〔一〕「桐」，叢刊本作「洞」。

〔二〕「岑崟」，叢刊本作「崟岑」。

〔三〕「經」，叢刊本、原書底本作「探」。

顏特進侍宴　延之

太微凝帝宇㈠，瑶光正神縣㈡。揆日粲書史，相都麗聞見㈢。列漢構仙宫，開天製寶殿〔一〕。桂棟留夏飈，蘭橑停冬霰。青林結冥濛，丹巘被葱蒨〔二〕。山雲備卿靄，池卉具靈變。重陽集清氛㈣〔三〕，下輦降玄宴。鶩望分寰隧㈤，矖曠盡都甸〔四〕。氣生川岳陰，煙滅淮海見。中坐溢朱組，步櫚簉瓊弁。禮登佇睿情，樂闋延皇眄。測恩躋踰逸，沿牒懵浮賤。榮重餽兼金〔五〕，巡華過盈瑱㈥。敢飾輿人詠〔六〕，方慚緑水薦。

㈠《淮南子》曰：太微者，天一之廷也。

㈡《廣雅》曰：北斗第七星爲瑶光。

㈢《毛詩》曰：揆之以日，作爲楚室。

㈣《楚詞》曰：集重陽入帝宫兮，造旬始而觀清都。

㈤《文選註》曰：寰，猶畿也。遂，鄉遂也。

㈥《文選註》曰：盈瑱，盈尺之玉也。

校勘記

〔一〕「開」，原作「聞」，據叢刊本、梁本改。

〔二〕「被」，叢刊本作「披」。

〔三〕「氛」，《文選》卷三十一作「氣」。

〔四〕「曠」，《文選》、叢刊本、原書底本作「目」。

〔五〕「榮重餽兼金」，叢刊本，梁本作「承榮重兼金」。

〔六〕輿，元鈔本作「詩」。

謝法曹贈別　惠連

昨發赤亭渚㈠，今宿浦陽汭㈡。方作雲峯異，豈伊千里別？芳塵未歇席，涔淚猶在袂〔一〕。停艫望極浦，弭棹阻風雪。風雪既經時，夜永起懷思〔二〕。泛濫北湖游，茗亭南樓期㊂〔三〕。點翰詠新賞，開帙瑩所疑。摘芳愛氣馥，拾蘂憐色滋。色滋畏沃若㊃，人事亦銷鑠。《子襟》怨勿往㊄〔四〕，《谷風》誚輕薄㊅。共秉延州信，無慚仲路諾〔五〕。靈芝望三秀㊆，孤筠情所託㊇〔六〕。所託已殷勤，祇足攪懷人。今行嶀嵊外㊈，銜思至海濱〔七〕。覿子杳未僝㊉〔八〕，款睇在何辰〔九〕？雜珮雖可贈，疏華竟無陳。無陳心悁勞，旅人豈遊遨？幸及風雪霽，青春滿江皐。解纜候前侶，還望方鬱陶。煙景若離遠，末響寄瓊瑤。

㊀謝靈運《富春渚詩》曰：赤亭無淹薄。
㊁惠連《獻康樂詩》曰：昨發浦陽汭。
㊂茗亭，樓高貌。
㊃《毛詩》曰：桑之未落，其葉沃若。　沃若，盛也。
㊄《毛詩》曰：青青子矜，悠悠我心。縱我不往，子寧不嗣音？
㊅《毛詩序》曰：《谷風》，刺幽王也。天下俗薄，朋友道絶焉。
㊆《楚辭》曰：采三秀于山間。
㊇《禮記》曰：其在人也，如竹箭之有筠，貫四時而不改柯易葉。
㊈《會稽記》曰：始寧縣西南有嶀山，剡縣有嵊山。
㊉孔安國《尚書傳》曰：僝，見也。

校勘記

〔一〕「涔」，叢刊本作「零」。

〔二〕「起」，梁本註「一作豈」。

〔三〕「苕」，《文選》卷三十一作「岧」。

〔四〕「襟」，原作「矜」，據《文選》卷三十一、元鈔本、梁本改。

〔五〕「仲路」，叢刊本作「仲由」。

〔六〕「筠」，叢刊本作「雲」。

〔七〕「思」，叢刊本、原書底本作「恩」。

〔八〕「覿子杳未僝」，叢刊本作「覿子未僝聚」。

〔九〕「款睇」，叢刊本、原書底本作「凝涕」。元鈔本「款」作「凝」。

王徵君養疾 微

窈藹瀟湘空，翠磵澹無滋。寂歷百草晦，歘吸鵾鷄悲。清陰往來遠，月華散前墀。鍊藥矚虛幌，泛瑟卧遥帷。水碧驗未黷，金膏靈詎緇〔一〕。北渚有帝子㊀，蕩漾不可期。悵然山中暮，懷痾屬此詩〔二〕。

㊀《楚辭》曰：帝子降兮北渚。

校勘記

〔一〕「靈詎」，叢刊本作「詎能」。

〔二〕「痾」，元鈔本作「病」。

袁太尉從駕　淑

宮廟禮哀敬，枌邑道嚴玄㈠。恭潔由明祀，肅駕在祈年。詔徒登季月㈡，戒鳳藻行川㈢。雲旆象漢徒〔一〕，宸網擬星懸。朱櫂麗寒渚㈣，金鍐映秋山㈤。羽衞藹流景㈥，綵吹震沉淵㈦。辨詩測京國㈧，履籍鑑都壥㈨。甿謡響玉律〔二〕，邑頌被丹絃。文軫薄桂海㈩，聲教燭冰天(十一)。和惠頒上笏，恩渥浹下筵。幸侍觀洛後，豈慕巡河前！服義方無沬，展歌殊未宣。

㈠《漢書》曰：高祖禱豐枌榆社。《說文》曰：玄，幽遠也。謂神道幽遠也。

㈡《文選註》曰：詔徒，謂告衆也。季月，九月也。

㈢《文選註》曰：鳳，鳳蓋也。藻，文彩也。

㈣《文選註》曰：櫂，櫖竿也。

㈤蔡邕《獨斷》曰：金鍐者，馬冠也。鍐，無犯反。

㈥羽衞，負羽侍衞也。

㈦綵吹，綵衣人吹簫管，震動深淵也。

㈧《禮記》曰：天子五年一巡狩，命太師陳詩以觀民風。
㈨《孫卿子》曰：履天子之籍，聽天下之斷。
㈩南海有桂，故云桂海。
⑪冰天，北極也。

校勘記

［一］「徙」，叢刊本及原書底本作「徒」。
［二］「吪」，六臣註《文選》卷三十一作「萌」。

謝光祿郊遊　莊

肅舲出郊際，徙樂逗江陰㈠［一］。翠山方藹藹，青浦正沉沉。凉葉照沙嶼，秋榮冒水潯。風散松架險，雲鬱石道深。静默鏡綿野，四睇亂曾岑。氣清知雁引，露華識猿音。雲裝信解黻，烟駕可辭金。始整丹泉術㈡，終覿紫芳心㈢。行光自容裔，無使弱思侵。

㈠《文選註》曰：徙樂，行樂也。　驥曰：移徙歌樂也。
㈡《抱朴子》曰：黄帝南到員隴，采若乾之華，飲丹巒之泉。
㈢紫芳，紫芝也。

校勘記

〔一〕「樂」，叢刊本作「藥」。

鮑參軍戎行 昭

豪士枉尺璧，宵人重恩光㈠。徇義非爲利，執羈輕去鄉。孟冬郊祀月，殺氣起嚴霜。戎馬粟不煖，軍士冰爲漿。晨上城皐坂，磧礫皆羊腸。寒陰籠白日〔一〕，太谷晦蒼蒼〔二〕。息徒稅征駕，倚劍臨八荒。鷦鵬不能飛㈡，玄武伏川梁㈢。鎩翮由時至，感物聊自傷。豎儒守一經，未足識行藏。

㈠《文選註》曰：豪士，權勢之人枉盈尺之璧以聘之，亦不顧矣。言小人重禮遇之恩光。

㈡《文選註》曰：鷦鵬，狀似鳳皇。

㈢《文選註》曰：玄武，龜也。

校勘記

〔一〕「寒」，叢刊本、原書底本作「雲」。

〔二〕「太」，叢刊本作「大」。

休上人怨別〔一〕 湯惠休

西北秋風至，楚客心悠哉！日暮碧雲合，佳人殊未來。露彩方泛豔，月華始徘徊。寶書爲君掩㊀，瑶琴詎能開〔二〕。相思巫山渚，悵望陽靈臺〔三〕。膏鑪絶沉燎㊁〔四〕，綺席生浮埃〔五〕。桂水日千里㊂，因之平生懷。

㊀《道學傳》曰：夏禹撰真靈之玄要，集天官之寶書。書以南和丹繒，封以金英之函，檢以玄都之印。

㊁膏鑪，熏鑪也。

㊂《楚辭》曰：桂水兮潺湲。

校勘記

〔一〕「怨别」，《文選》卷三十一作「别怨」。

〔二〕「琴」，叢刊本、原書底本作「瑟」。

〔三〕「陽靈」，《文選》、叢刊本、梁本、原書底本作「陽雲」；《玉臺新咏》卷五作「雲陽」。

〔四〕「膏」，《玉臺新咏》作「金」。

〔五〕「生」，《玉臺新咏》作「徧」。

悼室人十首

一

佳人永暮矣，隱憂遂歷兹。寶燭夜無華，金鏡晝恆微。桐葉生綠水，霧天流碧滋。蕙弱芳未空，蘭深鳥思時。湘醽徒有酌㈠，意塞不能持。

㈠《吴録》曰：湘東有醽水酒，最知名。

二

適見葉蕭條，已復花掩鬱。帳裏春風盪，簷前還燕拂。垂涕視去景，催心向徂物。今悲輒流涕，昔歡常飄忽。幽情一不弭，守歎誰能慰？

三

夏雲多雜色，紅光鑠蕤鮮㈠。苒弱屏風草㈡，擅拖曲池蓮〔一〕。黛葉鑑深水，丹華香碧烟。臨綵方自吊，攬氣以傷然。命知悲不絶，恆如注海泉。

㈠蕤鮮，葳蕤鮮明也。

㈡《楚辭》曰：紫莖屏風文緑波。註：屏風，草名。又曰：屏風，謂障風也。又張華《博物志》曰：太原晉陽有屏風草。

四

駕言出遊衍〔二〕，冀以滌心胸。復值烟雨散，清陰帶山濃。素沙匝廣岸，雄虹冠尖峯。出風舞森桂，落日曖圓松。還結生一念〔三〕，楚客獨無容。

五

秋至擣羅紈，淚滿未能開。風光肅入户，月華爲誰來？結念向珠網〔四〕，瀝思視青苔㈠。鬢局將成葆，帶減不須摧。我心若涵烟，葐蒀滿中懷。

㈠晉張協《雜詩》曰：青苔依空墻，蛛絲網四屋。

六

窗塵歲時阻，閨蕪日夜深。流黄夕不織㈠〔五〕，寧聞梭杼音？涼藹漂虚座，清香盪空琴。蜻蛚知寂寥㈡，蛾飛測幽陰。乃抱生死悼，豈伊離别心。

㈠《古詩》曰：中婦織流黄。

㈡晉張載《七哀詩》曰：仰聽離鴻鳴，俯聞蜻蛚吟。

七

顥顥氣轉暮㈠〔六〕，蔌蔌清衾單㈡。階前水光裂，樹上雪花團。庭鶴哀以立㈢，雲鷄肅且寒㈣。方冬有苦淚〔七〕，承夜非膏蘭。從此永黯削，萱葉焉能寬㈤？

㈠顥，音皓，義同。

㈡蔌蔌，陋也，音速。

㈢遼東華表柱，鶴鳴其上，曰：「有鳥有鳥丁令威，去家千年今始歸。城郭依舊人民非，何不學仙冢纍纍。」

㈣《論衡》曰：淮南王得道，犬吠天上，鷄鳴雲中。

㈤《説文》曰：萱草，忘憂草也。

八

抒悲情雖滯㊀，送往意所知。空座幾時設，虚帷無久垂。暮氣亦何勁，嚴風照天涯。夢寐無端際，惝怳有分離。意念每失乖，徒見四時虧。

㊀《楚辭》曰：抒中情而屬詩。

九

神女色姱麗㊀，乃出巫山湄㊁。逶迤羅袂下，鄣日望所思。佳人獨不然，户牖絶錦綦。感此增嬋娟，脣脣涕自滋。清光澹且減，低意守空帷。

㊀《神女賦》曰：夫何神女之姣麗兮，含陰陽之渥飾。註：姱，美好貌。

㊁《襄陽耆舊傳》曰：赤帝女姚姬，未行而卒，葬於巫山之陽。

十

二妃麗瀟湘㊀，一有乍一無㊁。佳人乘雲氣〔八〕，無下此幽都。當追帝女迹㊂，出入泛靈輿。掩映金淵側，遊豫碧山隅。曖然時將罷，臨風返故居〔九〕。

㊀《禮記》曰：舜葬蒼梧之野，蓋二妃未之從也。鄭玄註曰：離騷所謂湘夫人也。舜南巡狩，死於蒼梧，二妃留江湘之間。

㊁《洛神賦》曰：神光離合，乍陰乍陽。

㊂《山海經》曰：姑射之山，帝女死焉，化爲瑶草。

校勘記

〔一〕「撣」，叢刊本、梁本作「潭」。

〔二〕「遊」，叢刊本作「遥」。

〔三〕「一」，叢刊本、梁本作「不」。

〔四〕「念」，叢刊本、梁本作「眉」。

〔五〕「夕」，梁本作「久」。

〔六〕「轉」，叢刊本、梁本作「薄」。

〔七〕「冬」，叢刊本、梁本、原書底本作「東」。

〔八〕「乘」，叢刊本、梁本作「承」。

〔九〕「返」，梁本作「吹」。

拾遺

載徐陵《玉臺新咏》。

征怨〔一〕

蕩子從征久，鳳樓簫管閑。獨枕凋雲鬢，孤燈損玉顔。何日邊塵净，庭前征馬還？

校勘記

〔一〕此篇叢刊本缺，梁本題下註「汪本缺」。

詠美人春遊〔一〕

江南二月春，東風轉緑蘋。不知誰家子，看花桃李津。白雪凝瓊貌，明珠點絳唇㊀。行人咸息駕㊁，争擬洛川神㊂。

㊀楊慎《藝林伐山》曰：「江淹《詠美人春遊》詩：「明珠點絳唇」，後世詞名本此。

㊁《日出東南隅行》曰：「行者見羅敷，下擔捋髭鬚。少年見羅敷，脱帽著帩頭。

㊂洛川神，宓妃也。宓羲氏之女，溺死洛水爲神，陳思王賦《洛神賦》。

校勘記

〔一〕此篇叢刊本缺，梁本題下註「汪本缺」。

西洲曲

憶梅下西洲，折梅寄江北。單衫杏子紅，雙鬢鴉雛色。西洲在何處，兩槳橋頭渡。日暮伯勞飛，風吹烏臼樹。樹下卽門前，門中露翠鈿。開門郎不至，出門採紅蓮。採蓮南塘秋，蓮花過人頭。低頭弄蓮子，蓮子青如水。置蓮懷袖中，蓮心徹底紅。憶郎郎不至，仰首望飛鴻。鴻飛滿西洲，望郎上青樓。樓高望不見，盡日欄干頭。欄干十二曲，垂手明如玉。卷簾天自高，海水摇空緑。海水夢悠悠，君愁我亦愁。南風知我意，吹夢到西洲。

古樂府

載蕭子顯《齊書》。

鳳皇銜書伎歌辭〔一〕

《齊書·樂志》曰：「《鳳皇銜書伎歌辭》，蓋魚龍之流也。元會日，侍中於殿前取其書。宋世辭云：「大宋興隆應靈符，鳳鳥感和銜素書。嘉樂之美通玄虛，惟新濟濟邁唐虞。巍巍蕩蕩道有餘。」齊初，詔中書郎江淹改。

皇齊啓運從瑶璣，靈鳳銜書集紫微。和樂既洽神所依，超商卷夏耀英輝。永世壽昌聲華飛。

校勘記

〔一〕此篇叢刊本、梁本作《齊鳳皇銜書伎辭》，下註「宋世有此辭，齊初詔中書郎江淹改。」

祀先農迎神升歌〔一〕

《齊書》曰：永明四年藉田，詔驍騎將軍江淹造《藉田歌》。淹製二章，世祖口敕付太樂歌之。

羽鑾既動〔二〕，金駕時遊。教騰義鏡，樂綴禮修〔三〕。率先丹耦，躬遵綠疇。靈之聖之，歲殷澤柔。

校勘記

〔一〕此篇叢刊本缺，梁本題作「迎送神升歌」。

〔二〕「既」，梁本作「從」。

〔三〕「禮」，梁本作「前」。

饗神歌辭〔一〕

瓊斝既飾，繡簋以陳。方燮嘉種，永毓宵民。

校勘記

〔一〕此篇叢刊本缺，梁本題作「饗神歌」。

按：《祀先農迎神升歌》與《饗神歌辭》二首，梁本分在樂府類下，標題爲「齊藉田樂歌二首」。

江文通集彙註卷五

騷

應謝主簿騷體

山檽静兮悲凝涼。澗軒掩兮酒涵霜。曾風激兮緑蘋斷㈠〔一〕，積石閉兮紫苔傷㈡。芝原寂少色，筠庭黯無光。沐予冠於極浦，馳予珮兮江陽。弔秋冬之已暮，憂與憂兮不忘。使杜蘅可翦而棄，夫何貴於芬芳㈢。

㈠宋玉《風賦》曰：夫風起於青蘋之末。

㈡《古今註》曰：苔或紫或青。《風土記》曰：石髮，水衣也，青緑色，生於石上。

㈢王逸《楚辭註》曰：杜蘅，香草也。此篇淹黜爲吴興時所賦，以杜蘅喻賢人，以芬芳喻忠義也。

校勘記

〔一〕「曾」，梁本作「層」。

劉僕射東山集學騷

含秋一顧，眇然山中㊀。檀欒循石㊁，便娟來風㊂。木瑟瑟兮氣芬蒀。石戔戔兮水成文㊃。擿江崖之素草，窺海岫之青雲。願芙蓉兮未晦，遵江波兮待君㊄。

㊀《楚辭》曰：山中人兮芳杜若，飲石泉兮蔭松柏。
㊁檀欒，茂盛貌。
㊂便娟，舞貌。
㊃戔戔，委積貌。
㊄《楚辭》曰：因芙蓉而爲媒。　晦，昧也。

山中楚辭五首〔一〕

一

青春素景兮，白日出之藹藹。吾將弭節於江夏㊀，見杜若之始大㊁。結琱鱗以成車，懸雜羽而爲蓋。草色緑而馬聲悲，欷沿袖以流帶。

㊀江夏，屬武昌郡。《楚辭》曰：江與夏之不可涉。
㊁《九歌》曰：采芳洲兮杜若。

二

予將禮於太一㈠，乃雄劍兮玉鉤㈡。日華粲於芳閣，月金披於翠樓。舞燕趙之上色㈢，激河淇之名謳㈣。薦西海之異品，傾東岳之庶羞。乘文魚兮錦質㈤，要靈人兮中洲㈥。

㈠《史記》曰：宜立太乙而上親郊之。
㈡《楚辭》曰：撫長劍兮玉珥。
㈢《古詩》曰：燕趙多佳人，美者顏如玉。
㈣《毛詩》曰：送我乎淇之上矣。
㈤《楚辭》曰：乘白黿兮文魚。
㈥《楚辭》曰：蹇誰留兮中洲。

三

入橘浦兮容與㈠，心憿惘兮迷所識㈡，視煙霞而一色。深秋窈以虧天，上列星之所極。桂之生兮山之巒，紛可愛兮柯團團㈢。谿崎巇兮石架阻㈣，颾飀颸兮木道寒㈤。煙色閉兮喬木撓〔二〕，嵐氣闇兮幽篁難。忌蟪蛄之蚤吟㈥，惜王孫之晚還㈦。信於邑兮白露，方天病兮秋蘭。

㈠容與，閑適也。
㈡憿惘，不平貌。《楚詞》曰：悵憿惘兮不平。

㈢《楚辭》曰：桂樹叢生兮山之幽，偃蹇連蜷兮枝相繚。

㈣崎嶬，音奇以。

㈤飂颸，風高貌。

㈥《楚辭》曰：歲暮兮不自聊，蟪蛄鳴兮啾啾。

㈦《楚辭》曰：王孫遊兮不歸，春草生兮萋萋。

四

石徒徒兮蔽日〔三〕，雪疊疊兮薄樹。車蕭條兮山逼，舟容與兮水路。愍晨夜之摧挫〔四〕，感春秋之欲暮。征夫輟而在位〔五〕，御者跼而載顧。

五

魂兮歸來〔六〕，異方不可以親。蝮蛇九首，雄虺載鱗㈠〔七〕。炎穴一光，骨爛魂傷㈡。玄狐曳尾㈢〔八〕，赤象爲梁㈣。至日歸來，無往此異方㈤。

㈠宋玉《招魂》曰：魂兮歸來，南方不可以止些。蝮蛇蓁蓁，封狐千里些。雄虺九首，往來倏忽，吞人以益其心些。

㈡炎穴，南方也。言南方之炎，能使骨爛魂傷也。又《括地圖》曰：神丘有火穴，光照千里。

㈢《說文》曰：狐，妖獸，鬼所乘也。

㈣《西京賦》曰：鼻赤象，圈巨狿。薛綜註曰：象怒，則鼻赤。

㈤此篇首尾數語，寫盡宋玉《招魂》一賦。

校勘記

〔一〕「五首」，叢刊本、原書底本作「六首」。按：實爲五首。

〔二〕「撓」，叢刊本作「橈」。

〔三〕「日」，叢刊本作「白」，梁本作「泉」。

〔四〕「挫」，元鈔本作「生」，叢刊本作「坐」。

〔五〕「位」，梁本作「傍」。

〔六〕「魂」，元鈔本「魂」上空三格。

〔七〕「載」，叢刊本、梁本作「戴」。

〔八〕「曳」，原作「洩」，據叢刊本、梁本改。

雜篇

雜三言五首并序

予上國不才，黜爲中山長史〔一〕，待罪三載，究識烟霞之狀。既對道書，官又無職，筆墨之勢，聊爲後文。

搆象臺

《達麼傳》曰：負荷大法者，比之龍象。

曰上妙兮道之精，道之精兮俗爲名。名可宗兮聖風立㈠，立聖風兮茲教生㈡。寫經記兮寄圖刹，畫影象兮在丹青。起浄法兮出西海，流梵音兮至素溟㈢〔二〕。綱紫宙兮洽萬品，冠璇宇兮濟羣生㈣。余汩阻兮至南國㈤，迹已徂兮心未扃。立孤臺兮山岫，架半空兮江汀。累青杉於澗構，積紅石於林樆。雲八重兮七色，山十影兮九形㈥。金燈兮江蘺㈦；環軒兮匝池。相思兮豫章㈧；載雪兮抱霜〔三〕。栽異木而同秀，種雜草而一香〔四〕。苔蘚生兮繞石户，蓮花舒兮繡池梁。伊日月之寂寂，無人音與馬迹。尡禪情於雲逕，守息心於端石。永結意於鷲山㈨，長憔悴而不惜。

㈠孔子曰：「丘聞西方有大聖，不治而不亂，不言而自信。不化而自行，蕩蕩乎無能名焉。」

㈡聖風，宣聖之風也。茲教，象教也。《頭陀寺碑》曰：「正法既没，象教陵夷。」

㈢漢明帝夜夢金人飛行殿庭，以問於朝，而傅毅以佛對。帝使往天竺，得經及釋迦像，自後佛法徧於中夏。又王簡栖《頭陀寺碑》曰：「晉漢兩明，並勒丹青之飾。」

㈣言佛法綱布於宇宙，而浹洽於萬品羣生。羣生，卽内典所謂衆生也。

㈤淹，考城人也，仕於南，故曰「汩阻南國」。

㈥已上皆言臺之形勝也。

㈦金燈、江蘺，皆草名也。

㈧相思、豫章，皆木名。

㈨西域有靈鷲山，佛之大道場也。

校勘記

〔一〕「中山長史」，梁本作「閬山長吏」。

〔二〕「素」，元鈔本作「南」，叢刊本作「索」，梁本作「東」。

〔三〕「載」，叢刊本、梁本作「戴」。

〔四〕「種」，原作「鍾」，據梁本改。

訪道經

百學兮異文，錦派兮綺分。珍君之言兮皦無際，悦子之道兮迥不羣。澹深韻於白水，儼高意於浮雲。軌賢豪於後學，軼望識於前文。茲道兮可傳，可傳兮皓然。挾茲心兮赴絕國，懷此書兮坐空山。空山隱嶙兮窮翠嶨〔一〕，水散漫兮涵素壑。海外陰兮氣曇曇，江上月兮光灼灼。東南出兮是一山〔二〕，西北來兮乃雙鶴。池中蓮兮十色紅，窗前樹兮萬葉落。四壁深兮乃泬漻，左右虛兮如寂寞。寂寞兮山室，德經兮道袠。盪魂兮刷氣，掩憂兮靜疾。信若人兮先覺，聊與子兮如一。

校勘記

〔一〕「嶙」，叢刊本、梁本作「轔」。

〔三〕「是」，梁本作「不」。

鏡論語

巡青史之殘誥，覽朱管之遺册。惟魯濱之一叟，信銜道而探寂。世艱險而多阻，君英明而不革。講業兮齊衛，論精兮洙泗，子之説兮義已祕。成賈、鄭之雄理，可黄、何之壯思〔一〕。惜古人之取才，瞰青雲而靖意。意恬悵兮有端〔二〕，才嶒峻兮可觀〔三〕。憲嫣禹而折法〔四〕，襲仁誼而求安。不嬿婉而戚施〔五〕，寧踸踔於馬蘭。俾後生之庶士，鑒明德之音翰。惟山中兮寂寞，沉憂思兮無從。石紅青兮百疊，山濃淡兮萬重。日下兮□□，月出兮銅峯。竹色兮拂户，水氣兮繞窗。味哲人之遺珍，折片句兮忘老〔六〕。嘉石門之埋名〔七〕，憐柳子之沈道〔八〕。書吴伯於衣袖，鏤顔子於心抱。籌出處之叔仲，酌言默之多少。若妙行與上靈，非積學之所紹。至游夏以升降，幸砥心而勿夭。

校勘記

〔一〕「可」，梁本作「考」。
〔二〕「恬」，梁本作「惆」。
〔三〕「峻」，梁本作「崚」。
〔四〕「折」，梁本作「析」。

〔五〕「而」，叢刊本、梁本作「於」。

〔六〕「句」原作「旬」，據叢刊本、梁本改。

〔七〕「埋」原作「理」，據叢刊本、梁本改。

〔八〕「沈」，梁本作「躭」。

悦曲池

北山兮黛柏，南江兮頳石。頳峯兮若虹，黛樹兮如畫。暮雲兮十里，朝霞兮千尺。千尺兮綿綿，青氣兮往旋。桐之葉兮蔽日，桂之枝兮刺天。百谷多兮瀉亂波，雜磵饒兮鶩叢泉。竟長洲兮匝東島，縈曲嶼兮繞西山。山巒岏兮水環合，水環合兮石重沓。林中電兮雨冥冥，江上風兮水颯颯〔一〕。盟清泠兮適潺湲，白雲起兮弔石蓮。客子思兮心斷絶，心斷絶兮愁無閑。步東池兮夜未艾，卧西窗兮月向山。引一息於魂内，擾百緒於眼前。意春蘭與秋若，顧不絶於江邊。

校勘記

〔一〕「水」，叢刊本、梁本作「木」。

愛遠山

伯鸞兮已遠，名山兮不返㊀。逮紺草之可結，及朱華之未晚㊁。縶余馬於椒阿㊂，漾余舟於沙衍。臨星朏兮樹闇㊃，看日爍兮霞淺。淺霞兮駁雲，一合兮一分。映壑兮爲飾，綴澗兮成文。碧色兮婉轉，丹秀兮葐蒀。深林寂以窈窈，上猨狖之所羣㊄。羣猨兮聒山，大林兮蔽天。楓岫兮筠嶺，蘭畹兮芝田㊅。紫蒲兮光水㊆，紅荷兮豔泉。香枝兮嫩葉，翡累兮翠疊。非郢路之遼遠，實寸憂之相接㊇。欷美人於心底㊈，願山與川之可涉㊉。若溘死於汀潭⑪，哀時命而目愜⑫。

㊀漢梁鴻，字伯鸞，隱於霸陵山中。
㊁阮籍《詠懷詩》曰：逍遥未終晏，朱華忽西傾。
㊂《楚辭》曰：登閬風而緤余馬。王逸註：緤馬，繫馬也。
㊃朏，音斐，明未盛也。
㊄《楚辭》曰：深林杳以冥冥兮，乃猨狖之所居。
㊅《楚辭》曰：余既滋蘭之九畹兮，又樹蕙之百畝。
㊆選詩曰：新蒲含紫茸。
㊇《楚辭》曰：惟郢路之遼遠兮，魂一夕而九逝。
㊈《楚辭》曰：思美人兮，攬涕而竚眙。
㊉《楚辭》曰：江與夏之不可涉。
⑪《楚辭》曰：寧溘死以流亡。王逸註曰：溘，奄也。
⑫漢嚴忌楚辭曰：哀時命之不及古人兮，何予生之不遘時。

拾遺

遂古篇〔一〕并序

僕嘗爲《造化篇》，以學古制今。觸類而廣之，復有此文，兼象《天問》，以遊思云爾。

聞之遂古㊀，大火然兮。水亦溟涬，無涯邊兮㊁。女媧煉石，補蒼天兮㊂。共工所觸，不周山兮㊃。河洛交戰，寧深淵兮㊄。黄炎共鬥，涿鹿川兮㊅。女岐九子，爲氏先兮㊆。蚩尤鑄兵，幾千年兮㊇。十日並出，堯之間兮。羿斃日〔二〕，事豈然兮㊈。常娥奔月，誰所傳兮㊉。豐隆騎雲⑪，爲靈仙兮。夏開乘龍，何因緣兮⑫。傅説託星，安得宣兮⑬。夸父鄧林，義亦艱兮⑭。建木千里〔三〕，烏易論兮⑮。穆王周流，往復旋兮。河宗王母，可與言兮。青鳥所解，路誠亶兮⑯。五色玉石，出西偏兮。崑崙之墟，海此間兮。去彼宗周，萬二千兮⑰。《山經》古書，亂編篇兮。郭釋有兩，未精堅兮⑱。

㊀《楚辭》曰：遂古之初。王逸註：遂，往也。

㊁涬，音悻。溟涬，無岸畔也。《淮南子》曰：四海溟涬，民皆上丘陵，赴樹木。又曰：往古之時，四極廢，九州裂，天不兼覆，地不周載，火爁炎而不滅，水浩洋而不息。

㊂《通鑑外紀》曰：共工氏觸不周山，天西北傾，女媧氏煉五色石補之。

㈣《列子》曰：共工氏與顓頊争爲帝，怒觸不周山。折天柱，絶地維。故天傾西北，地缺東南，百川水潦歸焉。

㈤《國語》曰：周靈王二十二年，穀洛水鬥，將毁王宫。賈逵註曰：兩水會似于門。河當作穀。

㈥《帝王世紀》曰：黄帝有熊氏，少典之子。及炎帝世衰，黄帝修德，諸侯咸去神農而歸之。討蚩尤，擒之于涿鹿之野，凡五十二戰而有天下。

㈦王逸《楚辭註》曰：女歧，神女，無夫而生九子也。

㈧《龍魚河圖》曰：黄帝時有蚩尤，兄弟八十一人，並獸身人語，銅頭鐵額，食沙石子，造立兵杖刀戟大弩，威鎮天下。

㈨《淮南子》曰：堯時十日並出，草木焦枯。堯命羿仰射十日，中其九烏，皆死。

〔一〇〕《淮南子》曰：羿請不死之藥于西王母，姮娥竊之奔月宫。姮娥，羿妻也，服藥得仙，奔入月中，爲月精。

〔一一〕《楚辭》曰：吾令豐隆乘雲兮，求宓妃之所在。註：豐隆，雷師也。

〔一二〕《山海經》曰：大樂之野，夏后啓于此舞九代馬，乘兩龍也。

〔一三〕《莊子》曰：傅説乘東維，騎箕尾，而比于列星。

〔一四〕《山海經》曰：夸父逐日，道渴而死。棄其杖，化爲鄧林。

〔一五〕《吕氏春秋》曰：白人之南，建木之下，日中無影，蓋天地之中也。

〔一六〕《穆天子傳》曰：天子乘八駿，觴西王母于瑶池之上。又：青鳥，西王母所取飲食者。亶，遠也。

〔一七〕《爾雅》曰：西北之美者，有崑崙之墟。璆琳瑯玕焉。《水經》曰：崑崙墟，在西北，去嵩高五萬里，地之中也。

〔一八〕《吴都賦》曰：名載于山經。山經，《山海經》，郭璞所註釋也。

上有剛氣，道家言兮。日月五星，皆虚懸兮㈠。倒景去地，出雲烟兮㈡。九地之下，如有天兮㊂。土伯九約，寧若先兮㊃。西方蓐收，司金門兮㊄。北極禺強，爲常存兮㊅。帝之二女，遊湘沅兮㊆。霄明燭光，向焜煌兮㊇。太一司命，鬼之元兮。山鬼國殤，爲遊魂兮㊈。迦維羅衛，道最尊兮㊉。黄金之身，誰能原兮〔一一〕。恒星不見，頗可論兮〔一二〕。其説彬炳，多聖言兮〔一三〕。六合之内，心常渾兮。幽明詭性，令智惛兮。

㊀《初學記》曰：日月謂之兩曜，五星謂之五緯。

㊁《纂要》曰：景在上曰反景，景在下曰倒景。

㊂《渾天儀》曰：天如鷄子，天大地小，大表裏有水。

㊃《楚辭》曰：土伯九約，其角觺觺些。註：土伯，后土之侯伯也。約，屈也，其身九屈。有角，觸害人也。

㊄《禮記·月令》曰：其帝少皞，其神蓐收。註：少皞，金天氏。蓐收，少皞之子，西方之神也。

㊅《莊子》曰：禺強得之，立乎北極。註：北方水神也。

㊆二女，堯帝之二女娥皇、女英也。隨舜不返，墮于湘水之渚，因爲湘夫人。

㊇《山海經》曰：舜妻登北氏生霄明、燭光，處河大澤，二女之靈，能照此所方百里。

㊈東皇太一、司命、山鬼、國殤，皆《離騷·九歌》篇也。

㊉《瑞應經》曰：菩薩下世，常作佛語，生天竺迦維羅衛國。又《法顯記》曰：迦維羅衛國，諸佛生處。

〔一一〕《後漢書》曰：漢明帝夢金人飛宫而下。傅毅曰：西域之神，其名曰佛。

〔一二〕《左傳》曰：莊公七年四月辛卯，夜，恒星不見，夜明。又晉宋書曰：佛生周莊王七年四月八日，常星不見。按《左傳》魯莊公元年，即周莊王四年。恒星，即常星也。

(三)孔子曰：丘聞西方有大聖人，不治而不亂，不言而自信，不化而自行，蕩蕩乎人無能名焉。

河圖洛書，爲信然兮(一)。孔甲養龍〔四〕，古共傳兮(二)〔五〕。禹時防風，處隅山兮(三)。春秋長狄，生何邊兮(四)。臨洮所見，又何緣兮(五)。蓬萊之水，淺於前兮。東海之波，爲桑田兮(六)。山崩邑淪，寧幾千兮。石生土長，必積年兮。漢鑿昆明，灰炭全兮(七)。魏開濟渠，螺蚌堅兮(八)。白日再中，誰使然兮(九)。北斗不見，藏何間兮。建章鳳闕，神光連兮(一〇)。未央鐘簴，生花鮮兮(一一)。銅爲兵器，秦之前兮(一二)。丈夫衣綵，六國先兮。周時女子，出世間兮(一三)。班君絲履，遊太山兮。人鬼之際，有隱淪兮。

(一)《易》曰：河出圖，洛出書，聖人則之。

(二)《左傳》曰：有夏孔甲擾于有帝，帝賜之乘龍。

(三)《博物志》曰：昔禹平天下，會諸侯會稽之野，防風氏後至，禹殺之。

(四)《左傳》曰：魯叔孫得臣敗狄于鹹，獲長狄僑如，富父甥春其喉，以戈殺之。《穀梁傳》曰：僑如兄弟三人，佚宕中國，瓦石不能害。得臣善射，射其目，身橫九畝，斷其首而載之，眉見于軾。

(五)班固《漢書》曰：秦始皇帝二十六年，有大人，長五丈，足履六尺，皆夷狄服，凡十二人，見于臨洮。

(六)《神仙傳》曰：王方平與麻姑，自言接待以來，見東海三爲桑田。聞蓬萊水又淺于往者，會時畧半矣，將復爲陵陸乎。

㈦漢武帝穿昆明池，悉是灰墨，問西域胡僧。曰：「天地大劫將盡，則爲灰，此劫灰之餘也。」

㈧《河渠書》曰：「西門豹引漳水溉鄴，以富魏之河內。」濟渠，即河内之渠也。

㈨《風俗通》曰：「成帝問劉向，俗説文帝被徵，後期，不得立，日爲再中。」

〔一〇〕《關中記》曰：「建章宮圓闕臨北道，鳳在上，故曰鳳闕也。」

〔一一〕《東方朔傳》曰：「漢武帝時，未央宮殿前鐘無故自鳴，三日三夜不止。上大怪之，召問東方朔。朔對曰：『臣聞銅者土之子，以陰陽氣類言之，子母相感，山恐有崩弛者，故鐘先鳴。』三日後，南郡太守言山崩二十餘里。」

〔一二〕《史記》曰：秦始皇鑄天下兵器爲十二金人，各重千斤。

〔一三〕《史記·六國年表》曰：秦取曲沃，平周，女子化爲丈夫。

四海之外，孰方圓兮。沃沮肅慎，東北邊兮㈠。長臂兩面，亦乘船兮㈡〔六〕。東南倭國，皆文身兮㈢。其外黑齒，次裸民兮㈣。侏儒三尺，並爲隣兮㈤。西北丁零，又烏孫兮㈥。車師月支，種類繁兮㈦。馬蹄之國，善騰奔兮㈧。西南烏弋，及罽賓兮㈨。天竺于闐，皆胡人兮〔一〇〕。條支安息，西海濱兮〔一一〕。人迹所極，至大秦兮。珊瑚明珠，銅金銀兮。琉璃瑪瑙，來雜陳兮。硨磲水精，莫非真兮。雄黄雌石，出山垠兮。青白蓮花，被水濱兮。宮殿樓觀，並七珍兮〔一二〕。窮陸溟海，又有民兮。長股深目，豈君臣兮〔一三〕。丈夫女子，及三身兮〔一四〕。穿胸反舌〔一七〕，一臂人兮〔一五〕。跂踵交脛，與羽民兮〔一六〕。不死之國，皆何因兮〔一七〕。

㈠《山海經註》曰：魏黄初中，玄菟太守王頎討高句麗王宮，過沃沮國，其東界臨大海，近日之所出。《山海經》曰：大荒之中有山，名曰不咸，有肅愼氏之國。註：今肅愼國去遼東三千餘里，穴居無衣，其人皆工射。弓長四尺，勁強。箭以楛爲之，長尺五寸，青石爲鏑。春秋時，隼集陳侯之庭所得矢也。

㈡《山海經》曰：長臂國，在海之東，其人垂手至地，與長脚國隣。長脚國人常負長臂國人入海捕魚。張華《博物志》曰：一國項中復有面，與言不相通，地在沃沮東大海中。

㈢倭國，卽日本國，在新羅國東，依山島而居，九百餘里。或曰：始皇遣徐福入海，求不死藥，今其子孫也。

㈣《東夷傳》曰：倭國東四千餘里，有裸國。裸國東南有黑齒國，船行一年可至。

㈤侏儒，矮人國也，其人長三尺。東方朔曰：侏儒一斗粟，臣亦一斗粟。侏儒身不滿三尺，臣長七尺有餘。臣恐侏儒飽欲死，臣饑欲死。

㈥丁零，乃五單于之一種也。烏孫在大宛東北二千里，與匈奴同俗。

㈦《大宛傳》曰：樓蘭、姑師，小國耳。徐廣註曰：姑師，卽車師也。又曰：大月氏，在大宛西可二三千里。註：《南州志》曰：地高燥。國王稱天子。城郭宮殿，與大秦國同。所出奇瑋珍物，被服鮮好，天竺不及也。

㈧《山海經》曰：馬蹄國，卽釘靈國，其民從膝已下有毛，馬蹄，善走，自鞭其足，一日可行三百里。

㈨《漢書·西域傳》曰：烏弋山離國，王去長安萬二千二百里。東與罽賓，北與撲挑，西與犂靬、條支接。國臨西海，暑濕，田稻。有大鳥，卵如甕。人衆甚多。地暑熱莽平。其草木、畜産、五穀、果菜、食飲、宮室、市列、錢貨、兵器、金珠之屬，皆與罽賓同。又曰：罽賓國，王治循鮮城，去長安萬二千二百里。其民巧，雕文刻鏤，治宮室，織罽，刺文繡，好治食。

㈩《南州志》曰：月氏，在天竺北。《大宛列傳》曰：東則扜罙、于闐。

⑪《大宛傳》曰：條支在安息西數千里，臨西海。暑濕。耕田，田稻。有大鳥，卵如甕。

⑫《後漢書》曰：大秦，一名犂鞬，在西海之西，東西南北各數千里，有城四百餘所。土地產金銀奇寶，有夜光璧、明月珠、駭鷄犀、火浣布、珊瑚、琥珀、琉璃、瑯玕、朱丹、青碧。珍怪之物，率出大秦。

⑬《山海經》曰：無脊之國，在長股國東。又曰：無腸國，在深目國東。深目民之國，盼姓，食魚。

⑭《山海經》曰：丈夫國，在維鳥北。其爲人衣冠帶劍。註：殷帝太戊使王孟採藥，從西王母至此，絶糧，不能進，食木實，衣木皮，終身無妻，而生二子，從形中出，其父卽死，是爲丈夫民。又曰：女子國，在巫咸北，兩女子居，水周之。註：有黃池，婦人入浴，出卽懷姙矣。若生男子，三歲輒死。周，猶繞也。又曰：三身國，在夏后啓北，一首而三身。

⑮《博物志》曰：禹殺防風氏，夏德盛，二龍降之。使范成光御之，行域外。既周，防風氏之神二臣以塗山之戮，見禹使，怒而射之，有迅雷，二龍升去。二臣恐，以刃自貫其胸而死。禹哀之，乃拔其刃，療以不死之藥，皆生焉，是爲穿胸人。去會稽萬五千里。《呂氏春秋》曰：善爲君者，蠻夷反舌，皆服德厚也。註：南方有反舌國。《山海經》曰：一臂國，在三身國北。一臂、一目、一鼻孔，有黃馬虎文。

⑯《山海經》曰：跂踵國，在拘纓東，其爲人大，兩足亦大。註：其人行，脚跟不着地也。又曰：交脛國，其爲人交脛。註：言脚脛曲戾相交，所謂雕題、交趾者也。又曰：羽民國，其爲人長頭，身生羽。註：能飛不能遠，卵生，畫似仙人也。

⑰《山海經》曰：不死國，其人黑色，壽，不死。有員丘山，上有不死樹，食之乃壽。亦有赤泉，飲之不老。

茫茫造化，理難循兮。聖者不測，況庸倫兮。筆墨之暇，爲此文兮。薄暮雷電，聊以忘憂，又示君子㊀〔八〕。

㊀《南史》曰：淹嘗欲爲《赤縣經》，以補《山海》之闕，竟不成。驥按：《遂古篇》大略彷彿耳。

校勘記

〔一〕叢刊本無此篇。

〔二〕「磽」，原作「弊」，據《廣弘明集》卷三、梁本改。

〔三〕「建」，《廣弘明集》作「尋」。

〔四〕「養」，梁本作「豢」。

〔五〕「共」，梁本註「一作所」。

〔六〕「亦」，《廣弘明集》、梁本作「赤」。

〔七〕「穿」，《廣弘明集》、梁本作「結」。

〔八〕「子」，梁本作「兮」。

頌

草木頌十五首 幷序

僕一命之微，遭萬代之幸。不能鐫心礪骨，以報所事〔一〕。擢翼驤首，自至丹梯〔二〕。爰乃恭承嘉惠，守職閩中〔三〕。且僕生人之樂，久已盡矣。所愛，兩株樹、十莖草之間耳。今所鑿處，前峻山以蔽日，後幽晦以多阻。饑猨搜索，石瀨戔戔。庭中有故池，水常決，雖無魚梁釣臺，處處可坐，而葉饒冬榮，花有夏色，茲赤縣之東南乎？何其奇異也？結莖吐秀，數千餘類。心所憐者，十有五族焉。各爲一頌，以寫勞魂。

金荆

顧微《廣州記》曰：撫納縣出金荆。

江南之山，連障連天。既抱紫霞，亦漱絳煙。金荆嘉樹〔四〕，涵露宅仙〔五〕。姱節詎及，幽意誰傳㈠。

㈠《弓矢圖》曰：凡木心圓，荆心方也。

相思

竦枝碧澗，卧根石林。日月斷色，霧雨恒陰。緑秀八炤，丹實四臨。公子不至㈠，山客徒尋。

㈠《楚辭》曰：思公子兮未敢言。

豫章

伊南有材，匪桂匪椒。下貫金壤，上籠赤霄。盤薄廣結，捎瑟曾喬。七年乃識㈠，非日終朝。

㈠《淮南子》曰：豫章生七年可知。

栟櫚

《廣雅》曰：「并櫚，棕也。」

異木之生，疑竹疑草。攢叢石逕，森蓰山道。煙岫相珍，雲壑共寶。不華不縟〔六〕，可避工巧〔七〕。

杉

桐梓舊麗，松栝稱奇。焉如茲品，獨秀青崖。羣木歛望，雜草不窺。長入煙氛〔八〕，永參鸞螭。

檉

《爾雅》曰：檉，河柳也。

木貴冬榮，檉實寒色。停黛峯頂，插翠石側。碧葉菴藹，頳柯翕赩。方陋筠櫝，遠笑荆棘。

楊梅

寶跨荔枝，芳軼木蘭。懷蘂挺實，涵英糅丹〔九〕。鏡日繡壑，炤霞綺巒。爲我羽翼，委君玉盤。

山桃

惟園有實㊀〔一〇〕，惟山有叢。丹蘤擎露，紫榮繞風〔一一〕。引霧如電〔一二〕，映煙成虹。伊春之秀，乃華之宗㊁。

㊀《毛詩》曰：園有桃，其實之殽。

㊁《禮記·月令》曰：仲春之月，桃始華。

山中石榴

美木豔樹，誰望誰待。縹葉翠萼，紅華絳采。炤烈泉石，芬披山海〔一三〕。奇麗不移〔一四〕，霜雪不改〔一五〕。

木蓮

迸采泉壑，騰光淵丘。緗麗碧巘，紅豔桂洲。山人結侶，靈俗共遊。時至不採，爲子淹留。

石上菖蒲〔一六〕

《呂氏本草》曰：菖蒲，一名堯韭，一名菖陽，久服，身輕不老。

藥實靈品，爰乃輔性。却痾衛福〔一七〕，蠲邪養正。縹色外妍，金光内映。草經所珍，仙圖是詠〔一八〕。

黄連

黄連上草，丹砂之次。禦孽辟妖，長靈久視。驂龍行天，馴風匝地〔一九〕。鴻飛以儀，順道則利。

薯蕷

《本草》曰：薯蕷一名山芋，益氣力，長肌肉，除邪氣。服之輕身，耳目聰明。

華不可炫，葉非足憐。微根儻餌，棄劍爲仙。黄金共鑄㈠〔二〇〕，青䕭争妍㈡〔二一〕。君謂無妄，我驗衡山㈢。

㈠李少君曰：丹砂可化爲黄金，黄金成鑄爲飲食器，則神仙可見。

㈡青䕭，即空青也，久服輕身延年。能化銅鉛作金，生益州。

㈢《湘中記》曰：永和初，有采藥衡山者，道迷粮盡，過息岩下，見一老公、四五年少對執書。告之以饑，與其食物如薯蕷。指教所去，六日至家，而不復饑。

杜若

《本草經》曰：杜若，一名杜蘅，味辛，微温。久服，益氣輕身。

山中杜若，嘉爾翠質。不奇不俗，載華載實。同銜夕露，共炯朝日〔二二〕。夷險無二〔二三〕，沈冥如一。

藿香

《交州記》曰：藿香，似蘇合。

桂以過烈，麝以太芬。摧阻天壽，夭折人文〔二四〕。詎及藿香〔二五〕，微馥微薰。攝靈百仞，養氣青雰〔二六〕。

校勘記

〔一〕「事」，原作「象」，據梁本改。

〔二〕「至」，叢刊本、梁本作「致」。

〔三〕「職」，原作「販」，據梁本改。

〔四〕「嘉」，《藝文類聚》卷八十九作「桂」。

〔五〕「露」，《藝文類聚》作「雲」。

〔六〕「華」，《藝文類聚》卷八十九作「錦」。

〔七〕「可」，《藝文類聚》、梁本作「何」。

〔八〕「氛」，叢刊本、梁本作「氣」。

〔九〕「英」，《藝文類聚》卷八十七、梁本作「黄」。

〔一〇〕「實」，《藝文類聚》卷八十六作「肴」。

〔一一〕「繞」，《初學記》卷二十八作「競」。

〔一二〕「霧」，元鈔本作「露」。

〔一三〕「披」，叢刊本、原書底本作「撓」。

〔一四〕「移」，原書底本作「徙」。

〔一五〕「不」，《藝文類聚》卷八十六、梁本作「空」。
〔一六〕梁本無「上」字。
〔一七〕「却」，《藝文類聚》卷八十一作「除」。
〔一八〕「仙」，《藝文類聚》作「山」。
〔一九〕「風」，《藝文類聚》卷八十九作「馬」；叢刊本、梁本作「鳳」。
〔二〇〕「鑄」，《藝文類聚》卷八十一、梁本作「壽」。
〔二一〕「妍」，《藝文類聚》、梁本作「年」。
〔二二〕「炯」，叢刊本作「烘」。
〔二三〕「險」，梁本作「陂」。
〔二四〕「夭折」，《藝文類聚》卷八十一、元鈔本作「夭仰」。
〔二五〕「詎」，《藝文類聚》作「誰」。
〔二六〕「雰」，《藝文類聚》作「雲」。

讚

雲山讚四首并序

壁上有雜畫，皆作山水好勢，仙者五六，雲氣生焉。悵然會意，題爲小讚云。

王太子

子喬好輕舉，不待煉銀丹。控鶴去窈窕㊀〔一〕，學鳳對巑岏㊁。山無一春草，谷有千年蘭。雲衣不躑躅，龍駕何時還。

㊀《列仙傳》：王子喬見桓良曰：「待我緱氏山頭。」至期，果乘白鶴住山巔，望之不得到。

㊁《列仙傳》曰：王子喬者，周靈王太子晉也。好吹笙，作鳳鳴，遊伊洛間，道士浮丘公接以上嵩山。

陰長生

《列仙傳》曰：陰長生，從馬明生受金液神丹，乃入華陰山合金液，不樂升天，但服半劑爲地仙。

陰君惜靈骨，珪璧詎爲寶〔二〕。日夜明山側〔三〕，果得金丹道。憂傷永不至，光顔如碧草。若度西海時，致意三青鳥㊀。

㊀《山海經》曰：三危山有三青鳥，爲西王母取飲食者。

白雲

紫煙世不覿㊀，赤鱗庖所捐㊁。白雲亦海外，蓋菡起三山㊂。蕭瑟玉池上㊃，容裔帝臺前㊄。欲知清都裏〔四〕，乘此乃登天㊅。

㊀《許邁別傳》曰：邁有道術，燒香皆五色煙出，後莫知所在。

㊁《列仙傳》曰：琴高浮游冀州，二百餘年，乘赤鯉仙去。言紫烟世所不見，赤鯉亦庖人所不敢制者。

㊂王子年《拾遺記》曰：海中有三山，形如壺，曰蓬萊，曰方文，曰瀛洲。

㈣玉池，卽瑶池也。《穆天子傳》曰：天子觴王母瑶池之上。

㈤《山海經》曰：鼓鍾之山，帝臺之所以觴百神也。郭璞註曰：帝臺，神人名。

㈥《列子》曰：周穆王至化人之宮，王以爲清都紫微，推見至隱。

秦女

《列仙傳》曰：秦繆公女字弄玉，嫁蕭史，善吹簫，教弄玉吹簫作鳳鳴。居數十年，鳳皇來止其屋。爲作鳳臺，夫婦止其上。數年，一旦皆隨鳳皇飛去。

青琴既曠世㈠，緑珠亦絶羣㈡。猶不及秦女，十五乘綵雲。璧質人不見，瓊光俗詎聞。願使洛靈往，爲我道奇芬㈢〔五〕。

㈠司馬相如《上林賦》曰：若夫青琴、宓妃之徒，絶殊離俗。伏儼註曰：青琴，古神女也。

㈡干寶《晉紀》曰：石崇有妓曰緑珠，美而工舞，孫秀乃使人求焉。崇勃然曰：「緑珠吾所愛重，不可得也。」

㈢《漢書音義》：如淳曰：宓妃，宓羲氏之女，溺死洛水爲神。魏曹植爲《洛神賦》。

校勘記

〔一〕「去」，《藝文類聚》卷七十八作「上」。

〔二〕「璧」，梁本作「碧」。

〔三〕「明」，叢刊本、梁本作「名」。

〔四〕「清」，叢刊本、梁本作「青」。

〔五〕「奇」，叢刊本作「音」。

江文通集彙註卷六

符

《文心雕龍》云：符者，孚也。徵召防僞，事資中孚。三代玉瑞，漢世金竹，末代從省，易以書翰矣。

尚書符　起都官軍局符蘭臺

按：沈攸之本傳曰：順帝卽位，進攸之號。其年十一月乃發兵叛，以戰士十萬，鐵馬二千。時齊王輔政，遣衆軍西討，尚書符征西府。

侍御史大夫，尊冠賤履㈠，君臣斯位，愛順惡逆，成敗可曉〔一〕。未有憑陵我江郊，侵軼我河縣㈡，而不流魂漂骨、丹宗血祀者也。沈攸之寂寥無聞〔二〕，起自甲卒。邀我百戰之軍，乘彼一捷之幸。鐫山裂地㈢，紐紫要金㈣。擁旗藩伯㈤，便無北面之禮㈥；受符方屏㈦，卽有專征之釁㈧〔三〕。箕賦深斂㈨，毒被南郢〔四〕；枉壘矯繩(一〇)〔五〕，害著西荆〔六〕。鬼怪其性，故從始而遂終；狼戾其志，乃沿少而得老。山陵不崩〔七〕，移殃爲慶(一一)〔八〕；踐祚無賀(一二)，按劍稱予(一三)。遂乃闕馳送書〔九〕，亭熠妖火。此而可賒，孰不可宥！

㈠《漢書》曰：冠雖敝，不以苴履。
㈡《左傳》曰：憑陵我城郭。
㈢《漢書》曰：竇憲降單于兵二十萬，登燕然山，鐫石以紀漢功。　《白虎通》曰：裂土分疆，非爲諸侯，皆爲民也。
㈣陸機《平原表》曰：懷金拖紫，退就散輩。
㈤藩伯，藩國之伯也。
㈥《禮記》曰：君之南鄉，答陽之義也。臣之北面，答君也。
㈦符，符信也。　《左傳》：富辰曰：昔周公封建親戚，以藩屏周室。
㈧古諸侯賜斧鉞，得以專征。
㈨《史記·陳餘傳》曰：秦爲亂政，外內騷動，百姓罷敝，頭會箕斂。　服虔註曰：吏到其家，以人頭數出穀，以箕斂也。
㈩宋玉《九辯》曰：背繩墨而改錯。　王逸註曰：違廢聖典，背仁義也。
⑪《大戴禮》曰：聖人有國，日月不食，星辰不孛，川澤不竭，山陵不崩。
⑫是時順帝卽位，故曰踐祚無賀。
⑬《戰國策》：蘇秦爲楚合從，說韓王曰：「臣聞鄙語曰：『寧爲鷄尸，不爲牛從。』今西面交臂事秦，何異於牛從！」韓王按劍仰天曰：「寡人雖死，其不事秦！」

今遣陳承叔㈠、彭文之等㈡，敢勁三萬㈢，前驅電耀㈣；呂安國㈤、任侯伯㈥、垣崇祖㈦〔一〇〕、曹虎頭等㈧，樓艦二萬〔一一〕，射蛟中流㈨；荀元賓㈩、郭文孝⑪、程隱雋等⑫，輕艓二萬⑬〔一二〕，高旌蔽日；周盤龍⑭、張文憘⑮〔一三〕、薛道淵等⑯，鐵馬五千⑰，龍驤後陣。凡此諸帥，莫不氣薄日月，精變虹蜺。或飲羽石梁(一八)，或超踰亭樓(一九)〔一四〕。索鐵拔距(二〇)，鷹瞵鶚視(二一)〔一五〕。顧眄則前後生風，暗鳴則左右激電(二二)。然後鑾戎薄臨〔一六〕，驍虎百萬。六軍徐軌(二三)，五輅遲旆(二四)。舟艦發熠，素甲生波。樓煩白羽(二五)，投鞍成岳；漁陽黑騎(二六)，浴鐵爲雲(二七)〔一七〕。於是高山與深谷共湮(二八)，紫芝與白艾同滅(二九)。不亦惜乎(三〇)〔一八〕。

(一)輔國將軍南高平太守軍主陳承叔。

(二)左軍將軍南濮陽太守彭文之。

(三)敢，勇敢也。勁，健也。

(四)《毛詩》曰：伯也執殳，爲王前驅。

(五)散騎常侍領游擊將軍湘州刺史呂安國。

(六)輔國將軍軍主任侯伯。

(七)游擊將軍垣崇祖。

(八)屯騎校尉南城令曹虎頭。

(九)《西京雜記》曰：漢武帝習水戰，造樓船百隻，上建樓櫓戈矛，四角垂旛旄旍葆麾蓋。又元封五年，武帝自潯陽江，親射蛟江中。

(一〇)後軍將軍右軍中兵參軍事荀元賓。

(一一)寧朔將軍撫軍中兵參軍事郭文孝。

(一二)龍驤將軍程隱雋。

③艓，小舟也。

④新除持節都督交廣領平越中郎將廣州刺史周盤龍。

⑤後軍統馬軍主張文憘。原本作文嘉。

⑥龍驤將軍薛道淵。

⑦鐵馬，被甲馬也。

⑧《闕子》曰：宋景公使弓工爲弓，九年而來。公曰：「爲弓亦遲。」對曰：「臣不得見公矣，臣之精盡於弓矣。」獻弓歸，三日而死。公張弓登臺，東西而射，矢踰孟霜之山，集彭城之東，其餘力逸勁，飲羽於石梁。

⑨《漢書》曰：甘延壽，少以良家子，善騎射，嘗超踰羽林亭樓，由是遷爲郎。

⑩《淮南子》曰：桀之力別觡伸鉤，索鐵歙金。《吳都賦》曰：袒裼徒搏，拔距投石。《文選註》曰：拔距，謂兩人以手相案，能拔引之也。

⑪《吳都賦》曰：猨背駢脅，鷹瞵鶚視。

⑫喑音應，聲也。又聚氣貌。

⑬六軍，天子之軍也。

⑭藩國諸侯王皆五輅。

⑮《匈奴列傳》曰：衛青出雲中以西至隴西，擊胡之樓煩，得胡首虜數千。白羽，矢名也。《國語》曰：吳素甲白羽之矰，望之如荼。

⑯《一統志》曰：秦置上谷、漁陽二郡。按漁陽郡，即今之密雲也。

〔二七〕晉《建武故事》曰：王敦賊水南北渡，攻官壘栅，皆重鎧浴鐵。
〔二八〕《毛詩》曰：高岸爲谷，深谷爲陵。
〔二九〕《淮南子》曰：巫山之上，順風縱火，膏夏、紫芝，與蕭艾俱死。註：膏夏，大木也。
〔三〇〕《後漢書》曰：范巨卿見孔仲山，把臂謂曰：「子懷道隱身，處於卒伍，不亦惜乎？」

符至之日，幸加三省。其驅逼寢手之人〔一九〕，鋒陣塢壁之主，若有投命軍門〔二〇〕，一無所問。或能因罪立績，賞不示私。斬袪射玦㊀〔二一〕，唯功是與。購募之科，具列於上〔二二〕。信如白水㊁，皦然無二〔二三〕。臺明詳旨，飛火普加㊂。宣才文書〔二四〕，千里馳驛㊃。

㊀《史記》曰：晉獻公使兵伐蒲。蒲人之宦者勃鞮，命重耳自殺。重耳踰垣，宦者追斬其衣袪。又曰：管仲射中小白帶鉤。小白佯死，高傒立之，是爲桓公。《襄陽耆舊傳》：孫休下令曰：「李衡以往事之嫌，自拘有司。夫射鉤斬袪，在君爲忠。」遣衡還郡。　玦即鉤類，繫於帶末以束衣者。
㊁《左傳》曰：晉文公謂舅犯曰：「所不與舅氏者，有如白水。」又《後漢書》曰：光武攻洛陽，朱鮪守之，上令岑彭説鮪，鮪曰：「大司徒被害，鮪與其謀，誠知罪深，不敢降爾。」彭還白上。謂彭復往，明曉之：「今降，官爵可保，況誅罰乎？」上指水曰：「河水在此，吾不食言。」
㊂李令伯《陳情表》曰：急如星火。
㊃按：《尚書符》《宋書》全載。但中間辭義稍異，多爲沈約增損潤飾之。

校勘記

〔一〕「曉」，叢刊本、原書底本作「橈」。

〔二〕「聞」，叢刊本、梁本作「文」。

〔三〕「舋」，叢刊本、原書底本作「興」。

〔四〕「南郢」，叢刊本、原書底本作「郢南」。

〔五〕「枉墨矯繩」，叢刊本、原書底本作「枉法矯刑」。

〔六〕「害著西荆」，叢刊本作「毒聞荆西」，原本作「毒著荆西」。

〔七〕「崩」，叢刊本、梁本作「奔」。

〔八〕「殃」，叢刊本作「袂」。

〔九〕「送」，梁本作「逆」。

〔一〇〕「垣」，原作「桓」，據《宋書》改。

〔一一〕「二萬」，叢刊本作「五萬騎」，梁本作「五萬」。

〔一二〕叢刊本、梁本「艓」作「舸」。原書底本「二」作「五」。

〔一三〕「憘」，叢刊本、梁本、原書底本作「嘉」。

〔一四〕「亭」，叢刊本、梁本作「門」。

〔一五〕「鷹麟鶚視」，叢刊本、梁本、作「孤視萬旅」，原書底本作「孤視萬里」。

〔一六〕「然後」，梁本「然」下註「西銘本然字下缺一字」。今據《宋書》補。

〔一七〕「雲」，叢刊本作「羣」。

〔一八〕「不亦惜乎」，原作「不亦惜乎惜乎」，今據梁本删後二字。

〔一九〕「寢」，《宋書》作「寇」。

〔二〇〕「投」，叢刊本作「救」。

〔二一〕「玦」，叢刊本、梁本及原書底本作「袂」。

〔二二〕「於」，叢刊本、梁本作「如」。

〔二三〕「皦」，叢刊本作「激」。

〔二四〕「才」，梁本作「下」。

教

《釋名》曰：教，傚也。下所法傚也。蔡邕《獨斷》曰：諸侯言曰教，猶今之教條也。

建平王散五刑教〔一〕

府州國紀綱㊀：吾謬紲朝組，乃班恩命；重渥華藩，踐寵懋甸；永言政惠，良攬情寀〔二〕。況舊楚地曠㊁，前郢氓殷㊂；水帶枉渚㊃，山匝魯陽㊄。自頃田邑榛故，封井萊蕪㊅；財賦方屈，犴獄實繁。思所以厚風釐俗，變瑟改調㊆。自五歲刑已下〔三〕，未連臺者〔四〕，一皆原遺。文武彈坐，亦悉復職。主局依舊施散，薄紓此懷。

㈠《晉書》曰：東平王主簿王豹白事齊王曰：「況豹雖陋，故大州之綱紀。」按《文選》傅亮兩教，皆曰綱紀。此曰紀綱，義同。

㈡曠，遠大也。

㈢殷，盛也。

㈣《楚志》曰：枉渚，在武陵郡城南，源出枉山。《楚辭》曰：朝發枉渚兮。即此。

㈤《一統志》曰：魯陽，春秋時爲鄭邑，漢爲魯陽縣，屬南陽郡。

㈥榛故、蕪萊，猶言荒廢蕪蔓也。

㈦《淮南子》曰：事猶琴瑟，每絃改調。

校勘記

〔一〕「散」，梁本作「赦」。

〔二〕「情」，梁本作「清」。

〔三〕「已」，梁本作「以」。

〔四〕「連」，梁本作「送」。

建平王聘隱逸教

府州國紀綱〔一〕：夫嬀夏已没㈠，大道不行。雖周惠之富〔二〕，猶有魚潭之士㈡；漢教之隆，亦見栖山之夫㊂〔三〕。迹絶雲氣，意負青天㊃。皆待絳螭驤首〔四〕，翠虬來儀㊄。是以遺風扇百代〔五〕，餘烈激後生〔六〕。斯乃王教之助，古人之意焉。吾税駕舊楚，甜乘汀潭。挹於陵之操㊅，想漢陰之高㊆。而山川遐久，流風無沫。養志數人，並未徵采。善操將棄，良用慨然。宜速詳舊禮，各遺纁招㊇。庶暢此幽襟，以旌蓬蓽。

㊀嬀、夏，舜、禹也。

㊁《史記》曰：太公望吕尚者，蓋嘗窮困，年老，釣於渭渚之南。周西伯獵，遇太公，與語大悦。文王崩，佐武王伐紂，以有天下。

㊂《史記》曰：高祖欲易太子，吕后要留侯畫計。曰：「顧上有不能致者四人。四人者年老矣，皆以爲上侮慢人，故逃匿山中，義不爲漢臣。令太子卑辭安車，因使辨士固請，宜來。」四人從太子，年皆八十餘，鬚眉皓白，衣冠甚偉。上怪問之曰：「彼何爲者？」四人各言姓名，曰東園公，用里先生，綺里季，夏黄公。竟不易太子者，此四人之力也。

㊃《莊子》曰：絶雲氣，負青天，將以圖南也。

㊄《淮南子》曰：今夫赤螭翠虬之游冀州也，天清地定，步不出頃畝之區，而蛇鱓輕之，以爲不能與之争於江海之中。至於玄雲之素朝，陰陽交争，降扶風，雜凍雨，扶摇而登之，威動天地，聲震海内，又況直蛇鱓乎？

㊅皇甫謐《高士傳》曰：於陵陳仲，字子終。適楚，楚王欲以爲相。妻曰：「子織履以爲食，恬淡而無爲，樂在其中矣。」

㊆子貢見漢陰丈人，爲圃畦，抱甕而灌，用力多而見功寡。子貢曰：「有械於此，一日浸百畦，鑿木爲機，後重前輕，其名曰桔橰。」丈人笑曰：「有機械者，必有機事。有機事，必有機心。吾不爲也。」

㊇《後漢書》曰：光武玄纁以聘嚴光。《爾雅》曰：玄纁者，天地正色。士無正位，托位南方，火赤與黄爲纁。

校勘記

〔一〕「紀綱」，《藝文類聚》卷三十七作「綱紀」。
〔二〕「惠」，《藝文類聚》作「德」。
〔三〕「栖」，《藝文類聚》作「西」。
〔四〕「鋒」，《藝文類聚》作「鋒」。
〔五〕「扇」，叢刊本、梁本作「獨扇」。「遺」，《藝文類聚》作「清」。
〔六〕「激」，叢刊本、梁本作「激厲」。

蕭驃騎發徐州三五教

三五，猶《孫子兵法》所謂三令五申之教也。又見九卷「詣建平王上書。」

州府紀綱〔一〕：沈攸之背慢靈極㈠〔二〕，稽誅之日久矣㈡，況稱兵江漢之上〔三〕，圖釁廟闕之下，惡熾罪盈，民靈所絶。朝廷以尅辰纂嚴，令輿夙駕〔四〕。吾任先責遠〔五〕，義兼常概；挺刃投袂㈢，信見其時。方當水斬蛟龍〔六〕，陸斷犀兕㈣。雖烈士銜志，壯夫投概；然雲羅既舒，宜廣威防禦㈤〔七〕。所統郡縣，便普三五，咸依舊格，以赴戎麾。主者飛火施行〔八〕。

㈠靈極，神極也。
㈡稽，計也。言計誅攸之之日已久矣。

㊂《家語》曰：「兩壘相望，挺刃交兵。」《左傳》曰：「楚子投袂而起。」

㊃王子淵《聖主得賢臣頌》曰：「水斬蛟龍，陸斷犀兕。」

㊄此言攸之之亂，宜廣威防禦也。

校勘記

[一]「州府紀綱」，梁本作「府州綱紀」。

[二]「靈」，《文館詞林》卷六九九作「雲」。

[三]《文館詞林》「況」下有「今」字。

[四]「令」，《文館詞林》作「金」。

[五]「責遠」，梁本作「貴近」。

[六]「蛟龍」，《文館詞林》作「龍舟」，叢刊本、梁本作「龍蛟」。

[七]「禦」，《文館詞林》、叢刊本、梁本、原書底本無此字。

[八]「者」，《文館詞林》作「局」。

蕭驃騎築新亭壘埋枯骨教[一]

註見三卷新亭壘詩

府州綱紀：夫河南稱慈[二]，諒由掩胔；廣漢流仁，實存殯朽㊀。近袁製茲塋[三]，崇溝峻壍㈡〔四〕。古墟曩隧㈢，時有湮移。深松茂草，或致刊薙㈣〔五〕。憑軒動懷〔六〕，廵隍增愴。宜並爲收，改葬奠祀〔七〕。主局詳辨施行。

㈠《禮記》曰：孟春之月，掩骼埋胔。《東觀漢紀》曰：陳寵字昭公，沛國人也。轉廣漢太守。先是雒陽城南，每陰，常有哭聲，聞於府中。寵使案行。昔歲倉卒時，骸骨不葬者多，寵乃敕縣葬埋，由是卽絶也。河南郡，卽雒陽也。

㈡溝，溝洫也。壍，坑也。

㈢墟，大丘也。隧，地道也。

㈣刊薙，芟夷也。

校勘記

〔一〕「骨」，元鈔本、叢刊本、梁本、原書底本作「骸」。

〔二〕「河南」，叢刊本、梁本、原書底本作「汝南」。

〔三〕「衮」，叢刊本誤作「柔」，梁本作「築」，原書底本無此字。「塋」，叢刊本、梁本作「營」。

〔四〕「溝峻」，叢刊本、原書底本作「堞浚」，梁本作「壘浚」。

〔五〕「致」，叢刊本、原書底本作「到」。

〔六〕「軒」，叢刊本、原書底本作「壙」。

〔七〕「改葬奠祀」，《文館詞林》卷六九九作「改斂并設薄祀」。

蕭太傅東耕教

註見十卷《東耕呪文》。

三府二州綱紀：夫寶農賤貨，綵炤周縢；巡耕去販，光炎漢籙。故能業滋都野，産殷紘縣。吾任屬弘寄，思闡治源。慮以晨感，情以宵歎。今玄司調氣㈠，青祇佇節㈡。陳□郎柔，服□方秀。電爍有期㈢，桐萌無遠㈣。便當躬速紺耦，道先列辟。事均暫勞，迹在永豫。可克日備辦〔一〕，詳典施行。

㈠玄，黑色，北方水象也。司，主也。

㈡潘岳《藉田賦》註曰：青，東方之色，以取發生之象。祇，地神也。張協《雜詩》曰：太皞啟東節，春郊禮青祇。

㈢言春動雷電，有期以致也。

㈣《禮記·月令》曰：季春之月，桐始華。

校勘記

〔一〕「辦」，原作「辨」，據叢刊本、梁本改。

檄文

《文選註》曰：檄，皦也。喻彼使皦然知我情也。此周末時，穆王令祭公謀父爲威武之辭，以責狄人之情，此檄之始也。

慰勞雍州文〔一〕

《呂氏春秋》曰：「西方爲雍州，秦也。」

皇帝謝鎮軍寧蠻二府㈠、雍州文武士庶等：夫忠爲令德，或感概殺軀；信實美行，或殉義蹈節。而沈攸之小豎反覆，稱逆西藩㈡；袁粲、劉秉〔二〕，潛使相扇㈢。遂擁據石頭㈣，並圖廟社㈤。秉既從王憲㈥，蒼黎同慶㈦。攸之孤州蟻聚，勢必燼滅㈧。刺史張敬㈨，義氣雲騰，秣馬星驅㈩，全羽十萬，殄茲氛鯨⑾，曾不旋踵⑿。彼州南陽白水⒀，將相遺風⒁，忠義之士〔三〕，霜戈電發。但戎車暫動⒂，念原未寧。冬寒，卿皆無恙。

㈠鎮軍、寧蠻，乃鎮守邊夷官名也。

㈡按本傳，太祖與沈攸之書曰：「張雍州遷代之日，將欲誰擬！若張惑一言，果與怨恨，事負雅素，君子所不可爲。況張之奉國，忠亮有本，情之見與，意契不貳邪？又張雍州啟事，稱彼中蠻動，兼民遭水患，敕令足下思經拯之計，吾亦有白。」

㈢扇，助也，假人權力，若火之相扇也。《資治通鑑綱目》曰：沈攸之與袁粲、劉秉密謀誅蕭道成，不克而死。

㈣石頭，金陵石頭城也。

㈤廟社，宗廟社稷也。

㈥按本紀，攸之反問初至，太祖往石頭，與粲謀議，粲稱疾不見。剋壬申夜起兵據石頭。劉秉恇怯，晡時，從丹陽載婦人人石頭，朝廷不知。其夜丹陽丞告變，太祖命王敬則攻石頭，斬粲等。　憲，法也。

(七)蒼黎，蒼生黎庶也。

(八)《吳志》曰：錢唐太師种式等，蟻聚爲寇。

(九)列傳曰：張敬兒，南陽冠軍人也。斬休範，持首歸新亭，除驍騎將軍。太祖以敬兒人位既輕，不欲便使爲襄陽重鎮。敬兒求之不已，乃以敬兒爲持節督雍梁二州、郢司二郡軍事，雍州刺史、將軍如故。　張敬，卽張敬兒也。

(一〇)楚子重曰：秣馬厲兵。

(一一)殄，滅也。《左傳》曰：取其鯨鯢而封之，以爲大戮。

(一二)旋，返也。踵，足根也。《史記·司馬相如列傳》曰：夫邊郡之士，觸白刃，冒流矢，計不旋踵。

(一三)《東觀漢記》曰：光武、元帝時求封南陽白水鄉，後起兵以有天下。

(一四)鄧禹、吳漢事光武爲大將軍，蜀諸葛亮爲蜀先主大丞相，皆南陽人。

(一五)戎車，兵車也。《毛詩》曰：元戎十乘，以先啓行。

校勘記

〔一〕「文」，梁本作「詔」。

〔二〕「秉」，叢刊本、原書底本作「康」。下同。

〔三〕「義」，梁本作「烈」。

章

《文選註》曰：敷奏總有四品：一曰章，謝恩曰章；二曰表，陳事曰表；三曰奏，劾驗政事曰奏；四曰駁，推覆平論，有異事進之曰駁。

始安王拜征虜將軍丹陽尹章

沈約《宋書》曰：始安王子真，五歲封始安王，遷征虜將軍。景和元年，爲丹陽尹。

既耀軒禮，涵蕤龔恩㈠〔一〕，爽泗靦默。中謝。臣少識猶晦㈡，哀辛方襲㈢。藉以毓采上霄，摶華中漢。飲惠延光，偭爵假息㈣。不悟瑶離降映，繩河低文㈤。遂翊言闕禁，徙第京部〔二〕。進憲蒙淺㈥，塵紊徒盈㈦。還迷懅悚，風製罔樹。循伏憂歔，滅慮燋衷㈧，不勝荷佩之情。

㈠涵，濡也。蕤，盛也。龔，恭也。

㈡晦，昧也。言寡識如暗昧也。

㈢襲，繼也。按《宋書》：王以大明五年，年五歲受封，是時宋室多難，故曰「哀辛方襲」。

㈣偭，向也，或作個。

㈤楊慎《丹鉛總録》曰：江淹文「瑶離降映，繩河低文」。表麗彩繩河，映蕚璿圃，指宗室也。讖緯書：王者德至雲漢，則天河直如繩。

㈥憲，猶風憲也。

㈦紊，亂。《尚書》曰：「有條而不紊。」

㈧燋，灼也。

校勘記

〔一〕「龔」，梁本作「襲」。

〔二〕「徙」原作「徒」，據梁本改。

始安王拜征虜將軍南兗州刺史章

本傳曰：「王以大明五年封，七年遷使持節監交廣諸郡事，不之鎮。遷征虜將軍。尋復爲南兗州刺史。泰始二年遷左將軍、丹陽尹，未拜，賜死。時年十歲。

絢服騰炤㈠，懋册凝芬㈡。夤對迷墜㈢，慚泣交集〔一〕。中謝。臣職右南陽〔二〕，謝蒲鞭之政㈣；任重臨淄，無遺獄之化㈤。自分金帝闕〔三〕，參風尹訟，璧緯裁復，圭露詎淹。不悟旻靈拂采㈥，霄景汰色㈦。復交書河楚，置傳江吳。環章清潤㈧，旂文肅路㈨。寵黼內維㈩，榮炫外閫⑪。方梗名慮，有陋莩識⑫。沖生覥氣，安以輸謝。不勝荒震屏營之情。

㈠絢服，綵服也。炤，明也，或作昭。

㊁懋，盛貌。芬，香也。

㊂夤，敬也。迷墜，猶《左傳》所謂隕越於下也。

㊃《漢書》曰：劉寬，拜南陽太守，溫仁多恕。吏人有過，但用蒲鞭示辱而已。

㊄《晉書》曰：曹攄爲臨淄令，嘗辨寡婦冤獄，時稱其明。又嘗於歲夕縱囚歸家，克日令還，至日，果無違者。一縣歎服。

㊅旻，旻天也。靈，寵光也。拂，拭也。

㊆霄，霄漢也。景，光也。汰，磨蕩也。

㊇章，采也。環章清潤，言環珮之色清潤也。

㊈《禮記》曰：交龍爲旂。註：畫兩龍相倚也。諸侯所建。肅，敬也。路，大也。旂文，言旂畫龍文也。

㊉維，繫也。

⑪圉，繞也。

⑫《韻書》曰：莩葭中白皮最薄者。莩識，言識如莩之淺薄也。

校勘記

〔一〕「泣」，原作「位」，據叢刊本、梁本改。

〔二〕「陽」，叢刊本、原書底本無此字。

〔三〕「闕」，梁本作「闕」。

建平王拜右衞將軍荆州刺史章

註見後建平王加右衛荆州刺史表。

珪册停徽㈠，車旗寫曜㈡；襲禮炫衷，迎恩震色。中謝。臣聞爵以能委，命以績降。亦有玄雲結吹㈢，褎成爊之厚㈣；朱箱累轍㈤，崇試宰之高㈥。而臣組組須守，要玉備政，績廢江區，聲隘河部。浮榮曠年，叨光賒日。諒以具察輿歌㈦，取鏡民誚。不悟皇德至凝，亭物帷幄㈧。復使承官楚封，祇秩漳土；任班河冀，事亞崤陝。横術輻輳，殷氓訟積〔一〕。寧曰明哲，疇克勝寄！雖瀝丹局，終懼蒙咎㈨。不任銘戴匪處之情。

㈠珪，信珪也。上圓下方，以玉爲之，諸侯所執册符命也。諸侯受命於王者。停，定也。徽，美也。

㈡《周禮》曰：諸侯諸伯七命，其國家宮室車旗衣服禮儀，皆以七爲節。

㈢玄雲，漢樂府古辭也。言聖王用賢人，各盡其才也。吹，鼓吹也。

㈣褎，盛貌。爊，烟氣上蒸也。

㈤箱，車内容物處。朱箱，猶漢之朱轓也。累，重也。轍，車跡也。

㈥崇，尊也。試宰，試爲宰政也。

㈦《左傳》曰：晉侯聽輿人之誦。

㈧高誘《淮南子註》曰：亭，平也。

㈨局，體局也。咎，過也。以上皆自陳謙遜之辭，言雖披瀝丹局，終懼蒙咎過也。

校勘記

〔一〕「氓」，梁本作「民」。

建平王慶少帝登阼章

少帝，蒼梧王也，名昱。初，明帝無子，以宮人陳氏，賜嬖人李道兒，迎還，生昱，十歲即位。驕恣無道，太祖弑之。

上書皇帝陛下：伏承肇嗣天震，雲飛璿極。戎夏歸服，民靈以戴。中謝。臣聞：黃旗紆藻，瑞益於姬帝㈠；紫雲垂蓋，效異於劉后㈡。實乃深賜天衷，廣映祇迹㈢。伏惟陛下，騫英篤聖〔一〕，涵靈縱睿；矩心明裁，繩道喆時；遥裔雒符，雜沓河紀㈣。是以膺符寶宮，輯命珍殿；誼洗雲密，德徽嫣夏；濬發鴻原㈤，長禘偉業㈥〔二〕。方絢聲金圖㈦，騰華玉曆㈧；波搟下氓〔三〕，炎躔上漢。臣沿莩締寵，誠兼親屏〔四〕；禮升之日，守官楚甸㈨。不獲勉躬儲外，奉歘行間〔五〕。魂泣江郊，心泫京國。不任悲仰哽慰之情。

㈠墨子曰：「赤鳥銜書降曰：『天命周文王伐殷有國。』」「天賜武王黃鳥之旗」。

㈡《漢書》曰：高祖隱芒碭山，上常有雲氣覆之。

㈢天衷，猶天意也。祇，地神也。

㈣雒符河紀，即洛書河圖。《雒書》曰：河圖命紀。

㈤鴻，大也。原，本也。
㈥禘，祀也。偉，大也。業，世業也。
㈦《家語》曰：孔子觀乎明堂，有周公相成王，抱之負斧扆，南面以朝諸侯之圖焉。
㈧干寶《搜神記》曰：虞舜耕於歷山，得玉曆於河際之巖，知天命在己，體道不倦。
㈨時建平王爲荆州刺史，故云。

校勘記

〔一〕「篤」，叢刊本、梁本作「駕」。
〔二〕「偉業」，叢刊本作「鄴緯」，原書底本作「緯鄴」。
〔三〕「拚」，梁本作「洴」。
〔四〕「誠」，原作「城」，據叢刊本、梁本改。
〔五〕「歃」，梁本作「顗」。

建平王慶王太后正位章

王皇后諱貞風，元嘉二十五年，拜淮陽王妃。太宗即位，立爲皇后。廢帝即位，尊爲皇太后。

上書王太后殿下：伏承以今日淑辰，曾光樞景㈠；慶芬祇外，禮蔚寰中。中謝。臣聞道懋第昌，業廣社盛。藻秩攸臻，憲章斯飾。伏惟殿下，柔明固天，夙資龔懿；芬蕙翔聲，端簡散譽；冠采摯姙㊁，騰燿徽姒㊂〔一〕；丹陵藴德㊃，玄丘棲聖㊄；煙熅國牒，衍溢民聽。涵道席教，且詠且洽。臣忝任蕃圉，無由隨例闕廷，不勝荒情。

㊀曾光，曾泉之光也。《淮南子》曰：臨於曾泉，是謂早食。　樞景，樞星之景也。《尚書大傳註》曰：舜母感樞星精而生重華。

㊁《列女傳》曰：大姙者，王季之妃，摯姙之女也。端一誠莊，唯德之行，而生文王。　摯，國名。

㊂《列女傳》曰：太姒者，文王之妃，莘姒之女也，號曰文母。《毛詩》曰：太姒嗣徽音。

㊃《帝王世紀》曰：堯母慶都生堯於丹陵。　藴，積也。

㊄《列女傳》曰：契母簡狄者，有娀氏之長女也。當堯之時，與其妹娣浴於玄丘之水，有玄鳥銜卵過而墜之，五色，甚好。簡狄得而含之，誤而吞之，遂生契焉。　棲，止也。

校勘記

〔一〕「徽」，梁本作「太」。

建平王慶江皇后正位章

《宋書》曰：江皇后諱簡珪。泰始五年，太宗訪求太子妃，以卜筮最吉，納之。太子卽位，立爲皇后。

上書皇后殿下：伏承以嘉月蕙時，膺曜宸正〔一〕；翬珩炤品㊀〔二〕，褕組在飾㊁；休遍函夏㊂，譽殷靈昧。中謝。伏惟殿下岳曜静德〔三〕，式懷讓順〔四〕；升降圖傳，左右詩史〔五〕；夙鍾茂資〔六〕，早擒芳訓。故以騰馥祕闈，寫問中帷。今靈緯載升，崇正輝典。衍教紫庭〔七〕，麗軌華屋。聲激綺組，夙偃家邦。黎玄湊仁〔八〕，雲祇宅慶。遠邇有聞，莫不傾渥。臣限外任，無由恭列軒屏，不勝荒情。

㈠《釋名》曰：「王后之服，畫翬雉之文於衣也。」珩，佩上玉，從玉從行，所以節行止也。

㈡褕翟，后六服也。組，綬也。

㈢服虔曰：函夏，諸夏也。

校勘記

〔一〕「宸」，《初學記》卷十作「辰」。

〔二〕「翬」，叢刊本、梁本作「翠」。

〔三〕「岳」，《初學記》作「光」。

〔四〕「讓」，《初學記》、叢刊本、梁本作「謙」。

〔五〕「詩」，梁本作「書」。

〔六〕「鍾」，《初學記》作「諳」，叢刊本、梁本作「鏡」。

〔七〕「衍」，叢刊本作「衞」。「庭」，《初學記》作「宸」。

〔八〕「湊」，元鈔本作「滲」。

蕭領軍拜侍中刺史章

蕭子顯《齊書》曰：齊太祖蕭道成，平劉休範後，遷散騎常侍領軍，都督南兗、徐、兗、青、冀五州軍事，南兗州刺史。

上書皇帝陛下：即日詔書以臣爲侍中，驃騎大將軍，開府儀同三司，班劍三十人等㈠，持節都督如故。峻命在庭，光册充軒。虹驂聳服，朱轙佇蓋〔一〕。夤對以懅，心影若傾。中謝。臣功乏至道，不足以題象魏㈡；績非振民，無可以書廟閣㈢。半漏未晏，中鍾而驚㈣。實忌徵庸，超乘盛服〔二〕。竊疑國寵，頓萃末躬。今寰海順典，瓊都咸光；調御惟新，鎔製就始。良宜整變憲經〔三〕，詮明典緯。九河式耀㈤，三辰載晣㈥。不悟陛下皇靈曲溢，大賚斯降。而鴻賞之行，乃於臣始。非所以騰振遥風，激昂品流。輿人之誦，具聞其黷㈦。頻露慊祈，未阻鑒順〔四〕。今使虔禮青軒，謹躬丹墀。憂符怵怡〔五〕，慚屬兼軫。不任屏營之情。

㈠《齊職儀》曰：開府儀同三司，秦漢無聞，建始初三年，馬防爲車騎將軍儀同三司事。按本紀，蒼梧王死，太祖迎立順帝。丙申，進位司空，録尚書事，封竟陵郡公。班劍三十人，開府儀同三司。

㈡《周官》曰：大宰以正月懸治法於象魏。《廣雅》曰：象魏，闕名也。

㈢言其功不足以録廊廟也。閣，如漢畫功臣於麒麟閣也。

㈣言半漏未晏，而中鍾已及，以喻晝夜不安之貌。

㊄《尚書》曰：禹疏九河。《初學記》曰：鉅鹿之北，遂分爲九河。
㊅三辰，謂日、月、星也。晣，明也，音哲。
㊆《左傳》鄭輿人誦曰：取我衣冠而褚之，取我田疇而伍之。孰殺子產，吾其與之。黷，污也。

校勘記

〔一〕「轙」，梁本作「轓」。
〔二〕「超」，叢刊本、梁本均作「起」。
〔三〕「憲」，梁本作「獻」。
〔四〕「阻」，梁本作「叨」。
〔五〕「怡」，梁本作「惕」。

蕭拜相國齊公十郡九錫章

《綱目》曰：宋蕭道成自爲相國，封齊公，加九錫，以十郡爲齊國，官爵禮儀，並仿天朝。

殊命寶典，鬱降雲天；采昭軒騎〔一〕，光流城禦。震驚華禮，神氣交越。中謝。臣才謝深英，器慚遠度〔二〕。進寡兵車召陵之盟，退靡朝歌河内之會㊀；無東馬山戎之績，懸車流沙之功㊁。故望寵未安，踐榮加懼。況納陛朱户㊂，事絶羣班；金璽朱綬㊃〔三〕，儀參鴻典。聞命屏營㊄，以憂以墜。近申微款，日月之鑒既阻；方懼難慊，蘭芳之旨愈峻。遂致百辟卿后，踟躕於魏闕[四]；鑾輅旗旂㈥，方幸於臣府。悵然遥慮，將貽厚戾[五]，文章徒單，迄無⿰齒蜀省。而天威咫尺㈦，丹懷罔固。輒肅恭文物，翹拜榮禮。違距以深，追增怵迫。德輶寵盛㈧，於斯爲徵[六]。非臣鄙虛所能酬對。

㈠《一統志》曰：召陵在偃城縣。又曰：朝歌，今之衛輝也。魏置朝歌郡。獲嘉縣有同盟山，相傳武王伐紂，與諸侯同盟於此。《晉世家》曰：文公踐土之盟，周襄王狩於河陽，即河內也。

㈡《史記》：齊桓公稱曰：「寡人南伐至召陵，望熊山，北伐山戎、離枝、孤竹，西伐大夏，涉流沙，束馬懸車登太行，至卑耳山而還。諸侯莫違寡人。寡人兵車之會三，乘車之會六，九合諸侯，一匡天下。昔三代受命，有何以異於此乎？」

㈢《册魏公九錫文》曰：「是用錫君朱户以居，納陛以登。」《漢書》服虔註曰：朱户，天子之禮也。孟康曰：納陛，謂鑿殿基際爲陛，不使露也。

㈣《晉百官表》曰：夏殷周王金璽朱綬，服遠遊冠，佩山玄玉。

㈤《國語》曰：楚靈王獨行屏營。註：屏營，迴惶也。

㈥《大戴禮》曰：王升車，則聞和鑾之聲。又曰：王五輅。《廣雅》曰：諸侯之旗七仞九旒。《釋名》曰：「交龍爲旂。」旂，倚也，畫兩龍相倚也。

㈦《左傳》曰：天威不違顏咫尺。

㈧輶，薄也。

校勘記

〔一〕「昭」，叢刊本、梁本作「詔」。「軒騎」，梁本作「綺軒」。
〔二〕「器」，梁本作「氣」。
〔三〕「朱」，叢刊本、梁本均作「绿」。
〔四〕「魏」，叢刊本、梁本作「衛」。
〔五〕「將」，梁本註「一作知」。
〔六〕「徵」，叢刊本、梁本作「微」。

表

《文選註》曰：表者，明也，標也。言標著事序，明白以曉主上也。三王已前謂之敷奏，故《尚書》云：「敷奏以言」是也。〔至〕秦并天下，改爲表，總有四品。六國及秦漢兼謂之上書。至漢魏已來，進之天子稱表，進之諸侯稱上疏。魏已前，天子亦得上疏。

建平王讓右將軍荆州刺史表

沈約《宋書》曰：泰始六年，建平王景素，加右將軍荆州刺史。

茂寵乃臨，炫奪彝典。巡恩鏡飾，攬情震慮。中謝。臣聞：該秩詔序㈠，匪賢莫能孚其職；端維裂陝㈡，非功無或濫其選。所以輪鞅國典，締結民紐，五威咸平，四精或訓者也。臣踐行迷方，試業敝緒㈢。徒以綴采宗葶㈣，承渥帝席。執圭戴筆㈤，函荷出內〔一〕。至乃曳組河縣，蔑馴羽之化㈥；鳴環京轂，謝批鱗之政㈦〔二〕。聲績兩無，風化雙缺。而龜組未剔㈧，璽書頻降。復改册湘區，分瑞衡服㈨。競無賈琮交部之廉㈩，終乏郭伋并壤之信⑪。固以誼沓民明〔三〕，湫隘身諷。不悟皇靈再煇，河海重渥⑫。遂踰恒采⑬，忘賁異等⑭。荆門務要⑮，方城任積⑯。水交沅、澧⑰，山通岷、峨⑱。襟帶百縣，縈抱七州。上德懋勳，堪居斯地〔四〕。寧臣膠固〔五〕，所宜膺荷⑲。是以燋薄魂色，驚迫心影⑳。謹刷睿情㉑，置露弱志。伏願陛下，停旒弛琪，暫炤瑣曲㉒；則鑄才式弘，練物惟遠，王度既清，蒙識以泰。不勝慚懅屏營之情。

㈠秩，職秩也。序，次序也。

㈡維，四隅也。《史記》曰：「周成王時，自陝以西，召公主之；自陝以東，周公主之。」

㈢緒，基緒也。《國語》祭公謀父曰：「時序其德，纂修其緒。」

㈣葶，葭中白皮也，言綴采宗末如葭葶之親也。

㈤《史記》曰：「陳軫對秦王曰：「昔越人莊舄，仕楚爲執珪。」」漢張安世持橐簪筆，以備顧問。

㈥組，組綬也。《後漢書》曰：「魯恭爲河南中牟縣令，專尚德化，不任刑罰。河南尹遣掾廉之，與恭坐桑下，雉過兒童傍，掾曰：「兒何不捕之？」兒曰：「雉方將雛。」掾瞿然曰：「蟲不犯境，此一異也；化及鳥獸，此二異也；豎子有仁心，此三異也。」

(七)環，環珮也。韓非《說難》曰：驪龍頷下，有逆鱗徑尺，嬰之則死，人主亦然。

(八)潘岳誄馬汧督曰：剔子雙龜。《文選註》：剔，奪也。

(九)衡，湘，皆荆南之地區。五十日區。服，猶九服、侯服、甸服、荒服類也。

(一〇)《後漢書》曰：賈琮，字孟堅。先時交趾屯兵反，有司舉琮爲刺史，即移書告示，使其安資業。百姓歌曰：「賈父來晚，使我先反。今見清平，吏不敢飯。」後補冀州刺史。曰：「刺史當遠視廣聽，糾察美惡。何有反垂帷裳以自掩乎？」命褰之。百姓悚震。有贓過者，皆望風解印綬去。

(一一)《後漢書》曰：郭伋，字細侯。遷并州牧。建武中，盜賊羣起，伋招懷之，降者悉遣歸農。餘黨聞伋威信，降者絡繹不絕。

(一二)言皇之寵靈，渥如河海也。

(一三)踰，超也。恒，常也。采，光采也。

(一四)賁，大也。漢武帝詔曰：察吏民茂才異等。

(一五)《楚志》曰：唐貞元始析置荆門縣，即今荆門山，在宜都西北五十里，與虎牙山相對。此因荆門山之險而言。

(一六)《一統志》曰：春秋時楚之方城，即裕州，今屬南陽郡。

(一七)沅水，屬古黔中郡，今之沅陵，在府城西南五里，源出四川播州。澧水，源出慈利縣，經石門流至澧州城東二十五里。

(一八)岷山，自梁州連綿至蜀。《蜀志》曰：峨嵋縣有大峨山，小峨山。兩山相對，如蛾眉。周迴千餘里。

(一九)膠，黏滯也。

(二〇)燋，燥也。薄，迫也。驚迫心影，言心影魂色不安之貌。

㉒刷，拭也，又尋究也。

㉓旒，冕旒之垂玉也。弛，釋也。琪，玉屬。言停其冕旒，釋其琪玉，炤察其瑣曲之行也。

校勘記

〔一〕「函」，叢刊本、梁本作「亟」。

〔二〕「批」，叢刊本、梁本作「擇」。

〔三〕「誼」，梁本作「雜」。

〔四〕「堪」，叢刊本、梁本作「尠」。

〔五〕原無「固」字，據梁本補。

建平王慶明帝疾和禮上表

《史譜》云：明帝，宋文帝第十一子，始封湘東王，弑廢帝立之。好殺戮昆弟，在位八年。

臣聞慶動至玄㈠，則昌衢敦序㈡；教孚上雲，則紫宇交泰㈢。故祁寒溽暑〔一〕，無以變其和㈣；沴火凝陰，不能徙其氣㈤。伏惟陛下，至德遠稜㈥〔二〕，實天縱聖；仁鑄蒼岳㈦，道括寰海。故丹陵之君㈧，款金泥而謝賢㈨〔三〕；嬀墟之后⑩，眷龍圖而慚德⑪。頌聲蔽逵⑫，歌思匝道。而望景暫虧⑬，輪光少曖⑭。玉櫺違和⑮〔四〕，金幌輟念⑯。百祠未遑，四嶽匪處。吉蠲爲慶，神御方休⑰。瑞廣文齡，祥深武日。具惟涵教，倡愉兼薦〔五〕。臣班戚奉慈，實自慶舞。

不勝悦豫之情。

㈠玄，天也。

㈡昌，盛也。四達之道曰衢。致，致也。序，次序也。

㈢紫宇，紫天也。

㈣《書》曰：冬祁寒。祁，大也。溽暑，濕暑也。《禮記·月令》曰：「季夏之月，土潤溽暑。」

㈤沴火，陵亂陰陽之氣也。凝陰，凝結之陰也。言天道交泰，雖祁寒溽暑，沴火凝陰，不能變其天和，徙其真氣也。

㈥稜，威也。

㈦蒼，蒼天也。岳，五岳也。

㈧《帝王世紀》曰：帝堯，陶唐氏，母慶都，孕十四月而生堯於丹陵，名曰放勛。

㈨《五經通義》曰：易姓而王，太平，必封太山，禪梁父，以黄金爲泥，以銀爲繩。

㈩《一統志》曰：嬀墟在金州治北，虞舜嘗居之，謂之嬀墟，今屬鳳翔府。

⑪《尚書傳》曰：伏犧王天下，龍馬出河，遂則其文，畫八卦，謂之河圖。

⑫逵，九達道也。

⑬望景，如月之景，至望少虧也。

⑭輪光，日輪之光。曖，不明也。

⑮櫺，窗櫺也。

⑯幌，帷幔也。不敢直言聖躬，而託之以玉櫺金幌也。

㈦《毛詩》曰：吉蠲爲饎。註：吉，言諏日釋士之吉。蠲，言齋戒滌濯之潔也。休，美也。

校勘記

〔一〕「祁」，梁本作「祈」。

〔二〕「遠稜」，梁本作「遐穆」。

〔三〕「款」，原作「疑」，據梁本改。

〔四〕「遶」，叢刊本作「逵」。

〔五〕「倡」，梁本作「欣」。

建平王慶安城王拜封表

《綱目》曰：宋以安城王凖爲揚州刺史。安城王，實桂陽王休範之子，而太宗以爲己子。註：太宗，即宋明帝也。安城王，卽宋順帝也。又曰：蕭道成弒其主昱，而立安城王凖。

麗采繩河，映蕚璿圃㈠。淑問夙孚，令儀早晣㈡。撰告候辰，昭膺耀序〔一〕。國維富禮，皇塗凝衛。具生屬慶，懷識戴躍㈢。臣涵悦楚邊，魂馳闕闕，不任下情。

㈠楊慎《藝林伐山》曰：江淹宗室表：「麗采繩河，映蕚璿圃」，見緯書：天子神聖，則天河直如繩。

㈡晣，音哲，明也。

㈢言具血氣之生者，有懷知識者，皆屬喜慶歡躍也。

校勘記

〔一〕「耀」，叢刊本、梁本均作「輝」。

建平王之南徐州刺史辭闕表

臣過承寵靈，閔默假日〔一〕。徒抱皇慈，無充横草。而品第迺崇㈠，軒服逾峻㈡。顧兹醜躬，彌覯荒昧。今便奉官外甸㈢，卷迹徐山㈣，託慕宸嚴㈤。載惟感戀哀疾，不獲詣闕㈥。不任窮鯁之情。

㈠終軍曰：無横草之功，得列宿衞。　崇，高也。

㈡《左傳》：衞太子謂渾良夫曰：「服冕、乘軒，三死無與。」　峻，危也。

㈢甸，鎮也。千里之内曰甸服。

㈣徐山，徐州之山也。

㈤宸，天子之居也。

㈥時建平王居母周太妃之憂，故云哀疾。

校勘記

〔一〕「假」，梁本作「暇」。

蕭驃騎讓封第二表

臣某言：寫瀝愚丹，已續前表。猥降前詔，未垂鏡恕。一省驚慚㈠，再悸魂府㈡。靜躬自察，啓居匪地。中謝。

㈠省，内察也。

㈡悸，心動也。

臣聞日薄星迴〔一〕，昊天無以爽其節；山盈川沖，厚地不能虧其度。豈不靈鑄言限，神極無失〔二〕？況世道恒淪，人彝剽奪，數滿必沿虛㈠，飾小故亂大〔三〕。臣才非古賢〔四〕，任均左戚㈡。祚開山河㈢，兼金疊組。爵侈常班〔五〕，寵溢前達。以榮以渥，且慚且靦。雖嘉銘鼎之恭，更懼循墻之速㈣〔六〕。矧乃三司業貴㈤，上將地崇；總録務廣㈥，河汾寄深㈦。珪宇方啓，劍衛增肅。既驚朝野，足震城邑。殷周富士，猶難其人；漢魏多才，亦罕兼職。且麟閣之臣㈧，尚有位不及鉉㈨；全器之侯㈩，猶或任不並台⑪。名爵無假，前世之雄規⑫；車旗勿濫，中葉之英軌⑬。況鴻誥鬱集，懋册頓萃。諒非虛薄，輕所膺符⑭。

㈠《家語》曰：孔子讀《易》，至《損》、《益》，喟然嘆曰：「夫學者損其自多，以虛受人，故能成其滿。」

㈡《漢書》：文帝詔曰：「右賢左戚，先民後己，至明之極也。」

㈢漢高祖功臣剖符作誓曰：黄河如帶，太山如礪。

㈣《左傳》曰：宋考父三命兹益恭，故其鼎銘云：「一命而僂，再命而傴，三命而俯，循墻而走，亦莫予敢侮。」

㈤《齊職儀》曰：開府儀同三司，秦漢無聞，始建初三年馬防爲車騎將軍儀同三司事。

㈥總録，言總録文武之事也。

㈦汾水，出太原郡，入於河。河汾，言守河汾之地也。

㈧《漢書》曰：蕭何造騏麟閣，宣帝圖功臣霍光、張安世等十二人於上。

㈨鉉，鼎鉉也。

⑩言抱全才之器也。

⑪台，三台也。

⑫《左傳》曰：惟器與名，不可以假人。

⑬《周禮》曰：諸侯車旗衣服禮儀皆以七爲節。

今殷夏既聲，封國式固。故天地燀燿，日月更輝。陛下停若鏡之明，流如雲之愛〔七〕。方求士於板巖㈠，宜思賢於屠肆㈡〔八〕。而私臣以闈廟，寵臣以帷鼎，位兼文武，職總内外。非所以發夢渭濱㈢，儲精河上㈣〔九〕。鐫金刻石㈤，既不可詮㈥；輿歌里誦㈦〔一〇〕，其謂臣何？仰緣大道方行，蒼祇宅氣㈧。威靈所燭，九功咸詠㈨。寧於庸臣，獨隔恩耀？誓守愚衷，重扣雲日。如蒙恩宥，實生之幸。不任慊款之至〔一一〕。

㈠傅説舉於板築之間，以相武丁，奄有天下。

㈡《鶡冠子》曰：太公屠牛於朝歌之肆，後以漁釣奸周西伯，伐紂佐周，以有天下。

㈢《史記》：西伯將獵，乃夢曰：所獲非熊非羆，非龍非螭，霸王之輔。果遇太公於渭之陽。

㈣《神仙傳》曰：河上公，莫知其姓名也。常讀老子《道德經》，漢孝帝駕從而詣之。

㈤張綱集曰：勒功金石，圖形丹青。

㈥詮，具也。

㈦輿歌，輿人之歌也。里誦，里巷之誦也。《左傳》曰：晉侯聽輿人之誦。

㈧蒼，天也。祇，地也。

㈨《尚書·大禹謨》曰：水火金木土穀惟修，正德利用厚生惟和，九功惟敍，九敍惟歌。

校勘記

〔一〕「薄」，《藝文類聚》卷四七作「發」。

〔二〕「失」，梁本作「爽」。

〔三〕「亂」，叢刊本、梁本、原書底本作「辭」。

〔四〕「古」，原本作「右」，據叢刊本、梁本、原書底本改。

〔五〕「侈」，梁本註「一作夸」。

〔六〕「墻」，叢刊本、梁本作「墟」。

〔七〕「愛」，《藝文類聚》作「曖」。

〔八〕「屠」，《藝文類聚》作「蜀」。
〔九〕「上」，叢刊本、梁本作「藪」，梁本註「一作嶽」。
〔一〇〕「誦」，叢刊本、梁本作「頌」。
〔一一〕「至」，梁本作「誠」。

第三表〔一〕

臣某言：臣再抽慊請，辭僞理屈〔二〕，側守圭漏㊀，伏望衷鑑㊁。而宸緯嚴祕〔三〕，愫悰徒懸㊂〔四〕。優獎之降，非復常旨。肅奉驚懅㊃，曛曉如失。中謝。

㊀圭，土圭以測日影者。漏，刻漏也。言晝夜不安之貌。
㊁鑑，照也。
㊂愫，誠也。悰，懷也。
㊃懅，慚懼也。

臣炤册訪古，誦史稽昔。以爲敷道之寄，管物成務；總録之重，匡績毗風㊀。莫不下協河岳㊁，上躔光緯㊂。先王所以長世，後睿所以字氓〔五〕，纘金圖之要，輔樞曆之機者也。臣本瑣姿，不慕聞達。昔值英世，頻遘時來。感激光私，未能自返。烏可超乘厚任，妄據高圖！天道既平，鬼神好謙㊃。臣亦何人，而獨斯處！所以不恤色忤，頻犯鴻威者，正以方圓之景已滿，丹彩之色難加㈤。政能緯俗，匪務傍職。坐而燮道，必在其人。若臣武未屬櫜鞬之分㈥〔六〕，文不藹樽俎之間㈦；德非時秀，道乖物宗；虛飾疲伍，空貽上位。則天變彰於飛流，地眚見於震壓㈧。驚蕩民聽，蕪沮物議。綸言之出不追㈨，金石之謬已遠㈩。豈唯敗錦傷經(一一)，毀鼎覆餗而已哉(一二)？自非西京上績(一三)，東都名勳(一四)，河右羣賢(一五)，江左諸彦(一六)，寧有誣叨天爵，以爲己功者也(一七)。

㈠毗，輔也。

㈡協，贊也。

㈢踵，追也，繼也。光緯，日月星也。

㈣《易·謙卦》曰：「天道虧盈而益謙，地道變盈而流謙，鬼神害盈而福謙，人道惡盈而好謙。」

㈤言已滿其分量也。

㈥《左傳》曰：「左執鞭、弭，右屬櫜、鞬。」《釋名》曰：「鞬，建也，弓矢並建其中也。」

㈦孔子曰：「不出樽俎之間，折衝千里之外者，晏子也。」

㈧言享此非常之爵位，則有天變地眚之災異也。眚，音省。

㈨《禮記》曰：「王言如絲，其出如綸。」

㈩言非鐫金勒石之功也。

(一一)《左傳》曰：「子皮欲使尹何爲邑，子産曰：『少，未知可否？』子皮曰：『使夫往而學焉。』子産曰：『不可，子有美錦，不使人學制焉。大官、大邑，其爲美錦，不亦多乎？」

㈡《易》曰：鼎折足，覆公餗。餗，鼎實也。

㈢西京上績，指高帝時功臣也。

㈣東都名勳，指光武時功臣也。

㈤晉嵇康、阮籍、山濤、向秀諸人，號稱「竹林七賢」，爲河右世族。

㈥王、謝、顧、陸，爲江左名彥。

㈦介子推曰：「竊人之財，猶曰之盜，況貪天之功以爲己力乎？」

昔南楚偏君，鄢郢小政，執珪柱國，尚不輕授㈠，況車軌共文㈡，四溟同宅㈢；而以鄙蔽，超居金鉉㈣。殊任鬱起。臣心憂魄悚，視丹如緑。伏願陛下暫停冕纊，少察愚實；鑒臣靦情，愍臣孤志；廣天下之惠，可匹夫之諒，則國步永清㈤，陛下永無謬悞〔七〕。不任憂駭之情。

㈠《史記》曰：楚懷王六年，使柱國昭陽移兵攻齊，齊王患之。陳軫往見昭陽曰：「願聞楚國之法，破軍殺將者何以貴之？」昭陽曰：「其官爲上柱國，封上爵執珪。」陳軫曰：「其有貴於此者乎？」昭陽曰：「令尹。」李斯《上秦始王書》曰：包九夷，制鄢郢。《文選》註：鄢、郢，楚二縣。

㈡《禮記》曰：書同文，車同軌。

㈢四溟，四海也。

㈣《易》曰：鼎黄耳金鉉。言位居台鼎也。

㊄《毛詩》曰：國步斯頻。註：步，猶運也。

校勘記

〔一〕「第三表」，梁本「第」上有「爲蕭驃騎讓封」六字。

〔二〕「僞」，叢刊本、梁本、原書底本作「爲」。

〔三〕「宸」，叢刊本作「震」。

〔四〕「愫」，叢刊本作「㦗」，梁本作「襟」。

〔五〕「氓」，梁本下註「一作民」。

〔六〕「屬」，叢刊本、原書底本作「燭」。「櫜鞬」，叢刊本作「鞬櫜」。

〔七〕「陛」，叢刊本、梁本、原書底本作「門」。

蕭驃騎録尚書事到省表

《齊書》曰：太祖下議，備法駕，詣東城，迎立順帝。進位侍中、司空，録尚書事、驃騎大將軍，封竟陵〔郡〕公，邑五千户。

臣某言：臣自妄蒙異寵，輕荷殊爵。晝昃猶聳，夜艾方驚。誠以設器瑶陛，取監沖滿㊀；懸魄金波，徵驗虧闕㊁。兹乃天數去盈，人經好退。后所以裁成萬品，下所以各慎百司，未有達才易貫〔一〕，克負永業者也。且量力之誥，實炯前書㊂；辭科之誨，且昭昔牒㊃。況臣徒竭弱質，忠貞未對〔二〕；猶叨令恩〔三〕，山岳非重。故慚屬交喪，頻煩表疏。必謂巡崖之慊不忽，氣亮之請可期〔四〕。不悟皇明神邈，鴻獎彌深。雖守丹愚，競絶蠲恕。今輒燿纓上序，鏘珮中軒。德輕施重，左右生譁。志盡輸謝，終愧報効，不任下情。

㈠《家語》曰：周廟有欹器，滿則覆，中則正，虛則欹。監，視也。沖，虛也。
㈡金波，月也。漢郊祀歌：月穆穆以金波。言如月之滿，必至虧闕也。
㈢《左傳》曰：不度德，不量力。
㈣《漢舊儀》曰：丞相設四科之辟，以博異德。三科，補四辭八奏。

校勘記

〔一〕「達」，梁本作「違」。
〔二〕「對」，叢刊本、梁本作「懟」。
〔三〕「令」，梁本作「今」。
〔四〕「氣亮之請」，元鈔本作「氣量之清」；梁本作「俟河之清」。

蕭驃騎謝甲仗入殿表

本紀曰：二年三月己酉，增班劍四十人，甲仗百人，入殿。

臣某言：臣即日被敕，賜給甲仗五十人，入禁儀武殿，飾冠疇典㈠。局此盛恩㈡〔一〕，五情銘載。臣聞國之利器㊂，在祀與戎；蘭錡之設㊃，實允儲方。故宦騎宸居，羽林天部；瞰城龍塞㊄，言伏鬼方㊅。臣股肱之力㊆，不足以染丹青㊇；橫草之勤㊈，寧可以鏤金石㊉？而魚服象弭⑪，一旦虛授；誕錫金珪⑫，方茲爲絢〔二〕。黃河如帶，北金非賞〔三〕。故異寵之襲，心魄共驚；不世之服，蒼祇同煇〔四〕。雖攀靈河漢，駿奔明哲；慚迹駭衷，無情以處。

㈠飾，加文也。

㈡局，迫促也。

㈢《老子》曰：魚不可脱於淵，國之利器不可以示人。

㈣蘭錡，藏兵之所。受兵曰蘭，受甲曰錡。

㈤龍塞，龍沙之塞也。

㈥鬼方，匈奴也。《周易》曰：高宗伐鬼方，克之。

㈦《左傳》：晉獻公使荀息傅奚齊，對曰：「臣竭其股肱之力，加之以忠貞，其濟，君之靈也。」

㈧漢制，圖功臣於麒麟閣。丹青，以丹青爲圖畫也。

㈨漢終軍曰：無橫草之功。師古註曰：言橫行軍中，使草偃卧。

㈩《文子》曰：鏤於金石。

⑪魚服，以魚皮爲箭服也。象弭，以象飾弓末也。《毛詩》曰：四牡翼翼，象弭魚服。

⑫誕，大也。《韓詩外傳》曰：諸侯之有德，天子錫之。《毛詩》曰：錫爾介珪，以作爾寶。

校勘記

〔一〕「局」，梁本下有「荷」字。

〔二〕「絢」，叢刊本、原書底本作「苟」。

〔三〕「北金」，叢刊本作「比金」，梁本作「比今」。

〔四〕「煇」，梁本作「灼」。

蕭驃騎讓豫司二州表

臣某言：臣傾心駐氣，不蒙睿感。憂寵交鏡〔一〕，中寐再驚。中謝。臣聞國曆惟燿，則藩伯緝其才；朝緯伊序，則方牧司其度〔二〕；用能璿紐弗虧，民教可變者也。臣自少器業，無聞弘大。誤變燕鼎，超憑吴舟。託翰負組，假翼要瓊。質圖玄素，文寫青臒。爵富諸公，任高羣彦。銓梁既失，輻誚所湊〔三〕。雖仄影毗道，苟身贊德〔四〕。朝徽不昭，民聽具溢。豈非性力知限，鑒度有崖？乘茲而處，猶懼紊辱之耻；況此以任，何堪湧溢之賜！且董督條與，蓋非盛古〔五〕。至乃河襄初授，或體兼上才；江表廣任，或功爲物首。臣績陋於國，不勤睿朝〔六〕；寵集若是，非所克敢〔七〕。終抱寸襟，重露愚見。伏願天鑄廣裁，地靈厚載。特垂蠲渥，使不矜盈。則藿質蓬性，庶無矯奪，不任匪晏之至〔八〕。

校勘記

〔一〕「竉」，叢刊本、梁本作「讋」。
〔二〕「牧」，叢刊本、梁本、原書底本作「率」。
〔三〕「輻」，元鈔本作「輳」。
〔四〕「苟」，梁本作「狗」。
〔五〕「蓋」，梁本作「皆」。
〔六〕「勒」，叢刊本、梁本作「勤」。
〔七〕「敢」，梁本作「取」。
〔八〕「至」，叢刊本、梁本作「情」。

蕭驃騎上頓表

《通鑑綱目》曰：昇明元年十一月，宋蕭道成假黃鉞，出屯新亭。

臣某言：伏見明詔，鑾輿便親御六師〔一〕，臣又謬總羣帥。竊聞金火告燿㈠，昏明代卷；雲電溉湊，經綸相襲。所以草昧縣宇，昭晰區宙。況乃逆徒阻兵，器掩西服。雖蟻衆鼠竊，勢必褫散。然尋仞難貸㈡，原煙易滅㈢。臣受算內檻㈣，稜威外閫㈤。按甲視夕，沾襟待旦。翦此凶渠㈥，庶匪曠旬。但遂玉輅躬臨，雲蹕親駕㈦。悚慨交心，十百常憤〔二〕。今便嚴率所統，剋此月二十六日，出次戎郊。故已望江源以軫歎，想荊山而增厲矣。進止之宜，更聽敕旨。不任悚企匪寧之心。

㈠《淮南子》曰：兩木相摩而然，金火相守而流。

㈡六尺曰尋，八尺曰仞。《尚書》曰：「爲山九仞」，以喻積漸。從尋仞以致成山，故曰難貸也。

㈢《尚書》曰：若火之燎於原，不可嚮邇，其猶可撲滅。

㈣《禮記》註曰：兩楹之間，人君聽治正坐之處。

㈤《史記》馮唐曰：「上古王者之遣將也，跪而推轂，曰，閫以內者，寡人制之，閫以外者，將軍制之。」

㈥《尚書》曰：殲厥渠魁。　凶渠，謂凶逆之首也。

㈦蹕，天子之駕也。

校勘記

〔一〕「親御」，叢刊本、梁本作「御親」。

〔二〕「十」，叢刊本、梁本作「實」。

蕭驃騎謝被侍中慰勞表

臣某言：卽日侍中祕書監臣戢至，奉宣詔旨慰勞，便受國中帷㈠〔一〕，練甲外壘㈡。旍麾蔽景㈢〔二〕，輿徒競氣㈣。人懷秋嚴，士蓄霜斷。晦魄已掩，氛竪未懸〔三〕。稽鉞竚威㈤，寢興震慨㈥。今王人臨郊㈦，皇華降庭㈧。煇燿望實，將激威武。戴鶡之夫㈨〔四〕，迎光蹀恩；投石之師（一〇），攀炤竦惠。楚纊越醪（一一），方茲慚潤。臣忝屬閫私，彌抱渥洽，不任下情。

㈠言受國計於帷幄之中也。

㈡壘，軍壁也。

㈢言旌旗蔽日也。

㈣輿徒，衆庶也。

㈤言稽留其斧鉞，延竚其威嚴也。

㈥寢，暮寢也。興，晨興也。慨，慨惜也。

㈦王人，天子所遣之人也。

㈧皇華，天子之使臣也。

㈨《漢輿服志》曰：虎賁武騎皆鶡冠，以其鬬死乃止。

（一〇）《史記》曰：「王翦擊荆，使人問軍中戲乎？對曰：「方投石超距。」《漢書》云：甘延壽投石拔距，絶於等倫。

（一一）《左傳》曰：楚莊王圍蕭，申公巫臣曰：「師人多寒」，王巡三軍，撫而勉之，三軍之士皆如挾纊。《列女傳》曰：楚子反破秦軍而歸，母閉門不內，使數之曰：「子不聞越王勾踐之伐吳耶？客有獻醇醪一器者，王使人注上流，使士卒飲下流，味不加喙，而卒戰自五也。異日，又有獻一囊糗者，王又使以賜軍士，分而食之，甘不踰嗌，而戰自十也。今士卒分菽粒而食之，子獨朝夕芻豢，何也？」

校勘記

〔一〕「國」，梁本作「轂」。
〔二〕「麾」，梁本作「旄」。
〔三〕「氛」，元鈔本作「氣」。
〔四〕「戴」，原本作「載」，據叢刊本、梁本改。

蕭驃騎慶平賊表

臣某言：狂賊沈攸之，棄天犯紀，毁禮滅緯。外陵南畿，内奰西夏㈠。禀血涵氣〔一〕，咸百讐憤㈡。賴皇威遐制，璿圖廣馭，四海競順，其會如林。仰綴宗稷之靈，俯輯士民之効。故嚴敕裁交〔二〕，妖鋒折首；凱期既届㈢〔三〕，飲至在晨㈣〔四〕。斯乃紫曆方永㈤，蒼氓同慶。臣備符寵私，時深抃舞，不任踊躍之情。

㈠奰音避，怒也。《毛詩》曰：内奰於中國，覃及鬼方。
㈡言禀血氣者，咸皆百倍讐憤也。
㈢《周禮》曰：王師大捷，則凱歌。　屖，迮也。
㈣《左傳》曰：出必告廟，入必飲至。
㈤《尚書》曰：天之曆數在汝躬。

校勘記

〔一〕「稟血」，叢刊本作「謦謦」。
〔二〕「敕」，叢刊本、原書底本作「効」。
〔三〕「屆」，原作「孱」，據梁本改。
〔四〕「飲至」，叢刊本、梁本均作「樂飲」。

蕭驃騎解嚴輸黃鉞表

按本紀：順帝二年，沈攸之自經死，傳首至京。二月，進太祖太尉，都督南徐等十六州，太祖解驃騎，辭都督，不許，乃表送黃鉞。

臣某言：逆沴電熾㈠，凶妖霧舒。志夫禋天㈡〔一〕，情已類社㈢。故乃馳羽江郊㈣，鷩燧山甸㈤。雖藏智審其踪戮，涵識判其奔沮；然兵扈難輕，義險宜備。故膺寵無辭，奉鉞不謙〔二〕。今元凶既殪㈥，醜徒自紊㈦。祲霿方卷㈧〔三〕，郢氛已廓㈨。樂琯登肆，禮衣曳朝。不宜復假殊服，取缺彝則。輒上還王府，永戢祕館。

㈠沴，陵亂陰陽之氣也。
㈡禋，絜祀也。《毛詩》曰：克禋克祀。
㈢《周禮》：太師，設軍社，類乎上帝。高誘《淮南子註》曰：類，以事類祭之也。

㈣羽，羽書也。

㈤燧，烽燧也。

㈥元凶，首凶也，指沈攸之。殪，殺也。

㈦醜徒，指俘馘也。紊，亂也。

㈧祲，陰陽之氣成災祥也。卷，斂也。

㈨氛，妖氣也。廓，開也。沈攸之以兵攻郢城，不克，故曰郢氛。

校勘記

〔一〕「夫」，梁本作「大」。

〔二〕「謙」，梁本作「讓」。

〔三〕「祲」，梁本作「朝」。

蕭驃騎讓太尉增封第三表〔一〕

臣某言：以鉉司崇貴㈠，袞位淵嚴㈡。非德非功，無忝無濫〔二〕。故誓魂肆請，舒衷仰謁；不能曲流玆炤〔三〕，遂乃徒洽恩奬，周覽未交，靈爽以懼。中謝。

㈠鉉，鼎耳也。崇，尊也。

㈡袞位，袞職也。《詩》曰：袞職有闕，維仲山甫補之。

臣歷古沿圖，循遠訪繪㊀，未嘗不麗選台衡〔一四〕，妙簡槐采者也。魯、鄭之賢戚㊁，曹、蕭之勳彥㊂，吳、鄧之盛功㊃，王、鍾之素業㊄，孔明之居蜀㊅，茂弘之在晉㊆，僉曰伊人㊇，是以處無懦色。臣宦逢昌世，運漸時明。頻煩紫渥，綢繆璿命。身薄施厚，感厲愈深。遂負機繩之託㊈，猥集衡梁之任㊉。風軌不樹，徽猷罕宣。無以式翦寇兆，載弭姦義〔一五〕。致虹沴阻於上京⑪，蜺妖扇於下國⑫。實賴藩伯鞠旅⑬，侯甸入守⑭；攙槍旬始，煙祛霧卷⑮。故皇道威稜之由，神緯昭昌之効，臣豈有探夐察幽之智，攻城野戰之力哉？今迹無小功，事貽大賞。愧寤終朝，慚夢流夜。咨此庸弱，何以任忝？

㊀繪，即圖也。

㊁《史記》曰：周公，武王弟，常輔翼武王，佐武王伐紂，至牧野，作《牧誓》。破殷殺紂，徧封功臣同姓戚者。封周公旦於少昊之墟，是爲魯公。又曰：鄭桓公者，封於鄭，三十三歲，百姓皆愛之。幽王以爲司徒。和集周民，周民皆悦，河洛之間，人便思之。

㊂《漢書》曰：曹參，沛人也，代蕭何爲相國。又曰：蕭何，沛人也，漢王即皇帝位，拜何爲相國。

㊃吳漢、鄧禹，佐光武，起南陽，以成中興之主。

㊄王，王羲之。鍾，鍾繇也。父子兄弟仕於晉室，俱以能書知名，一時稱盛，故曰王、鍾素業。

㊅《蜀志》曰：諸葛亮，字孔明，爲蜀先主丞相。後主建興五年，率軍北駐漢中，上《出師表》。

㊆王導，字茂弘，爲晉丞相，時號「江左夷吾」。

(八)僉，衆言也。

(九)言機軸繩墨之託也。

(十)言權衡棟梁之任也。

(十一)此言袁粲、劉秉，由丹陽以據石頭城作亂也。

(十二)此言休範、攸之稱兵於尋陽、江陵也。

(十三)藩伯，藩國之伯也。

(十四)侯甸，侯服、甸服也。

(十五)欃槍，慧星也。張衡《東京賦》曰：「我世祖忿之，乃龍飛白水，鳳翔參墟。授鉞四七，共工是除。欃槍旬始，羣兇靡餘。」

伏惟淮泗猶梗(一)，趙魏未賓(二)；中原久蕪，神州方翳(三)。思樂盛猷，願厲聲頌。將陪雲驂以北守，扈朝服以濟師。乃爲少雪庸誠，微謝天眷耳。寧容遽竊茂爵，輕頒鴻名者乎？伏願聖渥遐覃(四)，賜以矜宥。霈焉垂仁，穆然惠德。血祈旦亮，慊志夕滿。雖蹈疪戾，猶深忭躍〔六〕。

(一)淮，古淮陽郡。泗，卽泗州也，今屬鳳陽。

(二)今邯鄲，爲古趙地。魏，大梁也。言淮泗尚多梗澁，趙魏猶未賓服也。

(三)中原、神州，皆中國也。蕪，蔓也。翳，蔽也。

(四)遐，遠也。覃，廣也。

校勘記

〔一〕「第三表」，梁本作「第二表」，下註「一作第三表，此與下篇敘次照西銘定本」。按：下篇即《蕭驃騎讓太尉增封表》。

〔二〕「濫」，梁本作「溢」。

〔三〕「玆」，梁本作「慈」。

〔四〕「台衡」，叢刊本無「衡」字，梁本作「衮台」。

〔五〕「義」，梁本作「萌」。

〔六〕「忭」，叢刊本、梁本作「抃」。

蕭驃騎讓太尉增封表〔一〕

臣某言：撰心求私，精衷請亮。情不感神，理無動天。詔飾既降，辭表是絶；朱紱方臻，金鉉未宥；魄慮再馳，詵然改席。臣局志久戰，淺概已領。具煩寸管，備黷尺史。曠旬浹景，祈指遂宜。猶謂設品分職，實以仰銓璧緯，列寵縣榮。故乃俯酌瑶陛，迹聯盈缺，道協興降。上睿所以僉舉，前英所以詳能。今若第隨私貴，爵與私富，紊蕩經邦，斷折民紀；豈可還風中葉，逖聽遐代者也！臣才乏往賢，績謝古烈。妖風孽火〔二〕，將炎天地。幸郊甸或靜，江山以閟。文軒華劍，既榮既峻；侯封桂食，又盈又滿。禄高誚厚，任重責深；弱節兼誠，誓思不淺。伏願隆慈，特垂明愍。臣奉國猶家，慮公若私。秉軸之鈞，心希在治。不任懇懇之情。

校勘記

〔一〕「增封表」，梁本作「第三表」，下註「一無『第三』二字，敍次在前表之上」。按：前表卽《蕭驃騎讓太尉增封第三表》。

〔二〕「風」，原作「鋒」，據元鈔本改。

蕭驃騎讓油幢表

本紀曰：太祖立順帝，封爲竟陵郡公，給油幢絡車，班劍三十人。

臣某言：奉詔賜車一乘。竊以國容方穆，旗章式序；朝禮永清，儀服咸貫㊀。故象革鞬鑣〔一〕，尚炯明圖㊁〔二〕；朱箱玄蓋，猶炤漢篆㊂。皆旌羽勿差，功庸匪濫。臣忝爵山重，蒙榮海深。襲恩祇册，已慚初筮。浮禄素位，方疚心路。鑒古以惕，巡世罔然。不宜假文丹幰㊃，空飾皂轓㊄〔三〕。仰思至道，俯恤物僭，伏願聖遠，特停華渥。書愚上請，追深累懼，不任下情。

㊀《國語》曰：爲車服旗章以旌之。

㊁象革，以象革爲甲也。《釋名》曰：鞬，建也。鑣，馬御也。猶言弓矢並建於馬首也。

㊂朱箱玄蓋，猶漢二千石以上皆朱轓皂蓋也。

㈣幰，車衣也。

㈤轓，車旁也。

校勘記

〔一〕「鞬」，叢刊本、梁本均作「建」。

〔二〕「明」，梁本作「周」。

〔三〕「皂轓」，梁本作「皂幡」。

江文通集彙註卷七

表

蕭太尉上便宜表〔一〕

按本紀：二年，太祖輔政。罷御府，省二尚方諸飾玩。又上表禁民間華僞雜物：不得以金銀爲箔。凡一十七條。

臣公言：臣聞經邦緯治，去華爲急㊀；體國字民，循素乃安㊁。聖誥遺風，具騰丹册；賢言流沫〔二〕，備宣青史。何嘗不翦削浮奢，銷遺文繪〔三〕，然後頌音載興，澤治式廣！楚駕百馬，民雜國凋；秦修萬騎，教亡業墜。刻桷丹楹，禮有常序㊂；朱轓皂蓋，古無濫秩㊃。縹衣綸綬，漢置前制〔四〕；奇服怪物〔五〕，周設常刑。皆節俗約訓，反樸還風；肅正黎心〔六〕，蹔一民志。故禮奢寧儉，宣尼之高風㊄；以義止利，孟軻之宏規㊅。若乃文彩利劍，道鑒其亢㊆；雕蟲篆刻，世炤其淺㊇。雖儒墨異學，名法各治；至於遵本捨末，其概一也。故申、韓之立典㊈〔七〕，管、晏之制書⑩，賈、陸之鴻筆⑪，嚴、徐之博辭⑫，食貨興志⑬，鹽鐵生論⑭，莫不異說而同儉，乖議而共治。

㈠漢書曰：光武改西京，去奢華而就儉約。

㈡張平子《東京賦》曰：遵節儉，尚素樸。

㈢《左傳》曰：魯莊公丹楹刻桷，御孫諫曰：「侈，惡之大也。」使鬼爲之，則勞神；使人爲之，則苦民。

㈣《漢官儀》曰：漢列侯皆乘朱轓皂蓋，二千石朱兩轓，千石至六百石朱左轓。

㈤孔子曰：禮，與其奢也，寧儉。

㈥《孟子》曰：何必曰利，亦有仁義而已矣。

㈦《老子》曰：服文采，帶利劍，厭飲食，而資貨有餘。

㈧揚子曰：或問：「吾子好賦？」曰：「然。童子雕蟲篆刻。」俄而曰：「壯夫不爲也。」或曰：「霧縠之組麗。」曰：「女工之蠹也。」

㈨《史記》曰：申不害者，京人也，本於黃老而主刑名，著書二篇，號曰《申子》。韓非者，韓之諸公子也，喜刑名法術之學，作《孤憤》、《五蠹》、《内外儲》、《說林》、《說難》，十萬餘言。

(一〇)管晏，管仲、晏嬰也。《史記》曰：吾讀管氏《牧民》、《山高》、《乘馬》、《輕重》、《九府》，及《晏子春秋》，詳哉其言之也。註：《索隱》曰：管晏之書，皆富國彊兵之要也。

(一一)《史記》曰：賈生名誼，雒陽人。河南守吴公起爲廷尉，乃言賈生年少，通諸子百家之書。文帝召以爲博士。著《過秦論》，以言秦漢之得失。又曰：高帝拜陸賈爲太中大夫，謂賈曰：試爲我著秦所以失天下、我所以得之者，陸生乃粗述存亡之徵，凡十二篇，號其書曰《新語》。

㈡《史記》曰：「趙人徐樂、齊人嚴安，俱上書言世務各一事。書奏，天子召見，謂曰：『公等皆安在？何相見之晚也？』乃拜徐樂、嚴安爲郎中，數見，上疏言事。」

㈢班固著《食貨志》。

㈣漢桓寬著《鹽鐵論》。

然世論物起，道缺事遷。蓋源起西秦㈠，波被東漢㈡，一魏不變㈢，二晉未革㈣，所從來者遠矣。洎高祖武皇帝㈤，業高縣宇，化格區宙。菲躬謙度，方追重華納麓之勤㈥；約情撝操〔八〕，乃取文命卑宮之義㈦。去金錦之巧，無帷帳之飾。唯修遠圖綏國之術，祈勸力耕濟世之規。是以政平刑偃，紫階斯廓。太祖文皇帝㈧，恭己明臺之上，聽政衢室之下㈨。九官咸靜㈩，萬績惟凝⑪。亦復務抑華詡，思裁奓太〔九〕。輿馬翠翟之麗⑫，尠登乎外禁；瑤碧綺組之玩，罕設於内宮。故大德立而五路謐⑬，鴻名建而四民寧者也⑭。

㈠以咸陽居西，爲秦建都之所，故曰西秦。

㈡漢光武都雒陽，曰東漢。

㈢《三國志》，陳壽以曹氏爲正朔，故曰一魏。後拓拔氏分爲東、西魏。

㈣晉武帝司馬炎，魏封爲晉王，遂稱帝，都洛陽，曰西晉。又元帝名睿，鎮建業，愍帝遇害，百寮上尊號，即皇帝位於建業，曰東晉。

㈤高祖，宋高祖劉裕也。

㈥《帝王世紀》曰：舜以土德王，光華協於帝堯，故號曰重華。又《尚書·舜典》曰：納於大麓，烈風雷雨弗迷。孔安國註曰：麓，録也。堯納舜使録萬機之政。

㈦《帝王世紀》曰：伯禹夏后氏，姒姓也，名文命，字高密，身長九尺二寸，長於西羌。又曰：禹卑宫室，垂意於溝洫，百穀用成。

㈧宋文帝，名義隆，高帝第三子也。

㈨《管子》曰：黄帝立明臺之議，上觀於賢也。堯有衢室之問，下聽於民也。

㈩舜設九官以治天下。

㈠《尚書》曰：庶績咸熙。

㈡翠，翡翠。翟，摇翟，五采鳥也。

㈢五路，中央及東西南北也。謐，安也。

㈣四民，士、農、工、商也。《周官》曰：居四民。

自頃政教日替㈠，敦教月虧㈡。誰惟歷稔，亦曰淹紀。至乃帝臺傾海外之寶，王城盡天下之祕。象席珠履，一躡而卽收㈢；鏤琴綵瑟，再撫而已損。襞衣隨塵而罷，羅袂從風而棄。百民染其聲奢，萬姓被其馳蕩。故闤闠之里，富者竊梁楚之乘；伎巧之家，豪者襲王公之服。於是有文靡虛麗、驕邪不典之器，精織空飾、妙蠱非常之玩。農夫勤耨，不充浮伎之資；蠶女務織，無給點刻之費。將恐去實就華，未知所居〔一〇〕；背源從流，不識其止。求國富兵強，寧可得乎？

㊀替，廢也。

㊁敦，厚也。虧，損也。

㊂《西京雜記》曰：漢武帝以象牙爲簟，賜李夫人。《史記》曰：春申君客三千餘人，上客皆躡珠履。

今江南所宅，正漢魏兩州之地；户口所檢，裁文景三郡之民。舊齊故魯，鞠爲茂草；全趙盛魏，豺狼所嘷。陛下方欲鳴鑾中土，朝服濟河；不改斯術，則未見其可也。臣謬屬大任，竊同憂泰；日晏宵分，實忘饑寢。苗治其莠〔六〕，職此爲先㊀。輒具條便宜，可以安邦利民者，事事如右。率以聞見，謹簡聖聽。若其咸允，謹請敕付外施行。

㊀《尚書》曰：若苗之有莠。莠，稗草也。

校勘記

〔一〕梁本題上有「爲」字。

〔二〕「流沫」，叢刊本作「末流」。

〔三〕「遺」，叢刊本作「遣」。

〔四〕「制」，叢刊本、原書底本作「寄」。

〔五〕「奇」，叢刊本、原書底本作「制」。

〔六〕「正」，叢刊本、梁本作「政」。

〔七〕「申」，叢刊本、梁本作「荀」。
〔八〕「撝」，叢刊本作「僞」。
〔九〕「奓太」，元鈔本作「奢忲」。
〔一〇〕「知」，原作「之」，據叢刊本、梁本改。
〔一一〕「苗」，叢刊本、梁本作「草」。

讓太傅揚州牧表〔一〕

崇絶之寵，降自白日；殊甚之禮，墜於青雲。祇畏驗盛〔二〕，若奪魂鑒；巡席無容，當軒改色。中謝。

臣聞天地之大德曰生，聖人之大寶曰位㈠。將以啓廓靈緯，崇樹神紀。百司備列，貴賤之分既炳；九官咸贊，升降之際可明。故皇極不爽㈡，國步斯泰㈢。雖金嫣各政，姬華異治；未有革序變倫，而能流英發耀者也。

㈠《易》曰：天地之大德曰生，聖人之大寶曰位。
㈡《尚書》曰：惟皇作極。
㈢《毛詩》曰：國步斯頻。註：步，運也。

臣才慚古賢〔三〕，功愧上烈。平趙夷魏之氣，無宣於國書㈠；濟河登山之威，未亮於左史㊁。既罕龍韜金匱之効㊂，又乏楹間帷中之緯㊃〔四〕。衛主寧謂提横流，匡危不足生細民。故小節時顯於艱難，大勳無紀乎廊廟。而乘軺服冕㊄，荷蕭、張之賞㊅；開城裂域㊆，受馮、鄧之爵㊇〔五〕。不能翊教緝政，釐濟氓隱；贊邦弘化，飾整朝輝。是以德少寵多，與人立規；才薄位厚，處士興議。故玉燭未調㊈，道治猶鬱者，臣之爲愧也。不悟陛下復停日月之華，凝煙露之潤〔六〕，擢臣瑣姿，鑒臣陋誠。前恩未曠，後寵已襲。上公祕鉞，聲振都鄙；文劍彫舄，禮殊軒殿。深褒之逮〔七〕，方今爲絶；大賚之降，比古爲超。臣亦何功，當處斯忝？伏願道邈先帝，理鏡衆寂，被氣順方，涵生獲慶。特輟策書，時停鴻册，則人歌僉平，物抱至歡。

㊀《史記》曰：秦破趙長平，進兵圍邯鄲。信陵君奪晉鄙兵，擊秦軍，秦軍解去，遂救邯鄲，存趙，十年不歸。秦聞公子在趙，日夜出兵東伐魏。毛公、薛公往説公子，語未卒，公子立變色，趣駕歸救魏。魏王以上將軍印授公子，公子率五國之兵，破秦軍於河外，走蒙驁，乘勝逐秦軍，至函谷關，秦兵不敢復出。是時公子威振天下也。

㊁《左傳》曰：秦伯伐晉，濟河焚舟。《後漢書》：竇憲降單于兵，登燕然山勒石。

㊂太公《六韜》，曰文韜、武韜、龍韜、虎韜、豹韜、犬韜。《史記》曰：周公藏其策金縢匱中。《漢書》曰：漢高祖與功臣剖符作誓，丹書鐵券，金匱石室，藏之宗廟。

㊃《禮記註》曰：兩楹之間，人君聽治正坐之處。《史記》：高祖曰：夫運籌帷幄之中，決勝千里之外，吾不如子房。

㊄《左傳》：衛太子謂渾良夫曰：服冕、乘軒，三死無與。

㊅《史記》曰：高祖定天下，論功行封，以蕭何功最盛，封爲酇侯，賜帶劍履上殿，入朝不趨。又曰：沛公爲漢王時，賜張良金百鎰，珠二斗，後定天下，封功臣，乃封張良爲侯，與蕭何等。

㊆《白虎通》曰：裂土分疆，非爲諸侯，皆爲民也。

㊇《後漢書》曰：馮異好讀書，通《左氏》，事光武。諸將論功，獨坐大樹下，軍中號爲大樹將軍。光武定天下，封陽夏侯。又曰：鄧禹，南陽人，幼遊學，與光武相親。光武定計議，任使諸將，多訪於禹，名震關西，拜大司徒，封高密侯。

㊈《爾雅》曰：春爲青陽，夏爲朱明，秋爲白藏，冬爲玄英。四氣和，謂之玉燭也。

校勘記

〔一〕梁本題作「爲蕭讓太傅揚州牧表」。

〔二〕「驗」，元鈔本作「險」。

〔三〕「古」，叢刊本、梁本作「右」。

〔四〕「緯」，叢刊本、梁本作「績」。

〔五〕「馮」，叢刊本、梁本、原書底本作「曹」。

〔六〕元鈔本「凝」上空一格。

〔七〕「褒」，叢刊本、梁本作「襃」。

蕭重讓揚州表〔一〕

臣公言〔二〕：臣以功狹賞峻，世誥所譏；才弱寵隆，道經所講〔三〕。故寫魂誓膽，庶留天矚；圖驕慮滿，獲守私吝。不能青蘋引風㈠，陽燧要景㈡；復降綸册，徽采兼明。影迹交戰，冰煙相薄。中謝。

㈠宋玉《風賦》：楚王曰："夫風，始安生哉？"宋玉對曰："夫風，生於地，起於青蘋之末。"

㈡《淮南子》曰：陽燧見日則然而爲火出。註：陽燧以金爲之，持以向日，燥艾承之，寸餘，則得火。

竊聞周夏異章，玄素各禮。儒、道二宗，名、墨兩教，咸以馭俗爲急，僉以得人爲寶。於是尊官上品，乃貽玉振之賢；鴻等懋列，爲取金聲之彦。或有濟世夷難之略，輝耀内閫〔四〕；導江疏山之勤，纏結中宇。深德衍溢，大功振驚。然後超居國右，鬱處朝端。故九職惟宣㈠，六典式序㈡。丹青所以傳其藹，磬琯所以揚其音也。

㈠九職，九官也。應劭《尚書註》曰：禹作司空，棄作后稷，契作司徒，咎繇作士師，垂作共工，益作虞，伯夷作秩宗，夔作典樂，龍作納言。

㈡《周禮》：天官六典：治典、教典、禮典、政典、刑典、事典。

臣才蔽識淺，非集譽於鄉曲㈠；榮降寵臻，乃假翼於皇極㈡。遂事等話言之寄㈢，任均符負圖之重㈣。職總表裏，地識機務〔五〕；位班昔良，知闕前修。居官不聞其風，處秩焉見其政？寰域之治未緝，街縣之訟方興；繒販之士無薦㈤，管庫之家寂寞㈥〔六〕。四維不闡㈦，五教罕聞㈧〔七〕。安可以底慎財賦，交正庶士者也？今輟和毗道，亾身贊業；尚據晦撓〔八〕，獲蔽璇圖〔九〕。況異禮更飾，褒命復崇，名超列辟，爵擬羣后。上仁居之，猶涵慚德；臣實空儒〔一〇〕，伊何以勝？既誣人文，將黷玄緯(九)。凌歷飛流之眚(一〇)，懼失正和；晦裂蜺霧之災(一一)，且濫庶物〔一一〕。臣是以寤寐永歎〔一二〕，憂國慮私者也。

(一)《燕丹子》："夏扶曰：士無鄉曲之譽，未可以論行也。"

(二)《尚書》云："建用皇極。"孔安國註曰："皇，大也。極，中也。凡立事當用大中之道。"

(三)沈約《安陸昭王碑》曰："公臨危審正，載貽話言。"六臣註曰："謂臨終之時，不至迷亂，則遺於話言也。"

(四)任昉《竟陵文宣王行狀》曰："武皇(王)晏駕，寄深負圖。"

(五)《漢書》曰："灌嬰，睢陽販繒者，高祖爲沛公，以中涓從，後剖符食潁陰，位至丞相。"

(六)《禮記》曰："晉人謂趙文子知人，所舉晉國管庫之士，七十有餘家。"鄭玄註："管，鍵也。"言管掌庫之賤人也。

(七)《管子》曰："國有四維，一維絕則傾，二維絕則危，三維絕則覆，四維絕則滅。傾可正，危可安，覆可起，滅不可復得矣。"又曰："禮、義、廉、恥也。"

(八)《舜典》曰："敬敷五教，在寬。"註："五教：父子有親，君臣有義，夫婦有別，長幼有序，朋友有信。"

(九)黷，污也。玄，天也。緯，文也。

(一〇)凌歷飛流，言雨雹星孛之變也。

(一一)晦，日月薄食也。裂，地震山裂也。蜺霧，妖蜺毒霧也。

伏聞陛下裁天賦品，制地平施。使曠世之典〔一三〕，不遂臻於末躬；迴代之軌，無頓被於兹日。素心丹魄，皦然靡疚矣。不任憂迫之情。

校勘記

〔一〕梁本題作「爲蕭重讓揚州表」。

〔二〕「公」，叢刊本、梁本作「某」。

〔三〕「講」，梁本作「諱」。

〔四〕「氓」，梁本作「區」。

〔五〕「識」，叢刊本、梁本作「聯」。

〔六〕「家」，元鈔本作「寮」。

〔七〕「聞」，梁本作「敷」。

〔八〕「撓」，梁本作「曉」。

〔九〕「蔽」，梁本作「毗」。

〔一〇〕「儒」，元鈔本作「懦」。

〔一一〕「庶」，梁本註「一作世」。

〔一二〕「歎」，原作「難」，據叢刊本、梁本改。

〔一三〕「使」，元鈔本作「寢」。

後讓太傅揚州牧表〔一〕

臣公言：臣再辭非謙，重讓靡飾。實以爵高中世，歷古所難；寵冠上俗〔二〕，繇代誰易？詳圖辨箴，如鏡如水；檢崖覽志，匪雕匪文。魂祈夢請，駐心掛氣。陛下猶降以璽書之榮，被以丹碧之采，頓然變容，一慮九逝。中謝。

臣以爲寒暑繇乎平分，晦明驗乎天道；咎譽起於微薄，得吝生於小疵〔三〕。故銓衡既陳〔四〕，錯髮之異必縣㊀；銅墨咸設，分撮之殊已傾㊁。聖哲不能爽，鬼神莫由避。況臣鄙概早盈，陋才久溢；第超庶後，禮絕羣班。仰贊東序之賓㊂，平參南宮之政㊃〔五〕。窮盈極滿，於斯爲甚。鑒茲降替，淵水非譬〔六〕。所以坐洞房而不悟，下輕帷而歎息也。

㊀言如銓衡，量其重輕，毫髮不爽也。
㊁《晉書·百官表》曰：僕射一人，銅印墨綬，五時朝，服納言幘，進賢冠，佩蒼水玉，官品第三。
㊂《禮記》曰：有虞氏養國老於上庠，夏后氏養國老於東序。《史記》曰：養國老於東序，養庶老於西序。
㊃漢制，建尚書百官府曰南宮。

古之馭教，當有道焉。量能而受賞，撰智而錫位。深乃裂組，遠故分珪。前人以爲稱首，昔人以爲美詠〔七〕。自非上德橫乎天地，高績格於區宇，烈譽馥於一時，茂名鬱乎當世者，豈有降今日而莫先哉？臣爰蒙殊寄，六稔遂交㊀；及荷總任，二燿忽周㊁。未能塞謗生民，獲免僮訟。何盛勳之足題，詎深烈之可銘乎？而因委忝濫，踰溢倫等；朱軒躍馬，光出電入；貂冠紫綬，寵藹霞炤。

㊀六稔，言六見豐稔也。

㊁二燿忽周，言日月周天也。

臣聞闔宗奉國，猶非報殉。方將身侍鑾蓋〔八〕，雪齊魯之侵地；手執羈勒，鶩燕趙之遠郊。然後追迹范、張㊀，濯纓汾射，臣之志也㊁。華爵盛典，非所敢寧。伏炤古巡〔九〕，將流聖察。無使匹概血誠，不諒於璿扆；寵芬英猷〔一〇〕，遂蕪於里聽。豈伊庸臣獨去其疵〔一一〕？亦曰海隅咸被其利焉。

㊀范，張，范蠡、張良也。范蠡，字少伯，楚三户人，事越王勾踐，霸越後，泛扁舟去五湖，隱於齊，變姓名爲陶朱公。張良，字子房，韓人，從漢高帝平定天下，乃自稱曰：家世相韓，今以三寸舌爲帝者師，封萬户，位列侯，此布衣之極也，於良足矣。願棄人間事，欲從赤松游耳。

㊁《楚辭》曰：滄浪之水清兮，可以濯吾纓。此太祖自喻，如范、張功成退隱於汾射也。

校勘記

〔一〕梁本題作：「爲蕭三讓揚州表」，下註「一作後讓太傅揚州牧表」。

〔二〕「俗」，梁本作「台」。

〔三〕「疕」，梁本作「疵」。

〔四〕「銓」，叢刊本作「金」。

〔五〕「南」，叢刊本、梁本作「北」。

〔六〕「水」，叢刊本、梁本作「冰」。

〔七〕「人」，梁本作「賢」。

〔八〕「身侍鑾蓋」，元鈔本作「身請鑾華」。叢刊本、梁本「蓋」作「華」。

〔九〕「古」，叢刊本作「右」。

〔一〇〕「寵」，叢刊本、梁本作「宏」。

〔一一〕「去」，梁本作「蒙」。

蕭被侍中敦勸表〔一〕

臣公言：即日侍中臣惠基、給事黃門侍郎臣王僧珍至，朱蓋乘雲，玄軒肅霧。墜高天之旨，集微臣之軀。神爽懼然，斂影無地。中謝。

臣初長血心，未啓素概。辭從意空，言隨事盡。不能降陛下一時之恩，借俄頃之炤，遂枉近侍㊀，貂簪軾庭㊁。臣自亮無庸，何以集此！退咎慊誠，悲枉垂光；進戒朝訓，虧茲盛序。感慮躑躅，縈結夢寐。臣檢古少例，巡今逾疑〔二〕。豈有妄叨天功，虛竊上賞，近謬國華㊂，坐取隆貴。人見其過，外惜皇猷，内畏私眚。昔西京鼎秩，漢世權家，丹墀網户㊃，擊鍾連騎㊄。何嘗不以驕滿貽戾，謙沖要福者哉？

㈠《漢舊儀》曰：侍中，左右近臣也。見皇后，如見帝。見婕妤，行則對壁，坐則伏茵也。

㈡應劭《漢官》曰：侍中，周官也。金蟬有貂，金取堅剛，百鍊不耗。蟬居高食潔，貂内勁悍而外温潤。

㈢王儉《褚淵碑》曰：毗佐之選，妙盡國華。

㈣丹墀，謂以丹塗墀也。網户，謂以銅絲爲網，如罘罳以避鳥雀也。

㈤張平子《西京賦》曰：若夫翁伯濁質，張里之家，擊鍾鼎食，連騎相過。

臣不能遵煙洲而謝支伯，迎雲山而揖許由㈠。激昂榮華之間，沈潛印組之内〔三〕。光飾既超，寵靈亦遠。江左已來，罕見其倫。今位冠朝端，通侯萬户㈡。結象弭於前衡〔四〕，奏金管於後陣。都野宗其榮盛，視聽敬其炎貴。臣一旦居之，誰以爲不忝者乎？而陛下猶崇以異禮者，是增臣之戾也。況復肅延華勸㈢，實深窘迫。伏願俯矜單志，賜遂前請。則世寢橫議，臣蒙緩責。

㈠阮嗣宗《勸晉王牋》曰：臨滄洲而謝支伯，登箕山而揖許由。註：《莊子》曰，舜讓天下與子州支伯，支伯曰：「予適有幽憂之病，方且治之，未暇治天下。」《呂氏春秋》曰：堯朝許由於沛澤之中，請屬天下，許由逃之箕山之下也。

㈡楊惲《報孫會宗書》曰：位在列卿，爵爲通侯。應劭曰：舊曰徹侯，避武帝諱，故爲通，言其功德通於王室也。

㈢華勸，即敦勸也。

校勘記

[一]梁本題作「爲蕭太傅謝侍中敦勸表」。
[二]「今」，原作「令」，據元鈔本改。
[三]「印」，梁本作「珪」。
[四]「衡」，叢刊本、梁本作「衡」。

蕭被尚書敦勸重讓表[一]

按本紀：太祖進位驃騎大將軍，録尚書、南徐州刺史如故。固辭，詔遣敦勸。

臣公言：臣五寫丹翹，宜蒙凝炤；一降王人，遂無謁察。復遣尚書臣岱，兼侍中臣奂等，奉宣慈靈，重賜勉誨。鏡伏廻環，憫然失圖；心魄交爈，淵谷匪譬。中謝。

臣自初被詔，迄於今時；載慚載疑，以悚以厲。豈非深懼鴻典，永憂末躬？故琴瑟徒鳴，不傳廣樂之響(一)；燈燼空舉[二]，焉續景星之耀(二)[三]？何則？卓乎小者，不足以任大；守于蔽者，不可以語通。臣器乏淵源，識暗機務。論濟夷險[四]，每憑璿曆之遠；戡折氣蜺(三)[五]，輒資羣才之効。臣寧有採奇鑒隱之能，網國提民之功乎？不謂過延渥洽，謬攀河漢；榮宗菑蓋，寵華煒映。藉聲探議，共知其幸。況傅保之崇，殷周特貴(四)；牧司之寄，魏晉稱重㊄。上昭妙德，次擬英勳。有踰茲序，尠不紊裂。今陛下方闢金門之聽㊅，調綉扆之政㊆。何得去禮廢雅，近於臣始？既無前章，孰表後世？臣才孤位峻，待罪無日矣。情哀理感，事盡於斯。伏願一運天景，微見藿心，則物不逃形，臣何恨焉！不勝燋憂狼狽之至㊇。

㊀《史記》曰：趙簡子疾，寤曰：「我之帝所，甚樂。與百神遊於鈞天，廣樂九奏萬舞，不類三代之樂，其聲動人心。」

㊁孫氏《瑞應圖》曰：景星者，大星也，狀如半月，生於晦朔，助月爲明。王者不取，私人則見。

㊂戡，殺也，音堪。

㊃《尚書序》曰：成王黜殷命，滅淮夷，歸豐，作《周官》。立太師、太傅、太保，茲惟三公。論道經邦，燮理陰陽。又曰：召公爲保，周公爲師。

㊄牧，九州之牧也。司，猶三司也。

㊅《史記》曰：金馬門者，門傍有銅馬，故謂之曰金馬門。

㊆《禮記》曰：天子當扆而立，諸侯北面而見天子曰覲。註：成王負斧扆，以絳爲質，高八尺，以綉爲文。

㊇狽無前足，附狼而行。失狼，則不能動，故卒遽謂之狼狽。

校勘記

〔一〕梁本題作「爲蕭重讓尚書敕勸表」。

〔二〕「空」，元鈔本作「穽」。

〔三〕「景」，梁本作「經」。

〔四〕「論」，叢刊本、梁本作「倫」。

〔五〕「氣」，叢刊本、梁本作「氛」。

蕭讓劍履殊禮表〔一〕

按本紀：丙午，進位太傅，領揚州牧，劍履上殿。

臣公言：近仰蹈威靈，辭移理奪。故欲冒忝傳識〔二〕，必避殊禮。不悟復凝令詔，雕飾非常。鏡睇未周，金火交慮。中謝。

臣聞寵以昭賢，不濫才外之華；榮以麗身，豈謀分表之渥？哲后所以僉授，貞臣所以慎荷。故行珪行玉，尚無輕頒；一爵一號，猶宜詳品。況劍舄升陛，贊唱異儀，殆爲對越神體，抗禮天極。漢魏舊載，唯斯稱重。雖英袞簉朝㈠，賢武滿世，蒙此典者，乃曠古時降耳。諒由功饒賞結，名高器深。金蟬綠綬㈡，未能藹其采〔三〕；瓊珮朱紱㈢，不足宣其榮。方加以履殿，優以勿趨㈣。遂至第爲上公〔四〕，貴爲皇王。佇望慈禮〔五〕，猶邈如也。臣何燀業，得兼昔人〔六〕？且今所慮〔七〕，受以懼覆，悔豈有及〔八〕？復聞殊旨，增其憂迮㈤〔九〕。抱此愚疑〔一〇〕，以殯爲請。伏願天鑒，順臣所守〔一一〕，則雖沒九幽，傳榮萬葉矣〔一二〕。

㈠簉，音奏，齊飛貌。
㈡《魏晉官品》曰：相國丞相綠綟綬。
㈢《史記》曰：朱赤其紱。

㈣《史記》曰：高祖封功臣，以蕭何功第一，賜帶劍履上殿，入朝不趨。

㈤迮，迫也。

校勘記

〔一〕梁本題上有「爲」字。

〔二〕「識」，元鈔本作「職」。

〔三〕「能」，叢刊本缺此字；梁本作「足」，下註「一作可」。

〔四〕「遂」，叢刊本缺此字；梁本作「雖」。

〔五〕「慈」，梁本作「兹」。

〔六〕「得」，叢刊本缺此字；梁本作「寵」。

〔七〕「且今所慮」四字，梁本缺。叢刊本「今」作「令」。

〔八〕原無「有及」二字，據梁本補。

〔九〕「迮」，元鈔本作「怍」。

〔一〇〕「疑」，叢刊本、梁本作「款」。

〔一一〕「守」，梁本下註「一作受」。

〔一二〕「矣」字原無，據叢刊本、梁本補。

蕭拜太尉揚州牧表〔一〕

玄文既降，雕牒增輝。禮藹前英，寵華昔典。仰震盛容〔二〕，俯慚陋識。心魂戰慄，若殞若殯。中謝。

臣景能驗才，無假外鏡；撰己練志，久測內涯。故讓不飾迎〔三〕，辭非謙距。寸亮尺素，頻觸瑶纊；丹情實理，備塵珠冕㊀。而宸居寂阻〔四〕，九重嚴絶。徒懷漢臣伏闕之誠，競無魯人迴日之感㊁。所以迴懼鴻威，後奔殊令者也。既而永鑒隆魏，緬思宏晉。國之大政，在公與位〔五〕。故治民紐亂〔六〕，不處輿臺之下；去動捨德，寧班袞司之上，咸以休對性業，裁成器靈。詎有移風變範，剋耀倫序者乎？臣績不熠□〔七〕，忠豈宜國〔八〕？名爵赫曦，僶俛優泰〔九〕。陛下久超以異禮之榮，越次殊常之秩。雖寢寐矜戰，曲垂哀亮；而璽册沖正，愈賜砥礪〔一〇〕。今便肅順天誥，恭聞睿典。審躬酌私，必跋危撓。將恐氓俗由此方擾，軌訓以之交蕪，臣豈不勉智罄忠也？未知所以報奉淵聖，輸感霄極。取諸微躬，長爲慚荷。

㊀瑶纊，珠冕，天子所冠者。

㊁《淮南子》曰：魯陽公與韓搆難，戰酣。日暮，援戈而撝之，日反三舍。

校勘記

〔一〕梁本題作「爲蕭拜太尉揚州牧表」，下註「張本缺」。
〔二〕「盛」，叢刊本、梁本作「威」。
〔三〕「迎」，叢刊本、梁本作「迹」。
〔四〕「宸居」，元鈔本作「神居」，梁本作「神君」。
〔五〕「公」，叢刊本、梁本作「功」。
〔六〕「治」，叢刊本、梁本均缺此字。
〔七〕「炤」下原無空格，據元鈔本補。
〔八〕「國」上原有一「叨」字，據叢刊本、梁本删。
〔九〕「泰」，叢刊本、梁本作「忝」。
〔一〇〕「賜」，原作「次」，據叢刊本、梁本改。

蕭太傅謝追贈父祖表〔一〕

臣公言：卽日兼謁者僕射姓名，奉宣詔書，追贈臣亡祖某太常卿，亡父某，爲散騎常侍，特進左光禄大夫。寵煇泉扃，恩凝松石。奉渥銘心，祇光慟慮。中謝。臣行阻祇玄，躬早荼棘㊀。如創之痛，昃日不追〔二〕；終身之恤，霜露彌蹙。雖慚曾輿喬木之敬㊁，實抱仲路華轂之哀㊂。自謬藉珪金，空貽組紱，爵侈於公，禄盈於私。何嘗不靜欷其結，默慕交深？不悟睿孝動天，昭性曠古；惠被遠紀，澤演慶世。丹請靡諒〔三〕，峻册愈凝；大榮集身，尚驚異施。況寵洽山柏，特振殊造；銷骨瀝命，猶不勝謝。不任鯁泗荷珮之誠。

㈠茶，葉刺也。　棘，木刺也。

㈡曾子字子輿。　曾子曰：身也者，父母之遺體也。　斷一木，殺一獸，不以其時，非孝也。　敢不敬乎？

㈢《家語》曰：子路見於孔子曰：「昔者，由也事二親之時，常食藜藿之食，爲親負米百里之外。　親殁之後，南游於楚，從車百乘，積粟萬鍾，列鼎而食，欲爲親負米，不可得也。」

校勘記

〔一〕梁本題上有「爲」字。

〔二〕「昃」，元鈔本作「星」。「追」，梁本作「𨓏」。

〔三〕「澤演慶世丹請靡諒」，元鈔本作「澤演慶丹謙請靡諒」。

蕭太傅辭輿駕親幸表〔一〕

臣公言：近以神輿將降，昌啓丹辭。重被還旨，未垂闓允。謙尊彌光，褒優愈臨。慚疚既積，敢忘謙請。臣乘幸藉私，豈曰無僭？攀霞鏡月，非復常所。此必讓德，信在於茲。但恩嚴交洎，固守莫從。免默恭典，伊榮加戚。寧容爰枉鑾駕，式驚臣府？訪心驗己，諒以不夷；求物校迹，誓無此義。且古今異飾，紫青變禮。取諸臣躬，未覿其安。伏願陛下賜止冕輅，時停雲駕，則俗踐知方，臣蹈厚泰。

校勘記

〔一〕梁本題作「爲蕭太傅謝與駕親幸表」。

蕭讓前部羽葆鼓吹表〔一〕

按本紀：「三年正月，太祖表蠲百姓逋負。丙辰，加前部羽葆鼓吹。」註：合聚五彩羽爲幢曰羽葆，王者之儀從也。

臣聞國容軍禮，旌羽昭其華；品騎第乘〔二〕，鸞蕤藹其飾。所以炎燿仙都，崇麗神境。世教以之垂彩，民聽以之流文。故勒岫銘海之功，鞞革寫其詠；龕難夷邦之業，簫管凝其聲〔三〕。《朱鷺》《玄雲》，既錫上德㊀；《華山》《芳樹》〔四〕，以頒奇勳㊁〔五〕。爰及台賢，位高藩戚。名法恩炤〔六〕，寵垂私賞。皆爲發吹後陣，豈曰兼奏前軒？茲典罕行，此禮實曠。臣竊服已弘，叨光無限；才局秩遠，常銜炯燿〔七〕。安可一葆同整㊂，雙弄頓驚㊃？覽躬惕然，特貽原謬〔八〕。伏願明爍日月，靡忘情鑒。將停盛飾，遂臣慊心，則涵惠既饒，恭錫多矣㊄。

㊀《朱鷺》，樂府篇名，因飾鼓以鷺而名焉。《玄雲》，漢古辭也，言聖皇用人，各盡其材也。

㊁《華山》古樂府清商曲也。《芳樹》，魏改曰《邕熙》，言魏氏臨國，君臣邕熙也。

㊂葆，羽葆也。

㊃弄，鼓吹也。

㊄恭，與恭同。

校勘記

〔一〕梁本題作「爲蕭太傅讓前部羽葆鼓吹表」。

〔二〕「品騎第乘」，《藝文類聚》卷六八作「車騎品第」。

〔三〕「簫管」，《藝文類聚》作「管竹」。

〔四〕「華山」，《藝文類聚》作「巫山」。

〔五〕「頒」，《藝文類聚》作「被」。

〔六〕「法」，梁本作「沿」。

〔七〕「銜」，原作「御」，據叢刊本、梁本改。

〔八〕「原」，叢刊本、梁本作「厚」。

謝開府辟召表

臣公言：近被詔旨，賜令臣府，自辟僚賢。竊聞治以才爲寶，教以人爲貴。激風揚蕤，實資山東之英；凝華重馥，良在關西之彥。近以闡耀世經，發麗朝序。今州策郡聘〔一〕，茲禮尚堙，台召鉉辟，斯文亟曖。豈非盛美難嗣，故曠寂先芬者哉？臣謬贊國機，職宜冰鑒，未能澄刑炤藝〔二〕，薦品任官，既乖覆業，彌虧深寄。仰屬皇心遥覃，察政洞俗。弘此懿典，崇臣遠寵。輒祇睿恩〔三〕，謹宣巖壑。庶幽居之士，蘿薜可卷。奇武異文，無絶於古。

校勘記

〔一〕「今」，梁本作「而」。

〔二〕「刑」，梁本作「形」。

〔三〕「祇」，梁本作「仰」。

蕭上銅鐘芝草衆瑞表〔一〕

臣公言：臣聞象際懸通〔二〕，豈以明昧岨運？幽崖遥鏡，不以人靈異謀。威書璧誥，既信其綵㊀；緑鱗丹字，彌驗其文㊁。是以業藹鴻經，則煙露呈炤㊂；精昭景緯，則川岳發華㊃。故寶鼎白雲，瑞集軒世㊄；芝房赤雁，祥委漢年㊅。玄石鴻鍾，遠炳晉室㊆；玉璧彝器，近耀皇宗㊇。自大明乘規㊈，泰始疊矩㊉。朱鬐素毛之至，史不絶書⑪〔三〕；奇葉珍柯之獻，府無虚月⑫。

㊀《宋書》曰：禹受舜禪，洛出龜書六十五字。又曰：禹治水既畢，天錫玄珪，以告成功。

〔二〕沈約《符瑞志》曰：黄帝遊於洛水之上，見大魚，殺五牲以醮之。天乃甚雨七日七夜，魚流入海，得圖、書焉。龍圖出河，龜書出洛，赤文篆字，以授軒轅。《淮南子》曰：洛出丹書，河出緑圖。

〔三〕煙露，瑞煙甘露也。

〔四〕謂川岳産珠玉之瑞。

〔五〕《帝王世紀》曰：黄帝居軒轅之丘，因以爲名，得寶鼎，與封禪，有景雲之瑞，故以雲紀官。

〔六〕《漢書》：武帝元封二年，詔曰：甘泉宫中産芝草，九莖連葉，大赦天下。作《芝房之歌》。漢武帝太始三年二月，行幸東海，獲赤雁，作《朱雁之歌》。

〔七〕晉武帝咸寧中，吴郡臨平湖，一旦自開，湖邊得石函，中有小青石，刻作皇帝字。又成帝咸康五年，南昌民掘地得銅鍾四枚，太守褚裒以獻。

〔八〕宋孝武大明元年，江乘縣民朱伯地中得玉璧，徑五寸八分，以獻。又泰始五年，南昌獲古銅鼎，容斛七斗。

〔九〕大明，宋孝武帝年號。

〔一〇〕泰始，宋明帝年號。

〔一一〕《周書》曰：犬戎之馬，赤鬣白身，目若黄金，名曰古黄之乘，周成王時來獻也。

〔一二〕奇葉珍柯，言嘉禾連理之瑞。《左傳》：晉司馬叔侯曰：魯之於晉也，職貢不乏，史不絶書，府無虚月。

今懋曆啓圖，靈基再固；頃歲以來，禎應四塞。近獲豫州刺史劉懷珍解稱〔四〕，所統建寧郡建寧縣昌村民，於萬山中採藥〔五〕，忽聞異響，從石上得銅鐘一枚，長二尺一寸。遠像古鑄，近乖今製。又州界之内，樹生連理，二木隔澗，縢枝相通，越壑跨水，合爲一榦〔一〕。方之舊説，彌復爲貴。宣城所統臨城縣山中，獲草一株，交柯攢莖，紫蓋黄衷〔六〕，貞潤暐曄，自然天華。採掇歷時，質色不變；□□□□，柄據有徵〔七〕。

㈠沈約《宋書》曰：從帝昇明二年九月，建寧萬歲山澗中得銅鐘，長二尺一寸。又木連理，生豫州界內，豫州刺史劉懷珍以獻。

近獲吴興太守臣王奂云：十一月二十九日解所統長城縣令臣張攜解稱：其月二十五日，甘露降縣東界下山之陰㈠。又東太守臣腦解所統武進令臣紀法宗云〔八〕：十一月十日解稱：其月二十四日，甘露降於彭山松樹。至九日，又降如初。

㈠《宋書》曰：十一月甘露降吴興長城卞山，太守王奂以聞。

臣以祥緯雜沓，星燭波運〔九〕。斯乃靈迹深覃，睿衷夐感。理應寫順，祇無涵祕。稽往徵古，僉欣升泰。瑶光日闡㈠，玉繩永休㈡。謹拜表遣兼長史參軍臣姓名〔一〇〕，奉銅鐘芝草以聞。

㈠《廣雅》曰：瑶光，北斗第七星，爲瑶光。

㈡《春秋元命苞》曰：玉衡北兩星，爲玉繩。

校勘記

〔一〕梁本題上有「爲」字。

〔二〕「懸」，梁本作「玄」。

〔三〕「絶」，原作「紀」，據叢刊本、梁本改。

〔四〕「劉懷珍」，原書及叢刊本作「劉懷玲」，此據《宋書·明帝紀》改。

〔五〕「萬」，叢刊本作「万」，原書底本作「方」。

〔六〕「衷」，叢刊本作「裏」。

〔七〕「柄」，元鈔本作「炳」。

〔八〕「又東太守臣腦」，元鈔本作「又□東太守臣朏」。

〔九〕「運」，叢刊本、梁本作「連」。

〔一〇〕「遣」，原作「遺」，據叢刊本、梁本改。

蕭讓太傅相國齊公十郡九錫表〔一〕

《韓詩外傳》曰：諸侯之有德，天子錫之。一錫車馬，兩錫衣服，三錫虎賁，四錫樂器，五錫納陛，六錫朱户，七錫弓矢，八錫鈇鉞，九錫秬鬯。

備九錫之禮〔二〕，非常之册，分天而降；冠古之典，開河而出。遥然以慚，魂交象魏。中謝。臣聞日月權輿㊀，二儀所以尅靈㊁；君臣設極，三統所以式固㊂。惟生與位，謂之大寶。辨諸文而尊卑既炳，觀羣龍而貴賤可正。雖復殷因於夏，王資於帝；至乎建侯分職，體國經野，其揆一焉。是以二周之始，山河愈廣〔三〕；兩漢之初，封賞彌盛。然表東海者，實牧野之日㊃；瞻魯郊者〔四〕，乃負圖之辰㊄。西都英相，信命世之功；關中上宰，亦龕亂之力㊅。秬鬯彤弓，本西伯之賞㊆；虎賁戎路，又晉公之典㊇。若乃衣裳盟會〔五〕，九合一匡，猶慚其德㊈〔六〕，斯禮也。臣實鄙才，靡識大體。徒以忠貞爲概，而勞不足銘；雖以丹素爲誠，而功無可勒。豈有經天緯地之畧，探隱炤寂之智哉？抑亦何術，以堪盛休！是以覽雲際而懷古，憑軒檻而未寧也。伏惟陛下，神華馭世，理無不鏡，賜臣待誇今職，守其私滿，則天下有道，庶人不疑矣〔七〕。

㊀《爾雅》曰：權輿，始也。《毛詩》曰：於我乎，夏屋渠渠，今也每食無餘，吁嗟乎，不承權輿！

㊁二儀，天地也。《周易》曰：易有太極，是生兩儀。

㊂《漢書》曰：三統者，天施、地化、人事之紀也。

㊃《齊世家》曰：文王崩，武王即位，尚父左杖黄鉞，右把白旄以誓曰：「蒼兕蒼兕，總爾衆庶。與爾舟楫，後至者斬。」遂至盟津，誓於牧野，伐紂。武王平天下，封尚父於營丘。管、蔡作亂，命太公曰：「東至海，西至河，南至穆陵，北至無棣，五侯九伯，實得征之。」又《左傳》曰：吴季札聞齊歌之聲，曰：表東海者，其太公乎？

㊄《魯世家》曰：成王臨朝。周公之代成王治，南面倍依，以朝諸侯。周公卒後，成王與大夫朝服以開金縢書，執書以泣，於是成王乃命魯得郊祭文王。魯有天子禮樂者，以褒周公之有德也。任昉《竟陵文宣王行狀》曰：武王晏駕，寄深負圖。

㊅龕，與「勘」同。

㈦《史記》曰：文王脱羑里之囚，獻洛西之地，紂賜弓矢鈇鉞，使得專征伐，爲西伯。

㈧《左傳》曰：王命尹氏策晉侯爲侯伯，錫之大輅之服、戎輅之服，彤弓一，彤矢百，玈弓矢千，秬鬯一卣，虎賁三百人。

㈨《齊世家》：桓公稱曰：「寡人兵車之會三，乘車之會六，九合諸侯，一匡天下。昔三代受命，有何以異於此乎？」

校勘記

〔一〕梁本題上有「爲」字。

〔二〕「備九錫之禮」，梁本註「西銘定本無此句，此句上疑有缺文」。

〔三〕「山河愈廣」，《藝文類聚》卷五三作「珪河逾廣」。

〔四〕「郊」，叢刊本、梁本作「邦」。

〔五〕「盟」，《藝文類聚》作「之」。

〔六〕「猶慚其德」，《藝文類聚》作「猶慚於」，與下句連讀。「其」，叢刊本、梁本無此字；原本校勘作「具」。

〔七〕「疑」，梁本作「議」。

第二表〔一〕

臣公言：臣近厲心罄辭，寫情畢議，眇望神藻，鑒見丹襟。而帝闇以祕，論誥方明〔二〕；中庶卷容〔三〕，左右軫慮。中謝。臣以爲麗天秉經，君上之彝憲；儀地執緯，臣下之恒軌。故皇極載凝，庶士交慎。昔者重黎勤官〔四〕，裁君炎冥之職㈠；羲叔能任，方掌日月之序㈡。至乎御龍勤夏，未聞冠俗之爵㊂；大彭翼商，豈見超世之典㊃？以古先哲后，如茲之慎賞也。臣乃謬貽國寄，志在静難〔五〕。若夫野戰虹蜺，伏順者易爲威；城攻鯨鮑，奉國者理必全。雲氣薄蝕，下民咸貴其明㊄〔六〕；恃險與馬〔七〕，舟中皆可異議㊅。故昌邑有歸邸㊆，吳楚無旋師㊇。斯激芬揚蕤，物同其幸；焚惡去醜，世共其庇。實爲仰憑俯順之效，臣亦何力之有焉？竊謂禄爲十郡，必俟禹迹之勤㊈；錫以九命⑩，乃須周公之美⑪。況吕梁不鑿，而器重玄珪⑫；越裳未獻，而賦擬千乘⑬。京闕識其崇貴，畿服知其忝冒。鏡前修而慚形，覿往德而聳慮。畏崖之請〔八〕，取誓深水；審量之祈，呈熖皦景。伏願陛下，遠牽雄範，近覽英規，憑霞停詔，臨風輟恩。豈伊愚臣，方獨昌化〔九〕？具日遺氓〔一〇〕，咸蒙其賴矣。

㊀《史記》曰：黄帝之孫卷章生重黎，爲帝嚳高辛居火正，甚有功，能光融天下，帝嚳命曰祝融。

㊁《尚書》曰：乃命羲和，欽若昊天，曆象日月星辰，分命羲仲，申命羲叔。又《淮南子》曰：羲和，日御也。望舒，月御也。

㊂《左傳》曰：有劉累者，能飲食龍，夏后賜氏曰御龍。水官棄矣，故龍不生得。

㊃《史記》曰：彭祖氏，殷之時常爲侯伯。《索隱》註：彭祖卽陸終氏第三子，籛鏗之後，後爲大彭。《正義》註：自堯歷夏、殷，封於大彭。八百歲。

㊄《廣成子》曰：黄帝治天下，雲氣不待族而雨。

㊅《左傳》曰：司馬侯曰：恃險與馬，而虞鄰國之難，是三殆也。《史記》：魏武侯浮西河而下，顧而謂吳起曰：「美哉乎山

河之固，此魏國之寶也。」起對曰：「在德不在險。君若不修德，舟中之人盡爲敵國也。」

⑦《漢書》曰：昭帝崩，昌邑王嗣位，行淫亂，霍光憂懣，與羣臣俱見白皇太后，具陳昌邑王不可承宗廟狀。皇太后乃車駕幸未央承明殿，被珠襦盛服，坐武帳中，召昌邑王伏殿前聽詔。當廢。光乃持昌邑王手，解脱其璽組，奉上太后，扶王下殿，出金馬門，羣臣隨送。王西面拜曰：「愚戇不任漢事。」起就乘輿副車，大將軍光送至昌邑邸。

⑧《漢書》曰：吴王濞、楚王戊反，太尉條侯擊之，大敗吴，士卒多饑死散。於是吴王迺與其戲下壯士千人，夜亡去，以利啗東越，東越即紿吴王，吴王出勞軍，使人鏦殺吴王，盛其頭，馳傳以聞。楚王戊，軍敗自殺。

⑨《春秋題詞》曰：禹跡茫茫，畫爲九州。

⑩《周官》：九儀之命，正邦國之位。一命受職，再命受服，三命受位，四命受器，五命賜則，六命賜官，七命賜國，八命作牧，九命作伯。

⑪孔子曰：如有周公之才之美。

⑫《吕氏春秋》云：古龍門未開，吕梁未發，河出孟門，大溢逆流，名曰洪水。禹乃決流疏河，所活千八百國，此禹之功也。《尚書璇璣鈐》曰：禹鑿龍門，導積石，玄圭出。

⑬《孝經援神契》曰：越裳氏去京三萬里，周成王時來獻白雉。曰：「天之無烈風淫雨，海不揚波三年矣。意者，中國有聖人乎？盍往朝之！」周公謙讓而歸之成王。稱先王神致，薦於宗廟。

校勘記

〔一〕梁本題作「爲蕭讓九錫第二表」。

〔二〕「論」梁本作「綸」。

〔三〕「庶」，梁本作「外」。
〔四〕「勤」，梁本作「効」。
〔五〕「静」，梁本作「靖」。
〔六〕「其」，梁本作「更」。
〔七〕「與」，叢刊本作「輿」。
〔八〕「請」，元鈔本作「識」。
〔九〕「獨」，梁本作「被」。
〔一〇〕「日」，元鈔本作「曰」。

被百僚敦勸受表〔一〕

按本紀曰：昇明三年三月甲辰，詔齊太祖進位相國，封十郡爲齊公，備九錫之禮，太祖三讓，公卿百僚敦勸，固請乃受也。

臣公言：臣款誠素履，頻載縑翰；天飾高奬，累降史筆。卽日尚書臣某等至，重宣詔旨，猥辱百僚。省睇未交，心靈已悖。中謝。臣聞良宰謀朝，不必借威〔二〕；貞臣衛主，修己則足。故驕滿之失，取鏡函關㈠；謙側之美，見炤伊闕㈡。臣本庸人，識無遠度。藉開闢之辰〔三〕，遭攙槍之運㈢。姦回内奰㈣，則戮力瓊都；諸侯放命，則抗節瑶祀。黍號伏義〔四〕，幸不辱威。皆爲冕旒遥鑒之明，羣士畫圖之助。臣寧望伊摯、叔旦之爵㊄，呂牙、申伯之賞哉㊅？方欲謝簪東都㊆，濯冠汾陽。不悟盛禮華典，復臻於兹。静默迴環，祗畏躑躅。猶謂遇聰明之朝，當時雍之世。陛下詠堯風之化㊇，歌《卿雲》之詩㊈。日月華采，萬方獲性。疊慮仰祈，必蒙題品。而威嚴窈絶，斯冀遂阻。鑾輿玉駕㊉，復許敦幸。重臣愆悔，無地自安。便當謹恭鴻命，竭身爲限。

㊀《史記》曰：項羽引兵西屠咸陽，燒秦宫室，火三月不滅，收其寶貨婦女而東。　函關，即咸陽也。

㊁《吴起傳》曰：夏桀之居，左河濟，右泰華，伊闕在其南，羊腸在其北。修政不仁，湯放之。　伊闕在河南城西三十里，漢服虔謂南山伊闕是也。

㊂攙槍，慧星也。張衡《西京賦》曰：攙槍旬始，羣兇靡餘。

㊃奰，音備，迫也。《毛詩》曰：内奰於中國，覃及鬼方。

㊄伊尹，名摯，莘川人，耕於莘野，受湯三聘而起，遂相湯伐桀，居保衡之位。《楚辭》曰：到擊紂躬，叔旦不嘉。王逸註曰：叔旦，周公名也。周公佐武王伐紂，封爲魯公。

㊅《史記》曰：武王平商而有天下，封尚父於齊營丘，又賜之以履曰：「五侯九伯，實得專征。」《毛詩》曰：王遣申伯，路車乘馬。錫爾介圭，以作爾寶。又曰：申伯之功。註：申伯，宣王母舅也。

㊆《漢書》曰：疏廣爲太傅，兄子受爲少傅。廣謂受曰：「知足不辱，知止不殆。」上疏乞骸骨，公卿大夫爲設祖道東都門外。

㈧《古樂府註》曰：堯微服游於康衢，聞兒童謡，堯喜問曰：「誰教爾爲此言？」兒童曰：「聞之大夫，大夫曰古詩也。」堯還宫召舜，因禪以天下。

㈨《卿雲歌》曰：卿雲爛兮。明明上天，日月有常。註：舜時卿雲出，景星見，故作《卿雲》之歌。此以堯舜自喻，則欲受禪之之意明矣。

㈩人君乘車，四馬鑣、八鑾鈴。又和鑾：和在軾，鑾在鑣。天子至尊，不敢泄言，故託於乘輿。

校勘記

〔一〕梁本題作「爲蕭謝百僚敦勸表」。

〔二〕「借」，梁本註「一作惜」。

〔三〕「藉」，梁本作「值」。

〔四〕「伏」，叢刊本、梁本作「仗」。

蕭相國讓進爵爲王第二表〔一〕

《綱目》曰：宋昇明三年夏四月，齊公蕭道成進爵爲王。

臣結慮歸請，三辰未鏡；傾魂仰視，九天彌阻。重炳徽策，再晰光誥。理晦情震，若涉嚴淵。中謝。臣業不出世，績未逮古。謬藉明政，陳力就列。覲多智寡，翊贊罔樹。若乃洪範不修㈠，鍾綴旒之日㈡；九黎亂政㈢，當摧軸之辰㈣。雖瀝命奉時，蘭禍提下亟〔二〕。防明之陋，貽慚昔人；杜險之蔽，取愧前英。故十萬之師，無集稾街之邸⑤〔三〕；千金之貴，恒單白藏之府⑥。戈船發於江湖⑦，戎車出於石城⑧。然後雲徹席卷，虔劉巨禍⑨，臣實忝焉。不悟上賞亟降，華爵必集〔四〕。雖延首紫扃，翹意宸居。執爲守約之志，既謝簡鑒；避賢辭智之請，終無開允。故受任專征⑩，遠邇知寵。肇封四履⑪，侯甸推禮⑫。昔虞思勤夏，不列殊物之錫⑬；晉叔匡周〔五〕，豈頒上公之典⑭〔六〕？燕藩懿親〔七〕，裁蒙衮舄之榮⑮；梁國戚屬，方忝旌旗之貴⑯。而臣包括庶揆，總納儀刑，蓋出近古，非三代之遠體也。今復乃踰九命⑰〔八〕，爰超五等⑱。域中之稱，麗天作則，探情顧抱，豈所允安者哉？伏願陛下，一檢丹崖，遂臣慊心，無使怵迫，深貽疪戾〔九〕。

①《史記》曰：武王克殷，訪問箕子以天道，箕子以《洪範》陳之。

②《册魏公九錫文》曰：「當此之時，若綴旒然。」註：旒，冠上垂珠，而綴於冠者，言帝室之危，如旒之懸也。

③《曆書》曰：少皥氏之衰也，九黎亂德。註：《漢書音義》曰：九黎，少皥時諸侯作亂者。

④《博物志》曰：地有四柱，三千六百軸。註：摧軸，言國運如地軸，當摧折之辰也。

⑤《魏都賦》曰：廣成之傳無以儔，稾街之邸不能及。《文選注》曰：廣成傳，秦客館。稾街邸，漢客館。

⑥《魏都賦》曰：白藏之藏。《文選註》曰：白藏庫，在西城下，有屋一百七十四間。秋爲白藏，取秋收之義，因以爲名。

⑦漢武帝習水戰，造戈船百隻，建樓櫓戈矛，四角垂旛旄旌葆。

⑧戎車，兵車也。《毛詩》曰：六月棲棲，戎車既飭。王於出征，以匡王國。註：厲王暴虐，周人逐之。子宣王立，命尹

吉甫帥師伐之，有功而歸。周人作歌，以敍其事。

(九)虔劉，誅殺也。《左傳》曰：虔劉我邊陲。

(一〇)《史記》曰：紂賜文王弓矢鈇鉞，使得專征。

(一一)《左傳》管仲曰：昔召康公賜我先君履，東至於海，西至於河，南至於穆陵，北至於無棣。任彥昇《宣德皇后令》曰：四履畢乎九伯。

(一二)五百里曰侯服，千里曰甸服。

(一三)《史記》曰：陳胡公滿者，虞帝舜之後也。舜已崩，傳禹天下，而舜子商均爲封國；夏后之時，或失或續。《索隱》註曰：按夏代猶封虞思、虞遂是也。

(一四)《史記》曰：晉侯會諸侯於溫，欲率之朝周，力未能，乃使人言周襄王狩於河陽，遂率諸侯朝王於踐土。

(一五)《史記》曰：燕王劉澤者，諸劉遠屬也，擊陳狶，爲營陵侯，因田生説張卿入言太后，乃以澤爲瑯琊王。　衮舄，諸侯王之服也。

(一六)《西京雜記》曰：梁孝王入朝，與上爲家人之讌。乃問王諸王子，王頓首謝曰：「有五男。」卽拜爲列侯，賜與衣裳品服。

(一七)《周官》有九儀之命。

(一八)《禮記》爵禄五等諸侯，猶公、侯、伯、子、男也。

校勘記

〔一〕梁本無「第二」二字。

〔二〕梁本無「蘭」字。按：此句似有舛誤。

〔三〕「街」，叢刊本、原書底本作「行」。
〔四〕「必」，元鈔本作「畢」。
〔五〕「匡」，《藝文類聚》卷五一作「臣」。
〔六〕「典」，原作「曲」，據《藝文類聚》改。
〔七〕「燕」，《藝文類聚》作「魯」。
〔八〕「今復」，梁本無此二字。
〔九〕「疪戾」，叢刊本作「庇矣」。按：疪疑是「疵」字之訛。

蕭相國拜齊王表〔一〕

臣無佐夏匡殷之功，威晉服楚之績。業不題於宗器，聲靡記於彝典。而超居上禮，邈乘峻爵。靜念降替〔二〕，焦原非譬。中謝。臣以爲衆官咸事，帝謨所以式序㈠；羣后剋讓，王猷所以載穆㈡。況臣訪德語勤，未洎伊稷之能㈢；藉靈懷寵，以濫周邵之秩㈣〔三〕。故駐魂仰請，瀝意歸聞。理竭素牒，事罄丹史。具徽太微㈤，備簡玉繩㈥。而才輶志淺，隔景絕炤。朱輪之使，日月亟紆；金鑾之尊，旦夕將拂。巡情覽識，豈伊寧處？今便肅典內軒，恭服外屏㈦。大夫有命，古或無違；王假有廟，今臣爲叨。三省空懦，震據於心。

㈠衆官，即《尚書》九官也。咸事，咸執其事。謨，謂大禹皐陶益稷之謨也。式序，皆有其式序也。

㈡臯后尅讓，即《舜典》禹拜稽首讓於稷、契暨臯陶，共工垂拜稽首讓於殳折暨伯與，益拜稽首讓於朱虎、熊羆，伯拜稽首讓於夔龍。

㈢伊，伊尹也。稷，后稷也。

㈣周，周公旦也。召，召公奭也。

㈤《淮南子》曰：太微者，太乙之廷也。

㈥《春秋元命苞》曰：玉衡，北兩星爲玉繩。

㈦屏，藩屏也。

校勘記

〔一〕梁本題上有「爲」字。

〔二〕「降」，叢刊本、梁本作「隆」。

〔三〕「以濫周邵」，梁本作「仍濫周召」。

齊王謝冕旒諸法物表〔一〕

臣王言：以軒冕雲蹕，既非常之飾㈠；宮懸玉戚，乃配天之禮㈡。故呈襟效慮，必期謁亮。重被還旨，芳訊愈越；鏡伏殊私，情影遠震。中謝。昔大啓營丘，未備樹羽之賞㈢〔二〕。光宅曲阜〔三〕，始兼龍旂之貴㈣。況道狹慶隆〔四〕，身薄器尊；玢璽爭輝〔五〕，璪火競耀〔六〕。

夫太常圖列星之采㊄，華蓋觀古人之情㊅。所以聳絶百縣，崇隔萬宇。鳳閣因此而神，瓊都由茲而麗。故愧功慚德〔七〕，違儀避榮〔八〕。誠不遥乎，理無夐達。遂貽嚴誥〔九〕，爰斷辭表。驚慄遲迴，祈鑒何地？便當肅對王休，敬昭異寵。佩服盛文，以慨以懼。

㊀《莊子》曰：古之所謂得志者，軒冕之爲也。《漢書》曰：出警入蹕。皇帝輦動，左右侍帷幄者稱警，出殿則傳蹕清道。

㊁《周禮》曰：天子宮懸，諸侯軒懸。註：宮懸，言四面如宮也。軒懸，去南面，餘三面如軒也。《禮記》曰：以禘禮祀周公於太廟，朱干玉戚，冕而舞大武。

㊂《史記》曰：武王平定天下，封太公望於營丘。《左傳》曰：公問羽數於衆仲，衆仲對曰：「諸侯用六。」

㊃《史記》曰：武王伐紂，偏封功臣同姓戚者，封周公旦於少皞之虚曲阜。《周官》曰：龍旂九斿。註：諸侯所建也。

㊄《釋名》曰：九旗之名，日月爲常，畫日月於其端，天子所建。言常明也，名曰太常。此言列星，卽日月星辰，俱太常之文也。

㊅《古今註》曰：黄帝與蚩尤戰於涿鹿之野，常有五色雲氣，金枝玉葉，止於帝上，有花葩之象，故因作華蓋也。

校勘記

〔一〕梁本題上有「爲」字。

〔二〕「備」，梁本作「修」。

〔三〕「光」，叢刊本作「先」。

〔四〕「況道狹慶隆」，《藝文類聚》卷六七「況」下有「臣」字。
〔五〕「玢璽」，《藝文類聚》、梁本作「粉綉」，叢刊本作「粉璽」。
〔六〕「競」原作「鏡」，據《藝文類聚》、梁本改。《類聚》「璪」作「藻」。
〔七〕「愧功慚德」，梁本作「醜功慚德」，下註「一作慚德愧功」。
〔八〕「違儀避榮」，「榮」字原缺，據梁本補。又梁本「儀」作「議」。
〔九〕「嚴」，梁本下註「一作器」。

齊王讓禪表〔一〕

《通鑑綱目》曰：昇明三年四月，宋主下詔，禪位於齊王，敬則啓譬令出。宋主收淚謂曰：「欲見殺乎？」敬則曰：「出居别宫耳。官先取司馬家亦如此。」宋主泣而彈指曰：「願後身世世勿復生天王家。」宫中皆哭。

遠視唐虞永揖之典①〔二〕，近摹漢魏高樹之禮②；既覽金水昏明之數③〔三〕，又協雲雷隆替之徵④〔四〕；激風太上，扇采至公，聞命驚爽，心靈殞越。中謝。臣聞天地草昧而樹之君，所以平對二儀，顯臨萬國；膺符受曆，總明司幽。軒轅陟祚，首出庶物⑤；顓頊登庸，作爲民紀⑥。雖五德迭興⑦，十代繼運⑧，非賢非睿，莫預斯位。若乃與能之交〔五〕，禪錫之會，豈伊虚薄，所可尊擬〔六〕？昔傅巖佐商，秩終上公⑨；磻溪翼周，名極列伯⑩。臣才非若人〔七〕，功愧遠聖〔八〕；獄訟不往，謳歌寧歸⑪？河乏馬圖之寶⑫，天無乘龍之錫⑬。元首股肱⑭，誓不可異。而曠乘之軌〔九〕，忽臻於兹。惭慨憂灼，罔識其庇〔一〇〕。伏願陛下遺舜禹之心〔一一〕，臣守巢由之節㊄〔一二〕，則道耀日月，澤浸飛泳，聲振開闢，仁動今古，四三王而六五帝，不亦休哉㊅！

㊀唐禪舜，虞禪禹。揖，遜也。

㊁范曄《後漢書》曰：獻帝時，曹操自爲魏公，加九錫。至其子曹丕，廢帝爲山陽公而篡位。《晉書》曰：司馬昭自爲大將軍、相國，封晉公，加九錫。尋弑高貴鄉公，其子炎遂篡位。樹，樹建也。

㊂晉以金德王，宋以水德王，故曰金水。

㊃殷浩《與王右軍書》曰：悠悠者，以足下出處，足觀政之隆替。

㊄黄帝姓公孫，名軒轅。炎帝世衰，諸侯咸尊軒轅爲天子。舉六相而天地治，神明至，受河圖。見日月星辰之象，而有星官之言。命大撓探五行之情，占斗綱所建而作甲子。命伶倫造律吕，以和五音。作冕旒衣服舟車宫室，而天下大治。

㊅顓頊，高陽氏，生十年而佐少昊，二十年而登帝位。命五官，南正重司天以屬神，北正黎司地以屬民，始作曆，以孟春爲元。

㊆五德，猶五行也。言水、火、金、木、土，迭爲興王也。

㊇十代，言自堯至劉宋，已經十代，遞相繼運也。

㊈《尚書序》曰：高宗夢得傅説，築傅巖之野。

㊉《尚書中侯》曰：吕尚釣磻溪，得玉璜，刻曰：「姬受命，吕佐旌。」註：旌，理也。

〔一〕謳歌、獄訟，俱見《孟子》。

〔二〕《尚書傳》曰：伏羲王天下，龍馬出河，遂則其文，以畫八卦，謂之河圖。

〔三〕《博物志》曰：禹平天下，會諸侯會稽之野，防風氏後至，殺之。夏德盛，龍降之，使范成克御之，以行域外。

〔四〕舜歌曰：股肱喜哉！元首起哉！百工熙哉！

〔五〕《高士傳》曰：巢父，堯時隱人。年老，以樹爲巢而寢其上，人號爲巢父。堯之讓許由也，由以告巢父。巢父曰：「汝何不隱汝形，藏汝光？」乃擊其膺而下之，乃遇清冷之水，洗其耳，拭其目，曰：「嚮者聞言負吾友。」遂去，終身不相見。

〔六〕三王，伏羲、神農、黃帝也。五帝，少昊、顓頊、帝嚳、帝堯、帝舜也。休，美也。何晏《景福殿賦》曰：「集華夏之至歡，方四三皇而六五帝，曾何周夏之足言！」又潘岳《魯武公誄》曰：「昂昂公侯，實天誕育。八元斯九，五臣茲六。」又王儉《褚淵誄》曰：「觀海齊量，登嶽均厚。五臣茲六，八元斯九。」譽美之辭，皆一意也。

校勘記

〔一〕梁本題上有「爲」字。

〔二〕「遠視」，叢刊本、梁本作「遠規」，《藝文類聚》卷十四、梁本「遠」上有「陛下」二字。

〔三〕「覽」，《藝文類聚》作「鑒」。

〔四〕「雲電隆替」，《藝文類聚》作「雲雷興替」。

〔五〕「若乃」，梁本註「一作乃若」。

〔六〕「尊」，《藝文類聚》、梁本作「遵」。

〔七〕「人」，《藝文類聚》作「半古」。

〔八〕「遠」，梁本註「一作逮」。
〔九〕「乘」，叢刊本、原書底本作「棄」。
〔一〇〕「庇」，叢刊本、梁本作「際」。
〔一一〕「遺」，叢刊本作「貴」。
〔一二〕「臣」，《藝文類聚》作「俾臣」。

拜正員外郎表

建元初，淹爲驃騎建平王記室，參掌詔册，拜典國史。尋遷中書侍郎。此二表，乃自陳者，以上皆爲記室代草。

臣邁鄉遠迹〔一〕，由學末徒〔二〕。不瑩雕龍之采㈠，寧照玄豹之飾㈡？自過被光私，濫蒙恩幸。屢度經冬，亟移春序。皇緯如紐，慚飛塵之效；璿基方峻，謝寒露之勤。故宜伏影軒間，卷氣衡下。猶蒙供事紫楹，奉役丹殿。巡魄擊概，榮渥不悟〔三〕。震離徹邃㈢，阿景洞幽㈣。復昇官清閨，列版嚴闥㈤。蕞識何算㈥，爰忝叔則之仕；菲質焉樹㈦，迺謬仲容之職。猥枉青蘐㈧，增光空質。心懅末塵，情慚洞户。佇首矯迹，以銘以奏。

㈠《七略》曰：鄒赫子，齊人也。齊人爲諺曰：「雕龍赫。」言操修鄒赫之術，文飾之，若雕鏤龍文也。
㈡《列女傳》：陶答子妻曰：「妾聞南山有玄豹，霧雨七日，而不下食者，何也？欲以澤其毛衣，成其文章。故藏以遠害也。」

㊂震離，東南方文明之位也。

㊃《淮南子》曰：日出於暘谷，至於曲阿，是謂朝明。註：阿景，曲阿之景也。

㊄列版，列於版籍也。

㊅蕞，小也。

㊆《晉書》曰：裴楷，字叔則，容儀俊爽，時人謂如近玉山。又鍾士季曰：裴楷清通，王戎簡要。後二十年，此二賢當爲吏部尚書。

㊇晉阮咸，字仲容，與叔父籍爲竹林七賢，放達不羈，仕至始平太守。

校勘記

〔一〕「邁」，叢刊本、梁本作「遇」。

〔二〕「末」，叢刊本、元鈔本作「未」。

〔三〕「悟」，梁本作「晤」。

拜中書郎表〔一〕

《南史》曰：建元二年，淹領東武令，參掌詔册，後拜中書侍郎。

榮鬱兩臨，恩俊交鏡〔二〕。悄然攬魂，迺懼迺逝。臣聞汝潁之金，或揚采於四豪㊀；江淮之珠，已馳光於七貴㊁。皆聲不妄美，第豈庇立〔三〕？未有伎慚美輿〔四〕，蒙送目之賞㊂；

工謝綵輪，竊歸風之價㊃。臣幼乏篆刻，長睽圖史，智罕效官，志闕從政。方遽永振風，長憂淩雨〔五〕。不悟遭社鳴之世㊄〔六〕，屬河清之會㊅〔七〕。玄雲素霞，必駕蓬萊；白毳騂麟〔八〕，或蒙解遂〔九〕。仕通物任，官登郎掾。此實曜靈之私照㊆，而微臣之厚幸也。仰惟皇衢大融，氣品呈觀。西傾棧山，東鯷航海㊇。故奇士端威，異人磬折㊈。皆相望北闕，待詔南宮。而臣學無利博，文有忮害。迺彯裾頓屣，伏黄扉之右⑩；曳纓轉笏，居青瑣之前⑪。訪德於姑射⑫，聞道於崆峒⑬。伊臣之願〔一〇〕，過爲信矣。昔望都才麗，爵乏上班；長岑聞靡，身終下秩。愚臣方古，悠然已泰。内燭徘徊，眇不識屆。

㊀《史記》：戰國時，齊有孟嘗，魏有信陵，趙有平原，楚有春申，謂之四豪。

㊁潘岳《西征賦》曰：竊七貴於漢庭。《文選註》曰：「七貴：謂吕、霍、上官、趙、丁、傅、王也。」並后族也。

㊂《説苑》曰：晉平公爲馳逐之車，立於殿下，羣臣得觀焉。

㊃《括地圖》曰：奇肱氏能爲飛車，從風遠行，湯時西風吹車至豫州，湯破其車，不以示民。十年西風至，乃復使作車遣歸去玉門四萬里。

㊄《春秋潛潭巴》曰：里社鳴，此里有聖人，其呴，則百姓歸之。註：社里之君也。鳴則教令行，唯聖人能之。呴，鳴之怒也。

㊅《易乾鑿度》曰：天降嘉應，河水先清三日。又王子年《拾遺記》曰：丹丘千年一燒，黄河千年一清，皆至聖之君，以爲大瑞。此皆頌齊高祖欲爲天子也。

（七）《廣雅》曰：日名朱明，一名曜靈。

（八）鯷，音提。《魏都賦》曰：東鯷即序，西傾順軌。註：東鯷、西傾，皆國名也。《郡國志》曰：蜀西褒、斜二谷高峻，長亘四百七十里，以棧爲道。揚雄《交州箴》曰：航海三萬。言西傾、東鯷，皆棧山航海而來也。

（九）罄折，長揖如罄之折也。

（一〇）《漢百官志》曰：丞相黄扉黑幡。

（一一）應劭曰：黄門郎，每日莫向青瑣門拜，謂之夕郎。

（一二）《莊子》曰：藐姑射之山，有神人居焉。不食五穀，吸風飲露，乘雲氣，馭飛龍，游四海。

（一三）《列仙傳》曰：黄帝立爲天子，聞廣成子在崆峒之上，故往見之。曰：「敢問至道之精。」廣成子曰：「善哉問乎？吾語汝。至道之精，窈窈冥冥；至道之極，昏昏默默。」

校勘記

〔一〕梁本「表」上有「謝」字。

〔二〕「俊」，梁本作「僘」。

〔三〕「庇」，梁本作「虚」。

〔四〕「美」，叢刊本、梁本作「湘」。

〔五〕「憂」，原缺，據梁本補。

〔六〕「世」，叢刊本脱。梁本作「屬」。

〔七〕「屬」，梁本作「際」。似以「屬」字屬上句，又添「際」字。

〔八〕「麟」，叢刊本、梁本作「鱗」。

〔九〕「或」，叢刊本、梁本作「咸」。

〔一〇〕「伊」，原無，據叢刊本、梁本補。

江文通集彙註卷八

啟

建平王謝賜石硯等啟

臣言：奉敕賜石硯及法書五卷。天旨又以臣書小進，更使勤習。敬閱籀篆，側觀硯功。張、衞𢢍奇㊀，金瓊羞麗㊁。臣夙乏翰能㊂，素謝篇伎㊃。空賁恩輝㊄，徒隆慈飾㊅。方停煙墨，永砥學玩㊆。仰結聖造，伏銘私荷，不任下情。

㊀《後漢書》曰：張芝，字伯英，善草書。《晉書》曰：尚書令衞瓘，世號得伯英之筋。張、衞，言張芝、衞瓘書法也。

㊁此喻金玉比硯羞麗也。

㊂言夙昔乏翰墨之能也。

㊃言素無篇章之伎倆也。

㊄賁，大也。

㊅隆，豐厚也。

㊆砥，砥礪也。

建平王謝玉環刀等啟

奉敕賜玉環刀等五種珍器𧹞〔一〕。伏蒙猥降飾軼采朱，跨影懸魄㊀。崑岡歸琛㊁，闕山慚寶。謹襲緹素㊂，以充握睇㊃。垂光既深，銘佩更積，不任下情。

㊀軼，超突也。言珍器裝飾，超軼華采，跨影懸魄也。

㊁《山海經》曰：崑崙之山多白玉。

㊂襲，重也。緹，赤色帛也。素，白繒也。言以緹素十襲珍藏也。

㊃握，把玩也。睇，小視也，南楚謂眄曰睇。

校勘記

〔一〕「𧹞」，梁本下註缺一字。

建平王慶改號啟

竊以皇衢永謐㊀，則玉曆惟禎；國慶方夷㊁，則繩澤式茂。故五鳳協年，甘露應號㊂。況今道潤衍溢，頌祉載繁。嘉生鬬慶㊃，風雲瑞節。既覿昭晨㊄〔二〕，方鑄昌化㊅。延守一隅，無以自屆㊆〔三〕，不勝荒情。

㊀謐，安也。

㊁夷，平也。

㊂五鳳，甘露，皆漢宣帝年號。宣帝時，自本始元年至神爵四年，鳳皇凡九集。自元康元年至五鳳二年，甘露四降京師。

㊃嘉生，猶沈約《符瑞志》所謂嘉禾、嘉瓜、嘉柰、嘉蓮之類也。

㊄覯，遇見也。昭，明也。

㊅昌，盛也。

㊆屆，卽至也。一曰行不便也。

校勘記

〔一〕「昭」，叢刊本、梁本作「招」。

〔二〕「屆」，梁本作「局」。

建平王讓鎮南徐州刺史啟

臣言：臣誓惟殃釁，頻瀉四折㊀〔一〕。慊慊狂愚，冀蒙哀弔。而聖旨懸嚴，便賜斷表㊁。神乖意失，音影何地！吞悲茹號〔二〕，情膽載絶。臣荒昧神氣，爰自幼稟，分踰鼎貴，秩高外州。臣乏素能㊂，或所不任。況在憂年㊃，必取黜辱。特爲開非常之恩㊄，借權製之義㊅。紊禮滅經，實翦治本。臣又能身祈命請，一感天地。躑躅表啟，心容已靦。猶疑大道之行，墨縗不興㈦〔三〕。孝治天下，通喪獲遂㈧。陛下覆被仁明，品物無漏。豈於微臣，獨不綱鑒！燋鯁在躬㈨〔四〕，輒復塵觸。伏願暫輟聽覽，少憐苫草㈩。則臣死之日，猶生之年。臨啟恍惚，魂識無主，不勝殞越怵息之心。

㈠殃釁，禍亂也。李令伯《陳情表》曰：臣密言，臣以險釁，夙遭閔凶。瀉，傾注也。折，短折也。年未三十曰折。

㈡斷表，斷然不可復辭之表。

㈢言乏平素之能也。

㈣是時建平王居母周太妃之憂，載見行狀。

㈤漢武帝求賢良詔曰：「蓋有非常之功，必待非常之人。」

㈥揚子雲《解嘲》曰：秦法酷烈，聖漢權製。

㈦《史記》曰：晉文公卒，子襄公立。秦襲鄭，先軫曰：「秦侮吾孤，伐吾同姓，何德之報！」遂擊之。襄公墨縗經，敗秦師於殽，遂墨以葬文公。杜預註曰：「以凶服從戎，故墨之。」

㈧通喪，三年之喪也。

㈨燋，火傷也。鯁，骨在咽也。躬，身也。

㈩《禮記》：寢苫枕塊。《左傳》：齊晏桓子卒，晏嬰麤縗斬，寢苫枕草。

校勘記

〔一〕「頻瀉四折」，梁本作「頻寫曲折」。「折」，元鈔本作「析」。

〔二〕「悲」，梁本作「聲」。
〔三〕「纕」，叢刊本及原本校勘作「纕」。
〔四〕「䭋」，原作「鯾」，據叢刊本、梁本改。

蕭領軍讓司空並敦勸啓

臣某言：臣沿心之請，丹識以傾。詔旨沖絶〔一〕，便賜斷表。伏聞當遣王人，猥垂獎勸。仰天光休，俯增驚厲。中謝。臣以爲槐鉉之任㈠，百王攸先㈡。具司是屬，冠冕式瞻。化曜昌煇，連基政務，事深崇替㈢，迹豫興衰。故道富一時，則風行明令；才乏適權，則山摧河泣。既撓汨蒼祇㈣，將紊毁身國㈤。臣進退惟疑㈥，再三自顧㈦，實以陋情，非忘寵極〔二〕，但畏軼超疲伍，迺參鼎軸。無德而貴，豈敢偷存？才怯任重，物所不恕。故弱識褊概㈧，頻布前辭；枯木朽株㈨，永隔谿恕。豈特《大車》方塵㈩，《小雅》有廢而已哉⑪？將據致寇之悔⑫，取鑒於兹矣。且皇華之命，居上之鴻私⑬；鳳皋之招，爲下之殊榮⑭。國勳必書，史不謬牘。況臣連牧圉岳⑮，董率職方⑯。既鑠近古，垂耀中葉。揆望揣實，爲泰已甚⑰。而迺復降朱輪之使⑱，方枉青册之勸⑲。寤寐悁灼⑳，諒無以任。輒重素誠，冒覬神炤。伏願皇靈，特垂開愍。賜停正台之職，並免敦勸之使。餘所榮忝，誓不敢辭。肅恭外屏，祈迴恩授。則於臣慊款〔三〕，復爲惠造。不任憂戴匪惶之情〔四〕。

〔一〕《周官》曰：面三槐，三公位焉。註：槐之言懷也。鉉，鼎鉉也。環濟《要略》曰：三公者，象鼎三足，共承其上也。

〔二〕班固《漢書贊》曰：漢承百王之弊。

〔三〕《國語》：藍尹子亹語子西曰：吾聞君子惟獨居思念前世之崇替，於是有歎。韋昭註曰：崇，終也。替，廢也。

〔四〕撓汩，亂也。蒼，天也。祇，地也。

〔五〕紊，亂也。《尚書》曰：有條而不紊。

〔六〕《毛詩》曰：進退惟谷。

〔七〕《尚書》曰：至於再，至於三。又吳季重《答臨菑侯書》曰：申之再三，赧然汗下也。

〔八〕褊，急也。《毛詩》曰：維是褊心。　概，量也。

〔九〕《晉陽秋》曰：翟道淵隱於潯陽，庾公造之甚恭。道淵曰：「直敬其枯木朽株也。」

〔一〇〕《大車》，《毛詩》篇名。朱註曰：周衰，大夫猶有能以刑政治其私邑者。故淫奔者畏而歌之如此。　塵，廢也。

〔一一〕《毛詩註》曰：《小雅》，燕饗之樂也。或歡欣和悅，以盡羣下之情；或恭敬齋莊，以發先王之德。言周大夫《大車》刑政之化，及《小雅》和悅恭敬之容，俱已成塵廢弛矣。

〔一二〕《易》曰：負且乘，致寇至。　言無德據高位，盜起而奪之也。

〔一三〕《毛詩》曰：皇皇者華。　天子遣使臣之詩。

〔一四〕陸士衡《演連珠》曰：是以俊乂之藪，希蒙翹車之招；金碧之巖，必辱鳳舉之使。

〔一五〕牧，以取牧養之義也。　圉，邊垂也。《尚書》曰：詢於四嶽。

〔一六〕董，正也。《尚書序》曰：述職方以除九丘。

〔一七〕揚子《孝至篇》曰：由其德，舜禹之受天下不爲泰。不由其德，五兩之綸，半通之印，亦泰矣。

〔一八〕《報孫會宗書》曰：惲家方隆盛時，乘朱輪者十人。註：二千石皆得乘朱輪。

〔一九〕册，符命也。諸侯進受於王，象其禮。一長一短，中有二編也。勸，卽敦勸，固請也。

〔二〇〕悁，憂也。

校勘記

〔一〕「絶」，梁本作「挹」。

〔二〕「非」，叢刊本、梁本及原本校勘作「悲」。

〔三〕「款」，原本作「疑」，據叢刊本、梁本改。

〔四〕「戴」，原本作「載」，據叢刊本、梁本改。

蕭太尉子姪爲領軍江州兗州豫州淮南黃門謝啟

《資治通鑑綱目》曰：宋昇明二年秋八月，宋以蕭賾爲領軍，蕭嶷爲江州刺史。冬十月，以蕭映爲南兗州刺史，蕭晃爲豫州刺史。本紀曰：兄子鸞，字景栖，爲明帝。昇明二年遷寧朔將軍淮南宣城二郡太守。本傳曰：文惠太子長懋，字雲喬，世祖長子也，爲太祖所愛。昇明二年，除中書郎，遷黃門侍郎。

臣公言：臣頻結崇寵，亟延上爵，休恩動俗〔一〕，烈榮振古〔二〕。鴻品清飾，已藹金圖；秀鼎號銘，共茂瑶篆。永言戚慮，鑒寐殷心，況乃秩洽朝門，慶霑國珮。弱息臣諱㊂、嶷㊃、映㊄、晃等㊅，文不昭典，武不定功。出内帷闥，升降貂綬，或振迹領傒，職贊禁錡㊆；或騰光江甸，任鈞屏翼；河兗衝要，既濫北門之管㊇；淮豫險捍，又謬西偏之寄㊈。兄子臣鸞㊉，忝守近畿。嫡孫臣某〔一一〕，載華省闥〔一二〕。皆倏忽晷景，頻煩升荷。雖咸罄愚識〔一三〕，恪居匪贊〔一四〕。豈足以少塞神渥，裁酬皇眷？罍犢一盈，慚厲彌積。談天之辨，不能爲臣陳辭〔一五〕；雕龍之文，無以爲臣飾愧〔一六〕。静然肅念，徘徊交集。不任憂慼沐浴之情。

㊀休，美也。

㊁烈，盛也。

㊂世祖諱賾，字宣遠，乃齊太祖太子。淹後爲世祖之臣，故當時諱之。

㊃豫章王嶷，字宣儼，齊太祖第二子也。寛仁弘雅，太祖特鍾愛焉

㊄臨川獻王映，字宣光，太祖第三子也。

㊅長沙威王晃，字宣明，太祖第四子也。

㊆錡，乃受甲之所。

㊇《左傳》曰：「杞子告於秦曰：『鄭人使我掌其北門之管。』」

㊈《左傳》曰：鄭伯使公孫獲處許西偏，曰：凡器用財賄，無寘於許。

㊉《綱目》曰：西昌侯蕭鸞，齊主兄道生之子，早孤，齊主養之如己子。

㈡嫡孫，即齊世祖太子長懋也，性奢靡，治堂殿園囿，過於上宮，素惡西昌侯鸞。嘗曰：「我殊不喜此人。」

㈢《七畧》曰：齊人田駢，好談論，故齊人爲語曰：「天口駢。」天口者，言田駢子不可窮，其口若似天。

㈣《七畧》曰：鄒赫子，齊人也。齊人爲諺曰：「雕龍赫。」言操修鄒衍之術，文飾之若雕鏤龍文也。任彦昇《德宣王后令》曰：「辨析天口而似不能言，文擅雕龍而成輒削藁。」此語從江文中來。

校勘記

〔一〕「華」，元鈔本作「榮」。

〔二〕「識」，梁本註「一作職」。

〔三〕「贊」，叢刊本、梁本作「替」。

詔

《文選註》曰：詔，照也。天子出言，如日之照於天下也。

遣大使巡詔〔一〕

門下：昔明王馭世，巡嶽采政㈠；睿后司朝，觀俗調化㈡。故生無鬱滯，物獲修通。鼇風拯患，於兹爲急。朕以輶薄，昧於大道。因璿璣之曆㈢，遵三德之運㈣。緬鑒前哲，寤寐永歎。思所以闕訪治蠹〔二〕，詢求民瘼。才寡務殷㈤，若無津際〔三〕。故以情深危薄，心疚夙夜矣。可普遣大使，分行四方。推賢薦能，問疾舉滯。若其采野不闕〔四〕，犴訟有虧，妨氓利害，擾黷政經者，具以奏聞。如其讜言嘉話㈥，真士智才，亦依名謄上，隨事均量，務取厥中。朕將親覽，以弘遠化。

㈠鄭玄《毛詩註》曰：天子巡狩邦國，至方嶽之下而封禪。
㈡宋孝武帝《省風俗詔》曰：朕奄一天下，當沿時省方，觀察風俗，外詳考舊典，以副側席之懷也。
㈢《尚書》曰：舜在璿璣玉衡，以齊七政。
㈣《周禮》：師氏以三德教國子，一曰至德，以爲道本；二曰敏德，以爲行本；三曰孝德，以知逆惡。
㈤殷，盛也。
㈥讜，善言也。

校勘記

〔一〕梁本「巡」下有「行」字。
〔二〕「闕」，叢刊本、梁本均作「闢」。
〔三〕「際」，叢刊本、元鈔本作「漈」。
〔四〕「闕」，叢刊本、梁本均作「闢」。

賜赦交州詔

門下：交部昔值時詖㈠，負海不朝。因迷遂往，歸款莫由㈡。今創制萬宇，烟煴造物。原刑四裔㈢，澤洽中畿㈣〔一〕。憖彼邊氓〔二〕，未均王化。宣弘遠仁，蕩以更始。可曲赦彼州統內〔三〕，咸同曠泰。李叔獻一人，卽撫南土。其股肱文武，詳材選推；並遣大使，宣揚朝旨㈤。

㈠詖，諂也。

㈡言迷惑，遂失其所往，欲歸款而無由也。

㈢《尚書》曰：流共工於幽州，放驩兜於崇山，竄三苗於三危，殛鯀於羽山。註：幽州北裔，崇山南裔，三危西裔，羽山東裔，是爲四裔。

㈣言化澤普洽中國也。

㈤按《齊書》本紀：建元元年七月丁未，詔曰：「交趾比景，獨隔書朔。斯乃前運方季，負海不朝，因迷遂往，歸款莫由。曲赦交州部內李叔獻一人，卽撫南土，文武詳才選用。并遣大使宣揚朝恩。」

校勘記

〔一〕「洽」，叢刊本、梁本均作「浹」。

〔二〕「憖」，疑當作「愍」。

〔三〕「彼」，原作「被」，據叢刊本、梁本改。

斷募士詔

門下：設募取將〔一〕，懸賞購士。蓋出權宜，非曰恒制〔二〕。頃者，民罹氛薉㊀，世襲艱阻，因時流故，浸以成俗。斯風蕩而未返〔三〕，且滋長逋逸，開罪山湖。遂乃黥刑不辱，草竊無咎；平政察治，萌合甄革。自今已後〔四〕，可悉斷衆募㊁。

㊀罹，遭也。氛薉，沴氣也。

㊁蕭子顯《齊書》曰：建元元年十二月丁未，詔曰：「設募取將，懸賞購士。蓋出權宜，非曰恒制。頃世艱險，浸以成俗。且長逋逸，開罪山湖。是爲黥刑不辱，亡竄無咎。自今以後，可斷衆募。」

校勘記

〔一〕「設」，梁本註「一作詔」。

〔二〕「恒」，叢刊本、梁本作「經」。

〔三〕「返」，梁本註「一作還」。

〔四〕「已」，梁本註「一作以」。

封江冠軍等詔

門下：締基緯業㊀，序功攸急㊁。開曆闡祚，酬庸爲先。故以式藹曩書，載炳前軌。文仲假等〔一〕，或成亮艱危〔二〕，効彰屯詖。皆績幹兩宣，勤國兼立〔三〕。宜各分珪社㊂，以酬厥勞諡〔四〕。

㊀締，結不解也。緯，經緯。此齊太祖初立而言也。

㊁攸，所也。

㊂古者，國家平定，封功臣，賜之以珪以社。

校勘記

〔一〕「假」，梁本無此字。

〔二〕「成」，梁本作「誠」。

〔三〕「國」，梁本作「圖」。

〔四〕「諡」，原抄本無「諡」字。

大赦詔

門下：朕思弘風教，而刑圄猶積。永言前烈，兢歎載懷。今履端告始㊀，羣后執贄㊁〔一〕。治洽樂交〔二〕，華夷同泰。雖歌慚擊石㊂〔三〕，采愧卿雲㊃〔四〕。然景業初基，義深恒典；慶動玄靈，歎溢都縣。憫彼幽黔㊄，猶隔茲澤；思我兆民，共熙至化。

㊀《春秋傳》曰：履端於始。

㊁《尚書》曰：「班瑞於羣后。」註：「瑞，玉也。羣后，公、侯、伯、子、男也。公執桓圭，侯執信圭，伯執躬圭，子執穀璧，男執蒲璧。」

㊂《呂氏春秋》曰：「帝堯立，乃命質爲樂，質乃效山林谿谷之音以歌，乃擊石以象上帝玉磬之音，以致率舞百獸。」

㊃舜時《卿雲歌》曰：「卿雲爛兮，糺漫漫兮。日月光華，旦復旦兮。」

㊄幽黔，言幽囚囹圄之人也。

校勘記

〔一〕「羣」，叢刊本作「郡」。

〔二〕「交」，梁本作「郊」。

〔三〕「歌」，叢刊本、梁本作「和」。

〔四〕「卿」，原作「鄉」，據叢刊本、梁本改。

北伐詔

門下：朕統曆馭政，志包函夏。庶總文軌㊀，無思不服。而逖焉狡虜，久爲邊虞。及宋末不庭㊁，授策乖律㊂。北州外淪，威風内毁。鑒彼隆替㊃，慨歎盈懷。冕旒濟河㊄，翦彼凶狄㊅。咸秩中岳㊆〔一〕，望祝汾陰㊇〔二〕，則聲教邕矣。猶以經綸惟始，恩化甫洽，勞民擾衆，爲政所重。故方輟六師㊈，按經九伐㊉。今淮泗告驚，羽書馳聞。醜羯妖燼⑪，送死北垂。

徵天人之數，撫自來之會。無勞遠兵，剿撲爲易〔三〕。蓋因茲大號，蕩其巢藪。可遣使某官組甲十萬⑫，鐵騎千馬，斜趣潁洛，衝其要津；某官某虎旅八萬⑬，舳艫數千⑭，沿淮長驅⑮，稜威清汴⑯〔四〕；某官某舟師五萬，直出淮淝⑰；某官控江右之鋭，駱驛既進〔五〕；某官某率羽林勁男〔六〕，爲水陸形援；某官某甲等〔七〕，並率義勇之衆，牙制犄角之機⑱〔八〕。戎車戒路，事宜總一。使持節、都督南徐兗二州諸軍事；後軍將軍、南徐州刺史長沙王晃⑲，出次江都⑳，爲衆軍節度。驍雄競奮〔九〕，火烈風掃，剋定中原，肅清河洛。便可内外纂嚴，以時備辦。

㊀宋文帝《北伐詩》曰：逝將振宏綱，一麾同文軌。

㊁《漢書》曰：龍荒朔漠，莫不來庭。

㊂策，簡策也，與册同，卽符信也。律，法也。

㊃《晉書·王羲之傳》曰：足下出處，足觀政之隆替。

㊄冕旒濟河，齊太祖親自出師，如孟明濟河焚舟，示必克之意也。

㊅狄，犬種也，其類有五：月支、穢貊、匈奴、單于、白屋。

㊆《封禪書》曰：昔三代之君，皆在河洛之間，故嵩高爲中岳。註：中岳，今屬河南府。

㊇《地理志》曰：汾陰，古河東郡，今屬平陽府。漢武帝祝汾陰后土，作《秋風辭》。

㊈《尚書》曰：歲呈六師。

〔一〇〕《禮記》曰：夏官九伐之法，正邦國。註：謂征伐諸侯之法凡九也。

〔一一〕羯，羯虜也。燼，火餘也。

〔一二〕《左傳》：楚子重伐吳，組甲三百，被練三千。

〔一三〕虎，貔虎也。《地官》曰：五百人爲一旅。

〔一四〕《漢武帝本紀》曰：舳艫千里。註：舳首尾相啣不斷也。

〔一五〕淮，淮水也，出桐柏，繞揚州北界而注之海。

〔一六〕汴，汴河也。

〔一七〕淮淝，淮陽合淝也，俱江之右。

〔一八〕牙制，犬牙相制也。《左傳》戎子曰：譬如捕鹿，晉人角之，諸戎掎之，與晉踣之。

〔一九〕太祖第四子蕭晃也。

〔二〇〕江都，屬揚州郡。

校勘記

〔一〕「秩」，原作「秩」，據叢刊本改。

〔二〕「祝」，叢刊本、梁本作「祀」。

〔三〕「撲」，原作「樸」，據叢刊本改。

〔四〕「清」，叢刊本、梁本作「青」。

〔五〕「既」，元鈔本、梁本作「繼」。

〔六〕「男」，梁本作「勇」。
〔七〕「某官某甲等」，原作「其官甲等」，今據叢刊本、梁本改補。
〔八〕「牙制犄角」，叢刊本作「㸦盡椅角」，案「㸦」即「互」之俗體。
〔九〕「競」原作「竞」，據梁本改。

王僕射爲左僕射詔〔一〕

按本傳：王儉字仲寶，尚宋陽羨公主。太祖爲太尉，引爲右長史。太祖太傅之授，儉所倡也。少有宰相之志。時大典將行，儉爲佐命，禮儀詔策，皆出於儉。遷右僕射，領吏部，時年二十八。明年，轉左僕射，領選部。

門下：端貳樞祕，實惟國禎。緝典宣機，所寄時彦。尚書右僕射、領吏部尚書㊀、南昌縣開國公儉，器懷明亮，風情峻遠，業積珪璋㊁，才兼經緯㊂。況乃節亮帷幄，謇敷端揆；升授之宜，蓋允具瞻。可左僕射。

㊀《晉公卿禮秩》曰：司馬珪三十七爲尚書僕射，魏晉以來，或置左右，或不置。
㊁《毛詩》曰：如珪如璋。
㊂《左傳》曰：經緯天地曰文。

校勘記

〔一〕「王僕射」，梁本作「王儉」。

王撫軍爲安東吴興詔

本傳曰：王敬則，晉陵南沙人也。袁粲起兵，敬則開關掩殺之。太祖受禪，封尋陽郡公。尋遷使持節、散騎常侍，安東將軍，吴興太守。

門下：震澤殷奥㊀，撫馭須才。都官尚書、撫軍、潯陽郡開國公敬則，志幹貞烈，秉情開敏。忠勤之至〔一〕，形乎出内。必能綏懷大邦，剋隆美政，可安東將軍吴興太守〔二〕。

㊀震澤，卽姑熟之太湖也。《禹貢》謂之震澤，《周官》、《爾雅》謂之具區，《史記》《國語》謂之五湖。

校勘記

〔一〕「至」，梁本作「志」。

〔二〕「可安東將軍吴興太守」，原本無此九字，據梁本補。

曲赦丹陽等四郡詔

門下：朕與言民瘼，昧旦求政，所以庶存簡惠，緝兹治道。而玉燭未調㊀，祥風尚鬱㊁。京輔及三吴〔一〕，昔歲水災，秋登既罕；今兹厲疾，罹患者多。納隍之歎，爲矜良深㊂！可曲赦揚州所統丹陽、吴興，南徐州所統義興等四郡，其遭水尤劇之縣，自今年以前，三調未充，而虚例已畢㊃，官長局吏，應共備償者，雖卽事爲愆，情在可亮。外詳所除，以弘優澤㈤。

㈠四時和，則爲玉燭調也。

㈡祥風，和風也。鬱，幽滯也。

㈢言民遭災疫而死者，納之溝隍，良深矜哀也。宋文帝《北伐詩》曰：「眷言悼斯民，納隍良在己。」

㈣三調未充，言已經三徵，未見充納，已成虛例耳。

㈤六月癸未，詔曲赦丹陽、二吴、義興、四郡遭水尤劇之縣，元年以前，三調未充，虛例已畢；官長局吏應共償備外，詳所除宥。

校勘記

〔一〕三吴，《南齊書》卷二及叢刊本作「二吴」。

王僕射領太子詹事詔〔一〕

本傳曰：「建元元年，改封南昌縣公，食邑二千户。明年轉左僕射，領選如故。侍上宴，羣臣數人，各使効伎藝。褚淵彈琵琶，王僧虔彈琴，沈文季歌《子夜》，張敬兒舞，王敬則拍張。儉曰：『臣無所解，唯知誦書。』因跪上前，誦相如《封禪書》。上笑曰：『此盛德之事，吾何以堪之。』後上使陸澄誦《孝經》，自『仲尼居』而起。儉曰：『澄所謂博而寡要，臣請誦之。』乃誦《君子之事上》章。上曰：『善，張子布更覺非奇也。』尋以本官領太子詹事，加兵二百人。」

門下：管司東朝，歷代所重。自非國華㈠，莫允斯任。侍中尚書左僕射南昌縣開國公儉，鑒識清澹〔二〕，理懷秀澈。績亮朝端，譽敷僉議㊁。贊業攸光㊂，物聽斯緝。宜總二官，以穆彝序。

㊀國華，國之英華。

㊁僉，衆也。

㊂贊，翊也。攸，所也。

校勘記

〔一〕「王僕射」，梁本作「王儉」。

〔二〕「澹」，叢刊本、梁本均作「贍」。

何詹事爲吏部尚書詔

何戢，字慧景，盧江人也。太祖爲領軍，與戢來往，數置歡燕。上好水引餅，戢令婦躬自執事，以設上焉。建元元年，遷散騎常侍，太子詹事。上欲轉戢領選，問尚書令褚淵，淵曰：「臣與王儉既已左珥，若復加戢，則八座便有三貂。」乃以戢爲吏部尚書。

門下：官人之職，實難其選。所以弼諧彝品㊀，謨明庶績㊁。今思治惟急，彌不可曠。侍中太子詹事戢，業履修平，體識詳隱。自升官闈，美譽咸聞。必能無懈於位，燮茲流序㊂。

㈠弼，輔也。諧，和也。彝，常也。
㈡謨，議謀也。庶績，衆績也。
㈢燮，和也。

王侍中爲南蠻校尉詔

按本傳：王奂，字彦孫，瑯琊人也，領南蠻校尉。奂一歲三遷，上表固辭南蠻，於是罷南蠻校尉，進號前將軍。

門下：荆楚殷曠，任重寄深。毗佐之選，非良勿授。侍中領祕書監驍騎將軍奂，秉心貞元，志局開亮。績譽之美，在公屢彰。必能贊政南紀，播惠西夏。

王光禄爲征南湘州詔

王僧虔，瑯琊人也，弱冠弘厚，善隸書。宋文帝見其書素扇，歎曰：「非惟跡逾子敬，方當器雅過之。」太祖善書，及即位，篤好不已，示僧虔古法書十一帙，就求書者姓名。僧虔得民間所有、帙中所無者十二卷，奏之。又上羊欣所撰《能書人名》一卷。建元元年，轉侍中、撫軍將軍、丹陽尹。二年，改授左光禄大夫，侍中、尹如故。其年冬，遷持節征南將軍、湘州刺史。

門下：衡岳名區，荆湘奥壤。自頃凋弊，綏撫須賢。侍中光禄大夫丹陽尹僧虔，德履淹邃，識局詳正。沖素之行〔一〕，朝望攸歸；歷職之庸，載懷僉聽。往任沅湘，餘惠在民。今宜重敷善政，申此懿績。

校勘記

〔一〕叢刊本無「行」字，梁本「行」作「品」。

柳僕射爲南兗州詔

本傳曰：柳世隆，字彥緒，河東解人也。以沈攸之功，封貞陽侯，進爵爲公。尋授後將軍、尚書右僕射，不拜。性愛涉獵，啟太祖借秘閣書，上給二千卷。三年，出爲使持節督南兖兖青徐冀五州軍事。

門下：河兗衝要，維扞中畿。司牧之任，宜詳其授。後將軍領軍、新除尚書左僕射、湞陽郡國公世隆，業體淹濟，思情通敏。功書王府，績彰累任。必能宣弘恩政，威懷萬里。雖哀疾毁頓，而禮有權奪。

王僕射加兵詔

太祖卽位，加儉右僕射。明年，轉左僕射，尋以本官領太子詹事，加兵二百。

門下：散騎常侍、尚書左僕射、太子詹事、南昌縣開國公儉，忠款昭著，任寄隆深。既光朝猷，允屬民聽。宜增威飾，以崇望實，可加兵二百。

立學詔

門下：夫膠庠之典[一]，彝倫攸先。所以招振才端[二]，啟發性緒。弘世字氓，納之軌儀。是故五禮之迹可傳，六樂之容不泯。朕自膺曆受圖，志闡經訓。且有司羣僚[三]，奏議橫集。以戎車屢警，文教未敷。思樂辟雍，永言多慨。今關燧無虞，時和歲稔。遠邇同風，華夷慕義。便可式遵前準，修建斆學[四]，精選儒官，廣延國胄㊀。

㊀按《齊本紀》曰：四年春正月壬戌，詔曰：「夫膠庠之典，彝倫攸先。所以招振才端，啟發性緒。弘字黎氓，納之軌儀。是故五禮之迹可傳，六樂之容不泯。朕自膺曆受圖，志闡經訓。且有司羣僚，奏議咸集。蓋以戎車時警，文教未宣。思樂泮宮，永言多慨。今關燧無虞，時和歲稔。遠邇同風，華夷慕義。便可式遵前準，修建斆學。精選儒官，廣延國胄。」

校勘記

[一]「膠」，原作「謬」，據叢刊本、梁本改。

[二]「招」，叢刊本、梁本作「昭」。

[三]叢刊本、原書底本無「司」字。

[四]「斆」，叢刊本、原書底本作「教」。

王鎮軍爲中書令右光禄詔

王延之，字希季，瑯琊臨沂人也。太祖輔政，朝野之情，人懷彼此。延之與尚書令王僧虔中立，無所去就。時人語曰：「二王持平，不送不迎。」太祖以此善之。建元二年，進號鎮南將軍。四年，遷中書令，右光禄大夫。

門下：綸言要密〔一〕，歷選爲難。優秩崇顯，允在舊德。使持節都督江州豫州之新蔡、晉熙二郡諸軍事，鎮南將軍江州刺史延之，業履沖約，秉情閑素。譽彰頻試，績著累朝。自居南服㈠，徽庸克舉㈡。宜升寵章，管兼樞祕。

㈠南服，南方所服之地也。

㈡徽，美也。庸，勳也。

校勘記

〔一〕「綸」，原作「論」，據叢刊本改。

張令爲太常領國子祭酒詔

張緒，字思曼，吴人也。宋明帝每見緒，輒歎其清淡。轉太子中庶子，大中正。建元元年，轉中書令。四年，初立國學，以緒爲太常卿，領國子祭酒。

門下：庠議既敷，縉紳攸屬。師氏之任，宜歸儒素。散騎常侍中書令、驍騎將軍、揚州大中正緒，器識清簡，理懷恬約；譽洽朝聞，聲緝民聽。必能闡揚玄宗，式範胄子㊀。兼掌宗伯，望實惟宜。

㊀胄子，國子也。《尚書》曰：夔，命汝典樂，教胄子。

蕭冠軍進號征虜詔

本紀曰：蕭鸞，字景栖，始安貞王道生子也。少孤，太祖撫育，恩過諸子。建元二年，爲持節督郢州司州之義陽諸軍事、冠軍將軍，進號征虜將軍。

門下：維翰之重㊀，實資名品。使持節都督郢州司州之義陽諸軍事、冠軍將軍、郢州刺史、南昌縣開國侯鸞㊁，體局弘濟，器操端敏。自莅任夏首，美政殷流。必能聿宣國化㊂，以庇人瘼。宜崇顯秩，允兹聲望。

㊀《毛詩》曰：維周之翰。

㊁蕭鸞，齊太祖兄子也，後弑二主而自立，爲明帝。

㊂聿，能理其事之詞也。

褚侍中爲征北長史詔

褚炫，字彦緒，河南陽翟人也。凡三爲侍中，出爲竟陵王征北長史。

門下：蕃佐須才，非良莫寄。侍中領步兵校尉炫，識業清悟，思懷淹暢〔一〕。出内之譽，日聞其美。宜弼諧親屏，以申茂績。

校勘記

〔一〕「淹」，叢刊本作「掩」。

江文通集彙註卷九

上書

詣建平王上書〔一〕

《梁書》曰：宋建平王景素好士，淹隨景素在南兗州，廣陵令郭彦文得罪，辭連淹，繫州獄，淹獄中上書。

昔者，賤臣叩心，飛霜擊於燕地㊀〔二〕；庶女告天，振風襲於齊臺㊁。下官每讀其書，未嘗不廢卷流涕㊂。何者？士有一定之論，女有不易之行。信而見疑，貞而爲戮。是以壯夫義士，伏死而不顧者，此也〔三〕。下官聞：仁不可恃，善不可依；謂徒虚語〔四〕，乃今知之。伏願大王暫停左右，少加矜察〔五〕。

㊀《淮南子》曰：鄒衍盡忠於燕惠王，惠王信譖而繫之，鄒子仰天而哭，正夏而天爲之降霜。

㊁《淮南子》曰：庶女告天，雷電下擊，景公臺隕。

㊂太史公曰：始齊之蒯通及主父偃讀樂毅之報燕王書，未嘗不廢書而泣也。

下官本蓬户桑樞之人㊀〔六〕，布衣韋帶之士㊁〔七〕；退不飾《詩》《書》以驚愚，進不賣聲名於天下〔八〕。日者，謬得升降承明之闕，出入金華之殿③。何嘗不局影凝嚴，側身扃禁者乎？竊慕大王之義，復爲門下之賓〔九〕，備鳴盜淺術之餘④，豫三五賤伎之末⑤。大王惠以恩光，顧以顔色〔一〇〕。實佩荆卿黄金之賜⑥，竊感豫讓國士之分矣⑦。嘗欲結纓伏劍，少謝萬一⑧；剖心摩踵，以報所天。不圖小人固陋，坐貽謗缺⑨。迹墜昭憲，身限幽圄。履影弔心，酸鼻痛骨。下官聞虧名爲辱，虧形次之。是以每一念來〔一一〕，忽若有遺。加以涉旬月，迫季秋，天光沉陰，左右無色。身非木石，與獄吏爲伍。此少卿所以仰天搥心，泣盡而繼之以血者也⑩〔一二〕。下官雖乏鄉曲之譽，然嘗聞君子之行矣〔一三〕：其上則隱於簾肆之間⑪〔一四〕，臥於巖石之下⑫；次則結綬金馬之庭，高議雲臺之上；退則虜南越之君〔一五〕，係單于之頸⑬。俱啓丹册，並圖青史。寧争分寸之末〔一六〕，競錐刀之利哉〔一七〕！下官聞積毁銷金〔一八〕，積讒磨骨⑭〔一九〕。遠則直生取疑於盜金⑮〔二〇〕，近則伯魚被名於不義⑯。彼之二才〔二一〕，猶或如是〔二二〕；況在下官，焉能自免！昔上將之耻，絳侯幽獄⑰；名臣之羞，史遷下室⑱。至如下官，當何言哉〔二三〕！夫以魯連之智〔二四〕，辭禄而不反⑲；接輿之賢，行歌而忘歸⑳。子陵閉關於東越㉑，仲蔚杜門於西秦㉒，亦良可知也。若使下官事非其虚，罪得其實；亦當鉗口吞舌㉓，伏匕首以殞身。何以見齊魯奇節之人，燕趙悲歌之士乎？

①《淮南子》曰：處窮僻之鄉，蓬户甕牖，揉桑以爲樞。

〔二〕《説苑》：唐且謂秦王曰：「大王嘗聞布衣韋帶之士怒乎？伏尸二人，流血五步。」

〔三〕《漢書》：帝賜嚴助書曰：「君厭承明之廬。」又曰：班伯少受《詩》於師丹。上方向學，鄭寬中、張禹朝夕入説《尚書》、《論語》於金華殿中，詔伯受焉。

〔四〕《史記》曰：秦昭王囚孟嘗君，欲殺之。孟嘗君使人求昭王幸姬，求解。姬曰：「願得君狐白裘。」裘已獻之昭王矣，偏問客，莫能對，最下客乃夜爲狗盗，取所獻狐白裘以獻姬，姬爲言得出，馳去至關。關法：雞鳴出客，恐追至，客之居下坐者能爲雞鳴，羣雞皆鳴，遂得出。

〔五〕《抱朴子》曰：大將軍當明案九官，視年在宫，常孰三居五，五爲死，三爲生，能知三五，横行天下。

〔六〕荆軻之燕，太子臨池而觀，軻拾瓦投龜，太子令人奉盤金，軻用抵龜，復進，軻曰：「非爲太子愛金，但臂痛耳。」

〔七〕豫讓爲智伯刺趙襄子，襄子責之曰：「子事范、中行氏，智伯滅之，不爲報仇，而反委質臣事智伯。」讓曰：「范、中行氏以衆人遇我，我以衆人報之；智伯以國士遇我，我故國士報之。」

〔八〕《左傳》曰：衛太子迫孔悝於厠，强盟之，遂劫以登臺。子路曰：「太子無勇，若燔臺未半，必舍孔叔。」太子聞之懼，下石乞孟黶敵子路，以戈擊之，斷纓。子路曰：「君子死，冠不免。」結纓而死。又曰：晉侯殺里克，公使謂之曰：「子弑二公一大夫，爲子君者，不亦難乎？」對曰：「不有廢也，君何以興！欲加之罪，其無辭乎？臣聞命矣。」伏劍而死。

〔九〕缺，毁也。

〔一〇〕司馬遷《答任少卿書》曰：今少卿抱不測之罪，涉旬月，迫季冬。又曰：身非木石，獨與法吏爲伍。《韓子》曰：卞和抱其璞而哭，三日三夜，泣盡而繼之以血也。

〔一一〕《漢書》曰：嚴君平賣卜於成都市，日得百錢，足自養，則閉肆下簾。

〔一二〕《論衡》曰：鄭子真耕於巖石之下，名震京師。

〔一三〕《漢書》曰：南越與漢和親，乃遣終軍使南越，軍自請：「願受長纓，必羈南越王而致之闕下。」賈誼曰：「行臣之計，請必係單于之頸而制其命。」

〔一四〕鄒陽上書曰：衆口鑠金，積毀銷骨。

〔一五〕《漢書》：直不疑，爲郎，事文帝。其同舍有告歸，誤持其同舍郎金。已而同舍郎覺，妄意不疑，不疑謝而有之，買金償之。後告歸者至，而歸金，亡金郎大慚。

〔一六〕《後漢書》曰：第五倫，字伯魚，從王朝京師，得會，帝戲謂倫曰：「聞卿爲吏篣婦公，不過從兄飯，寧有之耶？」倫對曰：「臣三娶妻，皆無父。少遇饑亂，實不敢妄過人食。」帝大笑。

〔一七〕絳侯周勃，持兵北軍，後就國，有誣告反者，而下勃廷尉，是爲耻也。

〔一八〕司馬遷爲白李陵，下蠶室腐刑，故云名臣之羞。

〔一九〕《史記》曰：秦使白起圍趙，聞魯連責新垣衍，秦軍遂引去。平原君欲封仲連，謝不肯受。

〔二〇〕《論語》：楚狂接輿歌而過孔子，曰：「鳳兮，鳳兮，何德之衰！」

〔二一〕《後漢書》曰：嚴光，字子陵，會稽人，與世祖同學。及即位，變名姓，隱身不見。

〔二二〕《三輔決録註》曰：張仲蔚，扶風人也，少與同郡魏景卿隱身不任，所居蓬蒿没人。

〔二三〕《莊子》曰：鉗墨翟之口。《燕丹子》謂：荆軻曰：「田光向軻吞舌而死。」

方今聖歷欽明〔二五〕，天下樂業。青雲浮洛，榮光塞河㊀。西洎臨洮、狄道，北距飛狐、陽原㊁，莫不浸仁沐義，昭景飲醴〔二六〕。而下官抱痛圜門，含憤獄户，一物之微，有足悲者。仰惟大王少垂明白，則梧丘之魂，不愧於沉首㈢；鵲亭之鬼，無恨於灰骨㈣。不任肝膽之切，敬因執事以聞。此心既照，死且不朽〔二七〕。

㈠《尚書中候》曰：成王觀於洛河，沈璧。禮畢，王退，俟至於日昧，榮光並出幕河，青雲浮洛，青龍臨壇，銜玄甲之圖，吐之而去也。

㈡《淮南子》曰：秦之時，丁壯丈夫，西至臨洮狄道，東至會稽浮石，南至豫章桂林，北至飛狐陽原。

㈢《晏子春秋》曰：景公田於梧丘，夜坐睡，夢見五丈夫徙倚稱無罪。公問晏子。曰：「昔先公靈公出畋，有五丈夫來，驚獸，悉斷其頭而葬之，命曰丈夫丘。」命人掘之，五頭俱在。公令厚葬之。

㈣《後漢書》曰：蒼梧廣信女子蘇娥，行宿高安鵲巢亭，爲亭長龔壽所殺，及婢致富，取其財物，埋致樓下。交趾刺史周敞行部宿亭，覺壽姦罪，奏之，殺壽。《列異傳》云：鵲奔亭。

校勘記

〔一〕梁本題作「獄中上建平王書」。

〔二〕「地」，梁本註「一作市」。

〔三〕「此也」，叢刊本作「以此也」，梁本「此」下註「一作『以此』，一無『以此』二字。」

〔四〕「謂徒虛語」，《梁書》卷十四作「始謂徒語」。

〔五〕「少加矜察」，《梁書》作「少加憐鑒」，梁本「少」下註「一作小」。《文選》卷三九及梁本「矜」作「憐」。

〔六〕「人」，《藝文類聚》卷五八作「民」。

〔七〕「韋」，《藝文類聚》作「麻」。

〔八〕「賣聲名」，《梁書》、梁本作「買名聲」。
〔九〕《梁書》無「復」字。
〔一〇〕「顧」，《梁書》作「眄」。
〔一一〕「是以每一念來」，梁本作「每一念來」，下註「一作『是以每一念來』，一作『每以一念來』」。
〔一二〕《文選》無「者」字。
〔一三〕「君子」，梁本作「士君子」。
〔一四〕「簾」，原作「廉」，據《梁書》、元鈔本、梁本及胡註改。
〔一五〕「退」，《梁書》作「次」。
〔一六〕「寧」，《梁書》、梁本作「寧當」。
〔一七〕「競」，原作「竟」，據《梁書》、叢刊本、梁本改。「錐刀」，《梁書》作「刀錐」。
〔一八〕《梁書》「下官」上有「然」字。
〔一九〕「磨」，《梁書》作「縻」。
〔二〇〕「遠」，《梁書》作「古」。
〔二一〕「才」，《文選》、《梁本》作「子」。
〔二二〕「如是」，《梁書》作「如此」。
〔二三〕「至如下官，當何言哉」，《梁書》作「如下官尚何言哉」。
〔二四〕《梁書》「夫」下無「以」字。

〔二五〕「歷」，《梁書》作「曆」。
〔二六〕「昭」，《梁書》、《文選》作「照」。 《文選》「醴」下有「而已」二字。
〔二七〕「此心既照，死且不朽」，原本無此八字，據《梁書》、梁本補。

牋

被黜爲吴興令辭牋詣建平王〔一〕

《南史》曰：東海太守陸澄丁艱，淹自謂郡丞應行郡事。景素用司馬柳世隆，淹固求之，景素大怒，言於選部，出爲建安吴興令。

淹本遷徙之徒，非有儒墨之能。亦以轉命溝間，待殯巖下。誤得步修梲，循高軒，伏層檻，坐曲池。承翠河之潤，降璇日之光。載筆奉后，盛飾立朝。於山東百姓，亦已殊甚。雖蔣螻蟻，抵黄泉〔二〕，不足以塞惠㈠。而小人狼狽㈡，爲鬼爲蜮㈢。山淵所容，衣劍不貸。鯨赭幽圄〔三〕，皆非報責。仰遭大道之行，草木勿踐。輟鑊歛火，吹魂拾骨。濯以河漢之流〔四〕，曝以秋陽之景。叢然黔首，豈不戴天？竊思伏皂九載㈣，齒録八年。以春以秋，且思且顧。竟不能抑黑質，揚赤文㈤，抽精膽，報慈光。而自爲擁腫之異木㈥，卒成踴躍之妖金㈦。所謂孽由己作，匪降自天。猶沐造化餘靈，宥以遐邑。方蒙被霜露，裹糧洲島。鑿山楹爲室，永與黿鼉爲羣㈧。猶蹶者不忘起，盲者不忘視。況罪溢朔方，尚駐一等之刑㈨；咎過朱崖，猶緩再重之施㈩。金石無知，何以識荅？昔河濟荆吳，必獲陪從；京輔關轂，長奉帷席。德音在耳㈡，話言如昨㈢。淹廼梁昌，自投東極，晨鳥不飛，遷骨何日？一辭城濠，旦夕就遠。白雲在天，山川間之。眷然西顧，涕下若屑。

㈠《戰國策》曰：「楚王游雲夢，仰天而笑曰：「樂矣，今日之游也。寡人萬歲千秋之後，誰與同樂此矣。」安陵君泣數行而進曰：「大王萬歲千秋之後，臣願以身抵黄泉，驅螻蟻，又何得此樂而樂之？」

㈡《史記》曰：周勃狼狽失據。

㈢《毛詩》曰：爲鬼爲蜮。

㈣皂，馬櫪也。鄒陽《獄中上書》曰：使不羈之士，與馬牛同皂。又《淮南子》曰：飛黄伏皂。

㈤《淮南子》曰：抑黑質，揚赤文，禹湯之智，不能逮。

㈥惠子曰：吾有大樹，人謂之樗。其本擁腫，不中繩墨；小枝拳曲，不中規矩。

㈦《莊子》曰：大冶鑄金，金踊躍曰：「我且必爲鏌鋣。」大冶必以爲不祥之金。

㈧《楚辭》曰：鑿山楹以爲室，下披衣於水府。

㈨范曄《後漢書》曰：蔡邕上疏，帝覽而歎息。曹節於後竊視之，事遂漏露。程璜遂使人飛章言邕，於是下邕洛陽獄，減死一等，與家屬髡鉗徙朔方，詔不得以赦令除。

㈩《前漢書》曰：元封元年，立儋耳、珠厓郡。至始元元年二十餘年間，凡六反。至神爵三年，珠厓三縣復反；初元元年，珠厓又反，發兵擊之。賈捐之建議以爲不當擊，遂下詔曰：「珠厓虜殺吏民，背叛爲逆。又以動兵，非特勞民，凶年隨之，其罷珠崖郡。民有慕義欲内屬，便處之，不欲，勿彊。」珠崖由是罷。

㊁《毛詩》曰：樂只君子，德音不已。

㊂《左傳》曰：瀆齊盟而食話言。

校勘記

〔一〕梁本題爲：「被黜爲吴與令辭建平王牋」。

〔二〕「泉」，叢刊本、梁本作「塵」。

〔三〕「圉」，叢刊本作「團」；梁本作「圄」。

〔四〕「河」，叢刊本、梁本作「江」。

到功曹參軍牋詣驃騎竟陵王〔一〕

《梁書》曰：齊帝輔政，聞淹之才，召爲尚書駕部郎驃騎（竟陵）參軍〔事〕。

竊惟明使君鉞下，道耀神源，德鑄靈極，誕涵天聽，資河炤聖；譽拂紘外㊀〔二〕，芳激震中㊁。故衡梁孕秀，璿機流品。變瑶光之暉，贊王燭之色。功邁翊殷，績起匡漢。是以赤瑕瓊寶之文，睇影而夐集㊂；青龍遺風之乘〔三〕，希光而遠至㊃〔四〕。如民者，蓋不足算，所志不出繒販㊄，所學不遺祝筮㊅，業異儒墨，行乖曾史㊆。既乏修短之術，又慚啟塞之辨。不能伏軾蹲衡，驚燕趙之郊㊇；黄金横帶，馳淄澠之幣㊈〔五〕。語默罕緒，圓方靡樹。謬以一氣之微，邀百載之會。躬奉英睿，身蒙青臒。故以潤厚累璧，恩重兼金。不悟懸黎降景〔一〇〕，靈河瀉潤〔一一〕。復獲執羈蘭陳，迎笏桂序。漏越之琴，竊莊文之價；缺齧之劍，盜頃襄之名〔一二〕。心羞秦賸〔一三〕，志慮楚櫝〔一四〕。抱魄踴躍〔六〕，憂集如燻。鐫感何日？銘報焉期？

㈠《淮南子》曰：八澤之外有八紘。

㈡《周易》曰：帝出乎震，齊乎巽。按《文選・安陸王碑》註曰：震，東方木也。言齊爲木德，將登帝位，故云然。集中亦多用震字，豈其然耶？

㈢瑕、瓊，皆赤色玉也。

㈣《呂氏春秋》：伊尹説湯曰：「馬之美者，青龍之匹，遺風之乘。」

㈤《漢書》曰：灌嬰，爲睢陽販繒者。

㈥司馬子長《報任少卿書》曰：文史星曆，近乎卜祝之間；固主上所戲弄，倡優所畜，流俗之所輕也。

㈦曾史，曾參、史魚也。曾參以孝稱，史魚以忠稱。

㈧《戰國策》：蘇代曰：「伏軾而西馳。」

㈨《史記》曰：蘇秦佩六國相印，各發使送之，擬於王者。　淄、澠，皆齊地也。

㈩《戰國策》：應侯謂秦王曰：「梁有懸黎，宋有結緑，爲天下名器也。」

〔一一〕靈河，天河也。　讖緯書曰：王者德至雲漢，則天河直如繩。

〔一二〕《淮南子》曰：今夫琴或鬫解漏越，而稱以楚莊之琴，則側室争鼓之；劍或齧缺卷鋌，而稱以頃襄之劍，則貴人争帶之。

㈢《史記》曰：「晉獻公以百里奚爲秦穆公夫人媵於秦，百里奚亡秦走宛，楚之鄙人執之。穆公知百里奚，欲重贖之，恐楚不許，以五羖羊皮贖之，楚人與之。繆公與議國事，大悦之，授之國政。

㈣楚聘莊子。應其使曰：「子見犧牛乎？衣以文綉，食以芻菽。及其牽而入太廟，雖欲爲孤犢，其可得乎？」

校勘記

〔一〕梁本題作「到功曹參軍詣竟陵公子良牋」。

〔二〕「紘」，叢刊本、原書底本作「宏」。

〔三〕「龍」，叢刊本、原書底本作「亂」。

〔四〕「希」，叢刊本作「睎」，梁本作「晞」。

〔五〕「淄澠」，梁本註「一作澠淄」。

〔六〕「魄」，梁本作「魂」。

奏記

奏記詣南徐州新安王

《綱目》曰：宋大明五年冬十月，以新安王子鸞爲南徐州刺史。又《自序》曰：弱冠爲南徐州新安王從事。

伏惟明公殿下，列譽椒壁，飛聲沖漢。爰求儒雅，傍招異人。削赤野之玉㈠，翦燕山之金㈡。至如淹者，東國之徒步耳㈢。方斂影逃形，匡坐編蓬之下㈣。遂遭煙露餘彩，日月末光。惟恩知泰，變色薰心。淹聞齊右既撫〔一〕，無待巴人之唱㊄；柏臺已構〔二〕，寧俟不才之木㊅？淹幼乏鄉曲之譽，長匱芹藻之德〔三〕。豈宜炫璞鄭氏㊆，獻鳳楚門哉㊇！願避職吏，緩其召書。

㈠《管子》曰：玉起於禺山，金起於汝漢，珠起於赤野，珠玉皆寶也，故溷而言之。

㈡《史記》曰：燕昭王置千金於臺上以延士，得郭隗、樂毅。

㈢《漢書》曰：公孫弘以徒步至丞相。

㈣《尚書大傳》曰：子夏居深山之中，作壤室，編蓬户，彈琴瑟其中，歌先王之風。

㈤《孟子》曰：綿駒處於高唐，而齊右善歌。　宋玉對楚襄王曰：「客有歌於郢中者，曰《下里巴人》，屬而和者數十人；爲《陽春白雪》，國中和者不過數人，其曲彌高，其和彌寡。」

㈥《史記》曰：漢武帝建柏梁臺，高數十丈，俱以柏爲之。《莊子》曰：樗以不才，終其天年。

㈦《尹文子》曰：鄭人謂玉未理者爲璞，周人謂鼠未臘者爲璞。周人懷璞，問於鄭賈曰：「欲賣璞乎？」鄭曰：「欲之。」出其璞，視之，乃鼠也，因謝不取。

㈧《尹文子》曰：楚人握山雉者，路人問：「何鳥也？」欺之曰：「鳳凰。」路人曰：「我聞鳳凰，今始見矣，汝販之乎？請買千金。」弗與；加倍，乃與之。方欲獻楚王，經宿而死。路人不遑惜其金，惟恨不得獻。王聞之，召厚賜之，過買金十倍。

校勘記

〔一〕「右」，叢刊本、梁本、原書底本作「石」。
〔二〕「柏」，叢刊本、原書底本作「檀」。
〔三〕「芹」，原作「斤」，據元鈔本、梁本改。

到主簿日事詣右軍建平王〔一〕

《自序》曰：對策上第，轉巴陵王右常侍，右軍建平王主簿。

淹乃庸人，素非奇士。既慚鄒魯儒生之德，又謝燕趙俠客之節。徒以結髮衛次，暫聞仁義。常欲永辭冠劍㈠，弋釣畎壑。而身輕恩重，猥奉末光。枉白璧之惠㈡，降黑貂之私㈢。因茲感激，未能自反。負金羈於淮吴，從後車於河楚㈣〔二〕。竟不能曜丹雘，騰英聲，絶白雲，負蒼梧，至可知矣。不謂咸池再暉㈤，瑶光重照㈥。開高天之慈，布厚地之施。承命以驚，巡走且失。淹聞古人爲報，常有意焉。至迺一説之効，齊王動色㈦；一劍之感，趙王解衣㈧。孤心迴概〔三〕，有殞自天。

㈠古者，天子二十而冠帶劍，諸侯三十而冠帶劍，大夫四十而冠帶劍。
㈡《史記》曰：虞卿躡屩擔簦，一見趙王，賜白璧一雙。
㈢《戰國策》曰：蘇秦説李兑，遺之以黑貂裘。
㈣建平王拜荆、徐兩州刺史，移鎮朱方，淹皆從事，故云。

㈤《淮南子》曰：日出於陽谷，入於咸池。

㈥《爾雅》曰：瑶光，北斗第七星名也。

㈦《史記》曰：蘇秦爲燕説齊，齊王愀然變色曰：「然則奈何？」於是，乃歸燕之十城。

㈧《史記》曰：平原君與楚言合從，日中不決。毛遂按劍而前曰：「今十步之内，王不得恃楚國之衆也！王之命懸於遂手。」平原君定從，歸於趙曰：「毛先生一至楚，而使趙重於九鼎大呂」。遂以爲上客。

校勘記

〔一〕梁本題作「到主簿日詣建王平牋」。

〔二〕「車」，元鈔本、叢刊本作「軍」。

〔三〕「迴」，叢刊本、梁本、原書底本作「迴」。

書

敕爲朝賢答劉休範書

宋蒼梧王新立，桂陽王劉休範招聚士衆，元徽二年五月，舉兵於尋陽。敕朝中諸賢作書以答休範，而淹代爲此書。後休範戰敗，爲齊太祖步將張敬兒所斬。《南史》曰：桂陽之役，朝廷周章，詔檄久之未就。齊高帝引淹入中書省，先賜酒食。淹素能飲啖，食鵝炙垂盡，進酒數升訖，文誥亦辦。相府建，補記室參軍。

昔嬀道鼎昌，干羽未能戢㈠；姬德昭宣，長旌猶卷舒㈡。焚衣毁冕㈢，有自來矣。皇宋靈武誕命㈣，聖道鬱宏㈤〔一〕。三后連光㈥，四聖沓軌㈦。或經天緯地，構紫靈之符㈧；調風偃海，隆黃旗之祚㈨。莫不頌滿金石，聲彰宇宙者也。

㈠嬀道，舜道也。鼎昌，盛也。《尚書》：帝曰：「咨禹有苗弗率，汝徂征」。三旬，苗民逆命，益贊禹班師，帝乃誕敷文德，舞干羽於兩階。七旬，有苗格。

㈡《帝王世紀》曰：黃帝，少典之子，姬姓也。昭宣，明也。按《列子》曰：黃帝與炎帝戰，以鵰鶡鷹鳶爲旗幟，蓋旌旗之始也。

㈢《左傳》曰：王使詹父桓伯辭於晉侯曰：伯父若裂冠毀冕，拔本塞源。

㈣靈，神也。武，威也。誕，大也。

㈤鬱，茂也。宏，深廣也。

㈥三后，伏犧、神農、黃帝也。

㈦四聖，堯、舜、禹、湯也。

㈧《抱朴子》曰：着赤靈符於心，可以辟兵。

㈨《墨子》曰：武王伐殷，天賜黃鳥之旗。

曁我太宗明皇帝㈠，惟岳降聖㈡，重耀函夏㈢。延禮璧臺㈣，訪道衢室㈤。平陽之后，卷迹慚靈㈥；崆峒之君，斂功謝德㈦。是以綵雲祥風之瑞，布濩區中；梯山棧火之俗，款徼請吏㈧。跨商軼夏〔二〕，洗周滌漢。道澤優衍，猶不封禪〔三〕。遐靈在天，餘惠無泯㈨。主上文明金相，穆然玉色⑩。履璧之禎⑪，獲珪之應⑫，著在紀歲。仁浸汙河，惠愛秋草，想亦君之所聞也。重以先帝靈略潛通，英轡遠馭⑬〔四〕。受話言必忠貞方肅之臣，奉風聲必虔恭匪懈之士⑭〔五〕。明時琴瑟鼎鉉之盛，且被於寧世。而忽覩來書⑮，以惋以慨。

㊀註見六卷《慶明帝疾和禮上表》。

㊁《毛詩》曰：惟岳降神，生甫及申。

㊂函夏，大夏也。

㊃《穆天子傳》曰：盛姬，盛伯之子也。天子賜之上姬之長，乃爲之臺，是曰重璧之臺。

㊄《管子》曰：堯有衢室之問者，下聽於民也。

㊅《帝王世紀》曰：堯年十五，佐帝摯，受封於唐，二十而登帝位，以火承木，都於平陽。

㊆《抱朴子》曰：黄帝西登崆峒，而問廣成子之道。

㊇《册魏公九錫文》曰：單于白屋，請吏率職。

㊈明帝新歿，故曰「遐靈在天，餘惠無泯」。

⑩《毛詩》曰：追琢其章，金玉其相。

⑪《史記》曰：楚共王有寵子五人，無適立，請神決之，陰與巴姬埋璧於室内，召五子齋而入，康王跨之，靈王肘加之，子比、子晳皆遠之，平王幼，抱而入，再拜，壓紐。四子皆絶無後，唯平王竟續楚祀，如其神符。

⑫禹治水，功既成，天出玄珪以賜之。

⑬孫楚《爲石苞與孫皓書》曰：長轡遠馭，妙略潛通。

⑭此言明帝顧命之臣也。

⑮按本傳：劉休範與袁粲、褚淵、劉秉書曰：夫治政任賢，宜親疏相輔。得其經緯，則結繩可及；失其規矩，則危亡可期云云。

君爲齊梁楚越之主，鼎貴一時①。金玉滿堂，文馬千駟②。爵授湯沐③，冠蓋於道④。惟名尊崇，誰與爲雄？而出言効尤，吐音入戾。舉旗類社⑤，志竊神禁。稱兵斂衆，遂窺外闕。今朝無闕政，頓構凌上之節；室無孽竪，坐生莫大之釁。鴟梟赭衣⑥，號興徒黨。主萃淵藪，寧滋之甚。不臧不軌，不忠不義，未有若斯者也。宗枝之釁，遠則吳楚見禽於一壁；盤石之孽⑦，近則江荊面縛於小將⑧。此成敗蘭艾之鑒，又亦君之所知也。聞彼蟲飲鼠舞之異〔六〕，早見物徵⑨；河北隴上之謡，已露童詠⑩。所謂妖由人作，孽不可逃。然桓侯之患，良助寒心⑪。

①《賈捐之傳》曰：石顯方鼎貴。

②《家語》曰：孔子相魯，齊人患其將霸，乃選好女子及文馬四十，以遺魯君。

③《平準書》曰：自天子以至於封君湯沐邑，皆各爲私奉養焉。

④《史記》曰：平原君使者，冠蓋相屬於魏。

⑤類，以事類祭之也。《淮南子》曰：有不行王道者，乃舉兵而伐之，戮其君，易其黨，封其墓，類其社。

⑥鴟梟，惡鳥也。赭衣，罪人也。

㈦《漢書》：宋昌曰：「高帝王子弟，地犬牙相制，所謂盤石之宗也。」

㈧文帝二十八年，彭城王劉義康爲亂，賫藥賜死。又孝武中，南郡王劉義宣，率衆十萬，自江陵反。故曰宗枝之釁，吴楚見禽，江荆面縛。

㈨《宋書》曰：晉元帝時，晉陵民訛言，見一老女被髮，從肆人乞飲，自言：「天帝令我從水門出，今從蟲門出，若還，天帝必殺我。」於是百姓相恐，死者大半。《京房易》：飛侯占曰：鼠舞國門，厥咎亡；鼠舞於庭，厥咎誅死。

㈩沈約《宋書》曰：晉成帝咸康二年十二月，河北謡語曰：「麥入土，殺石虎。」後如謡言。《晉書》載記曰：劉耀圍陳安於隴城，安敗，追斬於隴西㵎曲。及其死，隴上人爲之歌，耀聞而嘉傷，命樂府歌之。

⑪《史記》曰：扁鵲過齊，齊桓侯客之。入朝見，曰：「君有疾在腠理，不治將深。」桓侯曰：「寡人無疾。」後五日，扁鵲復見，曰：「君有疾在血脉，不治恐深。」桓侯曰：「寡人無疾。」後五日，扁鵲復見，曰：「君有疾在腸胃間，不治將深。」後五日，扁鵲復見，望見桓侯而退走。桓侯使人問其故，扁鵲曰：「疾之居腠理也，湯熨之所及也；在血脉，鍼石之所及也；其在腸胃，酒醪之所及也；其在骨髓，雖司命無柰之何。今在骨髓，臣是以無請也。」後五日，桓侯體病，使人召扁鵲，扁鵲已逃去。桓侯遂死。

今羽林黄頭㈠，絡繹争引；熊渠佽飛㈡，首尾電發。伏波樓船㈢，掩江蔽汜；渡遼甲卒㈣，充野布隰。加以先天蓋世之略，蕩海拔山之威㈤，任輔沛陳，羽林鷁舟露動㈥〔七〕，龍驤精騎風驅㈦。然後六師雲起㈧，九軍星連㈨。蜺旌外江，虹艦中水。金甲映平陸，鐵馬熖長原。蹔南嶽而永慨㈩，瞰九孤而懷恐⑪〔八〕。伐罪弔民，復驗於兹。甫刑三千⑫，唯此爲大。僕才等不羈〔一三〕，志瀝丹款，故奏禍福，行矣悵然。袁、褚、劉等肅疏〔一四〕［九］。

〔一〕漢武帝養戰歿孤兒以爲羽林軍。鄧通以櫂船人爲黄頭郎，皆着黄帽，以土能勝水也。枚乘《諫吴王書》曰：羽林黄頭，循江而下。

〔二〕《韓詩外傳》曰：楚熊渠子夜行，見石，以爲伏虎，射之，没金飲羽。《吕氏春秋》曰：荆有佽飛者，得寶劍，涉江至中流，有兩蛟夾繞其船。佽飛拔寶劍曰：「此江中之腐肉朽骨也。」赴江殺之。又漢官名佽飛。

〔三〕《史記・南越列傳》曰：元鼎五年秋，衛尉路博德爲伏波將軍，出桂陽，主爵都尉楊僕爲樓船將軍，出豫章，咸會番禺。樓船居東南面，伏波居西北面，大敗越兵。

〔四〕漢明帝置渡遼將軍。甲卒，帶甲之卒也。

〔五〕陸機《弔魏武帝文》曰：威先天而蓋世，力盪海而拔山。

〔六〕鷁舟，畫鷁於船首也。

〔七〕晉王濬，拜龍驤將軍。

〔八〕二千五百人爲一師。《書》曰，歲呈六師。

〔九〕萬二千五百人爲一軍。王六軍，大國三軍，次國二軍，小國一軍。

〔一〇〕南嶽，衡嶽也。

〔一一〕九孤，九江之孤山也。

〔一二〕《匈奴列傳》曰：武王伐紂，放逐戎夷，以時入貢，命曰荒服。其後周道衰，荒服不至，於是周遂作《甫刑》之辟。

〔一三〕司馬遷曰：少負不羈之才。

㈣《宋書》曰：明帝崩，遺詔與尚書令袁粲，護軍褚淵，領軍劉秉，共掌機事。

校勘記

〔一〕「聖道鬱宏」，元鈔本作「道鬱□終」；叢刊本、原書底本「宏」作「終」；叢刊本「聖」字缺。

〔二〕「商」，原作「南」，據叢刊本、梁本改。

〔三〕叢刊本、梁本「不」下有「道」字。

〔四〕「馭」，叢刊本作「取」。

〔五〕「恭」，元鈔本作「躬」。

〔六〕「蝨」，叢刊本、原書底本作「此」，梁本作「虹」。

〔七〕「舟」，叢刊本、梁本作「鵃」。

〔八〕「孤」，梁本作「派」。

〔九〕「袁、褚、劉等肅疏」，叢刊本、梁本作「袁、褚、劉肅等疏」。原書底本「劉」作「虔」。

報袁叔明書

僕知之矣，高臯爲別，執手未期。浮雲色曉，悵然魂飛。前辱贈書，知命僕息心越地，採藥稽山㈠，友人幸甚。去歲迫名茂才㈡，冬盡不獲有報，引領於邑，情詎可及！足下推僕者，不一二談也。

㈠稽山，會稽山也。《史記註》曰：禹至大越，上苗山，爵有德，封有功，更名會稽。

㈡武帝《賢良詔》曰：察吏民茂才異等。應劭註：舊言秀才，後避光武諱，改稱茂才。

僕聞狂士之行有三，竊嘗志之。其奇者，則以紫天爲宇，環海爲池，倮身大笑，被髮行歌。其次，則堅坐崩岸，偃卧深窟，朝餐松屑，夜誦仙經。其下，則辭榮城市，退耕巖谷，塞逕絶賓，杜牆不出。然者，皆羞爲西山之餓夫㈠，東國之黜臣㈡，而況其鄉黨乎？或有社稷之士，入而忘歸，則争論南宫之前，衛主於邪；伏身北闕之下，納君於治。至乃一説之奇，驚畏左右；一劍之功，震慄鄰國。夫能者，唯横議漢庭，怒髮燕路㈢，且猶不數，而況於鄰里乎？

㈠《史記》曰：伯夷叔齊，義不食周粟，隱於首陽山，餓且死，乃作歌曰：「登彼西山兮，採其薇矣。以暴易暴兮，不知其非矣。」

㈡《人物考》曰：柳下惠者，東魯人，爲士師，三黜之。曰：「直道士人，焉往而不三黜，何必去父母之邦！」

㈢《史記》曰：燕太子丹，送荆軻入秦，祖於易水之上，高漸離擊筑，乃爲歌曰：「風蕭蕭兮易水寒，壯士一去兮不復還。」髮皆上指。

於僕之行止〔一〕，已無可言矣。材不肖，文質無所直，徒以結髮游學㈠，備聞士大夫言曰：「在國忠，處家孝，取與廉，交友義。」故拂衣於梁齊之館，抗手於楚趙之門，且十年矣。容貌不能動人，智謀不足自遠。竟慚君子之恩，卒離饑寒之禍。近親不言，左右莫教。涼秋陰陰，獨立閑館，輕塵入户，飛鳥無迹，命保琴書而守妻子，其可得哉？故國史，小官也，而子長爲之㈡，執戟，下位也，而子雲居之㈢。僕非有輕車驃騎之略㈣，交河雲險之功㈤；幸以盜竊文史之末，因循卜祝之間㈥。故俛首求衣，斂眉寄食耳。若十口之隸，去於饑寒〔二〕。從疾舊里，斥歸故鄉。箕坐高視，舉酒極望。雖五侯交書㈦，羣公走幣㈧，僕亦在南山之南矣㈨。此可爲智者道，難與俗士言也㈩。

㈠《李廣傳》曰：臣結髮與匈奴戰。註：結髮，弱冠也。

㈡《漢書》曰：司馬遷，字子長，有良史才，爲中書令，修《史記》。

㈢曹植《與楊德祖書》曰：「昔揚子雲，先朝執戟之臣耳」，註：揚雄爲郎，郎皆執戟。

㈣《史記》曰：李蔡爲輕車將軍，再從大將軍獲王，以千六百户封爲安樂侯。又曰：以冠軍侯霍去病爲驃騎將軍，將萬騎出隴西，有功。

㈤交河雲險，古戰争地也，唐置交河郡。

㈥司馬子長《報任少卿書》曰：文史星曆，近乎卜祝之間。固主上所戲弄，倡優所畜，流俗之所輕也。

㈦《漢書》曰：成帝封舅譚爲平阿侯，商爲成都侯，立爲江陽侯，根爲曲陽侯，逢時爲高平侯，五人皆同日封，世謂之五侯，榮貴絶代。

㈧袁淑《白馬篇》曰：五侯競書幣，羣公函爲言。

㈨楊惲《報孫會宗書》曰：田彼南山，蕪穢莫治。

㊁司馬子長《報任少卿書》曰：「事未易一二與俗人言也。」

方今仲秋風飛，平原彯色〔三〕。水鳥立於孤洲，蒼葭變於河曲。寂然淵視，憂心辭矣。獨念賢明蚤世，英華殂落。僕亦何人，以堪久長？一旦松柏被地，墳壟刺天，何時復能銜杯酒者乎？忽忽若狂，願足下自愛也。

校勘記

〔一〕「於」，叢刊本、梁本作「若」。

〔二〕「於」，梁本作「爲」。

〔三〕「色」，元鈔本作「影」。

與交友論隱書

淹者，海濱窟穴，弋釣爲伍。自度非奇力異才，不足聞見於諸侯。每承梁伯鸞卧於會稽之墅，高伯達坐於華陰之山㊀，心嘗慕之，而未及也〔一〕。嘗感子路之言，不拜官而仕，無青組、紫紱、龜紐、虎符之志。但欲史曆巫卜，爲世俗賤事耳㊁。而彯然十載〔二〕，竟不免衣食之敗。何則？性有所短，不可韋絃者五㊂〔三〕：一則體本疲緩，卧不肯起；二則人間應修，酷懶作書㊃；三則賓客相對，口不能言；四則性甚畏動，事絶不行；五則愚婞妄發，輒被口語㊄。有五短而無一長，豈可處人間耶？知短而不可易者，所謂輪推各定也〔四〕。猶如鷄鶩之有毛，不能得鸞鳳之光采矣。況今年已三十，白髮雜生㊅。長夜輾轉，亂憂非一。以溘至之命㊆，如星殞天㊇，促光半路，不攀長意，徒自欺耶。筋駑髓冷，殊多災恙。心頑質堅，偏好冥默。既信神農服食之言㊈，久固天竺道士之説⑩。守清淨，煉神丹，心甚愛之；行善業，度一世，意甚美之。今但願拾薇藿，誦詩書，樂天理性，斂骨折步〔五〕，不踐過失之地耳。猶以妻孥未奪，桃李須陰。望在五畝之宅，半頃之田。鳥赴簷上，水匝階下；則請從此隱，長謝故人。若乃登峨嵋，度流沙⑪，餐金石，讀仙經，嘗聞其驗，非今日之所言也。誰謂難知〔六〕，青鳥明之⑫。貴布筆墨，然亦焉足道哉！

㊀《高士傳》曰：漢梁鴻，字伯鸞，家貧，尚節，隱於霸陵山中。高恢，字伯達，與鴻友善，隱於華陰山中。後鴻適吳，思恢，作詩曰：「鳥嚶嚶兮友之期，念高子兮僕懷思。」二人遂不復見。

㊁司馬子長《報任少卿書》曰：文史星曆，近乎卜祝之間。固主上所戲弄，倡優所畜，流俗之所輕也。

㊂韋，熟皮也。韋性柔緩，絃性燥緊，故曰不可韋絃者五。

㊃嵇中散《絶交書》曰：素不便書，又不喜作書。而人間多事，堆案盈機不相酬答，則犯教傷義。

㊄《絶交書》曰：剛腸疾惡，輕肆直言，遇事便發，此甚不可二也。

㊅《東觀漢紀》：光武賜隗囂書曰：「吾年已三十餘。」又吳季重《答魏太子牋》曰：「今四十二矣，白髮生鬢。」

㊆《楚辭》曰：寧溘死以流亡。王逸註：溘，奄也。

(八)殞，墜也。《左傳》曰：星殞如雨。

(九)賈誼書曰：神農嘗百草，察鹹苦之味，教民食穀。

(一〇)漢明帝夜夢金人，飛行殿庭，以問於朝，而傅毅以佛對。帝遣使往天竺，得佛經及釋迦像，自後佛法遍於中國。

(一一)《列仙傳》曰：彭祖名鏗，年七百餘歲，莫知所如。其後七十餘年，門人乃於流沙西見之。

(一二)《漢武帝故事》曰：七月七日，上於承華殿齋正中，忽有一青鳥從西來集殿前。上問東方朔，朔曰：「此西王母欲來也。」有頃，王母至。阮籍《詠懷詩》曰：誰言不可見，青鳥明我心。

校勘記

〔一〕叢刊本、梁本「未」下有「能」字。

〔二〕「影」，元鈔本作「飄」。

〔三〕叢刊本、梁本「者」下有「有」字。

〔四〕「推各」，梁本作「椎分」，叢刊本「椎」下空一字。

〔五〕「骨」，元鈔本作「眉」。

〔六〕「難知」，元鈔本作「南之」。

江文通集彙註卷十

誄

誄者，誄其功也。《禮記》曰：「魯人及宋人戰於乘丘，縣賁父御，馬驚敗績，公墜。縣賁父曰：『他日不敗績，而今敗績，是無勇也。』遂死之。圉人浴馬，有流矢在白肉。公曰：『非其罪也。』遂誄之。士之有誄，自此始也。

齊太祖高皇帝誄

日月鬱華㊀，風雲黯色㊁。傷動紫微，悲匝璇極。嗚呼哀哉！粵夏四月辛卯，將遷座於泰安陵㊂。龍鑾既整㊃，羽衛以陳㊄。深酸舊物，掩咽故臣。嗣皇帝永訣丹掖㊅，叫然青墀㊆〔一〕。攀神光之一絕，動遠邇之何期？弓劍有慕，纂德寫辭。

㊀鬱，滯也。

㊁黯，晦也。

㊂本紀：四年三月庚申，召司徒褚淵，左僕射王儉，詔曰：「吾本布衣素族，念不到此。因藉時來，遂隆大業。風道沾被，升平可期。遘疾彌留，至於大漸。死生有命，夫復何言？」壬戌，上崩於臨光殿，年五十六。四月庚寅，上謚曰太

祖高皇帝。丙午，窆武進泰安陵。

㊃龍鑾，天子之御也。

㊄羽衛，負羽侍衛也。

㊅嗣皇帝，乃太祖太子賾，即世祖武帝也。掖，宮旁舍也。以丹塗之，故曰丹掖。

㊆青墀，太子所居。《神異經》曰：東方東明山有宮，青石爲牆面；一門，門有銀牓，以青石碧鏤，題云「天地長男之宮」。

僉曰：若稽古聖㊀，璿圖靈鏡。樞星發祥㊁〔二〕，電光啟命㊂。誕惟弱齡，惠志聰情。如金如璧，爰秀爰英。於鑠冠歲，騰華流藝。允文允武，克明克睿。聿尚登學，嚴道尊師。宣散五禮㊃〔三〕，優游六詩㊄。上炫舊滯，旁鏡前疑。才罄艷采，筆盡麗辭。在友斯悌，於親伊孝。險泰共色〔四〕，夷阻一貌。遊情思矩，縱心蹈教。鄉術式慕，州閭是効。業優登仕，先哲攸懋㊅。矧乃寥廓，淵規邃構㊆。官府天地，舟輿宇宙。龍靜鳳戢，歛奇掩秀。

㊀《舜典》曰：僉曰：「伯禹作司空。」帝曰：「俞，咨禹，汝平水土。」

㊁《尚書大傳注》曰：舜母感樞星精而生舜重華。

㊂《含神霧》曰：太電光繞北斗樞星，感符寶而生黃帝。

㊃鄭玄《周禮注》曰：五禮：吉、凶、賓、軍、嘉也。

㊄六詩，風、雅、頌、賦、興、比也。

㈥攸，所也。懋，盛也。

㈦淵，深也。邃，奥也。

昔在帝劉㈠，王室放命。校焉僞誕〔三〕，晦朔陵正。鋒車北軼㈡，爟火南盛㈢。太祖時乘㈣，爰茲發迹。塞井滅動，夷竈龕敵㈤。賞鏤王圖㈥，功蕤帝册㈦。乃厲中葉，天未斂難。兵百袁曹㈧，禍十楚漢㈨。吴地前崩，越壤首亂。街號燿盛，火列金斷。聚甲如陵㈩，獻俘爲觀⑪。北楚倔强，曾未屈膝。雲屯被野，魚麗亘日⑫。廟勇既消，國圖方匿〔六〕。神册天開，雄畧世出。兇劍鱗沈，醜戈羽逸⑬。隻騎不返〔七〕，蹄輪無匹⑭。厥庸戾止，雜珮委他。縈鬱閶闔，寵重山河。皇彝有文，朝采方藹。頻煩金紐，左右緹蓋。毗戎肅禁，參輦侍旆。響馥區中，道蔓氓外。河濟國險，淮泗邦塵。要藩重設，匪賢則親⑮。亦既推轂⑯，擁土庇民。聲稜絶俗，威贍殊隣。

㈠帝劉，宋也。太祖禪劉宋而有其天下。

㈡鋒車，兵車也。猶《毛詩·小戎》所謂「厹矛鋈錞，虎韔鏤膺，交韔二弓，竹閉緄縢」是也。

㈢《封禪書》曰：通權火。張晏註曰：權火，烽火也。狀若井絜皐，欲令光明遠照通祀所也。《索隱》曰：權音爟，《周禮》有司爟。

㈣《周易》曰：時乘六龍以御天。

㈤《左傳》：苗賁皇曰：「楚師之良在其中軍王族而已。若塞井夷竈，成陳以當之。」

(六)鏤，鐫刻也。

(七)蕤，茂盛也。

(八)漢建安中，袁紹弟兄，曹操父子，各相據竊，攻殺無已，故曰「兵百袁曹」。

(九)楚漢，楚項羽、漢高帝也。

(一〇)《東觀漢記》曰：劉盆子與丞相以下二十餘萬人，詣宜陽降光武，積甲於宜陽城西，高與熊耳山等。

(一一)《左傳》曰：古者明王伐不敬，取其鯨鯢而封之，以爲大戮，於是乎有京觀。註：京觀，卽所封之尸也。京，大也。觀，示也。

(一二)雲屯、魚麗，皆陣名。雲屯於野，言軍卒如雲之屯於野也。《左傳》曰：王以諸侯伐鄭，鄭伯禦之，爲魚麗之陣。

(一三)兇劍、醜戈，喻太祖平休範、攸之、袁粲、劉秉之亂，如鱗沈鳥逸也。

(一四)踦，與「奇」同。

(一五)要，險要也。藩，藩屏也。重，大也。言險要藩國重大之設，匪賢者則至親之人，如古封建左賢右戚之義也。

(一六)軷，音跋。出將有事於道，必先告其神。立壇四通，樹茅以依神爲軷。

宋主陵遐(一)，紫殿遏密(二)。話言之詔(三)，貽在英粹(四)。寅亮大寶，敷綸妙秘。世識機鑒，物宗淵懿。無夐匪練，靡奧不洎。三階既馴，五精惟至。彭蠡九江，地盡襟製。亦有劉範，衣纓是絶(五)。躍馬山岫(六)，泛舟河澨(七)。縞鏑星流(八)，紅旗電結。鳩翼競扇〔八〕，豺牙争礪。禍纏紫禁，兵交丹衛。瑶祀若旒，金扆如綴(九)。朝野傾儀，咸歸上德。實賴至公，瀉家提國。懷險實泰，襄危必克〔九〕。機簉朝旦〔一〇〕，功定曛黑。妙物更配，具章重則。深居撝外，遙棲綿默。

㈠《禮記》曰：天子崩，告喪曰「天王登遐」。

㈡《尚書》曰：帝乃殂落，百姓如喪考妣。三載，四海遏密八音。註：遏，絶也。密，静也。

㈢話言，言宋主顧命之話言也。《左傳》曰：瀆齊盟而食話言。

㈣《宋書》曰：明帝崩，遺詔與太祖，及尚書令袁粲、護軍褚淵、領軍劉秉，共掌機密。

㈤彭蠡，湖也，屬南康軍。九江，卽尋陽郡也。按沈約《宋書》曰：蒼梧王新立，桂陽王劉休範招聚士衆，元徽二年五月，舉兵於尋陽。

㈥《後漢書》曰：公孫述，躍馬稱帝。

㈦溢，水涯也。

㈧縞鏑，猶白羽箭也。《史記》曰：鳴鏑所至。

㈨瑶祀，宋之宗祀也。旍，旗也。金扆，人君聽政之處也。綴，綴旒也。何休曰：綴旒，旗旒也。言帝室之危，殆如旗旒之懸也。

〔一〇〕簉，倅也，音湊。

高秩方臻，元禮有序。王曰念哉！煇寵是與。職褒宮閣，任卷文武。飾華麗貂，榮金疊組〔一〇〕。宏猷溢俗，曾芬冠古㈠。憬彼朱方，亦惟宗秩㈡。陰圖食昴㈢，潛謀貫日㈣。征輪未誓㈤，偏旂銜律㈥。原燎既寂㈦，世嚚伊謐㈧。爰崇爰貴，以望以實㈨。雁縣告静㈩，象郡無虞(十一)。杳鬱遠域，清麗瓊都。國填岷負，朝委事虛。實翳哲相，嶽曜神居(十二)。功美既損(十三)，道富去益(十四)〔二二〕。再紐契訓(十五)，重匡禹迹(十六)。方同范張，濯纓汾射(十七)〔二三〕。散簪山郊，解珮松石。頳霞拂朝，蒼煙憯夕(十八)。韻屬玄經，恩流金液(十九)。

㈠已上皆言太祖龕亂進秩之辭也。

㈡憬，覺悟也。朱方，卽丹徒也。宗秩，宗室之爵秩也。按本傳曰：建平王劉景素，移鎮朱方，日夜與不逞之徒，謀議舉事。太祖征討，爲張倪奴擒斬之。

㈢蘇林曰：白起爲秦伐趙，破長平軍，欲遂滅趙，遣衞先生說昭王益兵糧，爲應侯所害，事不成，其精上達於天，太白爲之食昴。

㈣《列士傳》曰：荊軻發後，太子相氣，見白虹貫日不徹。曰：「吾事不成矣！」後聞軻死事，太子曰：「吾知其然也。」

㈤《史記》曰：武王卽位，東伐以觀諸侯。尚父左杖黄鉞，右把白旄以誓，曰：「蒼兕蒼兕，總爾衆庶；與爾舟楫，後至者斬。」

㈥偏旗，偏裨之旗也。律，紀律也。《左傳》曰：不敢易紀律。

㈦《尚書》曰：若火之燎於原，不可嚮邇，其猶可撲滅。

㈧嚚，塵也。謐，安也。

㈨言其尊崇榮貴，皆以問望之實也。

㈩雁縣，卽漢之雁門郡也。雁門關在馬邑縣東南七十里，今爲大同府。

(一一)象郡，古南粤地，今爲廉州府，秦爲象郡。
(一二)《毛詩》曰：維嶽降神，生甫及申。
(一三)言太祖功高，屢讓損其美績也。損，猶遜也。
(一四)言太祖道富，去其驕益也。
(一五)《尚書》：帝曰：契，百姓不親，五品不遜，汝作司徒，敬敷五教，在寬。言再紐契之訓，使明君臣父子夫婦朋友長幼之義也。
(一六)《春秋題辭》曰：禹跡茫茫，畫爲九州。
(一七)註見《後讓太傅揚州牧表》。
(一八)懵，音蒙。
(一九)此言如范蠡、張良，功成而後恬退也。

靈厭霸德，少帝告釁。滅慈滅養，抵仁抵信。枉獄炎鑪，淫刑霜刃。封忠翦義，焚稚劉櫬。慄慄萬氓〔一三〕，曰怨曰震。妖蜺將崩，災裂昊蒼。況乃鼎國，資滌資匡。臨朝闡命，遏昏立綱。事綿毗漢，義締翼商㊀。既綏地職，亦懋天工。權輿典緯㊁，俾作司空㊂。黼黻璵戈，祐宇升庸。徒賜先衮，爰永渥沖。實曰驃騎，卷迹辭功㊃。寰宇睦政，畿甸綸風。

㊀少帝，蒼梧王也，名昱，驕恣無道，從者並執鋋矛，逢無免者。鍼椎鑿鋸，不離左右。一日不殺，則慘然不樂。嘗直入蕭領軍府，道成晝卧裸袒，昱令起立，畫腹爲的，引滿將射之，道成斂板曰：「老臣無罪。」更以骲箭射中其臍，投弓大

笑，後爲太祖弑之。以上歷敍少帝之無道，以致於弑也。

㈡權輿，始也。揚雄《劇秦美新》曰：「權輿，天地未祛，睢睢盱盱。」

㈢太祖平沈攸之及袁粲、劉秉之亂，以領軍進位司空。《尚書》曰：「伯禹作司空。」

㈣卷跡，斂跡也。辭功，讓己之功也。太祖以驃騎平定宋室，屢有大功。屢進爵，辭讓再三，乃受，故曰卷跡辭功。

沈氏滔天，勃逆舊楚㈠。氣蹂黃池㈡，志轢柏舉㈢。裂禮紊度，毁經棄序。黑騎黟山，朱旗赭渚〔一四〕。短兵相接，長鎩爲羣。顥如海岸，矗似蒸雲。合乃霧激，離則霰分。荆國既軼，郢縣方焚㈣。袁劉二戾，猋翕煒發。聯謀制外，儲兵襲内。舋激瓊殿，勢崩金闕。志乘玄璽，圖矯秘鉞。鴻妖逝星，高祲棄月。惟時諸侯，上脱下競。圖服淆蕩㈤，實綴仁聖㈥。煇燿國靈，導揚主命。曾規近晰，深謨遠鏡。左輪朱赭，表裏斯定。七德飾歌，九功綷誠㈦〔一五〕。

㈠沈氏，沈攸之也，舉兵於荆西。舊楚，卽荆西也。

㈡《左傳》曰：十三年，公會單平公、晉定公、吴夫差於黃池，及盟，吴、晉爭先。吴人曰：「於周室，我爲長。」晉人曰：「於姬姓，我爲伯。」趙鞅呼司馬寅曰：「日旰矣，大事未成，二臣之罪也，建旗整列，二臣死之。

㈢《左傳》曰：「吴伐楚，二師陳於柏舉，夫槩王以其屬五千，先擊子常之卒，子常之卒奔，楚師亂，大敗之。五戰，及郢。」此言攸之之亂，如夫差柏舉黃池之盛，終至滅亡也。

㈣已上皆言攸之猖蹶於荆郢也。

㊄圖，輿圖也。服，九服也。

㊅喻宋帝如綴之危殆也。此已上皆言袁粲、劉秉之潛謀於丹陽石頭也。

㊆此頌太祖能煇燿國靈，遵揚主命，以致戡定國難，加以功爵也。

乃陟上鉉，寵文方輝。誕錫有秩㊀，綵吹旌旗㊁。贊政瑤光㊂，翊教太微㊃。實曰太傅，爰登相國㊄。緝氓以禮，綜祇以德。景福咸湊㊅，芳猷允塞㊆。羽泳式造㊇，紘縣是則㊈。金湯無險，軌書攸同。迴迴寵跡，窈窈睿功。寶珪黛壤，俾王於東⑩。絢册是敷，懋物既崇。設業設簴⑪，丹懸碧鏞⑫。於穆顯相，黎元時邕⑬。冰州炎徼，來獻其琛⑭。雁海龍關⑮，亦柔好音⑯。梁黿棧鼉，越險浮深。遠戎皆覲，上靈必臨⑰。山吐石青，野降蜜露〔一六〕。瑞芝麗草，珍柯爛樹⑱。人崩俗締，玄緯幽數。睠此妙德，跂我王度。

㊀誕錫，大錫也。秩，爵秩也。

㊁按本紀曰：昇明三年，太祖表蠲百姓逋負。丙辰，加前部羽葆鼓吹。

㊂《廣雅》曰：北斗第七星爲瑤光。《帝王世紀》曰：女樞感瑤光生顓頊若水。

㊃《正義》曰：太微宫垣十星，在翼軫之地，天子之宫，五星之座。《淮南子》曰：太微者，太一之廷也。

㊄按本紀，太祖以太尉王儉倡議，進爵太傅，尋拜相國齊公，十郡、九錫。

㊅景，大也。湊，聚也。

㊆芳，美也。猷，謀也。

(八)羽泳，喻魚鳥也。言飛鳥淵魚，亦感其化而至也。

(九)紘，八紘也。縣，赤縣也。言紘縣之外，亦效其法則也。

(一〇)寶珪，諸侯所執之珪也。黛壤，黑壤膏腴之土也。俾，使也。東，齊魯也。此頌太祖進封相國齊公十郡九錫之辭。

(一一)業，大版也。筍、簴，所以飾縣鍾鼓者。簴，鍾鼓之柎也。飾爲猛獸。

(一二)《周禮》曰：天子宮懸。註：言其樂懸，四面如宮也。《爾雅》曰：大鍾謂之鏞。丹懸碧鏞，言懸色丹而鍾色碧也。

(一三)邕，和也。

(一四)冰州，北極也。炎徼，南荒也。琛，寶也。東方朔《神異經》曰：北方有層冰萬里，而厚萬丈。又《十洲記》曰：炎洲，在南海中二千里，去北岸九萬里，有火林山。

(一五)雁海，雁門之外瀚海也。龍闕，單于龍庭之闕也。

(一六)《左傳》曰：其懷柔天下也。

(一七)言四海之外，以黿爲梁，以鼉爲棧。越山之險，浮水之深，雖遠戎上靈，皆歸太祖之德而來臨覲也。

(一八)石青、蜜露、瑞芝、麗草、珍柯、爛樹，皆言祥瑞所鍾而産也。

簉滯炎旻，既變至公。蓁蕤嫣華，太祖受終(一)〔一七〕。大宋有順(二)〔一八〕，高撝萬邦(三)。容豫慶雲(四)，遊衍南風(五)。正服寶位，圓光玉繩(六)。御繡懷古(七)，負黼夙興(八)。丘礙必静，淵漪咸澄。勛扆有作，黔牖其義。矜卑廣慈，合賤兼愛(九)。綴機㓷賊(一〇)，輕章削罰(一一)。跡去繁奓，情歸素一。軒靡龍刻，楹無丹密(一二)。越賤申椒，楚輟靈橘(一三)。陵寢起邑，池藻誰縣？遥館罕御，離房空薦。惇教路宮，淹神正殿(一四)。斟酌信義，左右律禮。瑩彼皇維，燁茲國體。冑業既樹(一五)，璧流方啟(一六)。漢求金岫(一七)，吳寶銅塹(一八)。寧若睿德，讓駟却劍(一九)。實才爲貴，唯功是念。火職咸允，雲官亦熙(二〇)。既皐乃益，匪稷伊夔(二一)。無觖巡風〔一九〕，寧誒辨詩(二二)。玉燭調文，玄英最節(二三)。乘山呈瑞，航海歸闕。不曠景冊，靡空歲月(二四)。受緯機衡，兼甄書史〔二〇〕。孫韓各辯，莊墨異理。昭政往藹，洗鑠前軌。逍遥星斗，徙倚凉雲。春飈方舞，秋鴻初分。式謡式詠，載績載文。

㈠萎蕤，茂盛貌。嬀，舜姓也。華，舜名也。言舜德之盛，而太祖繼之以終也。

㈡宋順帝名準，禪位於太祖，因曰順帝。

㈢撝，指也，與麾同。

㈣古樂府舜《卿雲歌》曰：「卿雲爛兮，糺漫漫兮。日月光華，旦復旦兮。」

㈤《樂録》曰：舜彈五絃之琴，歌《南風》之詩，曰：「南風之薰兮，可以解吾民之愠兮。南風之時兮，可以阜吾民之財兮。」

㈥《春秋元命苞》曰：玉衡北兩星爲玉繩。

㈦綉，綉扆也。以絳爲質，高八尺，綉爲斧文。懷古，懷古之爲政也。

㈧黼者，裳綉斧形，取其威斷，以絳帛爲質，白黑爲文也。夙興，言不敢怠於政事也。《史記》曰：周公佐成王，負斧扆，以朝天下也。

㈨此頌太祖惠愛萬民也。

(一〇)剟音啜，刊也。商子曰：剟定法令者死。

(一一)此頌刑法不苛也。

(一二)此頌其儉朴也。

(一三)此頌其薄賦斂也。

(一四)此頌其不事游幸，勤於治政也。

(一五)胄業，胄子之業，猶國胄也。樹，建也。

(一六)璧流，璧池之流也。啟，開也。

(一七)《漢書》曰：文帝使善相人相鄧通，當貧餓死。上曰：「能富通者在我也。」於是賜蜀嚴道銅山，得自鑄錢，布天下。金岫，即銅山也。

(一八)《史記》曰：吴王濞者，高帝兄劉仲之子，乃立於沛爲吴王，王三郡。吴有豫章郡銅山，濞則招致天下亡命者益鑄錢，國用富饒。

(一九)上言漢惠文之世，猶有驕恣之臣，如通如濞，以至於敗。寧若睿德御政，致有讓驅却劍之臣。又接下文「賓才爲貴，惟功是念」，頌其不濫受官爵也。

(二〇)《左傳》曰：郯子來朝，公與之宴。昭子問焉，曰：「少皞氏鳥名官，何故也？」郯子曰：「吾祖也，我知之。昔者黄帝氏以雲紀，故爲雲師而雲名；炎帝氏以火紀，故爲火師而火名。」註：以雲以火名其官職也。

(二一)皐、益、稷、夔，皆舜臣也。

(二二)鄭玄註：《毛詩譜》曰：武王伐紂，定天下，巡狩述職，陳諸國之詩，以觀民之風。

㊂《爾雅》曰：春爲青陽，夏爲朱明。秋爲白藏，冬爲玄英。四氣和，謂之玉燭。

㊃言航海乘山，俱來納款獻瑞也。《左傳》曰：職貢不乏，史不絶書，府無虚月。

邈哉我后，淪泳賢聖！磬品作號，盡物歸政。蒼黎汰歡，玄靈刷慶。永戩嘉祉，方寅景命。締詳有文，颸沛將掩㊀。理昧人詖，道懸世險。夐略遺圖，忌華徇儉㊁。文闈陳几，翌明告漸㊂。蜆鷁鬬食〔三一〕，日月朏精㊃。矧在乘輿，宇拆宙傾㊄〔三二〕。祲纏鸞掖，悲赴紫扃。去璇臺之照，襲珠殯之冥。嗚呼哀哉！

㊀漢高帝過沛，有大風起，爲《大風》之歌。颸，風起也。言齊太祖締結之文，將掩漢高帝《大風》之歌也。

㊁昧，暗也。詖，諂也。懸，絶也。險，深陷也。此言宋末齊初，世道諂佞險阻，太祖遺圖，務去華靡，專尚儉約也。俱見七卷《便宜表》。

㊂《尚書》曰：疾大漸。註：人君不敢遽言其死，故曰大漸也。

㊃蜆，蚌屬，鷁，鷁鳥也。朏音匪，明初生也。此言天下淆亂，如鷁蚌相持，而太祖得之未久也。

㊄至尊不敢直言，故曰乘輿。

帷宮低景，輦路巇光〔三三〕。惻柏門之黯黯，泣松帳之茫茫。上宮擗而詔御咽㊀，羣后慕而侍衛傷。攢靈既儼，遠日以筮。鬱鬯既奠，龍酹已撤〔三四〕。素月夜横，翠煙曉結。摐虚金而下欷，吟空籥而增絶。嗚呼哀哉！

㊀擗，撫心也；又擗踊哭泣。

於是颯天駕而從綺輿，澀神行而撫文輂。傍建春而南蹕，徑宣陽而東踐㊀。尚葢葚而未散，乍眇默而不轉。睇千乘之共啜，盻萬騎之相泫。嗟魏后之戀譙㊁〔二五〕，惻漢主之懷沛㊂。辭金陵之葨義㊃，降雲陽之杳藹㊄。風奇響而駐軒，煙異色而低旆。怨街邑之綵驂，弔原野之縞蓋。挽夫愴而征馬凝，痛縈盈其如帶。嗚呼哀哉！

㊀建春，宣陽，皆齊宮殿門名。

㊁魏后，魏武帝曹操，譙郡人也。

㊂漢主，漢帝高祖，沛郡人也。

㊃金陵，卽帝都也。

㊄《地理志》曰：三國時，吳改丹陽爲雲陽。

復林油雲，重山減日。御房清淒，神路冥謐。昭徒肅蠹㊀，幽祇竦畢㊁。攀光灑動〔二六〕，臨泉澍泗。璪座長嚴，雕宮永閟。寂帳寂兮寂已遠，夜釭夜兮夜何邃？嗚呼哀哉！

㊀昭，明也。天子黃屋左蠹。

㊁畢，貫牲體木，狀如叉，主人舉肉之時，以畢助之。喪祭用桑，吉用棘。

校勘記

〔一〕「然」，元鈔本作「怨」。梁本作「號」。

〔二〕「樞星」，叢刊本作「星樞」，梁本作「星驅」。

〔三〕「散」，梁本作「斅」。

〔四〕「險」，叢刊本、梁本及原書底本作「儉」。

〔五〕「校」，梁本作「狡」。

〔六〕「匿」，原作「匱」，據元鈔本改。

〔七〕「返」，梁本作「還」。

〔八〕「鴆」，原作「鴆」，據叢刊本、梁本改。

〔九〕「襄危」，叢刊本、梁本作「危亡」。

〔一〇〕「榮」，叢刊本、梁本作「縈」。

〔一一〕「去」，元鈔本作「云」。

〔一二〕「纓」，叢刊本、梁本作「情」。

〔一三〕「岷」，梁本作「民」。

〔一四〕「赭」，叢刊本、梁本作「赬」。

〔一五〕「誠」，叢刊本、梁本作「詠」。

〔一六〕「蜜」，梁本作「寶」。

〔一七〕「太祖」，叢刊本、梁本作「文祖」。

〔一八〕「順」，叢刊本、梁本作「訓」。

〔一九〕「觖」，原作「觖」，今改。

〔二〇〕「書」，梁本作「詩」。

〔二一〕「蜆鷁」，叢刊本作「蜆僑」，梁本作「蜆僑」。

〔二二〕「拆」，叢刊本作「折」。

〔二三〕「巇」，原作「戲」，據梁本改。

〔二四〕「已」，梁本作「方」，叢刊本、原書底本缺此字。

〔二五〕「嗟」，梁本作「悲」，叢刊本缺此字。

〔二六〕「動」，梁本作「慟」。

行狀

建平王太妃周氏行狀

太妃周氏，建平王景素母也。景素事母性至孝。按本傳，建平王反，秀才劉璡上書曰：「臣聞王之事太妃也，朝夕不違養，甘苦不見色。臣聞求忠臣者於孝子之門，安有孝如王而不忠者乎？」

竊聞：侯服之譽㈠，非黄冠能敷㈡〔一〕；王食之問㈢〔二〕，寧皂衣所述㈣？諒畏褒虚美於君后㈤〔三〕，被空名於鼎貴㈥〔四〕。然有漢臣誄行㈦，晉史書德者㈧，亦云實而已焉㈨。

㈠《周官》曰：王畿其外方五百里曰侯服。譽，聲譽也。

㈡黄冠，野人之冠也。

㊂《尚書》曰：惟辟王食。　問，令問也。
㊃皂衣，賤者之服也。
㊄裦，多也。
㊅《吴都賦》曰：高門鼎貴。　應劭註曰：鼎，始也。　乃祖乃父已來皆貴，故曰鼎貴。　言如此之人，皆被空名鼎貴也。
㊆後漢皇甫規作《女師箴》，皆規諷后妃之女。
㊇晉張華懼后族之盛，作《女史箴》，歷叙后妃之德，以勸戒焉。
㊈實，行實也。

伏見國太妃，稟靈惟岳㊀，集慶自遠。世擅淮汝，族冠疇代。故以載曜聲書〔五〕，式炳縢牒矣。太妃誕離明之正和〔六〕，涵雲露之中氣。凝采齠歲㊁，賁章笄年㊂。若乃彤管女圖之學㊃，纂組綺縞之工，升降處謙之儀，柔静居順之節〔七〕，莫不中道若性，不嚴而成。故譽滿闈閾〔八〕，聲聞軒殿〔九〕。以元嘉某年㊄，歸於故司徒宣簡王㊅。既而第高恒倫，秩踰外品。青軒華轂，用光國煇。素壁丹墀，實隆家貴。且惟姻娣，靡不式贍㊆。而居尊以簡，訓卑以弘。躬謹蘭闈，身撝椒第㊇。若衛娥之炯行㊈，樊嬴之英操㊂，方之蔑如也。

㊀《毛詩》曰：惟嶽降神。
㊁齠，始毁齒也。
㊂《禮記》曰：女子十五而笄，笄而許嫁。

㈣毛萇曰：古者后夫人，必有女史彤管之法。《文選注》：皇后有女史之官。　彤管，赤管筆也。圖，圖史也。

㈤元嘉，宋文帝年號。

㈥《宋書》曰：宣簡王名宏，文帝第七子也。年十一，封建平王，年二十五而薨，追贈司徒。子景素，襲封建平王。

㈦贍，賙給也。

㈧撝，謙也。

㈨《列女傳》曰：衛姬者，衛侯之女，齊桓公之夫人。桓公好淫樂，衛姬爲不聽鄭衛之聲。

〔一〇〕《列女傳》曰：樊姬者，楚莊王之夫人。莊王初卽位，好狩獵，樊姬諫不止，乃不食禽獸之肉，三年，王乃改之。

大明二年㈠，宣簡王薨，太妃藉悲用禮，撫孤用慈。柔懿之德愈彰，肅敬之問日被。雖文伯之母言不踰閾，莒相之主行存乎勤㈡，無以過也。大明某年〔一〇〕，拜建平王太妃。是時，今王春秋方富，德業未隆。藉兹金響，終能玉播。故綺襦出宰，弱冠升朝者，亦太妃劬勞之訓也㈢。

㈠大明，宋孝武年號。

㈡《列女傳》曰：魯季敬姜者，莒女也，文伯之母，季康子之從祖母。康子嘗至敬姜，敬姜闔門與之言，皆不踰閾。文伯相魯退朝，朝敬姜，敬姜力績。文伯曰：「以歜之家，而主猶績。懼於季孫以歜爲不能事主乎？」

㈢《毛詩》曰：哀哀父母，生我劬勞。

謂天蓋高㈠，降年不永。以太豫元年二月三日，薨于荆州之内寢㈡。凡厥遠邇，以哀以歎。今祖行有期，泉穸無遠㊂。素旒望路，綵旌思歸。所以垂宣徽容，仿佛金石者，謹詳牒行狀，具以申言。

㊀《毛詩》曰：謂天蓋高，不敢不局。

㊁泰豫，宋明帝年號，是時建平王爲荆州刺史。

㊂祖，祖送也。泉，九泉也。穸，長夜也。《左傳》曰：窀穸之事。

校勘記

〔一〕「能」，《藝文類聚》卷十五作「所」。

〔二〕「問」，《藝文類聚》、梁本作「門」。

〔三〕「褒」，《藝文類聚》作「哀」。「虚」，原缺，據梁本補。

〔四〕「被」，《藝文類聚》作「披」。

〔五〕「載」，原作「戴」，據叢刊本改。

〔六〕「離明」，《藝文類聚》作「巽離」；梁本無「離」字。

〔七〕「居」，《藝文類聚》作「嘉」。

〔八〕「闈閾」，《藝文類聚》作「幃困」。

〔九〕「聞」，《藝文類聚》作「播」。

〔一〇〕「無以過也。大明某年」，原本脱此八字，據叢刊本、梁本補。

墓誌

宋故尚書左丞孫緬墓文〔一〕

光靈維周㊀，肇祀伊衛㊁。炤分上代，鏡華中世。睿誕降明，秀芳嗣烈。學惟物範，行實士節。容與書林，優游史藝。素巾峩冠，朱紱累轍。采訪詩逸〔二〕，人詢禮缺。麗名文質，齊影儒喆。慶履匪舒，沴氣遽結。殯帷兮既晦㊂，泉火兮已閉㊃。曖遺波於遥緒，颯流馨於遠歲〔三〕。

㊀《毛詩》曰：維周之翰。

㊁肇，始也。《新唐書・宰相世系表》曰：周文王子康叔，封于衛。至武公生公子惠孫，惠孫生耳，爲衛上卿，因以爲氏。

㊂殯帷，祖殯之帷幄也。

㊃《三輔故事》曰：秦始皇葬驪山，起墳，高五十丈，周迴七百步，以明月珠爲日月，人魚膏爲燈燭，水銀爲江海，金銀爲鳧雁。

校勘記

〔一〕梁本題作：「宋尚書左丞孫緬墓銘」，叢刊本「文」上有「誌」字。

〔二〕「采」，叢刊本、梁本作「來」。

〔三〕「馨」，原作「聲」，據叢刊本、梁本改。

宋故安成王右常侍劉喬墓誌文〔一〕

丹陽韞聖，豐鄉降賢。玉葉既積，金徽方傳。乃毓伊人，剋廣克宣。騰芬中屬，飛藻上年。杳杳虛素，永永冲闕。雲意霜柏〔二〕，瓊立冰堅。家寶以瑩，國才未甄。參錯報善，茫昧雲玄。歛魂幽石，委氣空山。膚若流波，身如絕煙。芳菲一逝，美懋徒鐫。

校勘記

〔一〕梁本題作「宋安成王右常侍劉喬墓銘」。

〔二〕「柏」，叢刊本、梁本作「拍」，元鈔本空闕。

宋故銀青光禄大夫孫敻墓誌文〔一〕

川祇効鏡㊀，岳祥獻明㊁。碧葉獨秀，瑶源自清。幼炳器譽，夙燿才名。體兼遷、雲㊂，學備儒史。紫閣咸趨，朱軒既履。貴交慕塵，素遊企軌㊃。騰藻上京，振彩下國。如彼緑蘭，秉芬四塞。欷人逕之不平，歎天路之冥默。貴夫君之爲美㊄，播靈均與正則㊅。

㊀川祇，川瀆之神也。鏡，明也。

㊁岳祥，山岳之祥也。

㊂遷、雲，司馬遷、揚子雲也。

㊃言貴交慕其後塵，素遊企其軌迹也。

㊄《楚辭》曰：望夫君兮未來。

㊅《楚辭》曰：名余曰正則兮，字余曰靈均。

校勘記

〔一〕梁本題作「宋光祿大夫孫夐墓銘」。

齊故御史中丞孫詵墓誌文〔一〕

筠以霜藹，蘭以風薰㊀。深哉若人，實好斯文。系緒承胄，激藹驚芬。才基魏粲㊁，學參漢雲㊂。覽志上載㊃，洽鏡前聞㊄。騰名冠俗，揚采絶群。方翮明世，式贊睿君。如何不淑，天道離分〔二〕。敢雕窆石，永晰幽墳㊅。

㊀佛經曰：芳草奇花，能逆風聞薰。

㊁魏王粲，字仲宣，山陽高平人，有異才，事魏，建安中爲七才子。

㊂漢揚雄，字子雲，博學，善識奇字。

㊃上載，千載之上也。

㊄前聞，前人之所聞也。

㈥晰，明也，與晳同。

校勘記

〔一〕梁本題作「齊御史中丞孫詵墓銘」，原脱「中」字，據叢刊本、梁本補。

〔二〕「離」，叢刊本作「雖」，梁本作「難」。

齊故司徒右長史檀超墓誌文〔一〕

惟金有銑㈠，惟玉有瑤㈡。君實淵哉㈢，行爲世標㈣！高志洒落，逸氣寂寥。奥學内溢，深文外昭。嘉采籍譽，登國振朝。亦既有美，筠傷蕙凋。人邇運曠，世促道遼。永矣仁矣，流芳無澆。

㈠銑，金之澤者。《國語》曰：玦之以金者，銑寒甚矣。

㈡瑤，玉之美者。《毛詩》曰：報之以瓊瑤。

㈢淵，深也。

㈣標，準的也。

校勘記

〔一〕梁本題作「齊司徒右長史檀超墓銘」。

祭文

蕭驃騎祭石頭戰亡文

石頭，金陵石頭城也。

咸告忠貞之魂曰：義惟行首〔一〕，雄實士節。嗟爾驍驁，稟才蹈烈〔二〕。守玉不渝，懷冰可拆〔三〕。氣彰靡旗，情激亂轍〔四〕。高墉摧堅，巨醜挫鋭。深痛克矜，寃靈及雪。隆恩殊悼，臨爾以歆。千秋同盡，百齡一世。魂而有知，咸無遠邇。嗚呼哀哉！

校勘記

〔一〕「惟」，梁本作「爲」。

〔二〕「蹈」，元鈔本作「踴」。

〔三〕「拆」，叢刊本、梁本作「折」。

〔四〕「激」，叢刊本、梁本作「皦」。

呪文

蕭太傅東耕呪文〔一〕

籍田，亦曰帝籍，亦曰東耕。

敬呪先穡曰㈠：攝提方春㈡，黍稷未華㈢。灼爍發雲，昭燿開霞。地煦景曖，山艷水波。

側聞晨政㊃〔二〕，實惟民天㊄。競秬獻歲㊅，務畎上年。有渰疏潤，興雨導泉㊆。崇耕巡索，均逸共勞。命彼倌人㊇，稅于青皐㊈。羽旗銜蕤，雄戟燿毫。呈典緇耦㊉，獻禮翠壇(十一)。宜民宜稼，克降祈年。願靈之降，解佩停鑾。神之行兮氣爲軷(十二)，神之坐兮煙爲蓋。使嘉穀與玄鬯(十三)，永争光而無沫哉(十四)。

㊀先穡，穀神也。《儀註》曰：天子耒耜一具，三公耒耜三具，九卿耒耜九具，立方壇以祠先農。

㊁攝提，建寅之月也。孟春之月，天子乃以元日祈穀于上帝。

㊂黍爲五穀之先，黏者爲秫，可釀酒。不黏者爲黍。稷爲五穀之長，其米爲黄，秋種夏熟，歷四時，備陰陽，穀之貴者。

㊃《國語》曰：農祥晨正。唐固註曰：農祥，房星也。晨正，謂晨見南方，謂立春之日。

㊄《漢高紀》曰：民以食爲天。

㊅秬，黑黍也，以釀酒者。

㊆有渰，雨師也。《毛詩》曰：有渰萋萋，興雨祈祈。

㊇倌人，主駕車者。

㊈青，東方發生色也。陶淵明辭曰：登東皐以舒嘯。

㊉典，法也。緇耦，嗇夫也。言呈其法，則於嗇夫也。

(十一)潘岳《藉田賦》曰：青壇蔚其嶽立兮。翠幕黕以雲布。

(十二)軷，音跋。立壇，四通樹茅以依神焉。

(十三)鬯，以秬釀酒，芬芳，攸服以降神也。禾，嘉穀也。

㊃沬，已也。

校勘記

〔一〕「呪」，元鈔本、梁本作「祝」。

〔二〕「晨」，梁本作「農」。

傳

袁友人傳

註見《傷友人賦》并《自序》。

友人袁炳，字叔明，陳郡陽夏人。其人天下之士，幼有異才，學無不覽，文章俶儻清澹出一時〔一〕。任心觀書，不爲章句之學。其篤行則信義惠和，意磬如也。常念蔭松柏，詠詩書，志氣跌宕，不與俗人交。俛眉暫仕，歷國常侍員外郎、府功曹、臨湘令。粟之入者，悉散以贍親。其爲節也如此，數百年未有此人焉。至乃好妙賞文，獨絶於世也。又撰《晉史》，奇功未遂，不幸卒官，春秋二十有八。與余有青雲之交，非直銜杯酒而已。嗟乎！斯才也，斯命也，天之報施善人，何如哉！何如哉！

校勘記

〔一〕「澹」，梁本、叢刊本作「贍」。

序

自序〔一〕

淹字文通，濟陽考城人㊀。幼傳家業，六歲能屬詩，十三而孤，邈過庭之訓。長遂博覽群書，不事章句之學，頗留精於文章。所誦詠者，蓋二十萬言。而愛奇尚異，深沉有遠識，常慕司馬長卿㊁、梁伯鸞之徒㊂，然未能悉行也㊃。所與神遊者，唯陳留袁叔明而已㊄。

㊀《地理志》曰：濟陽隸河南。考城，本周之戴國，春秋時改名穀城，今屬歸德府。

㊁《漢書》曰：司馬相如字長卿，蜀郡人。少好學，乃著《子虛賦》，武帝讀善之，曰：「朕獨不得與此人同時哉！」

㊂漢梁鴻，字伯鸞，漢平陵人也。家貧尚節，隱於霸陵山中，業耕織，詠詩書，彈琴自娛，後遊吳會。

㊃言慕二人之所爲，未能盡行也。

㊄袁炳，字叔明，陳留人。註見集中《傷友人賦》并《袁友人傳》。

弱冠，以五經授宋始安王劉子真㊀，略傳大義。爲南徐州新安王從事㊁〔二〕，奉朝請。始安之薨也，建平王劉景素㊂，聞風而悅，待以布衣之禮。然少年嘗倜儻不俗，或爲世士所嫉，遂誣淹以受金者，將及抵罪，乃上書見意而免焉㊃。尋舉南徐州桂陽王秀才，對策上第，轉巴陵王右常侍〔三〕，右軍建平王主簿㊄。賓待累年，雅以文章見遇；而宋末多阻，宗室有憂生之難。王初欲羽檄徵天下兵，以求一旦之幸。淹嘗從容曉諫，言人事之成敗。每曰：「殿下不求宗廟之安，如信左右之計，則復見麋鹿霜棲露宿於姑蘇之臺矣㊅。」終不以納，而更疑焉。及王移鎮朱方也㊆，又爲鎮軍參事，領東海郡丞。於是王與不逞之徒，日夜搆議。淹知禍機之將發，又賦詩十五首㊇，略明性命之理，因以爲諷。王遂不悟，乃憑怒而黜之，爲建安吴興令㊈。地在東南嶠外〔四〕，閩越之舊境也。爰有碧水丹山，珍木靈草，皆淹平生所至愛，不覺行路之遠矣。山中無事，與道書爲偶，乃悠然獨往，或日夕忘歸。放浪之際，頗著文章自娛。

㊀始安王，註見五卷《侍始安王石頭詩》。

㊁新安王，註見九卷《奏詣南徐州新安王》。

㊂建平王，註見三卷《從冠軍行詩》。

㊃註見九卷《上建平王書》。

㊄註見九卷《到主簿日詣右軍建平王》。

㊅《梁書》曰：少帝即位，多失德。景素專據上流，咸勸因此舉事。淹每從容諫曰：「流言納禍，二叔所以同亡；抵局銜怨，七國於焉俱斃。殿下不求宗廟之安，而信左右之計，則復見麋鹿霜露棲於姑蘇之臺矣。」

㈦註見前《齊太祖誄》。

㈧《效阮公詩》十五首，見三卷。

㈨註見九卷《被黜吳興令牋》。

在邑三載，朱方竟敗焉㈠。復還京師，值世道已昏，守志閑居〔五〕，不交當軸之士。俄皇帝始有大功於四海㈡，聞而訪召之，爲尚書駕部郎驃騎竟陵公參軍事㈢。

㈠即建平王劉景素之敗也。

㈡皇帝，齊太祖也。

㈢本傳曰：昇明初，齊帝輔政，聞其才，召爲尚書駕部郎、驃騎參軍事。

當沈攸之起兵西楚也，人懷危懼，高帝嘗顧而問之曰：「天下紛紛若是，君謂如何？」淹對曰：「昔項強而劉弱，袁衆而曹寡，羽號令諸侯，竟受一劍之辱；紹跨躡四州，終爲奔北之虜。此所謂在德不在鼎㈠，公何疑焉？」帝曰：「聞此言者多矣，其試謂我言之〔六〕。」淹曰：「公雄武有奇略，一勝也；寬容而仁恕，二勝也；賢能畢力，三勝也；民望所歸，四勝也；奉天子而伐逆叛，五勝也。攸之志鋭而器小，一敗也；有威而無恩，二敗也；士卒解體，三敗也；搢紳不懷，四敗也；懸兵數千里，而無同惡相濟，五敗也。故豺狼十萬，而終爲我獲焉。」帝笑曰：「君談過矣。」是時軍書表記，皆爲草具。逮東霸城府，猶掌筆翰。相府始置，仍爲記室參軍事。及讓齊王九錫備物及諸文表〔七〕，皆淹爲之㈡。受禪之後，又爲驃騎豫章王記室參軍㈢，鎮東武令，參掌詔册，並典國史。既非雅好，辭不獲命。尋遷正員散騎侍郎、中書侍郎。

㈠《左傳》曰：王使王孫滿勞楚子，楚子問鼎之大小輕重。對曰：「在德不在鼎。」

㈡諸文具載集中。

㈢《南史》曰：齊受禪，復爲驃騎豫章王嶷記室參軍。註見八卷《蕭太尉子姪啟》。

淹嘗云：人生當適性爲樂，安能精意苦力，求身後之名哉！故自少及長，未嘗著書，惟集十卷，謂如此足矣。重以學不爲人；交不苟合，又深信天竺緣果之文，偏好老氏清净之術，仕，所望不過諸卿二千石，有耕織伏臘之資，則隱矣。常願幽居築宇〔八〕，絶棄人事，苑以丹林，池以緑水，左倚郊甸，右帶瀛澤㈠〔九〕。青春爰謝，則接武平皐㈡〔一〇〕；素秋澄景，則獨酌虛室。侍姬三四，趙女數人。不則逍遥經紀，彈琴詠詩，朝露幾間，忽忘老之將至〔一一〕。淹之所學〔一二〕，盡此而已矣。

㈠瀛，即澤也，楚人名澤中曰瀛。

㈡武，步也。皐，澤也，又岸也。

校勘記

〔一〕《藝文類聚》卷五五、梁本題作「自序傳」。
〔二〕「爲南徐州新安王從事」，原作「爲南徐州王新安從事」，據梁本改。
〔三〕「右」，梁本作「左」。
〔四〕「地」，原作「弟」，據叢刊本、梁本改。
〔五〕「志」，叢刊本作「忠」。
〔六〕「謂」，叢刊本、梁本作「爲」。
〔七〕「及」，梁本作「凡」。
〔八〕「幽」，《藝文類聚》作「卜」。
〔九〕「瀛」，《藝文類聚》作「灑」。
〔一〇〕「接武」，《藝文類聚》作「栜弋」。
〔一一〕「老之將至」，《藝文類聚》作「老之將至云爾」。
〔一二〕《藝文類聚》「學」上無「所」字。

江文通集佚文

傷愛子賦有序〔一〕

江艽，字胤卿，僕之第二子也。生而神俊，必爲美器，惜哉遘閔，涉歲而卒。悲至躑躅，乃爲此文。

惟秋色之顥顥，心結縎兮悲起。曾憫憐之慘悽，痛掌珠之愛子。形惸惸而外施，心切切而内圮。日月可銷兮悼不滅，金石可鑠兮念何已！緬吾祖之赫羲，帝高陽之玄胄。惜衰宗之淪没，恐余人之弗構。覬三靈之降福，竚弱子之擢秀。酷奈何兮胤卿，那逢天兮不祐。

爾誕質於青春，攝提貞乎孟陬。謂比方於右列，望齊英於前修。遣高行之美迹，弘盛業之清猷。白露奄被此百草，爾同凋於梧楸。憶朱明之在節，顧岐嶷之可貴。睨鑪帳而多怊，瞻户牖而有慰。奚在今之寂寞，失音容之髣髴。姊目中而下泣，兄嗟季而飲淚。感木石而變哀，激左右而隕欷！奪懷袖之深愛，爾母氏之麗人。屑丹泣於下壤，僽慇憂於上旻。視往端而擗慄，踐遺緒而苦辛。就深悼而誰弭，歸末命兮何陳！

我過幸於時私，爰守官於江潯。悲薄暮而增甚，思纁黄而不禁。月接日而爲光，霞合雲而成陰。霧籠籠而帶樹，月蒼蒼而架林。嗟奈何兮弱子，我百艱兮是尋。驗纖帶之夜緩，察葆鬢之朝侵。惟人生之在世，恒懽寡而戚饒。雖十紀之空名，豈百齡之能要。迅朱光之映夜，湛白露之凝朝。指兹譬而取免，排此理以自銷。

然則生之樂兮親與愛，内與外兮長與稚。傷弱子之冥冥，獨幽泉兮而永閟。余無愆於蒼祇，亦何怨於厚地！信釋氏之靈果，歸三世之遠致。願同升於淨刹，與塵習兮永棄。

校勘記

〔一〕此篇據梁本補。

井賦〔一〕

穿重壤之千仞兮，構玉甃之百節。營之不日，既汲既渫，

校勘記

〔一〕此篇據梁本補。梁本註「汪本缺」。當係殘文。

牲出入歌〔一〕

祝詳史具，禮備樂薦。有牲在陳，有鼓在懸。騰燭象星，奔水類電。郊燎夙戒〔二〕，馳彼乘騆〔三〕。以伺質明，以佇神晏〔四〕。

校勘記

〔一〕此篇據梁本、元鈔本補。

〔二〕「夙戒」，元鈔本作「速駕」。

〔三〕「馳」，元鈔本作「馭」。

〔四〕「佇」，《初學記》卷十三作「伸」。

薦豆呈毛血歌辭〔一〕

時恭時祀，有物有則。伊我上聖，實抱明德〔二〕。犧象交陳，彝尊四塞。黍惟嘉穀，酒惟玄默。薦通蒼祇，慶覃黎黑。顧靈之降，祚家佑國。

校勘記

〔一〕此篇據梁本、元鈔本補。

〔二〕「抱」，元鈔本作「挹」。

奏宣列之樂歌辭〔一〕

殷崇配天，周尊明祀〔二〕。瑞合汾陰，慶同泰時〔三〕。青幕雲舒，丹殿霞起。二曜惟新〔四〕，五精告始。於以享之，景福是履。

校勘記

〔一〕此篇據元鈔本、梁本補。「辭」，梁本作「舞」。

〔二〕「周」，元鈔本作「界」。

〔三〕「時」，梁本作「時」。「慶」，《初學記》卷十三作「夢」。

〔四〕「惟」，元鈔本作「維」。

銅劍讚〔一〕

永明初，始造舊宮。鑿東北之地，皆平岡迤隴，尤多古冢墓。有人得銅劍，長尺五寸，余既借看，歎其古異。客有謂余曰：「古時乃以銅爲兵乎？其可得而聞不？」余笑而應曰：此證據甚多，殆不俟言。卿既欲知，輒具言之。余按《山海經》曰：「昆吾之山，其上多赤銅。」郭璞註曰：「此山出金如火，以之切玉，如割泥也。」周穆王時，西戎獻之，尸子所爲昆吾之劍也。《越絶書》曰：「赤墐之山，破而出錫。若邪之谿，涸而出銅，歐冶鑄以爲純鉤之劍。」又汲冢中，得一銅劍，長三尺五。及今所記干將者，亦皆非鐵，明古者以銅錫爲兵器也。《周書》稱穆王時，征犬戎，得昆吾之劍。火浣布，長尺有咫。又有鍊銅赤刀，割玉如泥焉。又《左傳》僖公十八年，鄭伯始朝於楚，楚賜之金，既而悔之。盟曰：「無以鑄兵，故以鑄三鐘。」杜預註云：「楚金利，故也。」古者以銅爲兵，故《禹貢》云：荆揚貢金三品。余以爲古者語質而難解，今者語文而又了。獨《詩》云：「元龜象齒」，其實象牙也；《書》曰：「厥包橘柚」，乃黄柑也。金品上則黄，中則赤，下則黑。黑金是鐵，赤金是銅，黄金是金。黄金可爲寶，赤金可爲兵，黑金可爲器。

韓子稱昔智伯繇之伐趙襄子，初晉陽襄子金將盡，問於張孟談，孟談對曰：「吾聞董安于治晉陽也。公室悉以銅爲柱質，君可發而用之。」於是發之，有餘金矣。謂此據蓋可知焉。又昔夏后氏，使九牧貢金，鑄九鼎於荆山之下，於昆吾氏之墟，白若甘擒之地，圖其山川奇怪以形於鼎，使民知神姦，不逢其害，以定其祥。鼎成三足而方，不炊而自沸，不异而自藏，不遷而自行。九鼎既成，定之國都。桀有昏德，鼎遷於商；殷紂暴虐，鼎遷於周。每人主休明，鼎雖小而重；其姦回昏亂，雖大而輕。及周顯王三十二年，姬德大衰，乃淪入泗水。秦始皇之初，見於彭城。二十七年，始皇東遊，大發徒出之，而不能得焉。後漢武帝，賓禮百神於汾陰，得大鼎，時人以爲九鼎，其詳不可得而審也。且荆軻刺秦王之日，匕首擊銅柱，銅柱火出，則古者非直以銅爲匕首，亦以爲殿柱也。且始皇之世，長狄十二，見於臨洮，身長三丈，足跡六尺。於是始皇斂天下之兵，鑄而象之。故《西京賦》云：「高門有閌，列坐金狄」，是也。又造阿房之宫，其門悉用磁石。磁石噏鐵，以防外兵之入焉。以此推之，明知春秋迄於戰國，戰國至於秦時，攻争紛亂，兵革互興。銅既不充給，故以鐵足之。鑄銅既難，求鐵甚易，是故銅兵轉少，鐵兵轉多。年甚一年，歲甚一歲，漸染流遷，遂成風俗。所以鐵工比肩，而銅工稍絶。二漢之世，逾見其微。及漢建安二十四年，魏文帝爲太子時，鑄三寶刀，二匕首。天下百鍊之精利，而悉是鑄鐵，不能復鑄銅矣。按張華《博物志》，亦稱鑄銅之工，不復可得，唯蜀地羌中，時有解者。由此言之，斯妙久絶。

余謂不復能鑄銅者，正當不能使利如霜雪。光似雲霞，陸斬犀兕，水斷蛟龍，豈復不能鑄銅鑪鋺燈耶？然今太極殿前，兩大銅鏡，卽周景王鑄也。製作精巧，獨絶晚世。今之作，必不及古，猶今鏡不及古鏡、今鐘不及古鐘矣。

昔余爲吴興令，鑿池又獲銅箭鏑數十枚。時有人復於彼山中伐木，得銅斧一口。古銅鑄爲兵，豈爲一據？故備言其詳，以發子之蒙矣。古貴銅賤鐵，非獨此事。按《皇覽・帝王冢墓記》，稱吴王闔閭冢，銅槨三重，汞池六尺，玉鳧之流，扁諸之劍三，盤郢魚腸之劍在焉。

秦始皇冢，亦以銅槨，水銀爲江河，關東賊發之，至銅槨而取銅，深大，不可多得，因此穴墓。漢思王冢，時奢侈，皆生葬：取愛幸奴婢，蓄穀，爲銅窗，以通殉葬者氣息，兼以水火。守冢給呼召，數十年乃不復聞聲矣。晚世之葬，無復此例。然猶自大奢、大富、大盛。或傾一國之財，或竭一家之寶，或爭爲宏麗，或競相高尚。前漢奢於後漢，魏時富於晉世。

中原既夷，至於江左。時天下凋喪，制度日衰。富貴之家，猶或厚葬。然論古論曩，亦減損千萬倍矣。世愈貧狹，哀禮愈薄。又往古之事，棺皆不用釘，悉用細腰。其細腰之法，長七寸，廣三寸，厚二寸五分。狀如木秤，兩頭大，而中央小，仍鑿棺際而安之。因普漆其外一棺，凡用細腰五十四枚，大略如此。亦可謂巧矣。其法既絶，亦有銅釘。銅釘之體，皆如今柘釘形也。銅釘既滑，多被發掘。自義熙以來，乃以柘代銅。爰及明器之屬，亦多減省，必不得已，乃用烏牙焉，相與皆用素棺，不得施漆。及自棺之外，一無所設，既由貧富之懸，兼以避患之及耳。故爲此讚，以明古今銅鐵之兵刃，葬送之事焉。乃成讚曰：

悠悠開闢，或聖或賢。蚩尤鑄銅，爲兵幾年。天生五才，實此爲先。既古既曩，誰測誰傳。紛綸百代，事無不異。況迺金鐵，國之利器。風胡專精，歐冶妙思。於昔則出，於今則祕。聞之釋經，萬物澹薄。在古必厚，在今必惡。徒侈徒異，徒鏇徒削。聊舉一概，以明鴻略。

校勘記

〔一〕此篇據梁本補。

無爲論〔一〕

吾曾迴向正覺，歸依福田。友人勸吾仕，吾志不改，故著《無爲論》焉。

有奕葉公子者，聯蟬七代，冠冕組望，多素紈黼衣綉裳，負長劍而耿耿，佩鳴玉而鏘鏘。時遊稷下，或客於梁。聞英雄而豹變，聽利害以龍驤。乃動朱履而馳寶馬，振玉勒而曜金羈，之無爲先生之門，問曰：「先生智德光融，嵩華無得以方其峻；道義清遠，溟海不足以喻其深。無學不窺，無事不達，容儀閒靜，言笑溫雅。至如釋迦三藏之典，李君道德之書，宣尼六藝之文，百氏兼該之術，靡不詳其津要，而採摭沖玄，煥乎若睹於鏡中，炳乎若明於掌內。余聞天地之大德曰生，何以聚人曰財。是故老聃以爲柱史，莊周以爲園吏，東方持戟而不倦，尼父執鞭而不耻，實萬古之師範，一時之高士。先生嘉遁卷迹，養德不仕，乃列子之所待，非通天下之至理。雖江海以爲榮，實縉紳之所鄙。」

先生倏爾笑而應之曰：「富之與貴，誰不欲哉？乃運而不通也。夫忠孝者，國家之急務也。申生伍員，不得志也。懷道抱德，玄風之所尚。揚雄東方，其職未高也。其大學者，不過儒墨，亦栖栖遑遑，多有不遂也。子所引之士者，情雖欲之，志不行也。憂喜不移其情，故可爲道者也。過此已往，焉足言哉！吾聞大人降迹，廣樹慈悲，破生死之樊籠，登涅槃之彼岸，闡三乘以誘物，去一相以歸真，有智者不見其去來，有心者莫知其終始。使得湛然常住，永絶殊塗，無變無遷，長袪百慮，静然養神，以安志爲業；欲使自天祐之，吉無不利，舒卷隨取，進退自然，遁逸無悶，幽居永貞，亦何榮乎？亦何鄙乎？子其得之，吾何失之？塵內方外，於是乎著。」公子悪然而有慚德，逡巡而退。

校勘記

〔一〕此篇據《廣弘明集》卷二十九補。

附録

南史江淹傳

江淹字文通，濟陽考城人也。父康之，南沙令，雅有才思。淹少孤貧，常慕司馬長卿、梁伯鸞之爲人，不事章句之學，留情於文章。早爲高平檀超所知，常升以上席，甚加禮焉。起家南徐州從事，轉奉朝請。宋建平王景素好士，淹隨景素在南兗州。廣陵令郭彦文得罪，辭連淹，言受金，淹被繫獄。自獄中上書曰：

昔者，賤臣叩心，飛霜擊於燕地；庶女告天，振風襲於齊臺。下官每讀其書，未嘗不廢卷流涕。何者？士有一定之論，女有不易之行。信而見疑，貞而爲戮，是以壯夫義士伏死而不顧者以此也。下官聞仁不可恃，善不可依，謂徒虚語，乃今知之。伏願大王暫停左右，少加矜察。

下官本蓬户桑樞之人，布衣韋帶之士，退不飾詩書以驚愚，進不買聲名於天下。日者，謬得升降承明之闕，出入金華之殿，何嘗不局影凝嚴，側身扃禁者乎。竊慕大王之義，復爲門下之賓，備鳴盜淺術之餘，豫三五賤伎之末。大王惠以恩光，顧以顔色，實佩荆卿黄金之賜，竊感豫讓國士之分矣。常欲結纓伏劍，少謝萬一，剖心摩踵，以報所天。不圖小人固陋，坐貽謗缺，迹墜昭憲，身限幽圄，履影弔心，酸鼻痛骨。下官聞虧名爲辱，虧形次之，是以每一念來，忽若有遺；加以涉旬月，迫季秋，天光沈陰，左右無色，身非木石，與獄吏爲伍。此少卿所以仰天搥心，泣盡而繼之以血者也。下官雖乏鄉曲之譽，然嘗聞君子之行矣：其上則隱於簾肆之間，卧於巖石之下；次則結綬金馬之庭，高議雲臺之上；退則虜南越之君，係單于之頸。俱啓丹册，並圖青史。寧争分寸之末，競錐刀之利哉！下官聞積毁銷金，積讒摩骨，遠則直生取疑於盜金，近則伯魚被名於不義。彼之二才，猶或如是，況在下官，焉能自免？昔上將之恥，絳侯幽獄，名臣之羞，史遷下室，至如下官，當何言哉！夫以魯連之智，辭禄而不反，接輿之賢，行歌而忘歸，子陵閉關於東越，仲蔚杜門於西秦，亦良可知也。若使下官事非其虚，罪得其實，亦當鉗口吞舌，伏匕首以殞身，何以見齊魯奇節之人，燕趙悲歌之士乎。

方今聖歷欽明，天下樂業，青雲浮洛，榮光塞河，西洎臨洮、狄道，北距飛狐、陽原，莫不寖仁沐義，照景飲醴，而下官抱痛圜門，含憤獄户，一物之微，有足悲者。仰惟大王少垂明白，則梧丘之魂，不愧於沈首；鵠亭之鬼，無恨於灰骨。

景素覽書，卽日出之。尋舉南徐州秀才，對策上第，再遷府主簿。

景素爲荆州，淹從之鎮。少帝卽位，多失德，景素專據上流，咸勸因此舉事。淹每從容進諫，景素不納。及鎮京口，淹爲鎮軍參軍，領南東海郡丞。景素與腹心日夜謀議，淹知禍機將發，乃贈詩十五首以諷焉。會東海太守陸澄丁艱，淹自謂郡丞應行郡事，景素用司馬柳世隆。淹固求之，景素大怒，言於選部，黜爲建安吴興令。

及齊高帝輔政，聞其才，召爲尚書駕部郎、驃騎參軍事。俄而荆州刺史沈攸之作亂，高帝謂淹曰：「天下紛紛若是，君謂何如？」淹曰：「昔項强而劉弱，袁衆而曹寡，羽卒受一劍之辱，紹終爲奔北之虜，此所謂『在德不在鼎』，公何疑哉。」帝曰：「試爲我言之。」淹曰：「公雄武有奇略，一勝也；寬容而仁恕，二勝也；賢能畢力，三勝也；人望所歸，四勝也；奉天子而伐叛逆，五勝也。彼志鋭而器小，一敗也；有威無恩，二敗也〔三〕；士卒解體，三敗也；搢紳不懷，四敗也；懸兵數千里，而無同惡相濟，五敗也。雖豺狼十萬，而終爲我獲焉。」帝笑曰：「君談過矣。」

桂陽之役，朝廷周章，詔檄久之未就。齊高帝引淹入中書省，先賜酒食，淹素能飲啖，食鵝炙垂盡，進酒數升訖，文誥亦辦。相府建，補記室參軍。高帝讓九錫及諸章表，皆淹製也。齊受禪，復爲驃騎豫章王嶷記室參軍。

建元二年，始置史官，淹與司徒左長史檀超共掌其任，所爲條例，並爲王儉所駁，其言不行。淹任性文雅，不以著述在懷，所撰十三篇竟無次序。又領東武令，參掌詔策。後拜中書侍郎，王儉嘗謂曰：「卿年三十五，已爲中書侍郎，才學如此，何憂不至尚書金紫。所謂富貴卿自取之，但問年壽何如爾。」淹曰：「不悟明公見眷之重。」

永明三年，兼尚書左丞。時襄陽人開古冢，得玉鏡及竹簡古書，字不可識。王僧虔善識字體，亦不能諳，直云似是科斗書。淹以科斗字推之，則周宣王之前也。簡殆如新。

少帝初，兼御史中丞。明帝作相，謂淹曰：「君昔在尚書中，非公事不妄行，在官寬猛能折衷。今爲南司，足以振肅百僚也。」淹曰：「今日之事，可謂當官而行，更恐不足仰稱明旨爾。」於是彈中書令謝朏、司徒左長史王績、護軍長史庾弘遠，並以託疾不預山陵公事。又奏收前益州刺史劉悛、梁州刺史陰智伯，並贓貨巨萬，輒收付廷尉。臨海太守沈昭略、永嘉太守庾曇隆及諸郡二千石并大縣官長，多被劾，内外肅然。明帝謂曰：「自宋以來，不復有嚴明中丞，君今日可謂近世獨步。」

累遷祕書監，侍中，衞尉卿。初，淹年十三時，孤貧，常采薪以養母，曾於樵所得貂蟬一具，將鬻以供養。其母曰：「此故汝之休徵也，汝才行若此，豈長貧賤也，可留待得侍中著之。」至是果如母言。

永元中，崔慧景舉兵圍都，衣冠悉投名刺，淹稱疾不往。及事平，時人服其先見。

東昏末，淹以祕書監兼衞尉，又副領軍王瑩。及梁武至新林，淹微服來奔，位相國右長史。天監元年，爲散騎常侍、左衞將軍，封臨沮縣伯。淹乃謂子弟曰：「吾本素宦，不求富貴，今之忝竊，遂至於此。平生言止足之事，亦以備矣。人生行樂，須富貴何時。吾功名既立，正欲歸身草萊耳。」以疾遷金紫光祿大夫，改封醴陵伯，卒。武帝爲素服舉哀，謚曰憲。

淹少以文章顯，晚節才思微退，云爲宣城太守時罷歸，始泊禪靈寺渚，夜夢一人自稱張景陽，謂曰：「前以一匹錦相寄，今可見還。」淹探懷中得數尺與之，此人大恚曰：「那得割截都盡。」顧見丘遲謂曰：「餘此數尺既無所用，以遺君。」自爾淹文章躓矣。又嘗宿於冶亭，夢一丈夫自稱郭璞，謂淹曰：「吾有筆在卿處多年，可以見還。」淹乃探懷中得五色筆一以授之。爾後爲詩絕無美句，時人謂之才盡。凡所著述，自撰爲前後集，并《齊史》十志，並行於世。嘗欲爲《赤縣經》以補《山海》之闕，竟不成。子蒍嗣。